Die With Me

Lin Winter

ISBN: 9798848045086

Meine Finger zitterten. Mein Nackenmuskel verkürzte sich, während es mir den Rücken erschauderte. Bei dem Anblick, wie mein Körper im Licht der Sterne an der Hauswand herabglitt. Die Beine brachen an der Wasserrinne und die Wirbelsäule verbog sich bei dem Druck, der mich herabdrückte. Und doch stand ich hier und sah *mir* dabei zu.

„In dieser Nacht starb Ava Quinn und erweckte Aurelia“, erklang die Männerstimme neben mir.

PROLOG

Die Musik dröhnte durch die großen Lautsprecherboxen und die Lichter flackerten blau und rot auf. Eine leicht stickige Luft, gefüllt von Alkohol und tausend verschiedenen Parfummarken. Ich schwang meine Arme um mich und bewegte meine Füße auf der Tanzfläche unter mir. Mit geschlossenen Augen tanzte ich zum Rhythmus und spürte das Beben des Basses an meinen Fußsohlen. Das rote, glitzernde Kleid, dessen V-Ausschnitt mir im Dekolleté etwas knapp hing, rutschte auf meinen Oberschenkeln hoch. Während ich vorspielte, die Stimmung zu genießen und mich einem Club entsprechend zu benehmen, erklang plötzlich eine tiefe, männliche Stimme durch den Hörer in meinem Ohr: „Zielperson auf 12 Uhr."

Ich blitzte unter meinen schwarzen Wimpern hervor und erkannte auf einer Treppe, die zur zweiten Etage führte, eine schlanke, junge Frau, deren blonden Locken um die Wangen bis zum Ausschnitt fielen. Sie drehten sich verspielt um sich und glänzten vor Haarspray. Ihr Gesicht war so sehr konturiert, dass ihre Nase um einiges schmaler wirkte, als sie wirklich war. Während ihr langes, rostbraunes Kleid beinahe bis zum Boden glitt und wie Seide schimmerte.

Als sie die Stufen herabschritt, folgten ihr zwei breite Security Männer in tiefschwarzen Anzügen. Meine Fingerspitzen drückten sanft auf den Hörer, sodass das Mikrofon ansprang und ich hinein flüsterte: „Sehe sie."

Wenn sie doch Schutz hatte, was sollte ich hier? Ich rollte kurz meine Augen, zog dann mein Kleid ein wenig herab und ging in Richtung Treppe. Die Verzierungen am Treppengeländer und die Preisliste der Getränke bewiesen, dass hier keiner reinkäme, der unter einer gewissen Gehaltsklasse lag. Mein Blick sank kurzzeitig auf die gefälschte VIP-Karte, die mir aus meiner Handtasche baumelte.

„Holst du mir was zu trinken?“, entrissen mich die Worte der bekannten Sängerin zu ihrem persönlichen Bodyguard. Man hörte sofort das melodische Trillern aus ihrer Stimme, bevor einer der Männer sich auf den Weg zur Bar machte. Ihr gehobener Blick über die Masse wirkte, als würde sie nach jemandem suchen. Und zwar nur nach ihm. Spräche ich sie jetzt an, würde sie mir keinerlei Beachtung schenken.

Anders, als sie es bei einem jungen Mann tat, der sich ihr näherte: „Hey, möchtest du...“

Mehr könnte ich nicht verstehen, weil ich dafür noch zu weit weg stand und die Musik viel zu laut war. Meine Finger, deren Nägel rot glänzten, hoben sich und berührten den äußeren Rand meines Auges. Schon veränderte sich die Sicht meines linken Auges und ein großes quadratisches Feld legte sich ins Bild. Ein Tippen neben meinem Augenlid entfachte ein automatisches Heranzoomen. Erst bis zu dem Jackett des Mannes und dem Bund seiner Hose, dann, bis ich nur noch Kragen und Gesicht sah und daraufhin plötzlich so nahe, dass ich nur noch seine Wange und das bisschen drum herum erkannte. Erneutes Tippen erlöste mich von seinen Poren und brachte einen ladenden Kreis zum Vorschein. Während die Sicht von diesem Auge verschwand, konzentrierte ich mich auf das andere und beobachtete, wie Emilia Davis ihre Hände hinter ihrem Rücken schüchtern ineinander verschränkte.

Der Junge schien sie mit Worten geschmeichelt zu haben, doch alles, was ich von hier hinten sah, war sein dunkler Schopf. Ich wollte gerade mein Auge verengen, um mehr zu erkennen. Als plötzlich ein Ausrufezeichen in der oberen, rechten Ecke meiner Kontaktlinse aufblinkte. Ein Zeichen dafür, dass er keine Ergebnisse finden konnte – weil der Mann mir seinen Rücken statt seines Gesichtes zuwandte – und er seine Art aber als verdächtig deutete. In dem Augenblick, als ich mich noch an die Theke der Bar lehnte und mir ein Getränk bestellen wollte, zoomte sie auf einmal näher an seinen Hosenbund. Fixiert musterte ich, wie er sein Jackett anhob, der Bund der weiße Calvin Klein Unterhose unter seiner Hose herausstach und eine für seine breiten Hände handliche Beretta 92 zwischen Gürtel und Bund hervorblitzte.

Perplex weiteten sich meine Augen und ohne weitere Verzögerung griff ich unter mein Kleid, um verdeckt meine Revolver aus dem Band, das um meinen Oberschenkel gebunden war zu zücken. Nullkommanichts kam ich auf die beiden zu, stellte mich mit aufgesetztem Lächeln zwischen sie und musterte jede Bewegung des jungen Herrn neben mir, der jetzt ins Zögern kam. „Dürfte ich ihn mal entführen?", zwinkerte ich Emilia knapp zu und packte den Mann schon an seinem Jackett, ohne eine Antwort gehört zu haben. In einer kleinen VIP-Lobby schubste ich ihn in das schwarze Ledersofa, sobald die Tür hinter uns ins Schloss einrastete. Der einzige Grund, wieso er noch nicht reagierte, war wohl, dass er dachte, mein Verhalten wäre eine Masche durch mein Interesse an ihm.

Doch stattdessen zog ich meine Augenbrauen zusammen: „Was wolltest du damit?"

Ich ließ seine Beretta an meinem Finger herabbaumeln, während ich ihn Verhören wollte. Vorerst schien es zu funktionieren, weil er panisch um sich sah und mit seinen Händen über seine Oberschenkel klopfte. Der kleine Raum, dessen Decke etwas tiefer gelegt war und mit stylischen schwarzen Ledermöbeln und dunkelbraunen Tischen möbliert war, gab dem ganzen wohl etwas Intimität, als er keck grinste. Zumindest dachte ich, dass das der Auslöser für seinen plötzlichen Stolz war. Jedoch nur für so lange, bis mir plötzlich ein weiterer Schuss die Beretta aus den Fingern riss.

Ein lautes, schrilles Geräusch erklang bei dem Aufprall der Patrone aufs Metallgehäuse und der junge Mann blickte mich herausfordernd mit einer weiteren Pistole in den Händen an: „Man sollte sich niemals nur auf eine Waffe verlassen."

„Wer bist du?", glitt es von meinen vollen Lippen, während ich vor Schock keinen Muskel meines Körpers mehr wahrnahm.

KAPITEL 1

20 Stunden zuvor

Müde und kraftlos legten sich meine Lippen an diesem schwülen Morgen vor das Mikrofon meines Smartphones. Schwer murmelnd begab ich mich Richtung Fenster, drückte und drehte an dem Griff, bis sich dieses zur Seite ganz öffnete und ich mich so nah stellte, dass mein Unterleib an der Fensterbank lehnte.

Als die monotone, weibliche Stimme des Assistenten meines Smartphones erklang: „Heute gibt es leichte Regenschauer bei Temperaturen zwischen 23 und 28 Grad."

Ich atmete bewusst einmal tief ein, um daraufhin alles hinauszulassen, während ich auf die in Nebel versunkene Stadt blickte. Ein dumpfer Wind streifte meine Arme, die sich an der Fensterbank abstützten. Kurz bevor ich mich vom Fenster wegdrehte und begann mir den federleichten Satinkimono von den Schultern zu streifen und mir etwas Richtiges aus meinem Kleiderschrank zurecht suchte. Ein kurzer, enger Rock, ein weißes Korsett und einen dünnen, eleganten Blazer.

„Was ein gemischtes Sommerwetter", zerging mir ein Minzbonbon auf der Zunge. Heute Nacht würde es wieder gewittern und morgen brutzelten wir bei vierzig Grad in der Sonne, ging es mir durch den Kopf, weil ich meinen Mund nicht aufbekam, während ich das Bonbon mit meiner Zunge an meinen Gaumen drückte und das Kribbeln genoss. Ich schlüpfte in meine hochhackigen Boots und schenkte der Kommode vor mir volle Beachtung. Drapiert befand sich dort meine silberglänzende Armbanduhr, die ich mir ums Handgelenk machte, mein schwarzes Samtportemonnaie, welches ich in meiner Tasche versank und ein kleiner unscheinbarer Kopfhörer, den ich mir ans Ohr hing, bevor ich mir meine langen braunen Haare über die Schulter warf.

Mit einem letzten Kontrollblick durch den Raum, schwang mir die kleine Tasche über die Schulter und begann in selbstgefälligem Gang zum Aufzug zu stolzieren. Stolz schwenkte ich dabei meine Hüfte zu den Seiten und genoss die Freiheit meiner Beine, als der Rock unartig höher rutschte. Schleifend schloss sich die Tür des Aufzugs und ich war allein mit dem Klackern meiner Schuhe, als ich nach vorne trat, um das Erdgeschoss auszuwählen. Die Müdigkeit von vorhin war sofort abgelegt, sobald ich in mein Kostüm stieg. Meine verengten Augen musterten mich im Spiegel. Wobei mir die getrockneten Blutstreifen an meinen Beinen auffielen. Seufzend hockte ich mich herab, während ich zeitgleich einen meiner Finger an meiner Zunge befeuchtete. Dann versuchte ich das Blut vom Rasieren von ihnen zu wischen oder zu kratzen.

Ausnahmsweise vorsichtig, weil mir noch Zeit blieb, bis ich unten ankäme. Dabei traf meine Aufmerksamkeit immer wieder auf mein Spiegelbild und ich kontrollierte, wie die bernsteinfarbenen Augen sich mit meinen blond schimmernden Strähnen vereinten. Ich schüttelte den Kopf und vergaß mein Ebenbild als ein piependes Geräusch den Fahrstuhl zum Stehen und mich zum Aufrichten zwang. Ich trat durch die große Tür vor mir und wurde von der stickigen Luft draußen kurzzeitig davon abgehalten genauso zielbewusst voranzugehen wie eben noch. Meine Augen streiften zu meiner Armbanduhr. Es war gerade mal Fünf in der Früh und die Straßen New Yorks waren schon jetzt überfüllt.

Ich betätigte mit meiner Fingerspitze einen Knopf neben der Uhr und schon wandelte das Display sich in eine moderne Smart-Watch, die sich innerhalb weniger Sekunden mit einem dumpfen Ton mit meinem Kopfhörer verknüpft hatte. Meine zwei Finger glitten rasch über das dünne Display und kontrollierten alle Quellen nach Nachrichten. Meine Füße trugen mich zeitgleich immer weiter über die Straßen bis in eine Bahn und schlussendlich vor das große Glasgebäude. Durch die große Drehtür und über die schwarz glänzenden Bodenplatten in den nächsten Aufzug. Nach drei Etagen hielt er an und die Tür öffnete sich. Ich machte einige Schritte zur Seite, um Platz zu machen, änderte dabei aber nicht die feste und sichere Position meines Blickes. Nur im Augenwinkel erkannte ich den jungen Mann im glatt gebügelten, bläulichen Anzug. Einen dunkelbraunen Schopf und die leicht gebräunte Haut, die Augen verdeckt unter einer schwarzen Sonnenbrille. Seine Haltung war genauso gefestigt wie meine. Ebenso wie seine Lippen wie die meinen verschlossen blieben.

Ohne dass wir uns ansahen, konzentrierten wir uns auf das Gefühl, wie der Aufzug an jeder Etage zappelte, bis er uns fast nach ganz oben trug.

„30", blinkte es oben an der Leiste rot auf.

Sobald sich die Tür zur Seite öffnete, wollte ich voran gehen, doch im gleichen Moment trat er ebenfalls vor. Beinahe berührten sich unsere Arme, weshalb ich meinen schon aus Reflex zurückzog und damit meine starre Position verließ.

„Verzeihung", erklang seine tiefe, aber warme Stimme, während er seinen Oberkörper ein wenig vorbeugte.

„Hmhm. Schon gut", murmelte ich und ließ ihn voranschreiten. Es war keine Anspannung zwischen diesem Mann und mir. Wir waren lediglich konzentriert und taten, was wir in unserem Beruf immer taten.

„Keine Aufträge mehr?", begrüßte mich ein Kollege herzlich lächelnd, doch huschte genauso schnell wieder an mir vorbei. Der rhetorischen Frage gab ich keine Antwort mehr und betrat stattdessen das Büro meines Vorgesetzten. Die großen Glasscheiben, die bis zum Boden gingen, boten eine perfekte Aussicht auf New York. Zumindest so lange bis andere höhere Gebäude die Sicht versperrten. Ich setzte mich schonend an den Rand des braunen Ledersessels, der vor dem Glasschreibtisch stand. Mein Blick glitt durch die Glastür, die einem Einblick in die offenen Büros der anderen gab. Ein großer grauer Vorhang zum Zuziehen hing neben einer Pinnwand an der Wand. Wo auch immer ich hinsah, befanden sich moderne High-Tech Computer, edle Headsets, die alle miteinander verbunden waren und große, aufblinkende Monitore.

„Hach, da bist du ja mal wieder."

Ein fast zwei Meter großer, dunkelhäutiger und kräftiger Mann mit kurzem, schwarzem Haar trat durch die Tür und zog den grauen Vorhang neben sich zu. In eindrucksvollem Gang begab er sich zum Schreibtisch und ließ sich in seinen Schreibtischstuhl fallen. Bevor er sich mir zuwenden würde, begann er die Knöpfe seiner Geräte hintereinander zu betätigen. Monitor 1, Monitor 2, Tablet neben ihm, Headset, Telefon in die Station gesteckt und mit einer Fernbedienung einen Fernseher hinter mir. Kaum war er fertig, lehnte er sich vor, stütze die Arme auf seinen Schreibtisch und verschränkte lächelnd seine Finger miteinander: „Schön, dass du da bist, Ava."

Weder war Ava mein richtiger Name, noch freute er sich, mich zu sehen. Ich roch den aufdringlichen Geruch der Stresszigaretten an seiner Jacke bis hierher.

„Ja, ich wollte hören, wofür sie mich diesmal brauchen", erklärte ich und zog meinen dünnen Blazer auf meinen Schultern zurecht, ohne von ihm abzusehen. In dem Augenblick schob er ohne große Mühen eine schmale Schublade aus dem Schreibtisch und legte mir die Akte, die er aus dieser ergriff, auf den Tisch. Mit meinen rot lackierten Nägeln schob ich sie näher an mich und begann den kleinen, angeklemmten Notizzettel zu mustern.

„Das ist Emilia", erklärte er.

Während ich den Namen auf dem Zettel mitlas. Dann blätterte er weiter und zeigte mir ein geschossenes Foto. Goldene, geringelte Locken, die ihr auf die Schultern fielen. Geschminktes Gesicht mit langen Wimpern und einer schmalen Nase, dafür aber auch keine vollen Lippen und keine scharfe Kieferpartie, sondern bloß eine aussagelose, ovale Gesichtsform. Das nächste Auffällige an ihr, war dann wohl der rosafarbene Chanel-Mantel.

„Sie ist 23 und eine Sängerin. Jedoch längst nicht so bekannt. Ihr Vater ist der, um den es hier eigentlich geht", erklärte er und tippte auf dem Blattpapier umher.

„Ihr Vater hat sich auch bei uns gemeldet und besorgt behauptet, irgendwer hätte es auf seine Tochter abgesehen, um ihn zu erpressen."

Er sprach ein wenig ungläubig und wedelte mit seiner Hand abwinkend durch die Gegend.

„Naja, wenn er recht hätte, sollte man ja vielleicht mal einen Blick drauf werden", warf ich neutralisierend ein und widersprach seiner Ansicht damit scheinbar.

„Klar, natürlich", rettete er sich, um in seinem Job nicht unseriös zu erscheinen.

„Trotzdem glaube ich, dass er bloß egozentrisch ist."

„Egal, ich sehe nach", schüttelte ich den Kopf und blätterte durch die Akte, wodurch ich auf den Namen eines Clubs stieß.

„Royal Traits?"

„Genau."

Er schob die Blätter wieder zu sich und las in den Zeilen, in den ich mich eben noch aufhielt.

„Dort ist sie eigentlich jeden Abend zum Feiern", meinte er murmelnd, vertieft ins Gedruckte des Papiers.

„Ich besorge dir einen VIP-Eintritt."

KAPITEL 2

Zusammen mit einer großen Masse an anderen Leuten torkelte ich über die Kreuzung und beobachtete, die Personen, die in den Autos warteten. Gezielt begab ich mich in eine kleine Gasse, in welcher mich eine hellbraune Markise begrüßte. Meine Boots klackerten über die Straße und sprangen vorsichtig auf die kleine Stufe vor der kleinen, aber einladenden Tür mit einem kleinen Holzschildchen, in dem eingeritzt stand: „Amber's – open"

Einige dekorative Kringel am Rand und kleine, gepflückte Blumen mit weißen Blüten klemmten zwischen dem Holz des Schilds und dem Glas der Tür. Unverzüglich wurde mit warm ums Herz... Meinen Blazer über mein Korsett ziehend und meine Schuhe auf dem kleinen Abtreter reibend, öffnete ich sanft die Tür. Angenehm stieg mir der Geruch von frischen Erdbeeren auf Vanille Pudding und süßlicher Kaffeebohnen in die Nase. An diesem Ort war ich wieder in meiner Heimat. Raus aus dem großen, lauten New York, in dem es nur so von High-Tech und gestressten Leuten wimmelte. Auch, wenn das nur ein kleiner Grund für meinen Besuch war. Denn obwohl ich atmosphärische, ruhigere Gegenden aus meiner Kindheit gewohnt war, war diese riesige Stadt mein Traum.

Ich entnahm meine Sonnenbrille aus meiner Umhängetasche, deren Kette an dem Tischbein klimperte. Zeitgleich als ich sie aufsetzte, ließ ich mich auf einen der bequemen, hellroten Samtsessel nieder, die neben den restlichen Brauntönen ein offensichtlicher „Farbtupfer" waren. Ich verdeckte meine Augen unauffällig unter der Sonnenbrille und begann trotz meines selbstsicheren Auftretens nun etwas nervös an dem Saum meines

Rockes zu spielen. Meine Augen schweiften vom Tisch, auf den die Sonne einen hellen Schein warf, hinter die Theke und das ganze Gebäck.

„Hi, was darf's sein?", kam eine zierliche Brünette auf mich zu, die ihre Haare mit einem roten Bandana zu einem hohen Zopf gebunden trug. Ihr leicht rundliches und von Blush betupftes Gesicht wurde von einem ihrem Lächeln betont.

„Einen American-", ich hielt inne,

„nein, doch einen Latte Macchiato."

Kurz darauf pflasterte ich ein knappes Lächeln auf meine Lippen. Als hätte mich diese Wahl sympathischer gemacht, bildeten sich vor Lächeln Falten neben ihren kleinen Augen und sie wirkte energischer: „Kommt sofort!"

Kaum war sie weg, wandte ich mich der Gasse durch das Fenster neben mir zu und beobachtete die vereinzelnden Personen. Ständig war ich hier und genoss ihre Spezialitäten aber vor allem hörte ich sie aus und hielt den Laden mit anonymen Spenden am Laufen. Eine kleine Bäckerei in einer Seitenstraße in New York kam halt einfach nicht gut an, dafür bestand hier zu viel Konkurrenz. Ich holte mein Handy hervor und kehrte zu meiner vorherig geöffneten Seite zurück.

„Amber Quinn", öffnete sich eine Aktenseite, die ich mit meinem Fingerabdruck entsperrte. Noch immer hatte ich nicht mit ihr geredet und sie seit Monaten nicht mehr gesehen…

Machte mich das zum Feigling?

Mein bemalter Nagel strich die Holzlinien des Tisches nach, als ich Schritte auf mich zukommen hörte. Hektisch schwang ich meine Handfläche über das Display, um es in Standby zu setzen. Mein Blick sah mit einem bezaubernden Lächeln zu dem Mädchen, das mir meinen Kaffee auf den Tisch stellte.

„Soll es sonst noch was sein?", fragte sie strahlend, nachdem ich mich bei ihr bedankte. Sie fing eine der braunen Strähnen mit ihrer Hand davon ab, ihr ins Gesicht zu fallen und streifte sie zurück hinters Ohr, während ich meinen Kopf schüttelte: „Alles gut, danke."

Mit einer zarten Beugung nach vorne verschwand sie und ließ mich in Ruhe an meinem Latte Macchiato nippen.

Emilia…

Mir ging mein Auftrag für heute Abend durch den Kopf. Indessen stützte ich meinen Kopf auf meinem Handgelenk und musterte die vorm Fenster stolzierenden Leute. Von Männern in schicken Anzügen, zu Mädchen mit abrasierten Haaren und riesigem Regenbogenshirt, zu Mädchen in putzigen, verzierten Sommerkleidern, zu freizügig gekleideten Frauen in High Heels mit größeren Absätzen, als mein Macchiato Glas hoch war, fand ich hier alles. Klackernde Schuhe, kratzende Skateboards, schleifende Fahrradreifen und tausende, laut in ihr Smartphone brüllende Menschen, konnte man neben den hupenden, lauten Autos lauschen. Können und wollen war hier halt so ein Ding. Wer seine Ruhe genoss, hatte hier nichts zu suchen. Normalerweise.

Doch überaschenderweise hörte ich keinen Mucks durch die riesigen, aber dicken Scheiben des Cafés. Ich bildete mir die bekannten Geräusche bloß ein. Ausschließlich die sanfte Musik, unter die ein trillerndes Vogelgezwitscher gelegt wurde, drang durch die Lautsprecher. Genau das Richtige, um dem Lärm und dem Stress einmal zu entkommen. Und dennoch blieb es beinahe unbesucht, jeden Tag. Enttäuscht rührte ich mit dem langen Löffel durch den Milchschaum. Kopfschüttelnd schloss ich mit all meinen Gedanken ab und genoss meinen Kaffee unter der angenehmen Atmosphäre.

…

Ich streifte meine zarten Haare hinters Ohr und zog meinen Blazer von der Stuhllehne.

„Besuchen Sie uns bald wieder“, strahlte die Brünette liebevoll. Ich warf ihr ein zartes Lächeln zurück, während ich die goldene Kette meiner schwarzen Umhängetasche über meine Schulter schwang. Sie stieß dumpf gegen die Lehne, als ich den Stuhl wieder ran schob. Kurz bevor ich mit einem folgenden Klimpern der Klingel das kleine Café verließ. Zeitgleich, sobald ich außerhalb des friedlichen Cafés war, schweiften meine Gedanken zu heute Abend zurück.

Wenn jemand Herrn Davis erpressen wollte, wen würde er schicken, um es ernst wirken zu lassen? Wer würde unauffällig in einem Club, der ausschließlich für Reiche und Promis war, reinkommen? Wie stark ausgeprägt waren seine Kontakte, dass er an eine VIP-Karte käme?

Und vor allem… Welche Waffen würde er bei sich tragen, um glaubhaft zu drohen und möglichst viel Aufmerksamkeit auf sich zu ziehen?

Ich malte mir innerlich einen großen, stämmigen Mann mittleren Alters aus, der ein Messer mit langer Klinge aus seiner Tasche hervorziehen würde und es Emilia bedrohlich an den Hals drückte. Mit meinem Revolver könnte ich ihm gezielt aus der Masse ins Bein treffen. Schließlich lag mir diese am leichtesten in der Hand. Die Wahrscheinlichkeit, dass er bloß ein Messer mitnähme, war relativ hoch, wenn er ihren Vater ausschließlich erpressen wollte. Bei einer Schusswaffe bestünde schließlich jederzeit die Gefahr, dass sie sich in der Menge doch löste und ungewollt feuerte. Wäre Emilia tot, gäbe es kein erpresstes Geld mehr für den Täter. Grübelnd trat ich über die langen Straßen, von Insel zu Insel bis zum nächsten Bürgersteig.

Plötzlich vibrierte meine Uhr und ein kleines Symbol einer Nachricht von einer unbekannten Nummer blitzte auf: „Sehen wir uns heute Abend wieder?"

Schwer atmete ich aus und vergriff meine Finger in meinen Haaren. Kurz bevor mich ein erschöpftes Stöhnen verließ.

Wir müssten endlich damit aufhören…

Dennoch antwortete ich dem uneingespeicherten Kontakt, den ich besser als meine hundert Eingespeicherten kannte, er sollte gleich zu mir kommen.

Ein letzter Blick auf meine Armbanduhr bestätigte mir die Vermutung, dass es kurz nach Drei war. Woraufhin ich sie mit meiner Handfläche bedeckte, das Display verdunkelte und meinen Weg umschlug. Kaum kam ich wieder zuhause an, entsorgte ich den überquellenden Mülleimer. Dann stellte ich ein paar Duftstäbchen auf, wodurch es direkt nach Vanille und aromatischen, roten Blumen roch. Meine Finger streiften mir meinen Rock und meinen Slip von den Beinen bis sie lautlos zu Boden fielen und ich mir dunkelrote Dessous aus meiner Kommode suchte. Danach legte ich meine gesamte Kleidung ab, band mir aus einem schlichten Haargummi einen Dutt an den Hinterkopf und zog mich zurück unter die Dusche.

Laut prasselte das Wasser über meine Haut, während ich Stück für Stück den Hahn kälter drehte. So lange bis es kälter als die schwüle Außentemperatur wurde und ich angenehm die Luft neben den Wasserstrahlen einsog. Entspannt genoss ich die Frische und rieb mich mit dem lilafarbenen Duschgel ein. Blüten, unter denen sich eine orientalische Note versteckte, krochen mir in die Nase. Angetan von dem beruhigenden, erfüllenden Geruch, verzogen sich meine Mundwinkel lieblich. Bereits danach ergriff ich eins der grauen, weichen Handtücher und schmeichelte meinen Körper mit den zierlichen Fasern. Zu guter Letzt cremte ich meinen Körper mit einer rosafarbenen Körperbutter ein und schlüpfte in die Dessous. Schwingend befreite ich meine Haare aus dem streng zusammen gebundenen Dutt und warf mir den schwarzen Kimono über die Schultern, als es schon an meiner Tür klingelte.

Ich entriegelte das Türschloss, streifte die Kette von dem Haken an der Wand und öffnete die Tür, während sie beim Schwingen an dem Holz klimperte. Ein dunkelhäutiger, großer junger Mann trat ein. Sein Kopf voll von seinen dicken, dunklen, krausen Locken und sein Körper bloß noch halb bedeckt von einer zerrissenen Jeans und einem zur Hälfte aufgeknöpften Hemd. Ein erfrischend sportlicher Geruch seines Parfums näherte sich mir, als auch seine Schritte die Entfernung zwischen uns aufhoben.

„Ich habe dich vermisst, Ava...", raunten seine Lippen, die an meinem Schlüsselbein ankamen. Zeitgleich legten sich seine breiten Hände an meine Hüfte. Leitend führte er mich zur Wand gegenüber von meinem großen Bett. Es kribbelte mir unter der Haut, während er mir über die nackte Haut leckte. Ich fuhr mit meinen Nägeln von seinem Hals seine Bauchmuskeln herab zu seinem Schritt.

„Viel Zeit habe ich heute aber nicht", flüsterte ich unnahbar, was mir ein Grinsen entlockte.

Woraufhin sich seinen Griff in meiner Haut festigte. Er entfernte sein Gesicht von mir, um mich genauer ansehen zu können.

„Denkst du ich?" Plötzlich fand sich seine kräftige, von Adern besetzte Hand abrupt an meinem Kinn wieder.

Die Finger drückten meinen Kiefer fest zusammen und ich schmunzelte unter seiner Dominanz. Gerade als ich meine Hand gegen seinen Schritt drücken wollte, vergriffen sich seine Hände in meinen Oberschenkeln und er riss meinen Körper schwungvoll vom Boden. Mein Rücken stieß gegen die Wand, als er seine Kraft aufbrachte, um mich anschließend zum Bett zu tragen. Unsere Lippen berührten sich unaufhaltsam. Es gelang ihnen unter der Erschütterung seiner Schritte und meinem Zurechtlegen meiner Haare aufeinander zu bleiben. Hastig bewegten sich unsere Körper und immer stärker beschleunigte sich unser Puls.

Ich bohrte die dunklen Nägel in seine Schulter. Meine andere Hand knöpfte in wenigen Sekunden gekonnt sein Hemd auf, bis er mich ungehalten in die Matratze warf. „Kian", stöhnte meine Stimme rau. Indessen wölbte sich mein Rücken im entgegen. Seine Knie neben meinen aneinander gepressten Beinen auf dem Bett und seinen dunklen Oberkörper aufgerichtet, streifte er sich das Stück Stoff von den Schultern und offenbarte seine ausgeprägten Armmuskeln. Daraufhin erklangen die kleinen Knöpfe des Hemds auf meinem Laminat.

Kurz bevor ich nicht mehr die Chance bekam auf solche Dinge zu achten. Attraktiv riss er sich nach einem Klicken des Gürtels, diesen aus den Schlaufen der Jeans und schleuderte ihn in die andere Ecke des Raumes. Seine Arme, die seinen ganzen Körper über mir stützen, drückten sich neben meinem Kopf ins Laken. In der Zeit gruben sich meine Finger seinen Hals entlang, zu seinem Nacken und Schlussendlich in Kians volles, verquirltes Haar.

Mit flinken Fingern schob ich den Knopf seiner Jeans durch das Loch und öffnete somit seine Hose. Eine enge graue Boxershorts mit weißem Bund kam zum Vorschein, doch er lenkte mich ab, indem er meine Handgelenke neben meinen Kopf pinnte. Mein Herz schlug lustvoll, meine Leidenschaft ausleben wollend. Während er begann mir den dünnen Stoff von der Haut zu streifen. Meine Hände griffen in seine Boxer und verwöhnten sein Stück, wodurch er nur noch aufdringlicher nach mir wurde.

...

Wir hatten es getan. Schon wieder.

„Wir sollten damit aufhören", erklärte ich monoton.

Indessen schloss ich den BH-Verschluss an meinem Rücken und legte mir meinen Kimono um.

„Ich sehe das anders", knöpfte er sein Hemd zu.

Anders als erwartet, kam er mir nicht verführerisch näher und versuchte mich umzustimmen, sondern stand kühl dort und vertrat unsere Abmachung.

„Oder hast du dich verliebt?", verließ es seinen Mund, als er zu mir rüber blitzte.

Ich verdrehte meine Augen auf seine dreiste Behauptung.

Bevor ich ihm vorwarf: „Nein. Aber es nimmt mir meinen Schlaf"

„So schwer ist dein Job jetzt auch nicht."

Er versuchte möglichst nicht herablassend zu klingen, tat es dennoch. Meine Muskeln verkrampften sich und meine Augenbrauen zogen sich enger zusammen, während es in mir immer lauter wurde.

„Als ich dich kennengelernt habe, warst du unterhaltsamer", nuschelte er in die Ecke der Wand, in der er stand.

Aufgebracht, ballte ich Fäuste und sprach ihm direkt, mit kraftvoller Stimme dazwischen: „Wir reden darüber nicht! Das ist genau der Grund, wieso ich weggezogen bin."

Kian richtete seinen Rücken, sodass seine trainierte Brust hervorstach. Er schien zu versuchen sich unter Kontrolle zu halten, wollte sich aber auch nicht bei mir entschuldigen. Stattdessen meinte er: „Selbst in einem einfachen Gespräch darüber, fliehst du."

Ich rollte meine Augen gereizt von seiner Existenz und beschloss für mich immer deutlicher, das zwischen uns in jener Sekunde abzubrechen.

Wenn ich Sex wollte, könnte ich mir schließlich auch jemand anderen suchen. Gar jemanden, der weniger redete.

Zischend fauchte ich durch die Lücken meiner Zähne, was er als Zeichen zur Tür zu gehen verstand. Mit einem bedrohlichen letzten Blick linste ich scharf zu ihm, als meine Hand noch zeitgleich aus Reflex an der Kommode nach einem scharfen Gegenstand griff. In dem Fall ein angespitzter Stift, dessen Spitze glänzte und so schmal war, dass sie beinahe in sich selbst zusammenbrach.

„Du siehst heiß aus, wenn du so wütend bist", griente er zufrieden und verschwand dann mit seinen übergestreiften Schuhen an den Füßen.

Kaum fiel die Tür und ins Schloss, erklang schrill ein Klingeln meiner Armbanduhr, die auf dem dunklen Tisch lag. Ich wischte übers Display und ergriff mein Handy von der weißen Bettdecke.

„Ava Quinn", begrüßte ich monoton, nachdem ich den Anruf bestätigte. Wie erwartet ertönte die raue Stimme meines Vorgesetzten: „Schaffst du das heute allein oder soll ich dir wen dazu schicken?"

Ich unterdrückte mir ein herablassendes Lachen und meinte stattdessen direkt: „Das schaffe ich schon allein. Ich bin in einer Stunde fertig und mache mich auf den Weg."

„Um 21:20 wird sie die VIP-Lounge verlassen. Um 21:15 endet ihr Meeting."

Ein Meeting im Club also, schmunzelte ich innerlich.

„Sei pünktlich da und hab sie im Blick. Wenn zeitlich unsere Angaben nicht stimmt, melde dich unverzüglich bei mir."

„Mache ich", erwiderte ich gehorsam und stand kerzengerade bei unserer Unterhaltung. Nicht vor Respekt oder Aufmerksamkeit, sondern vor Stolz und vor Erwartung an den Auftrag. Doch damit es spannend würde, müsste es wirklich jemand auf sie abgesehen haben, was eher unwahrscheinlich schien. Mr. Adams legte auf und ich malte mir sein anspruchsvolles Gesicht vor mir aus.

„Habe ich dich jemals enttäuscht?", grinste ich der Vorstellung meines Vorgesetzten siegessicher entgegen. Danach begab ich mich zu meinem großen Kleiderschrank, schob die Schiebetür beiseite und streifte mit meinen Händen durch die dort hängenden Kleider.

Schwarze Rüschen, Bordeaux roter Samt, beigefarbener Satin, weißer Tüll. Von knappen figurbetonten bis hin zu langen Sommerkleidern. Jedes von ihnen strahlte Eleganz und Macht aus. Gezielt ergriff ich ein schimmerndes, knappes, dunkelrotes Kleid. Passend zu dem Farbton, legte ich mir mehrere goldene Ketten übereinander und band sie mir einzeln um den Hals. Daraufhin nahm ich mir bückend die bordeauxroten High Heels aus dem Schrank und verstaute eine flache, messerscharfe Klinge in einer angenähten Stoffhülle in meiner Sohle. Ich stieg in sie und übte probehalber ein wenig umherzugehen. Dann takelte ich zu meinem Spiegel und musterte mich zufrieden.

Gutes Aussehen war der Schlüssel für alles hier.

Während ich den Concealer nachzog und mit einem Beauty Blender tupfend auf meiner Haut verteilte. Daraufhin klopfte ich mir etwas Puder auf die Wangen und zog meinen Eyeliner sanft nach. Im Anschluss verstaute ich meine Waffe in einem Band, das um mein Bein gebunden war und versteckte einen Peilsender für das FBI in dem Saum meines Kleides. Die Heels und mein mächtiges Gefühl in meinem Outfit zwangen mich zum aufrechten und schwungvollen Gang, als ich die Treppen meines Apartments hinunter schritt. Ein letztes Mal vorm Betreten des Clubs checkte ich meinen Kopfhörer und stellte meine Smart-Watch in den Nacht Modus. Mich in meinem Handy Display spiegelnd setzte ich vor der Tür eine Kontaktlinse in mein linkes Auge. Mit einigen

Wimpernschlägen legte sie sich zwischen meine Lider, während mein Herz vor Aufregung unregelmäßiger schlug…

KAPITEL 3

Ich befand mich zusammen mit dem fremden Kerl, der davor zu sein schien, Emilia ein Ende zu bereiten, in der intimen VIP-Lounge. Siegessicher verhörte ich ihn. Bis mir plötzlich ein weiterer Schuss die Beretta aus den Fingern riss. Ein lautes, schrilles Geräusch erklang bei dem Aufprall der Patrone aufs Metallgehäuse.

Der junge Mann blickte mich herausfordernd mit einer weiteren Pistole in den Händen an: „Man sollte sich niemals nur auf eine Waffe verlassen."

„Wer bist du?", glitt es von meinen vollen Lippen, während ich vor Schock keinen Muskel meines Körpers mehr wahrnahm.

„Wer soll ich schon sein?", lachte er amüsiert und spielte mit dem Saum seines Jacketts.

Starr und aufmerksam schwieg ich und beobachtete seine Brust langsam auf und ab beben. Ich erkannte das Zittern seiner Schläfe durch seinen Puls, während die Kontaktlinse exzessiv nach einem Ergebnis ratterte.

Ständig zoomte sie an jede seiner Bewegungen ran und raus. Sodass ich genau sah, wie er seine Hand von seinem Schoß aufs Leder legte. Dann zoomte sie wieder zurück.

„Wer bist du?", wiederholte ich bedrohlicher.

Woraufhin er auf der Couch weiter zur Kante rutschte.

Mit einem Knarzen zuckte ich unverzüglich zurück und riss meinen Revolver hoch. Ich richtete ihn gefährlich nah und deutlich auf ihn. Kurz bevor ich vor Wut die Adern aus meiner Haut stechen spürte, schrie ich: „WER BIST DU?!"

„Beruhig dich, süße", raunte er, klopfte sich Staub von der Hose und stand auf.

Ich wich diesmal nicht zurück und zwang mich steif ihm mit der Waffe entgegenzustehen. So lange, bis seine Schritte über die Fliesen erklangen. Die Haken seiner teuren Anzugsschuhe und das knausernde Geräusch, als sich das Leder wieder in die vorherige Form bog. Nervöser schlug mein Puls an, als ich realisierte, dass das hier auch bloß ein Ablenkungsmanöver sein könnte. Der Gedanke daran war der einzige, winzige Moment, in dem meine Aufmerksamkeit aussetzte. In genau diesem Augenblick sorgte er dafür, dass ich das Geräusch beider Waffen auf dem Boden hörte und spürte, wie ich auf einmal an die kühle Wand gepresst wurde.

Sein Körper drückte sich an meinen, sodass mir seine Wärme in den Kopf stieg, mein Puls sich seinem Herzschlag anpasste und mein Körper unverzüglich erstarrte. Er roch nach teurem Parfum und löste bei jeder seiner Bewegungen Nervosität in mir aus. Durch ihn fühlte ich mich schwach und nutzlos. Wie konnte er derartig schnelle Reflexe haben? Keiner seiner Finger rutschte ihm aus.

„Ryan", flüsterte er mit seiner tiefen männlichen Stimme, die unbewusst Gänsehaut entfachte. „Ryan Ashford."

Diesen Namen würde ich nicht mehr vergessen, dafür hatte er jetzt gesorgt.

Plötzlich blinkte eine Anzeige vor meinem Auge der Linse auf.

„Keine Ergebnisse für Ryan Ashford." Innerhalb eines Blinzelns schlug ich ihn von mir, bückte meinen Oberkörper, schlang mein Bein über die Fliesen und schleuderte so die, um sich drehende Waffe perfekt in meine, am Boden liegende Hand. Im Aufstehen trat ich seinen Körper weiter von mir und wollte die Waffe erneut auf ihn richten. Als er mir seine Reflexe bewies und auf einmal den schmalen Absatz meines Schuhs packte. Ich schliff meinen Fuß ruckartig aus dem Schuh, klippte meinen Ohrring aus meinem Ohr und schleuderte das kleine Messer in seine Richtung.

Mit einem Tuch zwischen seinen Fingern, schnappte er es beim Zusammenführen dieser exakt auf. Beunruhigter floh ich hinter einen der Tische, der für Abstand zwischen uns sorgte und begann gerade meine weiteren verstecke abzugehen.

Er seufzte: „Ich habe gar nicht vor, dir etwas zu tun, so lange wie du mir nicht in die Quere kommst."

Außer Atem schnappte ich nach Luft: „Aber du willst Emilia etwas tun!"

Keck grinste der gutaussehende, junge Mann und fuhr sich durch seinen Mittelscheitel.

„Eigentlich", lachte er verspielt auf, ohne fortsetzen zu können, weil ich in dem Moment einen Schuss abfeuerte.

Doch anstatt, dass er in seine Richtung ging, verhinderte die Kugel das Aufgehen der Tür durch den Widerstand an dem Metallschloss.

„Kein Zutritt!", rief ich gehetzt der Person hinter der Tür zu. Noch bevor ich Weiteres wahrnahm und mich wieder Mr. Ashford zuwenden wollte, war er verschwunden.

Links auf der anderen Seite fiel indes die Tür des Notausgangs in den Rahmen, durch die er geflüchtet sein musste. Ich riss sofort meinen zweiten Schuh von meinem Fuß und wollte ihm schleunigst nacheilen. Doch die Tür wurde von etwas blockiert. Nachdem ich sie schwungvoll aufgetreten hatte, blickte ich auf einen leeren Asphalt hinter dem Club, in eine dunkle, kühle Nacht. Impulsiv trat ich mein Fuß in die Fliesen und pfefferte meinen Revolver in eins der Ledersofa, woraufhin ich mich hinterherwarf.

In dem Augenblick stürmten die Security Männer von Emilia hinein, denen ich aber trotz ihren panischen Fragen keine Beachtung schenkte. Stattdessen griff ich mir wütend in mein bereits zerzaustes Haar und rupfte mir beinahe eine Strähne aus, weil es in mir brodelte. Als ich meinen Kopf auf meinen Händen abstützte und zwischen meine Beine sah, erblickte ich auf einmal ein herausgerissenes Stück Stoff aus meinem Kleid.

Konnte es sein, dass es an ihm hängengeblieben war?

Hoffnungsvoll krabbelte meine Finger um den Saum meines Kleides herum. Da ich es nirgendwo anders fand, schien es wirklich, als…

Er hatte das Stück mit dem Peilsender bei sich. Mein Puls schlug rasend in die Höhe und sofort wischte ich auf meiner Uhr umher. Ich wüsste, bei seiner Kompetenz würde er ihn sofort abwerfen, wenn er davon Bescheid wusste. Nervös zitterten meine Fingerkuppen auf dem Display, in der Hoffnung möglichst schnell reagiert zu haben. In dem Moment blinkte ein Ort auf der Karte auf. Er bewegte sich rasend schnell. Vermutlich saß er in einer Bahn oder einem Taxi. Gerade als ich aufspringen und losrennen wollte, hielten mich die Security Leute ab.

„Bist du etwa vom Geheimdienst?", lachte der große, breite Kerl, mit seinen gelblichen Zähnen. Der andere schloss sich an und schlug ihm belustigt in die Seite. Seufzend warf ich schwungvoll meine Haare hinter meine Schultern, sank meine Augenlider und zeigte ihnen den VIP- und meinen Arbeitsausweis. Daraufhin grienten sie noch immer schweigend vor sich her.

Wodurch ich meine Impulsivität nicht beherrschen konnte und Nullkommanichts im Vorbeigehen beiden die Brieftaschen aus den Hosentaschen gezogen hatte. Die muskulösen, beinahe zwei Meter großen, älteren Männer blickten mich irritiert und sprachlos an. Indessen tasteten sie noch reflexartig nach ihrem Besitz in ihrer Hose. Genervt stöhnte ich und schmiss sie hinter mir in die Luft, als ich vor ihnen durch die Tür verschwand.

„Du bist eher noch eine Diebin als beim Geheimdienst!", riefen die, in ihrer Männlichkeit gekränkten Typen mir hinterher.

Ich konnte nicht länger drauf eingehen und zog stattdessen mein Kleid meine Oberschenkel herab, drückte meine Füße wieder in die High Heels. Bevor ich den Club durch die tanzenden Leute, die scheinbar gar nichts von dem Drama nebenan mitbekamen, verließ. Als ich die Tür in meinen Händen hielt, warf ich einen letzten Blick auf die Treppenstufen und die zweite Etage, auf welcher Emilia sich amüsiert unterhielt.

War mein Auftrag überhaupt schon vorbei?

Ich richtete mich auf und ließ die Tür fallen. Ich dürfte Ashford jetzt nicht hinterherjagen. Nicht so lange, wie die Chance bestünde, dass weitere Gefahren lauerten.

Ich musste mich beherrschen...

Die Musik ließ mich auch nicht mehr klar denken, da ich direkt neben den brummenden Lautsprechern stand. Mit dröhnendem Kopf und verzogenem Gesicht kehrte ich zurück zur Tanzfläche. Die Lichter flackerten und ich musste meine Gedanken immer wieder zwanghaft von Ryan lösen, um mich auf meinen wesentlichen Auftrag zu konzentrieren. Ich hätte heute Morgen später aufstehen sollen. Erschöpft warf ich einen Blick auf die Uhr – 02:11 – bereits.

Wie lange wollte sie denn noch feiern?

Hat sie nichts anderes zu tun?

Ich schüttelte meinen Kopf, riss mich zusammen und lauschte nach Befehlen durch die Kopfhörer. Indessen beobachtete ich desinteressiert alles, auf das die Kontaktlinse mich aufmerksam machte.

Doch es passierte nichts Bemerkenswertes. Entweder es herrschte von Anfang an keine Gefahr oder es war Ashford, den ich bereits – ungewollt – vertrieben hatte. Für wenige Sekunden erlaubte ich mir einen Blick durch die Smartwatch auf den Peilsender, der so schnell aber nicht laden konnte. Enttäuscht zwang ich mich, davon abzusehen.

„Hallo, ich bin Ava. Ich bin vom Geheimdienst. Dein Vater hat mich beauftragt", stand ich aufrecht vor Emilia Davis und sprach monoton mit ihr. Impulsiv stöhnte sie direkt genervt.

„Mein Vater soll nicht immer über mich bestimmen. Mir passiert eh nichts", jammerte sie wie ein kleines Kind und spielte währenddessen an dem Geländer der Treppe.

Leise nuschelte sie etwas vor sich her, was ich kaum noch verstand: „Ich habe andere Pläne als er."

„Wie bitte?", fragte ich nach und näherte mich ihrem Gesicht, um sie unter der Musik besser hören zu können. Kopfschüttelnd lenkte sie von dem Thema ab.

Dann drehte sie sich vom Geländer und der Tanzfläche zu mir: „Wie heißt du nochmal?"

Unauffällig schaltete ich die Kontaktlinse mit einem Tippen an meiner Schläfe ab und wiederholte mich: „Ich bin Ava."

Arrogant bewegte sie ihre Hand kreisend vor sich, schwang mit ihren Augen von mir ab und murmelte: „Weiter?"

Ich beherrschte mich, sie noch nicht auf ihr herablassendes Verhalten hinzuweisen und meinen Job zu erfüllen: „Ava Quinn."

„Aha. Dann schreibe ich dich gleich mit auf die Liste", schmunzelte sie in ihrer eigenen Welt.

„Welche Liste?", räusperte ich mich Respekt verlangend, als sie mir übermittelte, ich stünde unter ihr. Trotzdem sah sie nicht zu mir, stattdessen nuschelte sie weiterhin respektlos vor sich her. Gelangweilt musterte sie ihre Nägel und machte keine Anstalten auf meine Frage zu antworten.

Das war auch der Grund, warum ich sonst nie mit den Leuten redete, die Teil meines Auftrags waren.

Ich verdrehte meine Augen und beobachtete die Fläche unter uns, auf der die Leute tanzten. Am Ende der Treppenstufen zu unserem Podest rauf, standen die Bodyguards mit verschränkten Armen.

Wie lange würde das hier noch gehen…?

Ich lauschte meinem Mikrofon, bekam jedoch keine Befehle von meinem Vorgesetzten. Ich war also dazu verpflichtet so lange zu bleiben, wie Emilia ihre Nägel betrachtete. Gähnend sah ich um mich und stemmte mich über das Geländer.

„Bist du etwa müde? Das sollte ich eigentlich ja weitergeben"

„Ermüdet von deinem Anblick" – wollte ich antworten, sog es aber sofort wieder in meinen Rachen.

„Nein, bin ich nicht."

Um halb vier beschloss die Songwriterin dann auch endlich den Club zu verlassen. Wie bereits geahnt, passierte nichts Auffälliges mehr. Kaum verließ ich das Gebäude, hörte ich aus einiger Ferne schon wieder Musik. Ob ich im Club oder draußen war, Lichter und Musik würde man in dieser Stadt nie missen. Seufzend warf ich mir meinen Mantel über und stieg in ein Taxi am Straßenrand. Ich stützte mich auf mein Handgelenk. Dabei legte ich den Nagel meines kleinen Fingers auf meine Unterlippe und beobachtete durch das Fenster die Nacht…

Kaum kam ich torkelnd in einem der obersten Stockwerke an und drehte den Schlüssel im Schloss, fiel ich erschöpft auf mein riesiges, gemütliches Bett. Was mir gerade den besten Komfort bat, mehr als alles andere in dieser Welt. Schwächlich streifte ich mir mit meinen Füßen nacheinander die High Heels von ihnen und stöhnte bei jeder Bewegung vor Müdigkeit. Mein Körper sank vollkommen in die Matratze und ich spürte, wie sich mein Gewicht zum ersten Mal heute wieder auf meinem ganzen Körper ausbreitete. Befriedigt schmunzelte ich und zog ein kleines, flauschiges Kissen in meine Arme. Bis meine Innere Ruhe plötzlich durch ein unangenehmes Piksen an meinem Bein gestört wurde…

Gegen meinen Willen drehte ich mich auf den Rücken, raffte meinen Oberkörper hoch und riss das Messer sowie den Revolver zwischen dem Band und meiner Haut ab. Im Eifer des Gefechts schleuderte ich es in eine Ecke des Raumes. Kurz bevor ich meine aufgebrachte Kraft wieder verlor und zurück ins Bett sank. Ich hörte das Metall der Waffen noch kurz über meine Fliesen schleifen und klimpern, bevor mich ein schweres Seufzen verließ. Entleert starrte ich an meine weiße Decke. Mühsam kippte ich meinen Kopf seitlicher und blickte durch die gigantischen Fenster herab auf New York. Die Lichter, die aus den anderen Fenstern schienen, wie die Sterne am Himmel.

Die Sterne…

Ich nuschelte gedankenversunken.

„Lange nicht gesehen."

Meine Augen verloren sich in dem Gebäude gegenüber. Dort saß eine junge Frau auf ihrem Balkon vor ihrem blinkenden Display des Laptops. Ihre Augen fielen immer und immer wieder schwer zu und sie zog sich alle drei Sekunden den Cardigan enger vor ihre Brust. Auch ihre Brille rutschte ihr vor Müdigkeit ständig von der Nase.

Es war vier Uhr nachts und sie arbeitete noch?

Eine Hausarbeit für die Uni?

Seufzend drehte ich mich herum und zog meinen massiven Körper dann an dem Griff der Kommode hoch. Gerade, als ich beinahe oben war, schob sich das Fach auf, sodass ich kurzzeitig das Gleichgewicht verlor. Bis ich mich wieder fing, schwankte ich unbeholfen über meinem Bett. Um mich wach zu halten, blinzelte ich akribisch und versuchte mich auf die Tür zum Badezimmer zu fixieren. Ich hätte mir den Schlaf besser einteilen sollen. Kraftlos trottete ich, mich an meiner Wand entlang hangelnd, zum Badezimmer, wo ich mir die Zähne putzte.

Oder eher um die Zahnbürste ein paar Mal schwach über mein Zahnfleisch, statt über meine Zähne zu gleiten. Um mich zusammenzureißen, schlug ich mir mehrmals steif gegen die Wange. Daraufhin streifte ich das Kleid von meinem Körper machte das Wasser der Dusche an.

Ich konnte mich nicht ungeduscht und geschminkt in mein Bett legen, redete ich mir zwingend ein.

Außerdem käme es um die zehn Minuten jetzt auch nicht mehr - rechtfertigte ich mich erschöpft.

Klackend öffnete sich das Band meiner Smartwatch. Darauf folgten meine goldene Kette und die Ohrringe. Vorsichtig entnahm ich die Kontaktlinse aus meinem Auge und verstaute sie in einer kleinen schwarzen Schachtel. Das Wasser prasselte auf den Boden der Dusche, bis es meinen Körper traf und dumpfer wurde. Die plötzliche Hitze ließ mich zusammenfahren und vernebelte mein kleines Bad. Zögerlich stellte ich die Temperatur wieder etwas kälter. Seufzend warf ich meinen Kopf in den Nacken und genoss die kleinen Wassertropfen, die wie warmer Regen meinen Körper umgossen. Ich fuhr mir durch meinen Ansatz, bis er durchs Wasser geschmeidiger wurde

„Ashford", hauchte ich, worauf die Glasscheibe vor mir beschlug.

Verspielt schrieb ich mit meinem zarten Finger „Ryan" in die Wolke, die sich langsam wieder auflöste.

„Ryan Ashford", ergänzte ich vertieft.

Ich dachte zurück an das Geräusch, das noch bevor er abfeuerte, erklang. Die Ringe an seinen Fingern trafen auf die Waffe, dessen langes Gehäuse auf mich zeigte. Er zog den Schlitten knackend zu sich, kurz bevor die Patrone aus dieser geschossen kam und knapp neben meiner Hand das Metall meines Revolvers traf.

Es musste ein Colt gewesen sein.

Zumindest hatte die Waffe eine ähnliche Form.

Und sie sah viel edler aus als die griffige Beretta.

Sie stand ihm viel besser.

Meine Hände verteilten das Duschgel auf meinem Körper, während ich das entstandene Bild von ihm in meinem Kopf weiter musterte. Hinter der Waffe offenbarten sich seine Augen, von denen er eins leicht schmälerte.

So viel Konzentration wie in solch einem Angriff stecken sollte, benötigte er jedoch nicht.

Dafür war seine Haltung, wie er sich gegen die Lehne der Couch lehnte, zu locker.

Zielen schien für ihn ein Kinderspiel zu sein.

Doch welche Augenfarbe hatte er?

Es war auf jeden Fall kein braun und auch kein blau.

Grau?

Oder grün?

Zumindest trug er ein an den Ärmeln hochgekrempeltes Hemd, woran ich mich auch bloß noch erinnerte, weil Kian heute ein ähnliches anhatte.

Seine Haare waren dunkelbraun. Sie schimmerten gepflegt und weich, auf gar keinen Fall fettig. Wenn er so scharfe Sinne, einen Titel und Geld haben musste, um überhaupt in den Club zu kommen.

Wo arbeitete er?

Aber wieso hätte er es auch auf eine Sängerin abgesehen?

Fragen über Fragen, seufzte ich innerlich und beschloss kurz darauf ihn morgen ausfindig zu machen. Ich stellte die Dusche ab. Einige Tropfen fielen noch auf den Boden, bevor man nur noch das Rubbeln meines Handtuchs hörte.

...

Nach knappen sechs Stunden Schlaf, war es bereits halb elf. Schockiert versuchte ich mich aufzuraffen, war aber viel zu träge. Meine Augen waren geschwollen und brannten, während meine Schläfen pochten und meine Zehen beim Stehen kribbelten. Als ich gerade gähnen musste, unterdrückte ich es zwanghaft und schlug mir bestrafend auf den Oberschenkel.

„Ich habe diesen Job doch schon seit zwei Jahren. Wie konnte ich das nicht gewohnt sein??“

Brutal rieb ich mir die Stirn und fluchte über meine Augenringe. Reflexartig und bevor ich überhaupt richtig denken konnte, schnappte ich nach meinem Handy und suchte den Peilsender in der App. Meine Augen glitten nervös zwischen Ladescreen, meinen Fingern vorm Display zu der Uhrzeit an der linken oberen Ecke.

„Bitte…“, flehte ich und knabberte unsicher an meiner Unterlippe, während ich nun beide meiner Hände ums Smartphone bettete.

Gerade als er mir ein Signal anzeigen wollte, wechselte sich auf einmal das Bild des Bildschirms und mein Handy begann unter meinen Fingern zu vibrieren.

Schreckhaft schnaubte ich auf, bis ich „Chef“ las. Verärgert verkrampfte sich mein Körper. Am liebsten hätte ich die rote Taste über meinen Bildschirm gewischt, doch dann hätte ich keinen Job mehr.

„Ja?“

„Hallo, Ava. Du bist spät. Ich hoffe für dich, dass du schnell hier bist und Bericht erstattest“, befahl seine raue Raucherlunge mir.

Ich seufzte, ließ es ihn jedoch nicht hören und antwortete brav, dass ich bereits auf dem Weg wäre. Schwer ausatmend legte ich mir die Uhr ums Handgelenk und begann mich fertig zu machen. Ich klopfte mir das schwarze Pullover Kleid zurecht, schnallte betonend einen Gürtel um meine Taille und streifte meine Haare aus dem hohen Kragen. Ein letztes Mal räusperte ich mich und fuhr mit meinen Fingern, durch meine verknoteten Haare. Mr. Ashford musste wohl noch warten. Der Gedanke daran störte mich, wodurch ich impulsiv nach meinen Sachen griff.

...

„Der Bus stand im Stau", log ich monoton, um mich herauszureden, bestimmt eine halbe Stunde bis hier her gebraucht zu haben.

Meine klackernden Schuhe traten in das sterile Büro meines Vorgesetzten, Mr. Adams, der mich skeptisch begrüßte: „Warum nimmst du nicht die Bahn?"

Nichtsdestotrotz hielt er sich zurück und rollte dann bloß mit seinen Augen. Bevor die tiefe Stimme des 40-jährigen wieder sprach: „Kommen wir einfach zum Punkt."

Ich nickte und ließ mich mit einem Gleiten meines Kleides an meine Oberschenkel auf dem Stuhl gegenüber von seinem Schreibtisch nieder.

„Es war kein großes Ding. Emilia hatte auch bereits zwei Bodyguards bei sich. Der einzige verdächtige, war ein junger Mann, der ihr näherkam. Er trug auch eine Waffe mit sich, doch als ich mit ihm sprach, hat er sich so sehr von Emilia ablenken lassen, dass ich eigentlich nicht glaube, dass er es wirklich auf sie abgesehen hatte", schilderte ich ihm die gestrige Situation.

Währenddessen saß ich kerzengerade auf der Kante des Stuhls und blickte ihm direkt in die Augen. Sein rechtes zuckte manchmal zögerlich, vermutlich aus Stress-gründen. Auch sein drei-Tage-Bart und der Geruch der Zigaretten an seinem Jackett unterstrich die Vermutung…

„Hm…", er rieb sich nachdenklich seine Stoppeln am Kinn, „aber du sagst, er hatte eine Waffe dabei?"

Ich rutschte auf der Stuhlkante etwas weiter nach links, als ich meine Beine überschlug und nickte betonend: „Ja, eine Beretta 92 und sogar eine Zweite, einen Colt."

„In einem Club?", bereits sehr misstrauisch bildeten sich dicke falten auf seiner Stirn und seine buschige Augenbraue stieg an.

Erneut bestätigte ich es: „Ich weiß nicht, was er genau vorhatte."

Ich erinnerte mich zurück, wie sicher er mit der Waffe umging, wie frech er seine Kleidung trug und wie charmant er sich in dem Gespräch mit Emilia benahm.

„Er hat mit ihr geflirtet", murmelte ich in Gedanken.

„Mit wem? Mit Emilia?", hakte Mr. Adams überrascht nach und begann seinen Computer hochzufahren.

„Ja. Sie war geschmeichelt. Es schien, als würden sie sich gut kennen, eigentlich nicht als wollte er sie gleich ausnutzen oder umbringen."

Mein Blick wanderte von ihm in die Ecken des Raumes, weil ich mir konzentriert den Abend wieder vor Augen führte.

„Interessant...", tippte er auf seiner klackernden Tastatur umher.

„Okay, wenn das alles ist. Hast du jetzt noch zu tun? Ich würde die heute Abend den Auftrag für morgen und die nächsten Tage zukommen lassen."

„Ja, ich wollte noch etwas nachsehen", murmelte ich und starrte vertieft auf den gelagerten Staub an der Rückseite des Monitors. Irgendetwas in mir hatte mich davon abgehalten, ihm zu sagen, dass ich seinen Namen und seinen Standort kannte.

Vielleicht aber auch, weil ich das Gefühl bekam, das gehörte nicht mehr zu meinen Aufgaben – oder wollte ich es einfach ungerne abgeben?

Vielleicht, weil ich Informationen besaß, mit denen ich mich beweisen könnte, um endlich mein eigenes Büro bekommen zu können. Ich hob meinen Körper gerade vom Stuhl, als er mich mit einem „Warte" aufhielt und meine Augen erschreckend ernst durchbohrte: „Du weißt aber schon, dass wir die Waffen nur im äußersten Notfall einsetzen, Ava?"

Ich zögerte, doch packte mich hastig wieder und antwortete aufrichtig: „Natürlich. Ich würde sie nie zu Unrecht benutzen."

Nach dem Versprechen öffnete ich die Glastür und ging die großen Gänge, wo viele meiner Kollegen in kleinen Kammern an ihren PCs saßen, entlang.

KAPITEL 4

Schwach lehnte ich mich an das Gebäude und krempelte mir die Ärmel des Kleides hoch, da es für diese Hitze viel zu warm war. Daraufhin glitten meine roten Nägel über die Uhr. Nach kurzer Zeit zeigte sie mir eine genaue Karte an, der ich beschloss zu folgen, nachdem ich meine Umhängetasche erneut auf meiner Schulter festigte. Mit festem Blick folgte ich also der gerade Straße und dem angegebenen Weg. Laut der Technik um mein Handgelenk wäre Mr. Ashford nur eine viertel Stunde von meinem aktuellen Standort entfernt. Ob sich das bestätigte, würde ich dann sehen.

Ich stieg in ein Taxi ein. Es war beinahe der gleiche Weg wie gestern bei Nacht. Erst an einer Kreuzung wendete sich alles und wir fuhren in einen ganz anderen Stadtteil. Etwas nervös, aber vor allem gespannt wippte ich mit meiner Fußspitze auf der Fußmatte, während ich dem Summen des Taxifahrers lauschte. Die befüllten Straßen New Yorks waren noch feucht vom Regen, während ich mir durch einen Handspiegel den dunkelroten Lippenstift von den Rändern meiner Lippen wischte. Ich sah durch meine Reflexion hindurch und musterte erneut den Umgang von Ashford mit seiner Waffe in meinen Erinnerungen. Es ließ mich einfach nicht los.

Vielleicht hätte ich nicht allein losfahren sollen.

„Dankeschön", gab ich dem Taxifahrer das Geld, zupfte meine Kleidung zurecht und stieg schwungvoll durch die Autotür.

Es war eine andere Ecke New Yorks, in der ich mich zuvor eher wenig aufgehalten hatte. Hier trieben sich weniger der Verrückten Leute herum, die sich ausleben wollten. Viel eher war hier der Teil, in dem eine Maske jeder vor seinem Gesicht trug und zwanghaft erfolgreich wirkend, in dunklen Anzügen gezielt um mich herum ihre Wege verfolgten. Einige Straßen weiter befanden sich teure Geschäfte – von Schmuck zu Kleidung. Auf der anderen Seite tummelten sich in den Gassen zugleich die Strip Clubs. Es unterschied sich nicht von meinem Wohnbereich und so war es wohl auch überall sonst in New York.

Stirn reibend und kopfschüttelnd sank ich meinen Blick auf das Smartphone in meinen Händen. Ein blinkendes Symbol, das sich nur an einer Stelle befand, erregte meine Aufmerksamkeit. Ich visierte es als Ziel an und begann in aufrechtem Gang diesem zu folgen. Die Gerüche von gutem Essen zu Fastfood, von Schweiß der Arbeit zu Düften von Blumenständen, von dem Regen zu Drogen, es stieg mir alles – teils auch ungewollt – in die Nase. Tausende Menschen, deren Gesichter unerkannt durch die Straßen schwirrten. Doppelt so viele Hände, die sich von einem Stand außerhalb des Ladens Obst ergriffen, die nach Brieftaschen in die Jacke eines Fremden schlichen und die sich romantisch umschlangen.

Ein Tumult von Menschen, deren Vorgeschichte man nicht einmal erahnen konnte. Ich räusperte mich und lauschte meinen klackernden Schuhen über dem Asphalt, als ich die Straße überquerte. Immer weiter irrte mich das Navi in kleinere Straßen. Bis zu einem großen, eher edleren Mehrfamilienhaus. Meine Fingerspitzen streiften über die Nachnamen der Bewohner für die zehn Stockwerke.

Wohnte er hier?

Doch bei der Suche nach seinem Namen wurde ich nicht fündig. Irritiert drehte ich mich um mich selbst, bevor ich mir eine Haarsträhne aus dem Gesicht wischte. Ein weiterer Blick aufs Handy, doch ich blieb ahnungslos.

Hatte jemand anderes es mitgenommen?

Hatte er es gemerkt?

Ich wagte schwächlich vor Verwirrung einige Schritte zurück, während mein Blick das Gebäude hinauf glitt. Als auf einmal etwas gegen mich stieß und mich von den Beinen riss. Klappernde, klimpernde Geräusche erklangen und ich plumpste dumpf zu Boden. Meine Hände schürften sich am Asphalt auf und meine Sicht drehte sich. Dann wandte ich mich zum lauten Poltern und dem Zischen eines um die Achse drehenden Reifens des schwarzen Fahrrads. Neben dem Fahrrad auf den Kieselsteinen der Straße lag eine Person. Grimmig starrte sie drein und wischte sich die Kieselsteine aus der Handfläche. Während ich noch auf dem erhitzten Boden lag und ihn musterte, zog er sich hoch, richtete sein Fahrrad auf und klopfte sich Dreck von seinem schwarzen Jackett. In dem Augenblick drehte er sich zu mir.

Weißes Hemd, schwarze Anzugshose, aber weiße Sneaker, verwuschelte, dunkle Haare durch den Sturz und einen entleerten Blick im Gesicht, als suchte er nach Verbindungen zu mir. Ich erkannte ihn jedoch sofort.

„Ashford“, hauchte ich in die Luft und zupfte meinen Minirock auf meinen angewinkelten Oberschenkeln herab.

„Ach du…“, stockte er kurz. Daraufhin starrte er mich für perplex an und wollte mir danach wiedergutmachend aufhelfen. Bis er seine mir reichende Hand plötzlich wieder zurück zog.

„Der Peilsender, war das Absicht?“, lachte er niederträchtig und nahm mit seinem Fahrrad wieder Abstand von mir. Noch bevor ich zu einer Antwort kam oder aufstand, zeigte er grinsend auf die Mülltonne vor dem Gebäude. Seufzend fuhr ich zusammen und stemmte mich dann böse guckend auf. „Gefunden habe ich dich trotzdem“, verdrehte ich meine Augen und legte meine Kleidung zurecht.

Nach einiger Zeit, in der wir uns stumm ansahen und ich die lauten Straßen vor und hinter uns hörte, schnaufte er genervt: „Was starrst du so?“

„Du wolltest Emilia was antun“, hauchte ich monoton und auch vor Schock.

Meine Finger bewegten sich zeitgleich unauffällig hinter meinen Rücken an das Taillenband meines Rockes. Ich spürte den Puls an meinen Fingerspitzen, als ich mich der dort verstauten Schusswaffe näherte. Starr und gezielt hielt ich mit gesenktem Kinn unlösbaren

Blickkontakt zu seinen grünen Augen. Jede seiner Zuckungen hatte ich genau im Blick, als er auf einmal eine ruckartige Bewegung hinter sich machte, seinen Arm schwang und mir schlagartig etwas mitten vors Gesicht hielt. Überstürzt handelte ich genauso schnell und entriss meine Waffe aus dem Band. Kaum lagen unsere Arme gestreckt parallel und richteten sich beide jeweils auf das Gesicht des anderen, realisierte ich, dass…Er nie eine Waffe in der Hand hielt.

Während ich ihm meinen tödlichen Revolver direkt vor die Nase hielt, zeigte er mir seinen Zeige- und Mittelfinger und äffte so bloß die Geste einer Pistole nach. Entsetzt und vollkommen durcheinander weiteten sich meine Pupillen. Ich zuckte Schritte auf dem Asphalt zurück, bis ich gegen die Bürgersteigkante stieß.

„Man soll anderen keine Waffe ins Gesicht halten", seufzte er und spielte mir vor, die künstliche Waffe in seinen Händen zu sichern und den Dampf davon zu pusten, bevor er seine Hand verdeutlichend in seiner Hosentasche versenkte.

Ich starrte entleert in die Richtung seines Oberkörpers und schwieg erstarrt.

Wie konnte ich nur derartig paranoid sein…?

Herablassend verdrehte er seine Augen unter den bewegenden Lidern: „Und was willst du jetzt von mir?"

In mir brodelte es, nachdem er mich beabsichtigt bloßgestellt hatte.

„Ich wollte erfahren, ob das wirklich dein Plan mit Emilia war!"

Wütend ballte ich Fäuste, doch atmete tief aus, um mich zu beruhigen.

„Ich dachte, wir reden geschäftlich", hob er seine rechte Augenbraue provokant an.

Zwanghaft räusperte ich mich und verstaute meine Waffe für alle, um uns herumirrenden Leute, unauffällig.

„Tun wir auch", erwiderte ich monoton und unterdrückte meine impulsiven Gefühle.

„Ich wollte sie nicht umbringen“, prustete er auf einmal, als wäre meine Behauptung vollkommen lächerlich gewesen. Ich musste mich stark beherrschen.

„Was dann?“

„Ich habe einen Deal mit ihr.“

Er klopfte abgelenkt den Fahrradsattel sauber und wirkte, als wollte er damit gleich wieder weiterfahren, statt sich mit mir zu unterhalten.

„Einen Deal?“, näherte ich mich ihm und suchte nach Augenkontakt, um unser Gespräch wichtiger erscheinen zu lassen.

„Keine Sorge, ich tue ihr nichts.“

„Darauf kann ich nicht vertrauten.“

Mein Körper spannte sich erneut an. Kurzzeitig erkannte ich, wie er seine Augen verdrehte, was mich umso misstrauischer werden ließ. Bis er plötzlich etwas aus seiner Hosentasche zog. Glücklicherweise keine Waffe, sondern eine Karte, einen Ausweis.

„Du bist doch beim Geheimdienst, oder?“, kam er mit Blick auf die Karte in seinen Händen auf mich zu.

Je näher er mir war, umso schlechter überblickte ich seine Bewegungen und umso langsamer könnte ich im Notfall reagieren. Nervös wollte ich deshalb beinahe zurückweichen, bis er mir auf einmal den Ausweis vors Gesicht hielt.

„Ryan Ashford
FBI
Geboren… 15.02.98
…“

Weiter las ich nicht, weil ich mir dabei blöd vorkam.

„Ich mache nichts anderes als du“, hauchte er mir flüsternd zu, während uns Menschen in der Gasse kreuzten.

Perplex stand ich still und starrte an seiner Schulter vorbei auf die Straße. Währenddessen spürte ich seinen Atem an meinem Haar und seine Wärme an meinem Körper.

Er war also ungefährlich…?

„Ich bin vollkommen harmlos“, raunte er.

Indessen streiften seine Finger durch eine meiner geschmeidigen Haarsträhnen.

„Versuchst du mich nur zu manipulieren?“, fragte ich und sprach dabei monoton und abwesend, erwartete jedoch keine Antwort.

„Frech“, entfernte sich sein Atem, „mir so etwas vorzuwerfen.“

Doch ich blieb hartnäckig: „Wenn ich dir vertrauten kann, gib mir deinen Standort.“

Plötzlich prustete Ryan auf. Er stöhnte und lachte über mein leichtsinniges und dummes Geschwätz.

„Also kann ich dir nicht trauen“, zuckten meine Finger in die Richtung meines Smartphones, um sofort jemanden auf ihn zu hetzen.

„Ich gehöre zu euch, es bringt nichts, mich zu „verpetzen““, hob er seine Schultern unschuldig.

Ich gab noch immer nicht nach und legte mein Handy bereits zwischen meine Finger: „Das sehen wir dann.“

„Mach doch“, versuchte er es herunterzuspielen.

Für mich war es jedoch vollkommen gleich, was er versuchte zu sein, er blieb verdächtig.

„Oder du gibst mir einfach deinen Standort.“

Auf einmal zogen sich seine Mundwinkel wieder an, es bildeten sich leichte Grübchen auf seinen gebräunten Wangen und seine Augenbrauen hoben sich: „So ist das also.“ Er ergänzte erst, nachdem ich ihn mit verwirrten Blicken erstach.

„Du bist die, die nicht zum Geheimdienst gehört. Du bist besessen von mir. Eine Psychopathin, eine Stalkerin!“

Seine Stimme wurde immer lauter und kräftiger, sodass beinahe andere um uns herum auf uns aufmerksam wurden. Panisch also drückte ich ihn an seinen Schultern zurück und schob ihn gegen eine Wand. Das klappernde Fahrrad auf dem unebenen Asphalt hinter ihm her. Zögerlich führte ich ihm meinen Ausweis vor.

„Ava Quinn also“, schmunzelte er, als hatte er sein Ziel damit erreicht. „Hier, meine Nummer“, reichte er mir sein Handy.

„Ich wollte deinen Standort, nicht einen One-Night-Stand."

„Sicher, dass das nicht zusammenhängt?", hob er eine Augenbraue an. Woraufhin ich aufgebracht schnaubte: „Hör auf mit mir zu flirten!"

„Ekel ich dich so an?"

„Nein, aber-"

„Siehst du."

Siegessicher fuhr er sich durch seine dunkelbraunen Haare.

Das konnte doch nicht wahr sein…

„Okay, ich lasse es. Aber meinen Standort musst du dir schon verdienen. Du hast scheinbar noch nie etwas von Privatsphäre gehört."

Sarkastisch hob sich mein Mundwinkel und deutete auf mein Smartphone: „Willst du mich weiter provozieren?"

Ryan zupfte an seinem Jackett und räusperte sich aufrecht: „Schon klar. Dann hier"

Und schon verknüpfte er unsere Geräte mit einer App.

„Die verschwindet, sobald du den Beweis hast, dass ich dir und Emilia nichts tue. Verstanden?"

Schockiert wechselte mein Blick zwischen unseren Displays und seinem Gesicht.

Tat er es gerade wirklich?

Tat er es, um mich auszuspionieren und schlussendlich, bevor ich etwas ahnen könnte, zu töten?

Wie konnte er so schnell seine Meinung ändern?

Beängstigt von meinen Fantasien zuckten meine Füße zurück und ich steckte mein Handy wieder ein. Mein Blick konnte sich jedoch nicht von ihm lösen. Ich fing mich wieder, als er ohne Verabschiedung mit dem Fahrrad weiterfuhr. Höflichkeit war nicht wirklich sein Ding.

Er wusste, wir würden uns wiedersehen. Deshalb gab es keinen Abschied. Ich rupfte meinen Rock zurecht und begab mich dann zu der nächsten Bushaltestelle. Er wirkte erschreckend harmlos im Vergleich zu gestern.

Vielleicht sollte ich ihn wirklich einfach in Ruhe lassen.

Mir schwörend, bloß zwei Sekunden drauf zu sehen, um zu kontrollieren, er gäbe mir den richtigen Standort, blickte ich trotzdem auf mein Display. Entweder er war gut darin, es zu fälschen oder er fuhr gerade aus der Straße, in der wir uns eben befanden und begab sich nun zum Central Park. Unverzüglich darauf, verstaute ich mein Smartphone wieder in meiner Tasche und wartete auf den Bus.

Aber was hätte er davon, mir seinen echten Standort zu geben? Obwohl ich skeptisch blieb, erkannte ich schon jetzt meine neue Sucht nach dieser App.

...

„Hier, bis heute Abend", pfefferte Mr. Adams mir einen Stapel dicker Adressbücher und schlicht verpackter Akten auf den Schreibtisch.

„Lies bitte mal über die hier nach", seine Finger mit dem abgenutzten, silbernen Ehering streiften über die Folie der Akte.

„Ja, mache ich", bestätigte ich knapp und begann mir meine Haare zu einem Dutt zu binden. Netter als er klang, fragte er höflich: „Hast du das, was du noch vorhattest, geschafft?"

Ich nickte: „Kann man so sagen."

Trotz seinem darauffolgenden, monotonen, „Das ist schön", war das für seine Verhältnisse bereits sehr freundlich. Es fiel ihm nicht sonderlich leicht, seine Gefühle zu zeigen. Nach meinem Abschweifen sortierte ich die Unterlagen und recherchierte nach aktuellen Informationen über die gegebenen Leute. Einer von ihnen war ein älterer, scheinbar sehr konservativer Mann. Kaum noch Haare, viele Falten, Frau vor kurzem erst verstorben und jetzt stellte er irgendwelche Verschwörungstheorien gegen den Staat auf. Ich legte ihn direkt beiseite. Schließlich war das nichts anderes als menschliches Verhalten. So gingen manche mit einem Verlust halt um.

Wie konnte man das verdächtigen?

Augenrollend tippten meine roten Nägel über die Tastatur und suchten online nach der nächsten, interessanten Person. Diesmal war es eine Frau mittleren Alters. Sie schien zwar für Geld ihren Spaß mit Männern zu haben, aber all ihre Aussagen entstanden unter Alkoholeinfluss. Ich zweifelte stark, dass sie eine Gefahr darstellte, die großes Geld mit Drogenhandel machte. Vor allem, weil sie eine Tochter hatte, für der sie ihr ganzes verschmutztes Gehalt hinhielt.

Nichtsdestotrotz notierte ich mir etwas über sie, um Mr. Adams etwas zu liefern. Im Anschluss blätterte ich noch etwas weiter, bis ich auf eine Akte ohne Bild traf.

„Aiden…", der Nachname war durch Wasser verlaufen, noch bevor das Dokument sicher verstaut worden war. Schwach zu entziffern war nur etwas wie, „…four"

Aiden Four?

Wer sollte das sein?

Ich zog die Akte etwas näher an meinen Oberkörper und beugte mich weiter drüber. Meine Fingerspitzen wechselten zwischen den Seiten.

„Diebstahl von Wertgegenständen eines Beamten"

„Autodiebstahl" „Hausfriedensbruch"

Meine Augen weiteten sich. Ganz schön viele Dinge, die sich in seiner Strafakte wiederfanden. Trotzdem wirkte es so, als hätte man die Fälle immer aus dem Weg geschafft. Nicht einmal ein Bild besaßen sie von ihm. Ich wollte die Akte gerade auf einen Stapel anderer Dokumente schmeißen, als mein Stift unter das Papier rollte. Um ihn zu greifen, wendete ich die Seite um. Plötzlich stand dort ein viel grausamerer Vorwurf, den man, wenn er wahr wäre, nicht einfach hätte verdrängen dürfen: „Mord."

Stockend raubte es mir den Atem.

Meine Pupillen zitterten und suchten nach Anhaltspunkten auf meinem Schreibtisch.

Währenddessen versuchte ich, vollkommen in der Situation vertieft, herauszufinden, wie man einem solchen Vorwurf entkäme. Rasch stand ich auf und wollte mit festem Griff in den Papieren zu meinem Chef. Als mein Kollege mir von seinem Schreibtischstuhl aus plötzlich einen skeptischen Blick zu warf.

„Ist das deine Aufgabe?“, flüsterten seine Lippen.

Mich darauf hinweisend, dass ich gerade zu sehr aus mir herauskam und mich vorerst beruhigen sollte. Im Büro war ich bereits bekannt dafür, impulsiv zu handeln. Schien, als wussten sie davon, bevor ich ihre Namen überhaupt kannte. Schnaubend fiel ich zurück in meinen Stuhl. Dabei wusste ich genau, Mr. Adams würde mich sowieso niemals rausschmeißen. Dafür war ich ihm zu nützlich. Nichtsdestotrotz zwang ich mich zum Durchatmen.

Ein Mörder, dessen Gesicht unbekannt war, obwohl man seinen echten Namen kannte?

Rasend schnell und mit all meiner Aufmerksamkeit diesem Kerl gewidmet, tippten meine Finger über die Tastatur. Unter Aiden Four fand ich einige Personen aus den Vereinigten Staaten in der Datenbank. Aber die einen waren gerade mal zwölf Jahre alt und hatten nur ein Selfie mit ihrer Mutter im Internet und die anderen waren bloß abgewandte Formen von „Aiden“.

Ich ging tiefer und versuchte ihn unter anderen, ähnlichen Namen zu finden. Ich schrieb zehn Adressen von verdächtigen Leuten auf und druckte Fotos von ihnen aus. Alles zusammen klemmte ich mit einer Büroklammer zusammen und beschriftete auf einem gelben Post-It meine Daten für Mr. Adams. In Hoffnungen, er würde sich damit auseinandersetzen oder es zumindest weitergeben. Getrieben von meinem Ehrgeiz stolzierte ich wenige Minuten später in sein Büro. Ich ließ mich auf dem bequemen, Ledersessel ihm gegenüber nieder und platzierte mit heraus gestochener Brust meinen Blätterstapel auf seiner Arbeitsfläche. Gehobenes Kinn und zufriedenes Grinsen zeigten ihm bereits zielsicher, was ich erreichen wollte.

Doch er erwiderte es nicht. Mit angezogenem Muskel seiner Augenbraue musterte er meine Haltung misstrauisch. Er blätterte mit wechselndem Blick durch meine Daten.

„Das war schnell“, merkte er an. Jedoch klang es eher weniger nach einem zufriedengestellten Kompliment.

„Das ist ja ganz schön, Ava“, begann seine tiefe Stimme, „Und genau so eine Bereitschaft brauchen wir hier. Aber ich habe das

Gefühl, du fixierst dich manchmal so sehr auf eine Sache, die dich persönlich am meisten mitnimmt und dann blendest du alle anderen Dinge aus. Außerdem bin ich der Meinung, dass du in diesem Fall hier auch übertreibst. Der Mord war eine Unterstellung, ja. Und ja, man sollte keinen Mörder länger draußen herumlaufen lassen. Aber es war ein Mord, dessen Opfer von einem Psychologen auch noch mentale Instabilität diagnostiziert bekam. Der Fall ist älter und es ist unklar, ob es nicht sogar Selbstmord war."

Ein tiefes Seufzen raffte sich durch seine kratzende Raucherlunge. Der schwere enttäuschende Unterton umhüllte mich und zwang mich zur Verunsicherung.

„Ähm, ja, aber-", richtete ich meinen Oberkörper nach vorne. Überzeugt wollte ich mit meinen Fingern auf die Ergebnisse zeigen, um sie ihm näher zu erläutern. Als er mir plötzlich seine flache Hand entgegenhielt.

Er verwehrte mir den Zugriff auf meine Blätter und warf mir einen enttäuschten Blick zu.

„Nein, Ava. Ich denke, du solltest dir eine Pause nehmen. Lehn dich zurück, nimm dir mehr Schlaf."

„A-Aber", verdattert und aufgelöst blickte ich zu ihm.

Woraufhin er bloß ausgeglichen nickte und mich damit wieder abwürgte. Meine Hände wurden schwächer und mein Körper viel zurück in den Sessel.

Verdammt.

Mein Gesicht drehte sich durch die Glasscheiben zum Schreibtisch meines Kollegen. Ich hätte auf ihn hören sollen. Auf einmal holte mich die Wut wieder ein. Ich entriss Mr. Adams meine Blätter und verschwand mit gesenktem, gefährlichem Blick aus seinem Büro.

Keiner hier schätzte mich wert.

Diese Art von Ehrgeiz war doch, was er suchte!

Ich wollte gerade die Blätter vor meinem Arbeitsplatz auf den Boden schleudern, riss mich dann aber zum Glück zusammen. Stattdessen zerknitterte ich das Papier in meiner ballenden Faust.

Angespannt presste ich sie vor meinen Computer, ergriff meine Jacke vom Stuhl und streifte sie mir über die Schultern.

„Hey, alles gut?“, fragte mein Kollege mit den blauen Augen. Ich schüttelte meinen Kopf, während ich zeitgleich meine Augen wohl so bedrohlich verdrehte, dass er sich daraufhin zurückzog und seiner Arbeit widmete. Angewidert machte ich mich also auf dem Weg zum Aufzug. Mein Blick geradeaus auf das große Fenster, welches mir New York offenbarte, gerichtet. Bis die Tür sich langsam schloss. Kaum war sie zu, schrie ich schrill und presste aggressiv meinen Kopf mit meinen Händen zusammen. Kaum piepte der Aufzug und die Tür öffnete sich, stand ich wieder gerade, legte meine Finger um die Metalkette der Umhängetasche und verließ in aufrechten Gang das Gebäude. Durch den Schrei sahen die Kollegen an der Verwaltung irritiert um sich, beachteten mich aber nicht.

Wie sollte ich diese Gefühle in den Griff bekommen, wenn man mich wo auch immer ich war, nicht akzeptierte.

Mich nie wertschätzte und immer wieder wollte, dass ich verschwände?

Wie?

Wo gehörte ich hin?

Wieso wollte mich keiner irgendwo haben…?

Die lauten Straßen New Yorks und die verdammt verwirrenden Gerüche um mich herum, trieben mich nur noch stärker zur Weißglut. Wodurch ich mich kurzerhand dazu entschied, den einzigen beruhigenden Ort in dieser chaotischen Stadt aufzusuchen. Amber's.

Kaum sog ich den Geruch der Vanilleküchlein in meine Nase, besänftigte es mein Gemüt. Nur brachte mich dieses Durcheinander nicht bloß dazu, meinen Kaffee viel zu schnell umzurühren und den kleinen Strudel etwas zu fixiert zu beobachten, sondern auch dazu, dass ich Kian anschrieb. Wenige Sekunden später bemerkte ich, wie es an meinem Stolz nagte. Ich war es schließlich, die das letzte Mal noch sagte, dass wir damit aufhören sollten. Und auch ich war es, die durch seine Taten nicht ruhiger, sondern genervter wurde.

Warum also hatte ich ihm geschrieben?!

Mist.

„Hi, kann ich Ihnen noch etwas bringen?“, fragte die zierliche Brünette, die mich auch beim letzten Mal schon bedient hatte.

Sie strotzte vor Energie und trug ein solch zartes Lächeln. Jedoch konnte ich ihr leicht ansehen, wie sie sich nachts in den Schlaf weinte und versuchte das unter ihrem Make-up zu retuschieren. Sie könnte sich nicht wehren, wenn man ihr etwas tun würde. Doch gerade diese Art von Mitleid und Hilflosigkeit, die man bei ihrem Anblick verspürte, machte sie beliebt bei anderen.

Ich kramte etwas aus meiner Tasche. Eine Schatulle, in der sich eine roséfarbene Kette mit kleinen Herzen befand.

„Für Sie.“

„Wirklich?“, sie öffnete sie behutsam, „wofür?“

Ihre rundlichen Welpenaugen blickten fragend, aber dankend zu mir.

„Du erinnerst mich an jemanden, dem ich die eigentlich geben wollte. Pass gut drauf auf“, ich lächelte knapp zu ihr, doch blickte dann wieder in meinen Kaffee.

Sie passte hier rein. Dieser Ort, war eigentlich nichts für mich. Umso mehr für jemanden wie sie. In einem Zug schlang ich den kochend heißen Kaffee meinen Rachen herab. Wodurch mich ihr besorgter Blick traf, und ihre Hände zuckten, mich aufzuhalten.

„Danke“, erwiderte ich nur, presste ihr das Geld passend in die Hand und huschte hinaus.

KAPITEL 5

Draußen konnte ich nur torkeln, die ganzen Leute, die ich streifte, schubsten meinen instabilen Körper und drehte ihn hin und her. Alles zog an mir vorbei. Die sanften Farben der Bäckerei, die grellen Lichter der Läden, die lauten Motorengeräusche der Autos, die Massen an Leuten. Ich nahm kaum etwas wahr, bis ich die Tür meines Apartments hinter mir zu werfen konnte. Mein Schlüssel fiel klimpernd zu Boden und alles verschwand.

Kein Geräusch mehr.

Nur noch mein Eigengeruch. Keine Wärme mehr von anderen. Keine Farben, keine Lichter. Ich war allein und leer. Schwächlich rutschte die Tasche von meiner gesenkten Schulter und prallte wie der Schlüssel auf mein Laminat. Selbst als ich einen Blick in den Chat von Kian warf, durfte ich nur feststellen, dass er die Nachricht nicht gelesen hatte. Es sollte mich freuen, doch es bedrückte mich. Meine Augen schweiften durch meinen Raum. Mein großer, schlichter Fernseher, die riesigen Fenster, das breite Bett. Alles viel zu viel Platz für mich allein. Dunkles, edles Holz, helle, große Scheiben, schwarze Möbel und steriler Luxus. Wie konnte ich mich hier drin so unwohl fühlen. So falsch. In all dem, was ich mir hart erarbeitet hatte. Ich musste spinnen. Verdammt. Scheiße…

„VERDAMMT!", brüllte ich auf einmal in eines der langen, weichen Kissen. Ich hatte keine Kontrolle. Ich hatte keine Kontrolle über meine Gefühle. Ich benahm mich wie ein pubertierender Teenager, deren Hormone einfach nicht ins Gleichgewicht kamen. Es war ein Teufelskreis, weil mein Kontrollverlust – ob durch Wut oder Trauer – meinen Stolz zerfraß.

Verdammt.

Kraftlos sackte ich auf meine Bettkante. Die Schultern gesunken und die Beine schwach, fielen mir die Augen zu… In der vollkommen leeren Stille. Plötzlich piepte mein Handy auf. Es lag auf der Kommode, als das Display durch die Benachrichtigung aufleuchtete. Augenrollend wollte ich es ignorieren und mich zurückwerfen, bis ich hoffte, dass es mich aus meiner deprimierenden Stimmung holen würde.

Vielleicht war es auch Kian.

Ich nutzte also meine letzte Kraft, um mich mit einem Schwung aufzuraffen und zur Kommode zu schlendern. Auf einmal tauchte ein Ansturm von immer wieder neuen Benachrichtigungen in meiner Taskbar auf. Alle von der gleichen App. Die App, die über Ryans Standort informierte. Ich hatte nichts eingerichtet oder verstellt, aber sie teilte mir im Sekundentakt jeden seiner, mir näherkommenden Schritte mit. Vor Nervosität stieg meine Aufmerksamkeit.

Was hatte er vor?

Konnte er sehen, wo ich war?

Verfolgte er mich?

Hatte ich jetzt auch darüber die Kontrolle verloren?!

Panisch beschloss ich, dass ich hier raus musste, damit er nicht gleich meinen Wohnort kennen würde. Ich schnappte mir meine Hemdjacke aus Kunstleder und schlüpfte zurück in meine Boots. Schon schloss ich die Tür hinter mir zu und takelte zum Fahrstuhl. Mein Laufen schlug etwas fehl, weil die Absätze, gepaart mit meiner Kraftlosigkeit, es mir erschwerten. Sobald ich das Erdgeschoss ausgewählt hatte, ergriff ich wieder mein Handy. Ich ließ meine Nägel über das Display gleiten und stellte den Ton aus. Das ständige Piepen machte mich verrückt.

Trotzdem blinkte mein Bildschirm immer wieder auf. Ryan musste jetzt genau vor dem Gebäude stehen. Verunsichert begab ich mich durch den Keller in einen Hinterausgang, der mich in den Innenhof der Wohnungen brachte. Zwischen Wäscheständer, Mülltonnen und dem Picknicktisch, schlich ich heraus. Zurück auf der großen Hauptstraße hatte ich freien Blick auf den Eingang des Gebäudes. Und wer stand dort…

In einer dunkelgrauen Anzugshose, einem schwarzen, lässigen Shirt, mit hochgekrempelten Ärmeln und den gekämmten, dicken Haaren.

Er war es wirklich.

Mr. Ashford.

Die App funktionierte. Scheinbar jedoch für beide Seiten. Neugierig lehnte ich hinter der Mauer hervor und musterte seine Bewegungen. Seine Füße, in den schwarzen Schuhen, glitten über die Steine des Bürgersteigs, drehten sich aber um eine Stelle im Kreis. Seine Hände fuhren durch seine Haare, zeigten hilflos in Straßen oder ergriffen sein Smartphone aus seiner Hosentasche. Sein Blick wechselte zeitgleich zwischen dem Gebäude meiner Wohnung und der Straße.

Das konnte doch nicht wahr sein.

Er hatte die App wirklich nur dafür.

Das war von Anfang an sein Plan.

Schließlich hatte ich alles an ihm verdächtigt.

Mich aus dem Weg zu schaffen, müsste das sinnvollste und einfachste aus seiner Sicht sein.

Krampfhaft versuchte ich die Spannung meines Rückens zu lösen und führte mit unauffälligen Bewegungen meine Hände wieder an mein Handy und meine Waffe. Bis ich zögerte.

Ich durfte nicht wieder denselben Fehler wie letztes Mal machen. Ich musste sie bereithalten, mich aber beherrschen. Wenn ich sie wieder grundlos ziehen würde, verstärkte das nur seinen Stolz, indem er glaubte, ich wäre nicht fähig genug. Meine Fingerspitzen lösten sich von der Waffe, krallten sich aber umso fester in mein Smartphone. Langsam gab ich Mr. Adams in meiner Kontaktsuchliste ein. Indessen verlor ich aber keine Sekunde lang die Aufmerksamkeit an Mr. Stalker und dem potenziellen Mörder. Mein Herz schlug aufgewühlter, meine Füße bewegten sich aus der Gasse, meine Finger glitten nervöser über das Telefon Symbol. Gerade wollte ich mich ihm gegenüberstellen, ihn verhören und währenddessen Mr. Adams anrufen. So könnte ich Ryan innerhalb kürzester Zeit festnehmen und der Polizei übergeben.

Doch plötzlich fanden Ryans Augen einen Punkt zum Fixieren. Unverzüglich folgte mein Blick seinem. Eine junge Frau mit roten Haaren zu einem Dutt gebunden in lockerer Joggingbekleidung trug seine Aufmerksamkeit.

Perplex erstarrte ich, mein Finger entfernte sich vom Symbol und meine Füße traten zurück. Sanft lächelte Ryan, während sie ihm einen eleganten Kuss auf die Wange gab. Sie schien seine Freundin zu sein. Starr beobachtete ich ihre Interaktionen miteinander und verstand…

Ryan hatte mich nie verfolgt, seine Freundin wohnte bloß im gleichen Gebäude wie ich.

Und… Ryan hatte eine Freundin.

Kein One-Night-Stand, nichts Toxisches, sondern eine lange, romantische Beziehung.

Was?

Mein Killer hatte eine liebevolle Freundin, ohne sie zu erpressen?

Wie konnte ich mich so sehr in dem Erscheinungsbild und Verhalten von jemandem irren?

Wie kam ich auf so ein Urteil? Spielte mein Verstand nun vollkommen verrückt?

Meine kühlen, blutleeren Hände zitterten, obwohl mein Kopf zeitgleich in der Sonne glühte. Schwächlich knickte mein Fuß bei meinem nächsten Schritt nach vorne zur Seite und riss beinahe – hätte ich mich nicht an der Wand festhalten können – mein restliches Gewicht mit sich.

Ryan Ashford…

Auf einmal trat ich gegen eine alte, klimpernde Dose. Sie rollte über den Asphalt und sog die Aufmerksamkeit des Pärchens auf mich. Mist.

„Ava?“, erkannte ich seine Lippen meinen Namen formen, nachdem sich sein Kopf perplex zum Geräusch gedreht hatte. Ich biss mir auf die Unterlippe und atmete kurz durch, bevor ich auf die beiden zuging.

„Hätte nicht erwartet, dich hier zu sehen, Ashford“, hauchte ich, mich auf das Mädchen konzentrierend – Sie von oben bis unten musternd.

Ihr Gesicht umrundeten zwei rote Strähnen, die aus ihrem Dutt fielen und wie lauter kleine Sterne den Himmel, zierten Sommersprossen ihre zarten Wangen. Zart lächelten ihre schmalen Lippen, beinahe als wäre sie nicht sonderlich überrascht.

„Ich auch nicht, dich hier zu sehen“, erwiderte er.

Eine starke Spannung herrschte zwischen uns, welche uns sehr fremd miteinander reden ließ. Scheinbar konzentrierte er sich so sehr auf meine Bewegungen und mimischen Zuckungen, wie ich auf die seine. Wissend, im Rampenlicht zu stehen, achtete er auf seine eigenen Handlungen. Das Mädchen stand zwischen unserer Stille und strich sich unwohl mit gesenktem Blick die Babyhärchen von der Stirn.

„Ja, ich war zufällig in der Gegend“, erklärte ich monoton und starrte ihm tief, analysierend in die Augen. Anders als jeder andere, schreckte Derartiges Ryan nicht ab.

„Wie schön“, setzte er ein Lächeln auf, bei welchem sich seine Augen keinen Millimeter bewegten, doch wandte sich dann vertrauter zu ihr: „Das ist Ava, sie arbeitet auch beim Geheimdienst und-“

Ich fauchte.

„Merkt man“, musterte die Fremde mich, ohne Ryans Worten weiter zu folgen. Statt herablassend, wirkte sie eher enttäuscht.

„Ist sie deine Freundin?“, fragte ich Ryan, wobei ich ihr keinen Blick widmete. Ich hatte sein Gesicht genau im Blick, um jede Lüge entlarven zu können, sobald er antwortete.

Doch wie aus dem Nichts, drängte sie sich an seinen Arm und lächelte stolz: „Ja, seit Kurzem.“

Als ich verstand, dass sie leicht patzig durch mein Verhalten wurde, beschloss ich es abzulegen und Ryan in dem Punkt Glauben zu schenken.

„Das freut mich. Wie er schon gesagt hat, bin ich Ava, Ava Quinn. Und du bist?“

Irritiert zuckte ihr Gesicht durch meine sanftere Stimme und Aufgeschlossenheit, verglichen mit der Anspannung von eben.

„Noreen Hill."

„Was ein hübscher Name", schmunzelte ich freundlich und hob meine Augenbrauen offen.

„Kommst du aus New York?"

Sie nickte, doch schüttelte das Thema eher wieder ab: „Ja, jedoch etwas weiter weg von hier."

„Was macht ihr denn dann hier?", fragte ich weiter, doch hielt mein leeres Lächeln, während ich unauffällig zu Ryan rüber blitzte.

Auf Noreens Zögern, drängte Ryan seine Schulter vor ihre und meinte: „Wir wollten hier einen Freund treffen."

Ich blieb ihm gegenüber misstrauisch: „Ach ja? Der wohnt also hier? Wie heißt er denn?"

Plötzlich begann Ryan zu lachen: „Dylan. Du bist ganz schön neugierig. Willst du mit?"

Mist.

Eine derartige Frage war bloß dazu da, um abgelehnt zu werden. Schließlich wäre es für mich nicht nur unangenehm, falls er wirklich einen Dylan traf, sondern auch noch reine Zeitverschwendung. Ich beschloss ihm schon mit seiner Freundin zu glauben, also wohl vorerst auch damit. Ich lehnte dankend ab und strich mir elegant eine Haarsträhne von der Stirn. Indessen sank ich meinen Blick, um ihn nach einer Waffe abzusuchen. Knapp und unbemerkt gab ich es schnell wieder auf und wünschte den beiden mit einem zarten Lächeln viel Vergnügen. Im Umkehren seufzte ich leise und zwang mich, mein Grübeln zu unterdrücken. Irgendwie hatte ich kein gutes Gefühl bei ihm, aber er hatte eine nette Freundin, andere Freunde, einen FBI-Ausweis und verriet mir gleich am Anfang seinen Namen. Es war einfach zu viel, um da jetzt noch tiefer nachzuforschen.

Ryan

Sobald Ava verschwand, drückte ich der fremden „Noreen“ das Geld in die Hand. Sofort entfernte sie sich von mir, entriss mir die Scheine und verschwand. Ich schmunzelte und sah in die Richtung, in die Ava ging.

War es erfolgreich?

Ava

Die kühle Luft des Morgens sorgte durch die offene Tür für starken Durchzug. Ich zog die Decke höher, bis an meine Nasenspitze und wurde etwas benommen wach. Zitternd zuckte ich zusammen, bevor ich mich auf den Rücken drehen und strecken wollte, als plötzlich ein lauter, schriller Ton mich hellwach brüllte. Gesicht verzogen wühlte ich unter den Kissen nach meinem Handy.

„Ja?“, ging ich an den Anruf, ohne nachzusehen, wer es war.

„Guten Morgen Ava“, hörte ich meinen Chef. Ruckartig hüpfte ich auf und saß nullkommanichts gerade auf meiner Bettkante. Ich räusperte mich, obwohl meine Augen immer noch milchglasartig besetzt schienen.

„Ja?“ Meine Hoffnungen auf einen Auftrag waren auf einmal derartig groß, dabei hatte ich noch nicht einmal mein eigenes Spiegelbild mir gegenüber wahrgenommen.

„Es gibt da etwas, das du dir ansehen könntest. Aber, Hm… Beim letzten Mal wirktest du nicht wirklich leistungsfähig. Jedoch habe ich keinen anderen und die Polizei… Naja, du weißt ja“, sprach er kühl und ich hörte bereits raus, wie er beschäftigt auf seiner Tastatur umher tippte, statt sich vollkommen auf mich zu konzentrieren.

„Ich werde da sein“, erwiderte ich, doch hob meine Unterlippe zischend an. Respektlos. Dreist legte ich auf und machte mich fertig. Kurz bevor ich wieder zu schmunzeln begann. Immerhin hatte ich jetzt wieder etwas zu tun.

Mein Blick glitt von Fenster zu Fenster des Hotels vor mir. Ich zählte Achtzehn Etagen, während ich wartete, bis der mir zugesandte Kollege auftauchte.

„Hey, Ava." Ich drehte mich zu der Stimme und sah einen vertrauten jungen Mann, den ich schon öfter vorm Büro gesehen hatte.

„Hi…", ich überlegte, doch ein Name flog mir nicht zu.

„Dylan", lächelte er bescheiden.

In Sekunden weiteten sich meine Augen.

„Dylan?", wiederholte ich zögerlich, „Ehm…"

Ich zögerte zu fragen.

„Schön, dich kennenzulernen", verwarf ich es dann doch.

Es war vermutlich überflüssig. Ich war zu paranoid mit Ryan.

„Weißt du schon, was passiert ist?", fragte er mich.

„Nicht direkt, Mr. Adams hält sich da relativ zurück."

Wir betraten zusammen das Gebäude und erkannten schwarz-gelbe Absperrungen des Aufzugs und einen Polizisten.

„Hallo, Dylan, Ava. Was ist passiert?", ging Dylan mit seinem Ausweis auf ihn zu. Indessen sah ich mich um. Ein herber Holzgeruch lag in der Luft und ein kleines Kind hockte stumm, zitternd auf einer Bank.

Überrascht und neugierig näherte ich mich ihm: „Hey." Ich hockte mich vorsichtig herab.

Er reagierte, indem er seinen Kopf von mir drehte und seine Hände auf seine blonden Haare legte. Fest krallte er sich in sie.

„Wie heißt du?", versuchte ich weiterhin an ihn heranzukommen.

„Geh weg", murmelte er.

Schatten bedeckt linsten seine verengten, bösen Augen zu mir rauf. „Aber wir sind hier, um zu helfen."

„Das sagen sie alle und dann, dann ist meine Mutter tot." Meine Augenbrauen zuckten hoch.

Er war der Junge des Opfers?

„Wir finden heraus, wer das getan hat", beruhigend versuchte ich in seine Augen zu sehen und seinen Arm zu greifen. Hastig riss er diesen jedoch von mir weg, wobei mir die blauen Blutergüsse in die Augen stachen…

„Geh weg“, wiederholte er brummend und rieb sich seinen Arm. Ich seufzte. Als ich plötzlich die Stimme von jemandem ungemein hinter mir wahrnahm: „Wer bist du denn, Kleiner?“

„Lasst mich!“, sprang er auf und floh zur Tür. Dylan und ich sahen ihm besorgt nach, doch hielten ihn vorerst nicht auf. Als Dylan sich wieder mir zu wandte, hielt er mir freundlich eine Hand entgegen. Ablehnend stützte ich mich vom Boden und klopfte meine Hände an meiner Jeans sauber. Dylan zog seine Mundwinkel herab, doch zuckte dann mit den Schultern: „Die Leiche, eine Frau mittleren Alters wurde in Zimmer 211 gefunden. Sie hing am Deckenventilator.“

„Selbstmord?“, verließ es mich verwirrt. „Scheinbar, aber weshalb schickte er uns dann her?“ Ahnungslos zogen sich seine Schultern wieder auf, bevor er abwinkend Abstand nahm, um einen Anruf zu tätigen. Zustimmend beschloss ich dann mir das Zimmer anzusehen. Ein Smartphone bewegte sich vibrierend unter einem Zipfel eines Stück Stoffes. Nichts des Tatorts wurde seither verändert, sodass es noch genau dort liegen musste, wo sie es zuletzt hatte. Seltsam daran war, dass es nicht einmal in der Nähe des Ventilators lag. Ich bückte mich unter dem Absperrungsband durch und näherte mich dem Handy.

Sie schien es einfach aus den Händen fallen gelassen zu haben, sodass das Display zersprungen war. Zwei Meter entfernt vom Ventilator. Ich hob es hoch und schaltete es erfolgreich ein. Überrascht wischte ich mit den Handschuhen an meinen Fingern durch ihre Nachrichten. Auf der Suche nach Verabschiedungen, Liebesgeständnissen oder leidvollen Texten, blieb ich erfolglos.

Meine Skepsis stieg. Gleitend folgten meine Finger meinem Blick, welcher unter die Kommode glitt. Ich bückte mich tiefer und streckte meinen Arm aus. Plötzlich schnitt ich mich an etwas Scharfen. Unverzüglich riss ich meinen Arm zurück und musterte einen Schnitt durch das Latex an meiner Fingerkuppe, auf welcher sich eine dickflüssige Blutblase bildete. Dann blickte ich erneut herab und erleichterte mir das Sehen mit dem Licht meines Smartphones. Ich fand eine Klinge, die an ihrer Spitze einen Tropfen meines Bluts trug.

Meine Vermutung bekräftigend zog ich die Waffe hervor und verstaute sie in einer Tüte, die ich oben verschloss. Das Messer hatte das Opfer nicht berührt. Weder an dem Körper noch an der Klinge befand sich Blut, abgesehen von meinem kleinen Fehler. In dem Moment, als ich mich wieder aufrichtete, spürte ich auf einmal einen Atem in meinen Nacken. Sofort zuckte ich zusammen und drehte mich direkt um, um die Person zu erkennen.

Bloß um Dylan zu erblicken und in derselben Sekunde den Halt unter meinem Fuß zu verlieren.

Bevor ich zu fallen drohte, schnappte Dylan meinen Arm und zog mich mit seinen Fingern an meinem Ellenbogen wieder zu sich.

„Warum betrittst du den Tatort?" Durfte ich in sein verwundertes Gesicht sehen.

„Man sollte sich nicht auf alle verlassen", deutete ich auf die angeblich fehlenden Beweise hin, bis ich bemerkte, wie er mich hielt. Beschämt rieb ich mir die Stirn und schüttelte meinen Kopf. Als er zu lachen beginnen wollte, schritt ich an ihm vorbei, stellte mich aufrecht neben ihn und meinte ernst: „Das war kein Selbstmord."

Ich verschränkte sicher die Arme vor meiner Brust und blickte auf das Schlachtfeld, auf welcher aus meiner Sicht definitiv ein Kampf der Selbstverteidigung stattfand.

„Was? Aber wieso hing sie dann dort?", lachte er, ohne es infrage stellen zu wollen.

„Ich weiß nicht, wie, aber vielleicht war es ein ausartender Streit. Andererseits… Niemand Unschuldiges, der jemanden aus Versehen umbringt, kommt in der Panik auf die Idee, sie mit dem Bettlaken des Bettes an den Ventilator zu hängen. Das würde wieder für geplanten Mord sprechen."

„Ich glaube, du verdienst dir eine Pause", verzog er sein Gesicht verzweifelt und sah mich mit diesem bemitleidenden Blick an. „Wie kannst du denken, so etwas sei Mord?"

Ich schloss unser Gespräch ab: „Jemand, der vorhat, sich umzubringen, plant nicht, was er morgen zum Abendessen einkaufen muss, um den Feiertag zu überbrücken."

Nach einem tiefen Luftholen verdrehte ich meine Augen, klopfte ihm auf die Schulter und verließ den Raum. Anschließend setzte ich mich an einen der Tische im Eingangsbereich des Hotels und schlug meinen Laptop aus meiner Tasche auf. Ich notierte mir die gefundenen Sachen, sowie meine Theorien, als mir plötzlich ein ganz anderer Gedanke durch den Kopf schoss.

Ryan Ashford.

Ich wollte seine Akte kontrollieren und seinen Namen im Internet suchen. Von Anfang an, hatte ich dieses Vorhaben aber immer wieder verworfen, weil ich es bei allem anderen einfach vergaß. Nun nahm ich mir das also vor. Ich tippte seinen Namen in meine Tastatur und kam auf einige Personen mit ähnlichen Namen. Tiefer grabend suchte ich auf genauen Websiten nach Namen und Personendaten. Ryan Ashfords gab es einige, jedoch keinen davon in New York.

Hm.

Kopfschüttelnd versuchte ich es erneut und suchte im Verzeichnis nach seiner Akte. Plötzlich schwappte etwas Kochendheißes auf meinen Schoß. Mein Atem stockte. Kaum hob ich meinen Blick, enttarnte sich Dylan hinter einem jetzt leeren Becher Kaffee.

Ich spannte mein Gesicht an, meine Atmung beschleunigte sich und etwas in mir bahnte sich an. Meine Beine brannten unter der Hitze der Flüssigkeit und sogen die nasse Hose fest an sich. Dem Gefühl nicht entkommend, ließ ich es eklig auf mich wirken. Ich spürte die noch heißer kochende Wut in mir, welche ich durch das Gefühl des Ekels zu unterdrücken versuchte.

„Was soll das?", stieß ich stark Luft durch meine Nase aus und zwang mich leise zu sprechen.

„Es tut mir so leid!!", verflocht er seine Finger und kniff seine Augen zusammen.

„Da bin ich einmal auf einer Mission mit einem Partner und der ist dann derartig unfähig, dass er sich mehr damit beschäftigt, mich zu erschrecken oder vollkommener Inkompetenz den Becher voll von heißem Kaffee nicht in seiner Hand behalten kann, statt mit dem Fall. Dir sollte klar sein, dass man für solch einen Job, ruhige Hände braucht.“

Schwungvoll stand ich auf und suchte ein Badezimmer durch einen langen Flur. Doch mitten auf meinen Weg und meinen innerlichen Flüchen, bahnte sich ein stechendes Gefühl durch meinen Bauch. Unverzüglich blieb ich stehen.

War das alles Absicht, um an meinen Laptop und die Daten zu kommen?

Um mich abzulenken?

Schleunigst drehte ich mich zurück und meine Augen fixierten meinen offenen, alleinstehenden Laptop… Meine verengten Augen öffneten sich und meine verkrampften Schultern lösten sich, als ich erkannte, dass niemand in der Nähe war. Bedenkenlos wandte ich mich wieder nach vorne und ging zögerlich weiter voran.

KAPITEL 6

„Guten Morgen, Ava, hast du Neues zu berichten?“, begrüßte mich Mr. Adams mit seiner Tasse Morgenkaffee, verfeinert mit einem Schuss Wodka, so wie ich ihn kannte. Die herbe Note stieg mir in die Nase, während er sich durch das Ablegen seines Ellenbogens auf meinem Sichtschutz näherte. Sein urteilender Blick sank herab auf die Papiere unter meinen Händen, welche gerade aufhörten, auf der Tastatur umherzutippen. Für einen Augenblick grübelte ich, ob ich ihm überzeugt von meiner Theorie erzählen sollte oder es für mich behielte. Der glattgebügelte Anzug kombiniert mit den unrasierten Bartstoppeln und den verengten, kritischen Augen, brachte mich auf den Entschluss, dass er heute Morgen einen weiteren Ehestreit hatte und diesen jetzt mit dem Wodka zu verarbeiten versuchte. Unbemerkt seufzte ich leise und erklärte dann:

„Der Fall lief gut. Das Opfer hatte aber einen kleinen Sohn und ich weiß nicht, ob die örtliche Polizei ihn schon ausfindig machen konnte.“

„Oh, ja das ist nicht sonderlich schön“, rieb er sich die Schläfe, „Ich kann mich mal erkundigen.“

Sein Arm mit der Tasse drehte sich bereits von mir, als er mich plötzlich über seine eigene Schulter fragte: „Was recherchierst du denn?“

Ich winkte es ab: „Ich hatte eine interessante Akte gefunden und stelle nur Nachforschungen an.“

Statt weiter drauf einzugehen – wie ich es erwartet hatte – wendete er sich ab. Meine Finger zog es zurück zur Tastatur. Ich schloss den Tab der informationslosen Akte über Aiden. Keinen

Nachnamen, keine Familienangaben, keine Ortsangaben, kein Alter, nichts. In unserer Datenbank stieß ich auf eine Liste aller Toten aus diesem Jahr und vorherigen, dessen Fall ungeklärt blieb. Doch bis ich mich dort durchgesehen und Muster erkannt hätte, würde es Tage dauern, die mich vielleicht auch zu nichts führten. Meine Hand fuhr mir übers Gesicht, bis meine Finger mein Kieferknochen am Kinn umfuhren. Ziellos durch mein fehlendes Erfolgsgefühl bewegte sich der Zeiger meiner Maus zum Drucksymbol, obwohl ich schon jetzt wusste, dass ich es bereuen würde.

Ich lehnte mich über meinen Schreibtisch zum Drucker, wobei mein Oberteil meinen Stift anstieß und dieser im gleichen Moment zu Boden fiel wie ein Benachrichtigungston von meinem Laptop erklang.

Schwungvoll warf ich meine Haare aus meinem Gesicht zurück auf meinen Rücken, als ich wieder hochkam und den Stift auf den Tisch legte. Meine vorderen Strähnen fielen langsam wieder in mein Gesicht, während ich fixiert und konzentriert die eingegangene Nachricht zu lesen versuchte.

„Hey, mein Schatz, wie geht es dir? Du hast mir auf all meine letzten Nachrichten nicht geantwortet, sie aber gelesen... Läuft im Job alles gut?"

Über ein kleines Kreuz schloss ich den Chat und im richtigen Moment öffnete sich der mit Mr. Adams, der mich zu sich rief. Unverzüglich stand ich auf, ließ alles stehen und liegen und ging gehorsam in sein Büro.

„Hast du gerade etwas zu tun?"

„Nicht direkt."

„Willst du?", schob er mir einen Stapel an Papieren zu. Er bestand aus einem Zeitungsartikel, einer Akte und einem kritzeligen Notizzettel. Auf dem Zettel stand der Name seiner Frau und um ihn herum kleine Kuli Kritzeleien, die mal eben in einem langen Telefonat entstanden waren. Mr. Adams riss den Notizzettel schnell aus der Büroklammer, wobei ein kleiner Papierfetzen dessen an ihr hängen blieb. Ich schmunzelte überrascht und belustigt, als sich meine Theorie seiner kritischen Ehe bestätigte.

„Gerne", erwiderte ich.

„Für heute Nachmittag könntest du dir diesen Tatort ansehen. Eine Zeugin behauptet ein Serienmörder lungert in ihrem Viertel", er schüttelte seinen Kopf, „Es gab aber kein richtiges Muster, also müssen wir es auch nicht so ernst nehmen, aber wir können sie beruhigen und mal drüber sehen."

Ich stimmte ihm nickend zu und ließ meinen Blick über den Fall und Fotos der Leiche schweifen. Das Opfer lag am Wegrand auf dem Kies mit Messerstichen an schmerzhaften Stellen, die der Mörder gezielt gewählt haben musste.

Mr. Adams reagierte auf meinen Blick: „Ja, brutal. Es sieht aber auch mehr nach Rache als nach belustigtem Mord oder gar Selbstverteidigung aus. Das kannst du ja dann klären."

Dann schweifte er ab und warf einen weiteren Fall auf die Papiere vor mir: „Heute Abend glauben wir, dass – falls ein Muster vorliegt, hier ein weiterer solcher Morde stattfinden würde."

Er drehte seinen Monitor in meine Richtung und zeigte mit der Spitze seines Kugelschreibers auf einen Stripclub. Ich zog meinen Kopf zuckend ein und blickte ihn mit verzogenen Augenbrauen an: „Ein Stripclub?"

Plötzlich verspannten sich seine Schultern, er zog den Stift weg und lief rot an. In tiefer Stimme mit einem viel zu trockenen Rachen sprach er ernst: „Nein! Hier."

Er begann sich zu räuspern und bewegte die Stiftspitze in die Nähe eines Restaurants, was mich jedoch genauso überraschte.

Daraufhin erklärte er: „Wenn es hier um Rache geht, dann wird der Mörder vielleicht wollen, dass die ganze Familie und auch andere Leute davon mitbekommen. Die wohlhabende Familie wird heute Abend hier essen gehen. Wenn nichts passiert, ist das gut, doch falls er dort ein Massaker plant, um sich zu rächen, sollten wir vor Ort sein. Ich schicke dir jemanden mi-"

In der Sekunde stockte mir der Atem, woraufhin mich dann, als ich wieder sprechen wollte, mein trockener Hals husten ließ. Ich deutete mit meiner Hand, dass er mir einen Moment geben sollte.

Danach reichte er mir ein Glas Wasser vom Wasserspender und fragte irritiert: „Lief das mit dem Letzten nicht?"

Ich fing mich wieder. Erst zögerte ich, doch dann schüttelte ich meinen Kopf: „Schon in Ordnung."

„Sicher? Ich will dich da auch nicht allein lassen, falls etwas passiert."

Ich winkte es erneut ab. „In ein paar Tagen wird noch jemand her versetzt, vielleicht verstehst du dich mit ihm besser", murmelte er abschweifend, bevor er alle Blätter vor mir wieder wegzog, stapelte und geschmeidig in einer Schublade verschwinden ließ.

„Gut, passt das so?" zustimmend nickte ich erneut. „Ich werde dir die Zeiten noch zukommen lassen. Brauchst du noch Equipment?"

„Nein, ich habe noch alles da."

„Sehr gut", stand der breit gebaute Mann von seinem Stuhl auf und verabschiedete mich. Ich packte meine Sachen von meinem Schreibtisch in eine Tasche und brachte sie Nachhause. Unmittelbar darauf fuhr ich zum Tatort.

Der abgesperrte Ort befand sich an einer offenen Strecke durch einen ruhigen Park. Viele Leute gingen hier spazieren, joggen oder führten ihren Hund aus. Auch jetzt. Durch die Absperrungen umgingen uns die Spaziergänger. Es verdeutlichte bloß wieder, wie belebt diese Route eigentlich immer war.

Wie konnte man hier unauffällig jemanden ermorden und unbemerkt davonkommen?

Mit einem Kopf voller Fragen überquerte ich die Absperrzone und ging auf einen Polizisten zu. Ich fragte bei dem ungefähr 40-Jährigen nach, der mir daraufhin die Situation schilderte.

„Das ist, beziehungsweise war Charles Fidgout, ein sportlicher Mehrverdiener, der als Jurist in einer Kanzlei in der Nähe tätig war. Er war wohl – wie seine Frau sagte, jeden Abend gegen neun Uhr hier joggen. Jedoch trägt er, wie Sie sehen können, weder

Sportschuhe noch Kleidung. Auch wenn sein Körper dafürsprechen würde, dass er sportlich tätig ist, schien er das hier gestern Abend nicht zu sein. Die Frau war gestern Abend wohl mit Freundinnen ausgehen und deshalb wüsste sie nicht, wann er gegangen war oder was er trug. Naja, zum anderen hat der Mörder – laut Autopsie – als erstes die Beine eingetreten, sodass er bewegungsunfähig war, dann auf die Augen eingestochen, danach die Finger einzeln abgetrennt und anschließend die Ohren entrissen. Er starb an den Blutungen. Alle Körperteile haben wir in unmittelbarer Nähe finden können. Bis auf den Ringfinger, an dem sich der Ehering befinden müsste."

In dem Moment warf ein belustigter Polizist, welcher in seinen Händen eine Kühltruhe trag ein: „Gilt wohl als Trophäe des Mordes."

Angeekelt verzog ich mein Gesicht, welches ich daraufhin zu den Markierungen der Leiche warf: „Ist die Leiche schon weg?"

„Ja, die Gerichtsmediziner haben sie untersucht und wollten die Reste demnächst verbrennen. Wollen Sie sie noch sehen?"

Ich schüttelte meinen Kopf: „Geht schon. Die Berichte werden reichen."

Mein Blick ließ nicht von der Stelle und dem Fluss daneben ab. Ein Mörder, der nicht gefunden werden wollte, hätte sie sofort dort verschwinden lassen. Er wollte gesehen werden.

„Augen, Finger, Ohren. Das klingt für mich eindeutig nach Rache, vielleicht auch Misshandlungen in der Ehe?", murmelte ich grübelnd.

„Hm", war sich der Polizist nicht sicher, „Also denken Sie, der Täter war vielleicht weiblich?"

„Naja, darüber würde ich noch nicht urteilen. Aber erst die Augen, mit welchen er das Opfer ansah, dann die Finger, die das Opfer anfassten, die Ohren, die des Opfers Schreie ignorierten. Und was war mit der Zeugin?"

„Klingt nicht abwegig, aber ist das nicht fast ein wenig zu brutal?", fragte der kleine, pummelige Polizist mit der Kühlbox, welcher sowieso schon nicht sonderlich klug zu sein schien.

„Finden sie?", blickte ich ihm mit meinem sicheren Blick tief in die Augen, bis er seine Sicherheit verlieren würde.

„Die Zeugin", lenkte der andere Beamte ab, weil der Kleinere unsicherer wurde und versuchte der Situation zu entkommen, „Sie sitzt dort auf der Bank. Etwas traumatisiert."

Meine Augen suchten nach ihr und erblickten eine ältere Frau. Doch auf mich wirkte sie alles andere als traumatisiert. Bedankend verabschiedete ich mich und ging auf die Frau zu.

„Guten Tag,... Mrs. Peterson", las ich von dem Schreiben über den Fall und somit auch dem Zeugenbericht ab.

„Guten Tag. Nenn mich Rosa, kleine", strahlte die Frau unter ihren Falten liebevoll.

„Ich bin Ava, vom Geheimdienst", erklärte ich.

Doch deutete dann direkt an: „Meine „Kollegen" sagten, sie seien traumatisiert, auf mich wirken Sie jetzt ganz anders."

Offen begann sie zu lachen und brachte mich dann mit einer kleinen Handbewegung dazu, mich näher zu ihr vorzulehnen.

„Ava, wissen Sie, wie lange keiner mehr mit mir gesprochen hat. Diese Abwechslung tut dann doch ziemlich gut. Auch, wenn es natürlich tragisch ist, dass solche grausamen Dinge passieren", erwiderte sie lebhaft.

Ich musste ungewollt etwas lächeln, weil sie mich ansteckte. Dann setzte ich mich neben sie und begann mit meinen Fragen: „Kannten Sie Charles Fidgout?"

Sie schüttelte ihren Kopf: „Ich habe ihn noch nie gesehen."

„Aber Sie gehen öfter im Park spazieren?"

„Ja, eigentlich jeden Tag, wobei es mir am Tag manchmal zu schwül ist, dann gehe ich abends, so wie gestern."

Ihre Hände legten sich übereinander und verflochten die Fingerkuppen. Dabei erkannte ich einen Ehering: „Sie sagten, sie reden selten mit Leuten, ist ihr Mann...?"

„Ja, ja, mein Freundeskreis stirbt und stirbt", lachte sie, als käme es gar nicht an sie ran. Überrascht zuckten meine Augenbrauen hoch.

„Sie gehen öfter spazieren, haben den Mann hier aber noch nie gesehen?"

Sie schüttelte erneut ahnungslos ihren Kopf, wobei ihre kurzen, weißen Haare um ihr Kinn schwangen. Sie hatten einen so starken, strahlenden Weißton, dass man glauben könnte, sie wären gefärbt.

„Ava, Sie sind sehr hübsch, haben Sie einen Mann?"

„Einen Mann?", prustete ich.

Ihr Gesicht näherte sich meinem schelmisch. „Ich bin eine Frau, die beim Geheimdienst arbeitet. Die Männer kriegen Angst vor mir", scherzte ich.

Sie grinste und stieß mich neckisch in die Seite: „Dann muss sich mal ein Mann finden, der es nicht nötig hat, seine Männlichkeit zu beweisen."

„Naja, gut, wir schweifen ab", kehrte ich zum Fall zurück, „Was haben Sie genau gesehen?"

...

Mein Blick musterte meinen Körper im Spiegel, während meine Finger meine Taille entlangfuhren.

„Einen Ehemann? eine Familie? Ich bin erst 22 und das war noch nie etwas, das ich mir für mein Leben gewünscht hatte."

Schnell verdrängte ich die albernen Gedanken wieder und vertiefte mich zurück in den Fall: „Rosa zu verdächtigen wäre vermutlich ziemlich abscheulich, sie war zur falschen Zeit am falschen Ort und nutzte ihr Dasein als Zeuge nun, um Abwechslung ins eintönige Leben zu bringen. Ich müsste noch einmal mit der Frau des Opfers sprechen... Und wer traf sich da jetzt nochmal heute Abend?"

Ich wühlte durch eine Schublade mit Socken, um mir ein Pärchen herauszupicken. Auf einmal hielt ich grübelnd inne und setzte mich auf dem Boden. Ich schnappte mir die Zettel über den Fall und lehnte mich hinter mir ans Bett.

„Mrs. Fidgout war an dem Abend bei ihren zwei Freundinnen, welche das auch bestätigen konnten. Sie und Mr. Fidgout waren seit Zehn Jahren verheiratet. Sie haben auch zwei Söhne“, überflog ich die Daten.

Ich rieb mir mein Kinn bis über zu meinem Ohrläppchen, wo ich über das Ohrloch fuhr.

„Wenn es nicht die Ehefrau war. Sie vielleicht sogar in einer glücklichen Ehe waren, dann müsste es ein anderer Bekannter oder die Söhne sein.“

Ich blätterte durch den Stapel.

„Mutter und Vater wären heute Abend beim Essen, um Mrs. Fidgout und ihren Söhnen beizustehen. Ebenso Charles jüngerer Bruder.“

Während ich mich in den Fall rein hing, hielt ich mir vorm Spiegel Kleider vor meinem Körper. Ein langes schwarzes mit einem Schlitz am rechten Bein, einem geraden Ausschnitt und Trägern aus breiteren Satinbändern, die zu Schleifen gebunden wurden. Gegen ein mittellanges schulterfreies Kleid, dessen Träger elegant an den Oberarmen hingen. Es schimmerte Weiß in einem sanftem Fliederstich. Das gefiel mir deutlich besser, jedoch wäre das vielleicht auch wieder zu auffällig…

Weiter am Testen und Anprobieren, fragte ich mich, ob der Bruder ihn getötet haben könnte, um dadurch die Stelle in der Kanzlei zu übernehmen. Doch so wie die Leiche hingerichtet war, musste Charles etwas Schlimmes getan haben. Vielleicht könnte ich den Mörder heute Abend erkennen. Ebenso, an wem er sich rächen wollte.

Abwinkend schenkte ich meinen Kleidern wieder meine Aufmerksamkeit und wählte das fliederfarbene. Ich streifte mir den Stoff über und zupfte es zurecht. Anschließend kreiste ich meine verspannten Schultern und beobachte meine Rückenmuskulatur dabei. Ich schnappte mir das Band, um es mir um den Oberschenkel zu binden und eine feine, lange Klinge in eine der Schlaufen zu steckten. Dann warf ich mir die Smartwatch ums Handgelenk und balancierte sie auf diesem. Währenddessen setzte ich mir meine Kontaktlinse vorm Spiegel ins Auge. Meine Füße schlüpften in die zartrosa- bis beigefarbenen High Heels. Nach dem Zubinden meiner Smartwatch, bückte ich mich, um die große Schleife aus leichtem Satin über meiner Hacke zurecht zu legen.

Kaum kam ich wieder hoch, musterte ich mich im Spiegel. Meine dunkelblonden, braunen Haare lagen noch offen, wodurch ich meinen Kopf im Spiegel etwas hin und her neigte. Daraufhin begann ich nachdenkend eine Strähne zu zwirbeln. Unten hatten sich meine Haare gewellt, jedoch eher etwas unbedacht und durcheinander. Der Stil passte nicht zu meinem eleganten Kleid. Entweder ich steckte sie hoch oder ich würde die Locken definieren.

Ich griff nach meinem Handy, rief eine Social-Media-Seite auf und gab mein Hashtag zu Frisuren ein. Auch wenn mir tausend verschiedene Frisuren empfohlen wurden, entsprachen sie alle nicht meinen Vorstellungen. Enttäuscht wollte ich die Seite wieder verlassen, als mir plötzlich jemand durch den Kopf ging. „Amb_Qnn", tippten meine Finger zögerlich auf der Tastatur. Keine Sekunde später tauchten mehrerer Accounts mit ähnlichen Bezeichnungen auf. Der, dem meiner Eingabe entsprach, trug meine Aufmerksamkeit.

Auf dem Profilbild erkannte man ein braunhaariges Mädchen mit einem breiten, sanften Lächeln. Es brachte mich ebenfalls zum Lächeln, während ich durch die wenigen Bilder scrollte und auf eins stieß, bei welchem sie einen eleganten tiefen Dutt trug.

Ehrgeizig und selbstsicher hockte ich mich vor meinen Spiegel auf den Boden und platzierte mein Handy auf meinem nackten Oberschenkel, wodurch es nicht herab rutschte. Ich streckte mich zu einer Schublade und legte die, daraus gegriffenen Klammern, Bobby Pins und Haargummis neben mich. Dann begann ich mit meinen Versuchen, steckte mir eine der dünnen Spangen zwischen die Lippen und legte mein Kinn an meine Brust. Regelmäßig erhaschte ich einen Blick zum Display, bis ich immer wieder feststellte, dass es nicht übereinstimmte. Entweder er saß zu weit rechts oder links. Ein anderes Mal hing mir noch ein Dutzend Haare aus der einen Seite. Seufzend ließ ich meine schweren Arme vorerst senken, mit einem Schopf, in dem mindestens fünf Bobby Pins versunken waren. In dem Augenblick, in dem ich mich selbst anstarrte und meine abstehenden Haare beim langsamen Sinken beobachtete, wurde mir wieder klar, weshalb ich mir die Haare nie selbst hochgesteckt hatte. Meistens tat meine jüngere Schwester es für mich. Mich vom Abschweifen zurückzuholend schüttelte ich meinen Kopf und machte mich erneut an das Desaster.

Wie konnte es sein, dass mir die leichtesten Dinge schwerfielen, ich aber auf der anderen Seite Menschen erschießen könnte?

Nach einiger Zeit erreichte ich meine Wunschfrisur, musste mich dann aber beeilen. Ich ergriff mein Smartphone und steckte es in eine kleine, weiße Saint Laurent Umhängetasche, die ich mir kurz davor über die Schulter schwang. Hastig riss ich noch den Schlüssel vom Regal und klackerte hinaus. Unter meinen Fingerkuppen spürte ich die Lederoptik, während ich die Tasche fest in meinen Händen hielt und sich die Tür des Aufzugs hinter mir schloss.

Aus dem Taxi gestiegen, zog sich ein angenehmer, warmer Sommerwind um meine Beine. Vor mir offenbarte sich ein hohes, prunkvolles Gebäude mit weißen, verschnörkelten Säulen. Eine breite Treppe leitete in die weite Doppeltür. Die verzierten Fensterrahmen und die elegante Optik ließen mich auf die teuren Preise schließen, die Personen wie die Charles Familie förmlich anzogen. Mein Kleid streifte wiederholend meine Beine. Das Restaurant wirkte, als bräuchte man eine private Einladung, um einzutreten. Dafür sprach auch der stämmige Bodyguard, dem ich langsam entgegentrat.

Plötzlich kam mir ein Pärchen zuvor und wollte in das Restaurant. Der Bodyguard ergriff den Jungen am Arm und sah an ihm herab. Er trug eine zerrissene Jeans und ein schlichtes, weißes T-Shirt. Auch das Mädchen hatte sich nur einen Hoodie übergeworfen. Für einen Moment dachte ich, es war wirklich eine Einladung oder zumindest eine Art sich als Persönlichkeit auszuweisen nötig, bis er Kopf schüttelnd sagte: „Hier herrscht ein Dresscode."

Der junge Mann beschwerte sich: „Sollte das nicht egal sein? Wir bezahlen doch schließlich trotzdem!"

„Ist dir klar, welche Persönlichkeiten sich hier drin befinden. Wenn du nicht in die Zielgruppe passt, verschwendest du nur Plätze und ziehst das Image runter. Außerdem kannst du dir die Speisen vermutlich nicht leisten. Ich empfehle es dir wärmstens, jetzt zu gehen."

Das Pärchen wurde an den Rand gedrängt und durfte dabei zu sehen, wie ich den Bodyguard freundlich lächelnd grüßte und eintreten durfte. Für einen Moment dachte ich aber auch an die beiden, die dort angespannt standen zurück. Ich drehte mich zu ihnen.

Das Mädchen mit hängenden Schultern und der Mann, der sie mit seinem Arm um sie sanft tröstete. Ich seufzte.

Vielleicht hätte ich sagen können, dass sie zu mir gehörten.

Doch das war weder meine Art, noch konnte ich das mit dem Gewissen, dass sich hier ein Mörder aufhielt, tun. Dann wandte ich mich der prächtigen Eingangshalle zu. Die Decke so hoch, dass ich nicht einmal die Details der Malereien an ihr erkennen konnte. Trotzdem trat ich zum Empfang, ohne fasziniert zu wirken.

„Guten Abend", begrüßte mich eine junge Frau mit einem braunen, streng zurückgegelten Zopf am Hinterkopf.

Sie trug ein schwarzes Jackett, eine helle Bluse und einen engen Rock, bevor ich es nicht mehr erkannte, weil sie sich hinter den Empfangstisch stellte.

„Einen Tisch für Zwei?", fragte sie höflich.

Meine Augenbrauen zogen sich zusammen, bevor ich mich kurz um mich sah. Sie dachte, ich erwartete noch jemanden. Ich versuchte zart zu lächeln, während ich es ablehnte: „Nur für mich."

Ihr Lächeln verschwand. Somit wandelte sich auch meins in einen leeren, gereizten Blick. Bevor ich ihrem Schweigen folgte. Sobald sie mir stumm den Tisch zeigte, zog ich mein Lächeln wieder auf und las unauffällig den Namen von dem Schild an ihrem Jackett.

„Elise Wilson."

Weiterhin wortlos verschwand sie wieder.

Ernsthaft?

Eins der teuersten Restaurants New Yorks und die Bedienung verhält sich, als würde es ihr gehören?

Wofür zahlte ich hier?

Sicherlich nicht mehr für das Personal.

Ich ließ mich zaghaft an dem Tisch nieder, während sich meine Augen schon intensiv an jedem Tisch umsahen. Jeder Anwesende trug elegante Anzüge oder lange, edle Kleider von Marken, die nur den wirklich Wohlhabenden bekannt waren. Die Fidgouts hatte ich jedoch noch nicht entdeckt. Dadurch öffnete ich nach entschlüsseln eines Pins einen digitalen Aktenordner und führte mir eins der Fotos von den Anwesenden vor Augen. Der Mann war Mitte 20 und damit der ältere der beiden Söhne der Fidgouts. Er trug ein Poloshirt und darüber einen navyfarbenen Anzug mit einem weißen Kontrastmuster dünner Striche. Seine kurzen dunkelblonden Haare waren streng mit Gel zur Seite gekämmt. Auf seiner schmalen Nase lag eine Brille mit dünnem Gestell. Seine Lippen waren schmal und hatten etwas natürlich gehobene Mundwinkel, welche ihn beinahe weniger streng wirken ließen. Eine Kette schmückte seinen Hals und den Kragen des Poloshirts. Die ineinander verhakten Ringe glänzten Silber in hochwertigem Material.

Meine Konzentration in das dicht vor meinen Augen gehaltene Smartphone erlosch, als eine raue, männliche Stimme fragte: „Könnten wir den Stuhl haben?"

Ich nahm das Gerät von meinem Gesicht und verstaute es unter meinen Händen auf dem Schoß, als ich in die blauen Augen des Mannes blickte.

„Sehr gerne", zierten sich lächelnde Falten in meine Augen, als ich in das Gesicht meines Targets sah.

„Dankeschön", verabschiedete er sich, woraufhin mein Blick den Weg zu seinem Tisch verfolgte. Nicht weit von mir richteten sich die Fidgouts ein.

Mrs. Fidgout stellte gerade ihre Chanel-Tasche ab und legte ihre Haare zurück, während der Bruder schon einen Blick in die Karte warf. Seine Beine waren willkürlich übereinandergeschlagen und nahmen mit seinem Knie mehr Platz ein, als er sollte. Er lehnte sich weit in den Stuhl zurück und hatte bereits den viel zu engen Anzug halb über seine Schultern zurückgestreift.

Das schwarze Schaf der reichen Familie also.

Er verwuschelte seine dunkelbraunen Haare wild, woraufhin er einen stechenden Blick der Mutter einfing. Interessiert linste ich zu ihnen hinüber, während der Älteste seiner Mutter den Stuhl anbot.

Manieren schien er zumindest zu haben, doch wie standen sie alle zu Mr. Fidgout?

Ein Blick herab auf mein Smartphone verriet mir ihre Namen. Der Ältere hieß Anthony und der Jüngere…

„Ethan, reiß dich zusammen", konnte ich Mrs. Fidgout zischend fluchen hören, während sie sein Bein von seinem Knie stieß. Weiterhin aufmerksam, aber fürs Erste beruhigt, fokussierten sich meine Augen auf die Karte, um nicht penetrant zu starren. Die dreistelligen Zahlen der Preisliste ließen mich kalt, da es mir bezahlt werden würde. Weshalb ich für eine Sekunde daran dachte, wie sehr ich mir das Essen doch verdient hätte.

Auf der anderen Seite war ich nicht zum Essen hier… In dem Augenwinkel musterte ich weitere Personen in der Nähe.

Alte Reiche oder Businessleute, entweder keiner von denen oder jeder von ihnen konnte der Mörder sein. Ich seufzte leise gegen das Leder des Menüs. Dann schwankte mein Kopf zur anderen Seite und ich blickte durch die langen weißen Vorhänge nach draußen. Es war bereits relativ spät und dunkel, doch die Lichter und Bewegung der Stadt ließen es noch immer wie Nachmittag erscheinen.

„Was kann ich Ihnen bringen?", empfing mich eine andere Kellnerin mittleren Alters. Meine Zunge fuhr grübelnd meinen Gaumen entlang, bis ich sie vorerst nur um ein Glas Wasser bitten wollte.

Doch bevor es über meine Lippen glitt, erschien mir das Pärchen und der Empfang von vorhin wieder vor Augen. Ich schluckte einen Kloß meinen Hals herab und bestellte eine Flasche Rotwein.

Mit nickendem Lächeln ging sie. Woraufhin ich der Familie Fidgout wieder meine volle Aufmerksamkeit schenkte. Mittlerweile waren auch Mutter und Vater von Mr. Fidgout eingetroffen und trösteten ihre Schwiegertochter.

Ungeduldig und angespannt klackerte mein Fingernagel durch die Tischdecke auf dem Tisch stumpf auf und ab. Ich wollte mich entspannen, doch durch den plötzlich aufgetauchten Gedanken von vorhin, dass jeder hier der Mörder sein könnte, fiel es mir unfassbar schwer. Meine Augen schweiften vom einem zum nächsten so unauffällig, aber schnell wie möglich. Ich schaltete meine Kontaktlinse ein und setzte mich bereits über einen Chat mit einem Kollegen im Büro in Kontakt.

Das aufdringliche Tippen meines Nagels, die quer vermischten Gespräche der Leute um mich, die klackenden Schuhe des Personals, das laute, plötzliche Klimpern des Geschirrs aneinander, zusätzlich zu der klassischen Musik, die durch die Lautsprecher im Hintergrund spielte und die hochwertigen Parfumgerüche, spannten meinen fest an den Stuhl gepressten Körper an. Das Blut pumpte sich aufdringlich durch meinen Körper. Ruckartige Schwankungen von dem einen Gesicht zum nächsten brachten meine Kontaktlinse zum dauerhaften Suchen und Festsitzen in Ladevorgängen. Es war keine Überforderung, aber meine höchstmögliche Wahrnehmung aller Sinne, um keine Sequenz, die das Leben einer Person retten könnte, zu missen. Jederzeit...

Jederzeit könnte es passieren.

Ein solcher Mörder würde eine größere Menge für sich nutzen, anstatt es als Hindernis zu sehen. Jede Sekunde... Auf einmal bewegte sich der Stuhl knarzend vor mir.

Wie ein plötzlicher Schuss in die Luft, ließ es alles in meinem Kopf verstummen. Es zog all meinen Fokus auf sich. Mein rasch hochreißendes Kinn zog meinen Blick mit sich und starrte in die Augen eines Bekannten, den ich hier am wenigsten erwartet hatte.

„Ashford?“

KAPITEL 7

Die ganze Außenwelt ausblendend, stockte mein rasendes Herz und kam zum ersten Mal wieder in ein angenehmes Tempo. Es ließ mich durchatmen.

„Ich hatte dich eben am Tisch gesehen. Was ein Zufall", lachte er offen.

Überrascht rutschte ich mit meinem Stuhl etwas beiseite und musterte ihn. Die Haare gekämmt und der schwarze Anzug frisch gebügelt.

„Sind das Orte, an die du für gewöhnlich gehst?", scherzte ich, doch beobachte seine Reaktion darauf.

Sie bestand nur aus einem selbstsicheren Kopfneigen: „Manchmal schon."

Meine Augen sanken herab zu dem Smartphone in meinen Händen. Ich hatte es festgeklammert und drehte es nun mit dem Display zu mir. Noch bevor ich etwas drückte, meinte er: „Ich habe dich nicht über den Standort gefunden. Ich verfolge dich nicht."

Er hob seine Hand, in der er sein Smartphone mit der App präsentierte, in welcher ein Balken aufblinkte: „Nicht verfügbar."

„Meins ist auch leer", stellte ich fest, nachdem ich vergeblich versucht hatte, es anzuschalten. Erst als meine Linse plötzlich ansprang, fiel mir wieder ein, dass ich sie gar nicht ausgemacht hatte. Weshalb hatte sie nicht eben schon nach Informationen gesucht? War sie im Standby?

Das runde Rädchen drehte sich um sich, während es nach Informationen über Ryan Ashford suchte. Unverzüglich brachte es mich dazu, sie abzuschalten, noch bevor es fündig wurde. Warum auch immer... Vielleicht war es schon eine Form der Selbstmanipulation und Abwendung, dass ich nicht noch mehr Schlimmes über ihn wissen oder ahnen wollte. Ich hatte beschlossen, ihm zu vertrauen. Daran musste ich mich halten.

„Ava?", erklang plötzlich eine männliche Stimme durch den Kopfhörer.

Ohne, dass ich antwortete, sprach Dylan: „Ich mache mich auf den Weg, habe mich verspätet."

„Bleib im Büro, bei mir ist schon jemand", schrieb ich an die gleiche IP-Adresse, von welcher aus er mit mir sprechen sollte.

„Ah, hm. Okay", murmelte er leise durch mein Ohr.

„Alles gut?", fragte Ryan mich irritiert, durch mein stilles Verhalten.

„Ja, nichts", lenkte ich ab und warf einen Blick zu den Fidgouts, während ich mir an meiner Kopfhaut kratzte. Bei ihnen war niemand Fremdes und noch äußerte keiner ein seltsames Verhalten. Also streckte ich meinen Rücken gerade und blickte zu Ashford: „Du gehst allein in solche Restaurants?"

Misstrauisch musterte ich die Knöpfe seines Anzugs, von dessen einer nur noch an einem Faden hing. „Du bist sehr hübsch", fuhr er mit seinen Fingern seine Haare aus dem Gesicht und musterte mein Kleid.

„Dankeschön", entgegnete ich mit einem dezenten heben meiner Mundwinkel, bevor die Kellnerin eine Flasche Wein auf den Tisch stellte.

„Oh, 'Tschuldige, ich wusste nicht, dass sie zu zweit sind!", überrascht eilte sie wieder los, bevor ich es noch schaffen würde, sie aufzuhalten. Auch um Ryan dadurch unterschwellig an einen anderen Tisch zu zwingen. Durchatmend neigte ich meinen Kopf ablenkend.

„Du bestellst dir allein Wein, in einem Restaurant, in dem es alles gibt?"

„Du kannst für dich ja etwas anderes bringen lassen."

„New York ist groß und du bist klug und hübsch..."

„Mehr fällt dir nicht ein? Das typische ′klug und hübsch′, während du meine Art zu leben infrage stellst?“, meine Augenbrauen zogen sich zusammen und ich lehnte mich über die schwere Tischplatte zu ihm rüber. In dem Moment verstand er wieder, dass ich keines seiner Smalltalk-Mädchen war und schien sich nun zusammenzureißen. Statt jedoch verunsichert seine Augen durch den Raum zu schweifen, starrte er mit diesen direkt in meine. Kein Blinzeln, kein Zucken. Tief in seine Augen tauchend, den Smaragd um seine Pupille umgehend und jedes Schimmern auf mich wirken lassend. In den Bann gezogen, ohne zu wissen in welchem Ausmaß. Der Edelstein, den ich in ihnen sah, verbarg jeglichen Zugang zum Inneren. Ruckartig drückte ich meinen Kopf herab und blickte stattdessen auf die Holzdielen unter meinen Schuhen.

„Vielen Dank“, hörte ich Ryans Stimme in die andere Richtung. Ich sah auf. Er lächelte elegant zur Kellnerin, welche ihm ein Glas auf den Tisch stellte. Mich ablenkend schwang ich meinen Blick zu den Fidgouts zurück. Friedlich warteten sie auf ihre Speisen und unterhielten sich. Alle waren ruhig. Niemand, der angespannt um sich sah, mit dem Bein zuckte oder ähnliches Verhalten aufwies. Die Wahrscheinlichkeit, dass die Person unter ihnen war, schien gering. Doch, dass ein Mörder hier war, immer noch hoch.

„Fidgout?“, fragte Ashford plötzlich, nachdem er meinem Blick folgte. In der Sekunde verschluckte ich mich durch meinen unregelmäßigen Atem. Hustend griff ich nach dem Weinglas und kippte mir das Bisschen an Inhalt den Hals herab.

„Alles gut?“, beugte er sich unverzüglich zu mir rüber. Derartig schnell reagierend, dass seine Hand bereits auf meiner Schulter landete, obwohl ich ihn, sobald ich es bemerkte, zurückwies und zur Seite rutschte. Meinen Rücken krümmend hustete ich noch weiter in meine Faust, während schon eine kleine Träne mein Auge verließ. Tief atmete ich durch meine Brust, sodass ich das engschnürende Kleid an meiner Oberweite spürte.

„Ich bin gleich zurück.“ Ich zog mich vorsichtig an der Stuhllehne auf meine Absätze und ergriff mit zitternden

Fingerspitzen meine Tasche. Versuchend ein Lächeln aufzusetzen, damit er nicht bemerkte, was ich soeben verstand, stolperte ich auf den Heels zurück. Kaum drehte ich ihm den Rücken zu, beschleunigten sich meine laut hörbaren Schritte auf dem tiefklingenden Holz. In einem Gang bog ich ab. Sobald Ashford mich nicht mehr sah, erlangte ich Sekunden an Zeit, bis er aufstünde und auf den Tisch der Familie zuginge.

Er war es. Er war der Mörder.

Das war der Grund für sein Anwesen. Der Grund, warum er die Fidgouts kannte. Ich entsicherte meine Schusswaffe, schaltete die Linse und den Kopfhörer ein. Unter einem dünnen Stoff meines Kleides hielt ich die Waffe bereit. Bevor ich mir erlaubte noch einmal tief durchzuatmen. Ich sog alles in Brust und ließ es durch meinen Mund hinaus gleiten. Dann ging ich in schnellen Schritten zurück. Kaum erblickte ich Ryan nicht mehr an seinem vorherigen Platz, bebte meine Brust unregelmäßiger. Innerhalb von Sekunden fixierte mein Blick und mein Gang die Fidgouts.

Auf einmal tauchte der Hinterkopf von jemandem zwischen mir und den Fidgouts auf. Er hatte eine Kapuze über den Kopf gezogen und noch bevor die Angestellten oder die Fidgouts ihn wahrnahmen, zog er sein Messer.

Mit seinen schnellen Reflexen riss er Mrs. Fidgout von ihrem Stuhl hoch und presste ihr die Klinge an den Hals. Panisch schrie sie schrill auf, doch verstummte auf sein Flüstern unverzüglich. Stattdessen begannen auf einmal andere Leute von ihren Stühlen aufzuspringen, welche laut hinter ihnen auf den Boden prallten. Zusammen mit schrillen Schreien und panischen Schritten, trat das Chaos ein. Schon jetzt war das zerrende Geräusch an der Notausgangstür zu hören, welche sich abgesperrt zu sein schien.

Peng.

Plötzlich hielt die gesamte Halle den Atem an. Die stickige Luft und die bedrückte Stimmung schnitten messerscharf durch den Saal, als der Schuss seiner Waffe erklang. Im tiefen Schweigen bewegte sich der Schütze auf einmal unruhiger.

„KEINER RÜHRT SICH“, brüllte er.

Jeder im Raum sah zu ihm und keiner machte einen Mucks. Bis auf Elise.

Die Angestellte hockte zitternd unter einem Tisch und das einzige Geräusch, das im gesamten Raum zu hören war, war das Piepen der Tasten an dem Telefon in ihren verschwitzten Händen. Der Typ, der sich unter der Jacke versteckte, wandte sich zu ihr. Er senkte den Arm mit der Waffe, die er eben in die Luft hielt und ein Loch in der Decke zurückließ.

Und richtete sie stattdessen auf Elise unterm Tisch.

Piep, piep, piep, tippten ihre zitternden Finger auf dem alten Telefon.

Peng.

Kaum löste sich der Schuss aus meinem Lauf und prallte laut in die Richtung, spürte ich die Augen von jemandem auf mir. Sofort wandte ich meinen Blick in seine Richtung.

Ryan Ashford saß regungslos an unserem Tisch und starrte mich mit weiten, großen Augen an. Seine Hände leer und sein Blick schockiert. Als ich verstand, dass der, welcher durch meinen Schuss an seinem Bein nun zusammensackte nicht Ryan Ashford war, hielt ich inne.

Ich rannte in kleinen Schritten zu dem Täter, drehte ihn auf den Rücken und presste ihm mein Knie ins Rückenmark. Hastig riss ich ihm die Kapuze vom Kopf und drehte ihn zur Seite.

„Dylan?" Ich entnahm ihm all seine Waffen und meldete mich über mein Handy bei der Polizei.

„Die holen dich da nicht wieder raus. Deine Position rettet keinen Mörder vor seiner Strafe", hauchte ich bedrohlich an sein Ohr.

Kurz darauf richtete ich mich etwas auf und erkundigte mich bei Mrs. Fidgout: „Alles in Ordnung?"

Perplex starrte sie mich an.

„Ich bin vom Geheimdienst", erwiderte ich und holte meinen Ausweis hervor.

„Ich denke schon", stockte sie leicht und sprach nur leise. Durch sie hindurch fiel mein Blick zu Ryan. Er stand auf und kam auf mich zu, um mir dann mit Dylan zu helfen. Während ich realisierte, dass die Fälle vollkommen durcheinandergebracht wurden.

Warum sollte Dylan Charles getötet haben?

Und warum war nicht Ryan der Mörder?

Warum ging ich davon aus?

Die Polizei half mir, Dylan in den Wagen zu zwängen. Sobald ich ihnen die Situation schilderte und Daten über Dylan herausgab, machte ich mich zu Ryan auf. Er stand auf den Treppenstufen vor der großen Eingangstür. Sein Gesicht war durch das Licht, das ihn von hinten anstrahlte, nicht zu erkennen.

„Das hatte ich nicht erwartet", sackte sein Gewicht beim Herabtreten der Stufen schwer ein, als er zu mir hinunter schritt.

„War das der Dylan, den du auch kanntest?", fragte ich neutral, nichtsdestotrotz blieben meine Ohren spitz. Obwohl ich ihn innerlich bereits von den Fällen trennte. Ich würde aber auch nicht sagen, dass ich meine Skepsis bereute. Er hatte es bloß geschafft, mich zu überzeugen.

„Ja, wir waren damals gute Freunde, doch dann löste sich das immer weiter auf. Letztens hatten wir uns noch einmal getroffen, da wirkte er normal. Ich wusste nicht, dass er sich dieser Art von Leuten zuordnete."

„Was meinst du, war sein Ziel?"

„Geld."

Ashford zog eine Zigarette aus seiner Jackentasche und wollte gerade den Stummel anzünden. Als ich ihm über meine Schulter etwas zwischen meine Finger geklemmt entgegenhielt. Mein Blick noch immer nach vorne auf die Straße und die abfahrenden Polizeiautos gerichtet.

„Meine Nummer", verließ es sanft und mühelos meine Lippen. Seine Finger griffen nach der Visitenkarte.

„Du hast schnell reagiert", erwähnte er meinen Schuss.

„Ich dachte, du wärst es."

Ich entnahm ihm die entzündete Zigarette, während ich mich langsam zu ihm drehte und sog den Tabak ein. Seine Augenbrauen sowie seine Mundwinkel zuckten dezent amüsiert auf, wodurch sich meine Augen leicht verengten.

„Ich habe keine Waffe bei mir. Willst du mich durchsuchen? Bei unserem ersten Treffen hast du eine Seltenheit erwischt."

„Wenn das so ist", stieß ich den Rauch vor mir in den dunklen Himmel.

In dem Augenblick ergriff er sein Smartphone und hielt das Display so, dass ich sehen konnte, wie er die Standortapp deinstallierte. Ich lachte den Rauch über meine Lippen, als ich ihm die Zigarette zurückgab und ihm gleichzeitig mein Handy in die Hand drückte: „Fordere von mir nichts Unmögliches."

Er musterte das Handy in seinen Händen und verstand, dass der Akku sich nicht von allein aufgeladen hatte.

„Du musst sie auch nicht löschen", gab er es mir zurück.

Gezielte Sympathiegewinnung oder bloß Sorglosigkeit – Beinahe Naivität? Entweder ich dachte zu weit oder er betrachtete mich nicht als Gefahr.

„Das war ganz schön viel. Wollen wir uns ablenken und was Trinken gehen?", fragte er und kratzte sich am Hinterkopf.

Ich musterte seine lockere Haltung und die Haarsträhnen, die ihm durchs Gesicht fielen. Trotz seiner Nahbarkeit, die ihn harmlos wirken ließ, zögerte ich vorerst. Doch nach einiger Zeit, in der all die Spannung fiel und eine Betrübtheit zurückließ, willigte ich ein.

„Okay. Ins Skyline?" Mit einer nickenden Zustimmung machten wir uns auf dem Weg, auf welchem ich unauffällig meine Utensilien, wie Kontaktlinse und Smartwatch abnahm, um mich von meinem Job zu befreien. Auf der Dachterrasse der Bar angekommen, setzten wir uns an einen Zweiertisch am Geländer. Ryan hielt mir die Karte entgegen: „Die haben bestimmt gute Cocktails, such dir was aus. Auf mich."

Überrascht zuckten meine Augenbrauen vorerst, doch wenn er das so wollte, widmete ich mich dem Angebot.

„Was nimmst du denn?", blätterte ich durch die Seiten voller Spirituosen.

„Einen Manhattan."

„Aha, also bist du der Whiskey Typ?", musterte ich, wie er sich mit einer Schulter an dem Stuhl lehnte und seine Beine weit überschlug, sodass sich eine große Lücke zwischen seinem unteren Rücken und der Stuhllehne bildete. Ich hingegen rollte meine Schultern zurück, schmälerte den Bereich zwischen meinem Kinn und meiner Brust und ließ meine dunklen Fingernägel über die Seite gleiten.

„Und du scheinbar…", er begutachtete mich von oben bis unten. Für einen Augenblick lehnte er sich sogar aus seiner Position, um meine Schuhe neben dem Stuhlbein zu inspizieren.

„Willst du mir einen Cocktail aussuchen?", warf ich etwas tückisch amüsiert ein.

Interessiert daran, wie viel das über seine Gedanken über mich wohl aussagen würde.

„Gerne. Auch wenn das bei dir schwierig ist", seine Hand ausgestreckt, bat er um die Karte.

„Warum schwierig?" Ich verschränkte meine Arme eng vor meiner Brust und begann in mich hineinzuschmunzeln. Während er sich in die Seiten vertiefte, wandte ich meinen Blick den großen Wolkenkratzern, die den ganzen Himmel einnahmen, zu. Just als mir einfiel, dass ich noch eine Überweisung tätigen könnte. Jedoch packte mich auch sofort die Erinnerung daran, dass ich bisher noch keine Zeit hatte, mein Handy zu laden.

„Hast du zufällig eine Powerbank und ein Ladekabel?", fragte ich ein wenig witzelnd, da ich es für unwahrscheinlich hielt.

„Vielleicht gibt es eine Steckdose in den Toiletten?", kramte er ein Ladekabel aus einer seiner Jackentaschen hervor und schob es mir zu.

„Danke, ich gucke später mal."

„Eine Frage noch, Ashford…"

„Ryan", unterbrach er mich grinsend.

Ich erwiderte das Grinsen zur Auflockerung: „Ryan, woher kanntest du Familie Fidgout?"

Nachdem ich es aussprach, verzog sich mein Gesicht wieder ernster. Jedoch erhielt ich nur eine halbherzige Antwort und ließ das Thema danach auch fallen, als die Kellnerin uns bediente: „Sie waren in den Nachrichten."

„Was kann ich euch bringen?", lächelte uns ein junger Mann freundlich an.

„Eh", wechselte Ryans Blick kurz zwischen dem Kellner und mir. Kurz bevor er seine Hände gestisch darstellend an seine Ohren legte: „Kannst du sie dir zu halten?"

Meine Augen sanken auf seine Lippen, die seine Worte so elegant formten und mich nachgeben ließen. Ich blickte nochmals zum Kellner und legte mir bei Ryans dominantem Blick die Hände auf meine Ohren. Fest pressend wurden alle Klänge dumpf und durch meine Wimpern in meinem Blickfeld hing ich weiterhin an seinen Lippen, die nun die Worte flüsterten. Wissend, dass er das Manhattan bestellte, las ich es von ihnen. Das darauffolgende Formen seiner bräunlich rosafarbenen Lippen war für mich vollkommen unverständlich. Obwohl ich mir das Lippenlesen vor einigen Jahren angeeignet hatte…

Vielleicht lenkte mich auch einfach sein Anblick ab. Der Kellner verabschiedete sich mit dem gleichen, offenen Lächeln und ich durfte meine Hände wieder senken. Unverzüglich erklang das Lachen und lautstarke Reden der Personen an den Tischen neben uns, sowie das Summen des Sängers durch die Musikboxen und das Zischen der Autos über die Straßen bis hier rauf, erneut.

„Meinst du, du hast es gut getroffen?", neckte ich ihn überlegen.

„Was getroffen?"

„Meinen Geschmack."

Ich lehnte mich wieder in meine Stuhllehne.

„Ich denke schon", tat er es mir gleich.

„Machst du noch etwas neben deinem Job?"

„Ich bin hergezogen, um diesen Job auszuführen und habe mein ganzes Leben lang davon geträumt, wieso also sollte ich?"

Wie eine Schauspielerin tief in ihrer Rolle, sich bereits selbst belügend, verließ es meine Lippen.

„Für eine Auszeit", meinte er, nahezu ohne Zögerung.

„Und du? Was machst du bitte?", stichelte ich, doch wollte eigentlich nur von meinem Thema schweifen.

„Mal hier mal dort, mal dies, mal das", lachte er mit.

„Was hättest du gemacht, wenn aus New York nichts geworden wäre?", versuchte er, mich aus mir selbst zu locken.

Doch ich steckte derartig unausweichlich in meiner Fantasie von damals: „Weiter versucht."

Er wurde skeptisch und gab das auch ehrlich zu: „Ich kann mir nicht vorstellen, dass du so verbissen bist."

Je näher der Satz seinem Ende kam, umso leiser und rauer sprach er, während sich sein Oberkörper zu mir über den Tisch beugte. Einschüchterung würde bei mir nicht funktionieren, doch das sollte ihm bewusst sein.

„Hier, ein Manhattan und einen…" Mühelos und machtvoll brauchte Ryan nur einen Finger vor seine Lippen zu legen, um den Kellner verstummen zu lassen. Bevor er ihn mit einem höflichen „Danke" gehen ließ.

„Interessant", musterte ich das hohe Glas vor mir, in welchem sich unten ein gelb-weißliche Inhalt befand, auf dem eine rote Schicht schwamm. Getoppt mit einer Kirsche und einem Minzblättchen. Er schob seinen Manhattan in dem spitzen Martiniglas an dem Ständer zwischen seinen Fingern näher an sich. Schmunzelnd sah ich vorerst nochmals von meinem Cocktail zu seinem auf und beobachtete, wie Ryan sich die Kirsche von den Holzstäbchen biss.

„Probier", forderte er mich neugierig auf. Ich legte meine Lippen an den Metallstrohhalm und sog die Flüssigkeit hoch. Sofort schmeckte ich saure Zitrusfrüchte, was mich nicht allzu sehr überraschte. Anschließend setzte sich der bittere Rumgeschmack durch und in der Endnote schmeckte ich einen süßlichen Sirup.

„Möchtest du mir hiermit etwas sagen?", fragte ich und nippte erneut.

„Gefällt´s dir?"

„Schon“, antwortete ich knapp und spürte den Geschmack auf meiner Zunge zergehen.

„Du bist kühl und abwesend, so bitter und eigen, weshalb ich Rum für passend hielt. Zusammen mit saurer Kirsche und Limette trifft es dich ganz gut“, versuchte er mich zu necken. Doch als ich darauf nur unbegeistert zu ihm sah, ergänzte er sich mir nährend: „Aber ich kenne dich noch nicht. Deshalb glaube ich, dass ich etwas übersehe.“

Sein Finger berührte mein Dekolleté.

„Deshalb der Zuckersirup. Ich gehe stark davon aus, dass du auch anders kannst.“

Mich schweigend zurücklassend, widmete er sich zurückwerfend seinem rotbraunen Cocktail. Normalerweise wäre ich eingeschnappt, doch stattdessen winkte ich es ab und belustigte mich daran, bevor ich weiter trank.

„Wie schmeckt dein Whiskey?“

„Gut, möchtest du?“, er schob ihn mir rüber.

Meine Finger legten sich um den schmalen Glasstab und ich nippte an der stark alkoholischen Flüssigkeit. Mit dem rauchigem und langanhaltendem, scharfem Whiskey im Rachen gab ich es ihm zurück.

„Nicht schlecht.“

Ich überschlug meine Beine und stützte meinen Kopf sanft auf meinen Fingern, wodurch ich den Abstand zwischen uns verringerte.

„Verrat mir, was kannst du nicht ausstehen?“, versuchte ich nun, ihn wirklich kennenzulernen. Vielleicht auch ihn dabei zu erwischen, sich zu widersprechen. Er spielte mit mir mit und beugte seinen Kopf zu mir hinüber, als er zu flüstern begann: „Willst du das wirklich wissen?“

Der herbe Geruch seines Parfums sog sich mir in die Nase: „Ja.“

Überzeugt senkte ich mein Kinn und vergrub meine Augen in seinen. Im Dunkeln schimmerten sie gräulicher als grün und wirkten noch unvorhersehbarer. Mysteriös sprach er leise, während seine Augen zu den Tischen um uns schweiften.

„Saure Süßigkeiten. Pah“, er fiel zurück in die Lehne des Stuhls, „mein ganzer Mund zieht sich zusammen. Das kann ich nicht ab.“

Er lachte laut und offen, wodurch ich zu schmunzeln begann.

War das alles?

„Okay, das war nicht, was du hören wolltest?“, seine Augenbrauen zogen sich bemitleidenden zusammen, als er zusah, dass ich mich mehr auf meinen Drink als auf ihn konzentrierte.

„Naja“, blickte ich unbeholfen, konnte meine Lippen aber nicht vom Grinsen abhalten, um seriös zu sein. Sein Blick hob sich von meinem Getränk und meinen Fingernägeln, die sich um das Glas legten, zu mir hoch: „Du hast recht. Eigentlich stört mich etwas anderes.“

Ich schenkte ihm wieder meine Aufmerksamkeit.

„Missbrauch.“

In der Sekunde verloren meine Lippen jegliches Lächeln und meine Augen verfingen sich in den Himmel hinter ihm, welcher mich in Erinnerung riss. Erst nach mehreren schweigenden Sekunden, brachte mich der kalte Wind, der sich um meine nackten Beine legte, zurück und sorgte dafür, dass ich sichtlich zusammenzuckte.

„Geht es dir gut? Ist dir kalt?“, fragte Ryan mich beinahe schon besorgt, stand auf und stellte sich hinter mich. Seine warmen Finger berührten meine kühlen Schultern, bevor er sein Jackett von der Stuhllehne zog. Wärmend legte er sie über mich und ließ sich vorsichtig wieder auf seinem Stuhl nieder.

„Ich bestelle noch einen Cocktail“, meinte er ablenkend und richtete sich auf, um selbst zur Bar zu gehen.

KAPITEL 8

Ryan

Scheinbar prägte sie eine unschöne Vorgeschichte.

„Was kann ich Ihnen anbieten?“, fragte mich der stämmige Barkeeper, der das Glas in seinen Händen trocknete.

„Ehm“, flogen meine Augen über das Menü.

„Einmal Mojito und einmal… den Just Sex mit Gin.“

Nickend begann der Barkeeper die Flaschen aus dem Regal zu greifen, während ich mein Handy aus der Hosentasche kramte. Ich rief die letzte Nummer zurück und hielt mir das Gerät bereits ans Ohr, als meine Augen zu Ava rüber glitten.

„Ich denke, ich bin jetzt sicher. Vielen Dank, Bruder. Ich hole dich da vor Tagesanbruch wieder raus. Dank dir, habe ich mir mein Alibi bei ihr geholt und ihren Verdacht abgelegt. Nur noch einige *zufällige* Gemeinsamkeiten und ich bin aus der Sache raus. Dann ist uns der Geheimdienst wieder ferner. Kontakt halten wir ab jetzt nur noch über Weg-Werf-Handys und dann sorgen wir dafür, dass du wieder komplett in den Hintergrund rückst und dich nur um die Orga kümmerst. Ich besorge dir vorher aber noch einen neuen Pass.“

Plötzlich traf mich Avas Blick, wodurch ich meinen ernsten Blick in ein freundliches Lächeln wandelte, abwinkte und den Anruf beendete.

„Hier die Cocktails“, schob mir der Mann die zwei Gläser zu, mit welchen ich zurück zu Ava ging. Mit knapper Erklärung stellte ich ihr den Drink auf den Tisch und setzte mich wieder: „Ein Anruf meines Bruders.“

„Oh, du hast einen Bruder?“, fragte sie überrascht.

„Ja, jüngerer Bruder“, schmunzelte ich in mich.

Ich beschloss, mich mit den Lügen zurückzuhalten, wenn ich wollte, dass sie mir vertraute. Jedoch musste ich noch immer Abstand waren, damit sie ein plötzliches Verschwinden nicht verwundern würde. Sie lächelte liebevoll an mir interessiert und wartete, bis ich weiteres erzählen würde.

„Aber wir haben keine so enge Beziehung zueinander."

Sie nickte verständlich: „Das verstehe ich. Die meisten scheinen sich gut mit ihren Geschwistern zu verstehen, doch ich kenne es auch nur, dass man sich auseinander lebt... Wie viele Jahre stehen zwischen euch?"

„Zwei", stieß ich aus.

„Zwischen meiner Schwester und mir sind es ungefähr Anderthalbjahre", grinste sie offen und spielte mit ihren Fingernägeln.

„Wie alt bist du nochmal?", schwankte ich von ihrer Schwester wieder ab.

„Aktuell noch 22. Ende August dann 23."

Sie trank einen Schluck von dem Cocktail und blickte mich überrascht an: „Den finde ich sogar noch besser."

Währenddessen probierte ich meinen und plötzlich zog sich mein Gesicht zusammen. Schockiert starrte ich in die Flüssigkeit. „Oje, ich bin wohl nicht mehr ganz anwesend", lachte ich unüberhörbar laut, da mir es mir bereits etwas die Beherrschung nahm.

„Mojito bestelle ich normalerweise nicht, die Limette ist mir zu sauer und in dieser Bar ist die noch stärker als der bittere Geschmack des Rums. Schmeckt dir der?", schob ich ihr das Glas rüber.

Ich sollte ihr so viele Drinks wie möglich spendieren...

Sie legte ihre Finger um den Strohhalm und sog die Flüssigkeit rauf. Ohne das Gesicht zu verziehen, verteilte sie es genießerisch auf ihrer Zunge.

„Dann bestelle ich mir noch etwas whiskey-artigeres", meinte ich unbeholfen und bat den Kellner heran.

„Dann hast du ja bald Geburtstag", holte ich es wieder auf.

„Ja, scheint so", rieb sie sich die Stirn und blickte auf mein helles Display.

„Fährst du irgendwohin oder triffst Freunde?", fragte ich, um ein flüssiges Gespräch aufzubauen.

„Nein, meine Familie wohnt weiter weg und Freunde habe ich nicht viele. Ich bin fokussierte auf meinen Job."

„Keine Kollegen, mit denen du dich gut verstehst?"

„Eher nicht, nein", antwortete sie kühl und begann zu versuchen, das Thema zu ersticken, indem sie sich dem Trinken hingab. Ein Zeichen für einen Themenwechsel…

…

Ihr helles Auflachen hallte in der Nacht wider. Anders als andere Mädchen verdeckte sie ihren Mund nicht mit ihren Fingern, sondern zeigte ihre strahlenden Zähne, was sie noch viel attraktiver machte. Ihre Hände legten sich zart auf ihren Bauch, als sie kaum noch stoppen konnte. Mit ihr mitgrinsend, lauschte ich ihrer fröhlichen und erfüllenden Lache. Doch es wirkte, als wäre es das erste Lachen seit Langem gewesen. Langsam fand sie wieder zu sich zurück und schmunzelte bei einem Schluck des Cocktails ins Glas. Es wärmte mich, auch wenn ich bei meiner Mission blieb, machte sie diese nur angenehmer.

„Ich wusste nicht, dass du eine so amüsierende Schulzeit hattest. Was hätte ich nur dafür gegeben", prägte das Gelächter noch immer den Ton ihrer Stimme.

„Ich war ein Rebell. Wärst du früher beim Geheimdienst gewesen, hätten wir uns vielleicht kennengelernt", ich scherzte und sie schmunzelte liebevoll.

Ich hatte sie.

„Vermutlich."

Ihre rosaroten, zarten Wangen bildeten sehr schwache Grübchen, während sie sich auf dem Stuhl schwankend in eine angenehmere Position setzte. Ihre Hände unter ihre Oberschenkel vergruben und die Augen nur auf mich gerichtet.

Doch ich durfte nicht leichtsinnig werden. Es spielte keine Rolle, wie schwach sie schien, sie könnte jede Sekunde ihre Waffe ziehen und mich erschießen.

Vielleicht war es auch diese Anspannung, die mich bis tief in die Nacht bei ihr bleiben ließ. Als reizte es mich.

„Schaffst du noch einen?“, fragte ich sie nach dem vierten Cocktail und dem dritten Shot.

„Shots?“, kicherte sie.

Sie war eine tickende Bombe, die mich jeden Augenblick in die Luft jagen könnte.

Ich wusste nicht, ob ich noch genug Zeit bekäme, zu entkommen, bevor es zu spät wäre.

„Ja“, hob ich meine Stimme anspornend.

„Okay, einer oder zwei noch. Aber ich muss noch arbeiten können“

Belustigt zuckten meine Mundwinkel: „Ach, ich springe für dich ein.“

„Du springst für mich?“ lallte sie und kam mir mit ihrem Gesicht dichter. Sie hielt mir ihr Ohr entgegen und blickte mit den Augen hinter mich in die Lichter der Gebäude. Ich zuckte beinahe zurück, wusste jedoch mich zu beherrschen. Ihre langen Wimpern schlugen beim Blinzeln auf und bogen sich elegant. Während ihre braun-goldenen Augen in dem schwachen Licht der gelblichen Lichterkette schimmerten. Die, hinter ihr Ohr gestrichenen Haare, fielen in Strähnen zurück vor ihre Augen. Kurz bevor ihre weinrotbemalten Nägel sie wieder hinters Ohr legten.

Ich schien derartig abwesend aufgrund des Alkoholeinflusses zu sein, dass sie dort für knapp eine Minute vor mir lehnte, bis ich in ihr Ohr flüsterte: „Das noch nicht.“

„Noch“, fiel sie unglaublich schnell in ihre Stuhllehne zurück. Überrascht zuckten meine Augenbrauen hoch. Ich bestellte die Shots und stellte zwei zu ihr und zwei zu mir.

„Ich habe gesagt, sie sollen zufällig auswählen. Falls du noch etwas schmecken kannst, kannst du raten, was es geworden ist."

Wir stießen klimpernd an und kippten das erste Shotglas unseren Rachen runter. Ich spürte das feurige Brennen im Rachen, obwohl dieser durch den Whiskey bereits abgehärtet sein müsste. Meins war purer Vodka. Während sie mit einem überspielten Kopfschütteln entgegnete. Sie hob ihren Blick mit einem energischen Werfen ihres Kopfes in den Nacken und einem lauten befriedigten: „Aaah."

Als hätte sie gerade erst angefangen.

„Direkt den nächsten?", fragte ich sichtlich überrascht, während ich bereits spürte, dass ich mich beim Aufstehen erst einmal fangen müsste.

„Klar!", rief sie überstürzt.

Welche Gedanken wollte sie in dem Glas ersticken?

„Was war es denn?"

„Tequila."

Also gleich nochmal. Die Gläser klimperten aneinander und wir schütteten die zweite Flüssigkeit nach. Minzig zog es sich in meinem Mund zusammen: „Jägermeister."

Ich sah hoch und blickte in ihr verzogenes Gesicht: „Vodka."

Ihre Stimme vibrierte, bevor sie an dem Strohhalm ihres Cocktails sog. Unbeherrscht musste ich lachen.

„Dann jetzt wohl die Rechnung."

Ava

Ich erinnere mich noch, wie wir Arm in Arm nachhause torkelten. Meine schweren Lider hoben sich und blinzelten mehrere Male. Währenddessen streckte ich meine Arme bis gegen die Lehne des Bettes und zuckte zurück, als knackend mein Nagel ertönte. Unverzüglich hielt ich mir meine Hand vor mein Gesicht, doch erkannte alles bloß verschwommen. Unfassbar schnell ließ ich meine Augen auf und ab blinzeln und öffnete sie dann ganz weit.

„Fuck", brummte ich, sobald ich den tiefen Riss in meinem Nagel erblickte, von welchem sich die rote Farbe abblätterte. Keine Sekunde später schloss ich jedoch wieder meine Augen und schmeckte meine Haarsträhne auf meiner Zunge.

Als ich dort so lag und meine Gedanken zurück in meinen Traum schweifen lassen wollte, kam mir die Frage auf, ob die Gardinen vor meinen Fenstern zu gezogen waren. Ungewollt aber gezwungen öffnete ich meine Augen wieder.

„Nein...", ich seufzte tief. Sie waren geschlossen, weshalb ich nicht mit der Sonne aufwachte. Hastig wühlte ich noch benommen zwischen den Decken nach meinem Handy.

„11 Uhr. Schon wieder."

Ich riss meinen Körper hoch und sofort strafte mich ein Stechen im Kopf. Meine Finger massierten meine Schläfe sanft, während ich unzufrieden meine Augenbrauen zusammenzog. Dann rieb ich mir die Augen durch und rief bei Mr. Adams an.

„Wie sah es gestern noch mit dem Fall aus?", fragte ich und unterdrückte mir ein Gähnen.

„War ich dort oder du? Bin ich dein Kollege oder dein Vorgesetzter? Du solltest wirklich näheren Kontakt zu deinen Kollegen aufbauen, Ava."

Ich verdrehte meine Augen, bevor er seufzte: „Nicht gut."

Perplex zuckten meine Augenbrauen und ich musterte meinen Blick im großen Spiegel vor mir.

„Was ist passiert?"

„Dem Attentäter von gestern, ist es heute Morgen um Vier gelungen, zu fliehen."

„Was? Wie?"

„Die Frage stellen wir uns auch noch... Aber das ist nicht mehr dein Bereich", versuchte er das Thema zu beenden.

Wie konnte man aus solch einem Staatsgefängnis noch in derselben Nacht trotz all der Bewachung fliehen?

„Für dich habe ich heute nochmal einen angenehmeren Auftrag. Komm ins Büro. Und nächstes Mal, endlich pünktlich! Du lässt dich in letzter Zeit ganz schön gehen. Ich akzeptiere das nur, wegen des gestrigen Falls", mahnte er.

Stöhnend raffte ich mich auf und machte mich fertig. Die aufgehende Sonne linste durch mein kleineres Badezimmerfenster und erhellte mir meine Sicht im Spiegel, während ich auf Zehenspitzen balancierend, meine Mascara auftrug.

Ich bog meine Wimpern hoch und färbte sie in einem dunklen Schwarz. Elegant und schwungvoll wirkten sie noch natürlich, was mir gefiel. Ich malte mir ans Ende meines Wimpernkranzes den schmalen Eyelinerstrich nach und gab zu guter Letzt etwas Kokoslipbalm auf meine schimmernden Lippen. Kaum trat ich wieder mit meinen ganzen Fuß auf, spürte ich das Zerren des Muskels in ihnen und verkrampfte mein Gesicht kurzzeitig. Ich fuhr mit einer Bürste durch meine Haare. Dabei fing ich sie alle in einer Hand auf, verdrehte sie ineinander und legte sie mir an meinen Hinterkopf. Mit einer großen, schwarzen Klammer befestigte ich sie. Daraufhin zupfte ich mir kleine Strähnchen vorne heraus und lockerte die festgezogenen Haare an meiner Kopfhaut. Meine Finger zogen den Reißverschluss meines Hosenstalls hoch und verhakten den Knopf ins Loch.

Irgendwie fand ich für heute meine Motivation zum Arbeiten. Mal wieder. Dennoch hatte ich keine andere Wahl. Also knöpfte ich das weinrote Seidenhemd, das bis zu meinem Dekolleté offenblieb, zu und richtete dessen Kragen. Ich krempelte noch die Arme hoch, weil es sich sonst bei diesem Wetter kaum überleben ließe.

„Wie wird das Wetter heute?", sprach ich den Assistenten auf meinem Smartphone an, welches gefährlich weit auf dem Waschbeckenrand balancierte. Zeitgleich hielt ich einen meiner Ohrringe zwischen meinen Zähnen und band mir meine goldene Kette um den Hals.

„Heute sind es in New York zwischen 25-30 Grad mit gelegentlichen Schauern."

Ich nickte kaum erkenntlich, während ich mein Kinn an meinen Körper presste, um die Kette festzuhalten. Dabei entglitt mir der

Ohrring zwischen meinen Lippen. Erschöpft streckte ich mich nach ihm und hing ihn mir ins andere Ohr. Bevor ich beschloss, das Haus zu verlassen, warf ich mir noch eine Tablette gegen die Kopfschmerzen ein und hakte mir wieder den Kopfhörer ins Ohr. Im Öffnen der Tür, klemmte ich mein Colt an meinen Hosenbund und steckte mir meine Kontaktlinsendose in die Hosentasche. Ich hoffte auf einen guten Auftrag für heute.

Starr stand ich ihm Aufzug des Zentralgebäudes. Gehobenes Kinn und zielgerichteter Blick nach vorne und wartete bis sich die Tür zu zog. Als plötzlich noch jemand um die Ecke huschte. Obwohl seine Schritte schnell und laut klangen, schien er überraschend gelassen, durch sein entspanntes Gesicht und seine gut gepflegten Haare, die noch an der richtigen Stelle saßen. Er war innerlich gestresst, schaffte es aber gut, das zu verdecken.

„Guten Morgen", begrüßte mich der junge Mann, dessen Augen schmaler und Augenbrauen breiter waren, sodass sie mir direkt in den Blick fielen. Seine langen tiefschwarzen Haare und der dunkle Teint verrieten seine asiatische Herkunft. Wieso hatte ich ihn hier nie zuvor gesehen?

Mein Blick sank einmal an ihm herab, woraufhin ich mich jedoch aus Höflichkeit zwang, von ihm abzusehen.

„Ich glaube, so läuft das hier normalerweise nicht ab, oder?", lachte er offen, „keiner, den ich angesprochen habe, hat mit mir geredet. Ist das so euer Ding?"

Er hörte sich vertrauensvoll, unschuldig und doch noch immer sehr männlich an.

„Eh, was meinst du?", zuckte meine Augenbraue zitternd hoch. Kurz bevor ich ergänzte: „Diesen Bereich dürfen Unbefugte nicht besuchen."

Mein Finger zeigte schwächlich, aber kalt auf ihn.

„Das ist der Aufzug", erinnerte er mich und zog sein Kinn irritiert zurück.

„Ja, kein Bereich für-", wollte ich kühl bleiben und gerade wieder von ihm ablassen, als er plötzlich seinen Ausweis hob.

„Ich bin kein „Unbefugter"", räusperte er sich.

Obwohl er so nett schien, erkannte ich, dass er eine Entschuldigung erwartete.

„Ja, du hast recht“, ich wandte meinen empathielosen Blick meinem Smartphone zu, „das ist so unser Ding.“

Wenige Sekunden später öffnete sich die Tür im zehnten Stock. Direkt nahm ich mir vor, geradewegs hinauszugehen, ganz gleich, dass es hieße, noch Etagen hochzulaufen.

Weshalb stellte er dann solche dummen Fragen?

Nervig.

Auf einmal packte er mich am Arm, wodurch sich meine Armbanduhr mit einem kleinen Sound einschaltete. Meine Haare schwangen durch die Luft und befreiten mein Gesicht, als ich mich mit verärgertem und drohendem Blick zu ihm drehte. Kaum trafen unsere Blicke aufeinander, ließ er meinen Arm sofort los: „Verzeihung.“

„Verzeihung?!“, echote ich mit bösem Unterton in meiner Stimme, bevor ich meine Uhr wieder ausschaltete.

„Warum steigst du hier aus?“

„Darf ich nicht?“, behauptete ich patzig.

Meine Unlust, heute zu arbeiten, schien exponentiell anzusteigen. Was wohl auch meinem anhaltenden Kater zu verschulden war. Etwas entmutigter hauchte er noch: „Dir fehlen noch zehn Etagen.“

„Stalkst du mich?“, runzelte ich meine Stirn und stellte meine beiden Füße parallel zueinander, um ihn genau anzusehen.

„Nein, aber auf deiner Karte steht der Bereich, indem du arbeitest und der beginnt ab 20, nicht?“

Er zog sich seinen Kragen zurecht, was mich daran erinnerte, mein knappes Oberteil zu richten.

„Die hier“, ich tippte neben mein Augenlid, woraufhin ein Ladescreen meiner Kontaktlinse vor meinem Auge erschien, „solltest du nicht an deinen Kollegen benutzen. Schon mal etwas von Vertrauen gehört?“

Respektlos verdrehte ich meine Augen beabsichtigt für ihn sichtbar. Mit einem weiteren Tippen gegen meine Haut, verschwanden die eben aufgetauchten Daten. Während er ernster wurde: „Ich wurde hierher versetzt, deshalb kennst du mich nicht. Mein Name ist Luan Chen Price und ich habe bisher kaum einen Grund, dir zu vertrauen."

Plötzlich sprach er kühler und voller Skepsis.

Wo kam das denn jetzt her?

„Vielleicht der, dass ich zum Geheimdienst gehöre?", zog ich meine Schultern zurück und richtete meinen Körper auf. Seine Augen strahlten eine seltsame Aura aus…

Was hatte der denn erlebt?

Plötzlich fiel diese Einstellung und er lachte wieder auf:

„Ach, vergiss es. Wo musst du also hin?"

Er machte mir Platz im Aufzug. In der Hoffnung, ich käme nach dem eben, noch zu ihm.

Ganz bestimmt nicht, Luan Chen Price.

Mit verzogenen Augenbrauen musterte ich ihn abgeneigt, schüttelte meinen Kopf und wechselte dann zu den Treppen.

Der hatte vermutlich nicht so ein gutes Croissant gefrühstückt, wie ich. Kommt wohl vor. Schließlich kannten auch zu wenig Leute das Amber´s.

Kaum bewältigte ich genervt die ganzen Stufen bis nach oben, seufzte ich schwer und hielt mich am Geländer fest. Noch peinlicher wurde es, als dieser Typ plötzlich an mir vorbei ging. Seine Augen fuhren an mir herab, obwohl seine Schritte keinen Halt machten. Ich unterdrückte mir stark, etwas gegen ihn zu sagen, um ihn von mir zu scheuchen. Stattdessen zwang ich mich zu tun, als hätte ich ihn nie zuvor gesehen.

Ihn also ignorierend richtete ich meinen Oberkörper wieder auf und riss meine Hand vom Geländer. Ich fand festen Halt auf den Absätzen meiner High Heels und stolzierte zu meinem Platz, welcher bloß ein kleiner Bereich mit Schreibtisch und Laptop war. Nicht einmal einen eigenen Raum schien ich würdig zu sein. Doch das hatte mich noch nie zuvor gestört – in den besten Fällen, wäre ich ja ohnehin nicht hier. Doch heute…

In dem Augenblick, in dem mein Chef und Luan sich übertrieben weit grinsende Blicke zu warfen und ihre Hände die Schulter des anderen streiften, fingen sie meine Aufmerksamkeit. Und bloß wenige Sekunden später bekam ich zu sehen, wie Mr. Adams das Schild an einer Tür austauschte. Er entnahm der Glasvorrichtung an der Tür, den eingeschobenen Zettel mit dem Namen des vorherigen Besitzers des Büros und... Und...

„Luan Chen Price´s Office."

Mein Herz blieb abrupt stehen und weigerte sich, weiter zu schlagen. All die Zeit, die ich hier schon arbeitete, bekam ich nur minderwertige Aufträge, keinerlei Anerkennung und kaum lohnenswerte Aufstiegschancen. Die letzten Jahre, die ich extra nach New York kam, hat er mich nur belächelt.

Was sollte das?

Mit welcher verdammten Begründung bekäme dieser Schleimer jetzt meinen zukünftigen Platz?!

Schnappend zog ich die Luft ein, sodass meine Brust auf und ab bebte.

Diese bescheuerte Stadt.

All deine Träume würden hier wahr werden!

Klar, ich sah ja wie!

Eine pleitegehende Bäckerei, respektlose Behandlung, viel zu überfüllte Busse.

Verdammt!

Ich stieß mich so ruckartig von meinem Stuhl, dass er zurückschwang und gegen die Wand hinter mir donnerte. Meine Kollegen um mich blickten mich entsetzt an, während ich meinen feinen Mantel vor meiner Brust zusammenzog und mit laut klingenden Hacken über den glatten Boden stolzierte. Ich beherrschte mich so lange, bis ich die Treppe runter in einem leeren Flur stand. Völlig kahl füllten bloß zwei Automaten den Durchgang.

Wütend und rücksichtslos schlug ich meine Faust gegen das Plexiglas des Automaten, was ein lautes Holpern auslöste. Ich drückte meine Rückenmuskulatur nach innen und spannte meine

Schultern stark zurück. Als ich dann umso zierlicher den Knopf für einen stinknormalen Kaffee betätigte und so langsam, wie es mir möglich war, ausatmete. Scheinbar hatte ich mir innerlich das Ziel gesetzt, erst dann wieder einzuatmen, wenn ich meinen Kaffee in meinen Händen hielt. Doch meine Luft nach ging mir zu schnell aus und mein Hals zog sich trocken zu.

Es war gar nicht dieser Typ, der mich störte.

Jeder hätte einfach herkommen und sich diese Position nehmen können.

Aber weshalb hatte ich sie nicht verdient?

Das Einzige, wofür ich hier lebte, war mein Job.

So würde man vom Leben belohnt!

Auf das Geräusch des Aufprallens der Flüssigkeit in den Plastikbecher folgte ein letzter Tropfen in den überfüllten Kaffeebecher. Energisch riss ich ihn aus der Halterung und nahm einen derartig gierigen Schluck. sodass ich mich direkt an dem Zeug verbrannte und es reflexartig ausspuckte. Direkt gegen die sowieso befleckte, dreckige Scheibe. Vollkommen fertig mit meinen Nerven, riss ich ein Tuch aus meiner Tasche und wischte es weg. Ein elendes Quietschen erklang, wodurch ich unverzüglich meine Augen zu kniff.

Argh. Was sollte das?!

Ich kippte den sowieso außerordentlich ungenießbaren Kaffee samt Becher in die danebenstehende Mülltonne und warf mich nach dem klirrenden Klang gegen die Wand hinter mir. Schwerfällig sank mein Körpergewicht in sich zusammen. Ungewiss, wie lange meine Beine mich noch oben halten könnten. Als ich auf einmal spürte, wie sich meine Kehle verengte. Meine Brust drückte und ich musste tiefer einatmen, um an Luft zu gelangen. Eine Panikattacke. Ich zwang mich mich zu beruhigen. Trotzdem begannen meine Hände zu zittern, während mein Atem immer schnappartiger wurde. Ich sog die Luft kräftig ein, bis es stach und ich panisch in kurzen Abständen ausatmete.

Ein, aus, ein, aus, aus, aus. Ein- aus, ein, ein.

Mein Kopf war immer benebelter von meinen Gedanken. Obwohl mir bewusst war, ich steigerte mich in alles bloß zu sehr rein.

Ich war zu impulsiv

Zu emotional. Zu unwürdig.

Zu gierig. Zu egoistisch.

In meinem vergeblichen Versuch, an positive Dinge zu denken und mich zu beruhigen, tauchte der Geruch von Amber´s Kaffee, der der Vanilleküchlein und des Holzes der neuen Möbel, in meiner Nase auf. Ich schmeckte die Süße der Törtchen, die nach denselben schmeckten wie die, die meine Mutter machte – Meine Mutter, meine Mutter, meine… Meine flache Hand stürmte gegen meine Wange, der laute Aufprall erklang und es brannte mir wie Feuer mein Gesicht herab. Wie konnte mich das Amber´s an meine Mutter erinnern…

Verdammt!

Unbeholfen ergriffen meine Hände die Stängel des Gummibaums neben mir. Ich zerquetschte sie in meinem Handballen, während das Bild vor meinen Augen nicht verschwand. Ich zwang mich, mich an die Sterne zu erinnern, in die ich als Kind immer sah. Sie waren mir fern und könnten mir nie etwas antun. Ihre Schönheit blieb für alle Zeit gewahrt. In ihnen konnte ich mich wiederfinden! Ich verspürte einen Hauch an Hoffnung, als mein Atem mein Zwerchfell langsamer beben ließ. Bis zu dem Augenblick…

Ich dachte an genau das Himmelsbild, das ich in jener Nacht sah. Überall berührten mich seine Hände, drängten mich unter ihn, hielten mich fester als jede Bindung es jemals tat. In dieser Nacht entriss er mir all meinen Mut. Er demütigte mich. Wie seine dreckigen Pfoten über meine Brüste fuhren und sich nahmen, was er wollte. Angewidert wurde meine Panik größer, als ich mich an den Schmerz erinnerte. Jeder verdammte Versuch misslang mir.

Tausende Bilder zogen durch meinen Kopf. Die überfüllte Straßenbahn, das altmodische Haus meiner Eltern, die Möbel des Amber´s, das Restaurant von gestern. Ryan. Auf einmal erschien

Ryan, Ryan Ashford. Meine Vorstellung hatte ihn und jede seiner Konturen, die Pigmente seiner Haut und seiner Augen wiedergegeben. Angenehm warm hörte ich sein Lachen in meinen Ohren. Herb und zugleich aromatisch sog sich sein Parfum durch meine Nase. Deutlich spürbar und doch etwas kühl fühlte ich seine Hand um meiner.

Zeitgleich beruhigte sich meine Atmung. Meine Brust bewegte sich gleichmäßiger und mein Rachen befreite sich. Tief zog ich erholend die ganze Luft in meine Lunge. Wenn ich bei ihm war, schien ich alles andere zu vergessen… Und jetzt hockte ich hier. Schwer an die Wand gelehnt und vollkommen kraftlos. Jedoch auch endlich mit befreitem Kopf. Bevor ich mich für das Verurteilen würde, was mich zur Ruhe kommen ließ, richtete ich mich auf und zupfte meinen Kragen zurück in die richtige Position. In sicheren Schritten und mit einem Blick, der alles um mich herum ausblendete, schritt ich durch das Gebäude.

An all den giftigen Menschen vorbei, bis nach unten, wo ich das lärmvolle New York auf mich wirken lassen durfte. Ich streifte durch die Menge, wirkend als folgte ich einem festen Ziel, wenn ich eigentlich nur floh. Ich hatte keine Ahnung, wo ich hinkönnte. Nur, wo ich nicht hinkonnte: Weder das Büro noch Nachhause.

Es fühlte sich falsch an.

Gefüllt von dem unwohlen Gefühl, das mich nicht traurig, aber auch nicht wütend machte. Mich bloß mit einer unangenehmen Leere zurückließ. Unbeholfen suchten meine Augen durch die Menschen nach emotionalem Halt. Als es sich plötzlich süß in meine Nase zog. Der zierliche Duft von Puddingschnecken und Vanille. Meine Lider fielen entspannt aufeinander, bevor sich mein Blick zu dem schwindenden Geruch drehten und sich meine Nerven unverzüglich erneut nach diesem sehnten.

Wie konnte ich das nur vergessen?

Auf dem Weg zum Amber´s hob ich Geld an einem Automaten ab und verstaute dieses in einem Umschlag aus meiner Schultertasche. Mit der Zunge glitt ich über den Klebestreifen und verschloss ihn mit einem zierlichen Schmunzeln. Im Vorbeigehen warf ich es unauffällig in den Briefkasten des Amber´s und betrat dieses unbekümmert mit dem Klingeln der Türglocke. Keine Sekunde später spürte ich die angenehme Klimaanlage mein Gesicht kühlen. Der Geruch des immer frisch und neu riechenden Holzes zusammen mit dem des appetitlichen Gebäcks brannte sich mir unter die Haut.

Wie eine Droge, schaltete es mich sofort um und riss mich in meine vertraute, sichere Heimat zurück. Ich könnte jemanden umbringen und würde hier meine Ruhe finden…

„Guten Tag!", strahlte eine junge Frau, die gerade den Vorhang, hinter welchem die Speisen zubereitet worden, mit ihrem Unterarm hervorschob. Meine Augen weiteten sich. Ihr seidiges, nussbraunes Haar fiel glatt über ihre Schultern und ihre Wangen funkelten in einem sanften Rosa. Die Augenform gewölbt und ihre babyblauen Augen schimmernd. Ihre zarten Finger streiften erschöpft über ihre Stirn, während ihre breiten, vollen Lippen, in einem zarten, matten Nudeton gefärbt, ein Seufzen verließ. Mein Herz blieb stehen, als sie sich die lachsfarbene Schürze über den Kopf strich. Meine Schultern zogen sich angespannt zurück und in stockenden Reaktionen, kehrte ich um. Die fragenden, verwunderten Blicken auf meinem Hinterkopf spürend, verließ ich das Café, indem ich mein Smartphone an mein Ohr hielt. Vor der Tür beschleunigten sich meine Schritte zusammen mit der Geschwindigkeit meines Pulses.

Seit wann kam sie nach vorne raus?

Welcher Tag war heute?

Völlig neben der Spur, irrte ich umher und rieb mir die Schläfen. Nochmal gut gegangen…

Doch wenige Sekunden später, atmete ich enttäuscht aus.

Warum stellte ich mich so an?

Die Enttäuschung überkam mich und schwächlich sanken meine Schultern, sowie meine gewohnte, selbstüberzeugte Einstellung. Das schien wohl jemand bemerkt zu haben.

„Hey, gefallen dir diese Blumen?"

Überrascht blickte ich rauf und in die Augen eines jungen Mannes, der etwas jünger als ich zu sein schien.

„Hm?", realisierte ich es noch nicht.

Woraufhin sich der junge Mann wiederholte: „Ich fragte, ob dir diese Blumen gefallen?"

Erst jetzt bemerkte ich die lilafarbenen Astern mit ihren schmalen Blüten und die weißen Lilien zwischen seinen Händen.

„Eh, ja?", stockte ich, noch ein wenig überfordert.

Der Blondschopf begann seine Verschämtheit weg zu lachen: „Ich habe sie für jemanden gekauft, doch wurde gerade abgewiesen. Deshalb dachte ich mir, gebe ich sie der nächstschönsten Frau, die sich darüber freuen könnte."

„Charmeur", ging es mir durch den Kopf, ohne es auszusprechen – Jedoch mit Skepsis.

Bei dem tiefen Blick in seine Augen löste es in mir ein Gefühl aus. Doch mir war nicht klar, was es bedeutete. Familiär?

„Dankeschön. Für das Kompliment und die Blumen", lächelte ich knapp und nahm sie entgegen.

„Das klingt jetzt vielleicht seltsam, aber ich bin sehr verzweifelt, könnte ich deine Nummer haben?", er kratzte sich am Hinterkopf.

Meine Augen glitten an ihm herab. Ein grauer Nike Pullover, eine verblasste Jeans, dicke, hellbraune Lederschnürboots.

„Guter Versuch. Aber es braucht wohl doch ein bisschen mehr als Blumen, die für wen anderen gedacht waren."

Amüsiert von dem jüngeren Charmeur, drehte ich mich schmunzelnd von ihm weg. Ich begab mich auf dem Weg zum Bus, um die Blumen in eine Vase zu stellen und mich zu beruhigen, bevor ich mich zurück zum Büro begeben würde.

Schließlich hieß es noch, Mr. Adams hätte einen Auftrag für mich. Auf einmal hörte ich eine bekannte Stimme hinter zwei Personen, die zwischen uns im Bus im Gang standen. Er drängelte sich an ihnen vorbei und hielt sich an der Stange direkt über meiner Hand fest. Die unebene Straße, ließ unsere Körper mit den Bewegungen gehen und durch den schmalen, befüllten Gang musste ich zu Ryan aufsehen. Lange tat ich das jedoch nicht und sah stattdessen von ihm ab, geradeaus.

„Was ein Zufall."

Ich schüttelte schmunzelnd den Kopf: „Nicht wenn man im gleichen Bezirk tätig ist."

„Hast du dir Blumen gekauft?"

„Naja, interessante Geschichte. Ein junger Mann schenkte sie mir eben", blickte ich in die strahlenden Blüten.

„Sie sind sehr schön. Aber du kanntest den Mann nicht?", meinte er überrascht.

„Nicht wirklich."

„Wusstest du, dass Astern ein Zeichen für Erinnerungen oder Hintergedanken sein können?"

„Aha, du setzt dich also mit den Bedeutungen von Blumen auseinander?", spottete ich belustigt.

„Nur mit den negativen", scherzte er mit mir, wobei ich den Funken Seriosität in seinen Worten hörte.

„Wofür denn?", zuckte mein Kinn interessiert und überrascht zurück.

„Blumen können ein Anzeichen für Rache und somit ein Vorbote für einen Anschlag sein. Du weißt ja nie, ob Charles Frau vielleicht nicht auch vor dem Abend im Restaurant, eine warnende Nachricht durch Blumen erhalten hat", zwinkerte er mir zu.

Ich lachte und spielte es runter: „Ja, klar. Dafür sind die Deutungen doch viel zu unterschiedlich und kaum verbreitet."

Er löste sich von seiner Seriosität und grinste: „Hast recht. Wo steigst du aus?"

„Eine Station noch."

Plötzlich beugte er seinen Kopf tiefer zu mir und dichter an mein Ohr.

„Wollen wir den Abend von gestern wiederholen?", hauchte er.

In der Sekunde schlug der Bus eine Kurve und Ryan packte mich hastig an der Taille, bevor ich auf den Schoß einer älteren Frau hinter mir gefallen wäre. Perplex sank mein Blick zu seiner Hand und wanderte dann rauf zu seinem Gesicht. Als wäre es selbstverständlich und seine Hand dort akzeptiert, blickte er durch die vordere Scheibe hinaus, statt zu mir. Den Kiefer beim Schlucken bewegend, beobachtete ich die Einkerbung und die Zuckung seines Adamsapfels.

„Können wir. Aber heute Abend bin ich beschäftigt. Morgen geht es."

„Dann steht morgen Abend fest. Ich hole dich von zuhause ab."

„Wie kommt es dazu? Bist du etwa in der Gegend?", zuckten meine Augenbrauen skeptisch.

„Überraschend, nicht?", schmunzelte er zu mir und nahm seine Hand zurück, um mich zeitgleich zum Halten des Busses rauszulassen.

Meine Absätze erklangen auf dem Boden, bis ich in der Tür stand und meinen Blick schwungvoll noch einmal zurückwandte. Direkt blickte ich in seine überzeugten Augen, die mich voller Macht ohne Zuckungen ansahen. Tief in mir verspürte ich einen Drang, nicht zu gehen, doch ein wenig Abstand, um sein Interesse zu wecken, konnte auch nicht schaden. Die abgeschnittenen Blumenstängel fielen in mein Waschbecken, bevor ich die Blumen einzeln in die Wasser befüllte Vase stellte.

„Erinnerungen? Hintergedanken?", nuschelte ich in das Tröpfeln des Wasserhahns. Ich zog mir etwas Leichteres an, korrigierte meine Schminke und begab mich wieder auf dem Weg ins Büro. Diesmal ohne, dass mir die Dinge derartig nah gehen würden. Ich würde mir nur meinen Auftrag holen und mich auf diesen vorbereiten. Keine Ablenkung, keine neuen Männer, die meinen Platz einnähmen...

Ich schwang einen leichten Mantel über meine Schultern und verließ das Apartment, nachdem ich noch schnell den Schlüssel ergriff.

„Ich bin jetzt hier, wie lautet der Auftrag?", trat ich mit meinen festen Hacken in den Boden von Mr. Adams Türschwelle.

Tief seufzend fiel er in seinen Lederstuhl, welcher sich dabei weit nach hinten dehnte: „Bring mir einen Kaffee, Ava"

„Bin ich hier Praktikant? Habe ich mich nicht richtig ausgedrückt?“

In meinem hohen Gang blickte ich auf ihn hinab, als ich zu ihm stolzierte und abrupt meine Hand mit starkem Druck auf seinen Tisch schlug. Mich zu ihm auf Augenhöhe beugend, warf ich ihm meine scharfen, willensstarken Augen in die seinen.

„Ich glaube, du vergisst manchmal, in welcher Position wir zueinanderstehen“, merkte er dezent an, während er ablenkend seine Krawatte richtete.

„Du warst morgens nicht da. Ich habe den Auftrag bereits übergeben.“

„Dann gib ihn mir zurück oder einen anderen.“

Ich hob mein Kinn und blickte zu ihm herab.

„Das ist nicht so einfach.“

„Warum nicht?“

„Viel Organisation und Veränderungen. Du arbeitest, wann du willst. Nicht, wann ich es will. Dadurch kann ich dich kaum einplanen. Das ist dir bewusst, oder?“

„Dann gehe ich als Begleitung.“

Mr. Adams blickte mich für einen Augenblick mit keiner so großen Begeisterung an. Als wäre er sich nicht sicher, ob ich dafür geeignet war.

„Wenn du darauf bestehst. Heute Abend um 19 Uhr in Bay Club. Im Obergeschoss Treffen sich viele Promis, unter ihnen auch Politiker. An uns wurde – durch ein abgehörtes Gespräch – weitergeleitet, dass ein Anschlag geplant wurde.“

„Warum schaffen wir sie nicht aus dem Gebäude?“

„Die bekommen täglich solche Drohungen, ihnen den Verdacht mitzuteilen, kümmert sie nicht.“

Verständnisvoll nickte ich und musterte seinen enttäuschten Blick. Wie er sich begann, die Schläfen zu reiben und mich mit einer schwingenden flachen Hand, ohne weiteren Blickkontakt, rausschickte. Nicht beeindruckt von seinem Verhalten verließ ich sein Büro. In meinem Augenwinkel nahm ich eine schwache Bewegung zu meiner Rechten wahr. Wir beide traten zur selben

Zeit aus den Räumen nebeneinander und sahen aus Reflex zum jeweils anderen. Ohne unsere gerade Haltung zu ändern, starrten wir uns seitlich an. Seine kühlen, schwarzen Augen unter einer hochzuckenden Augenbraue.

Ich bewegte meinen Körper nicht, als ich auf Chen Prices Blick traf. Für einige Sekunden standen wir dort, bevor wir genau gleichzeitig einen parallelen Schritt vorwärts wagten. Unverzüglich zog sich meine Brust zusammen, genauso wie meine Augenbrauen. Hastig wollte ich einen kleineren Schritt von ihm wegtreten, doch er tat erneut exakt das gleiche, nur in die entgegengesetzte Richtung. Meine Zähne klackerten aufeinander, bevor meine Augen von links nach rechts zogen und ich nach rechts zur Treppe verschwand. Luft holend zwang ich mich, nicht mehr zurückzusehen und stattdessen in schnellen Schritten, die Treppenstufen herabzuschreiten. Nach zwei Etagen traute ich mich mutig, den Aufzug zu nehmen, um bis ins Untergeschoss zu gelangen. Kaum trat ich aus dem Aufzug, musste ich eine kurze, schmale Treppe herab, die sich um eine Ecke bog. Unten angekommen, stand ein Mann in schwarzer Kleidung, dem ich meinen Ausweis vorhielt.

Ohne anzuhalten, schritt ich an ihm vorbei zu einem Regal. Dort lagen Pistolen, Gewehre und Dolche. Ich ließ meine Fingerspitzen über die unterschiedlich breiten, verschieden langen Schusswaffen gleiten und ergriff einen Colt. Ryan war es, der die zu präferieren schien, vermutlich war das der Grund, weshalb ich ein Auge auf sie warf. Dann begab ich mich zwischen die Glasschutzscheiben und beobachtete den langen, schmalen Bereich vor mir, der in einer Zielscheibe mündete. Ungefähr sieben Meter von mir entfernt. Ich legte meine Munition auf ein Holzbrett neben mir und schnappte den Gehörschutz. Mein Herzschlag begann sich zu beschleunigen, als ich daran dachte, sie das letzte Mal im Restaurant benutzt zu haben.

Die Waffe entsichernd und Munition einwerfend, bereitete ich meinen Stand vor. Fest im Boden stehend, blickte ich durch ein Auge in Richtung Scheibe. Beim letzten Mal, als ich die Waffe hielt, spürte ich ein Zucken in meinen Fingerkuppen, als gäbe es eine

Hürde, sie zu verwenden. Wenn mich das in einer anderen Notsituation vom Schießen oder gar vom Treffen abhalten würde, könnte ich mich nur schämen.

Also rollte ich meine Schultern zurück und bündelte meine Konzentration. Die Waffe mit beiden ausgestreckten Armen über die Absperrung haltend, krallte ich mich fest in sie. Mein Atmen hob meine Brust im gleichen Augenblick, in dem ich meinen Zeigefinger zu mir zog und auslöste. Durch den Gehörschutz ertönte die Kugel, die sich aus dem Gehäuse schoss, dumpf. Zusammen mit dem Druck, der meine Hände und die Waffe in diesen hoch und zu mir pressten.

Und wieder. Erneut. Ich blendete alles um mich aus und konzentrierte mich derartig tief in das Ziel, dass ich das Gefühl bekam, es mir näher kommen zu sehen. Auf diese Art traf ich mit dem folgenden Schuss genau in die Mitte der Zielscheibe. Gerade wollte ich zu der Munition greifen und sie beladen, da tauchte direkt neben mir plötzlich jemand auf.

Ich erschreckte mich so abrupt durch seine Präsenz, dass ich die Waffe auf die Glasscheibe zwischen uns richtete.

Price blickte durch diese zu mir, seine Augen vorerst groß und überrascht. Doch in der nächsten Sekunde senkte er seinen Kopf und begann zu schmunzeln.

Seine Hände beluden seine Beretta, sodass er mich nicht mehr ansah, als er meinte: „Du scheinst ein guter Schütze zu sein. Wenn du meinen Tod wolltest, zweifle ich nicht daran, dass du triffst."

Ich schluckte meinen Speichel herab, um meine Aufmerksamkeit auf etwas anderes zu lenken und senkte die Waffe in meinen Händen. Ich nahm mir meinen bevorzugten Revolver und spürte seinem Blick auf mir.

„Hm?", strich ich mir eine Strähne hinters Ohr, um ihn im Augenwinkel von mir erkennen zu können.

„Hast du schon mal ein Sniper probiert?" Ich zuckte desinteressiert meine Schulter und wandte mich ihm nicht zu. Um ehrlich zu sein, stellte ich ihn mir vorhin für einen Augenblick vor der Zielscheibe vor, als ich schoss.

Doch mich überkamen bloß wieder meine Gefühle.

„Es passiert öfter mal, dass du die Kontrolle verlierst, oder? Mr. Adams hat sich mit mir unterhalten, ich soll…“

Statt zu reagieren, richtete ich den Revolver in einem ausgestreckten Arm auf die Zielscheibe und schoss ohne Verzögerung oder Gehörschutz, alle sechs Kugeln in das bereits schwarze Loch der Scheibe.

Folglich warf ich schleichend meinen Kopf seitlich an meine Schulter, um wortlos zu ihm zu sehen. Meine Augen schmal und meine Lippen ein Schmunzeln zeichnend: „Ach ja, das erzählt er also?“

Ich ließ das nicht mehr an mich ran. Das durfte ich nicht länger. Es nahm mich zu sehr ein. Mit beiden Waffen in meinen Händen ging ich zum Regal zurück, um sie einzuräumen. Als ich auf einmal drei aufeinander folgende Schüsse hörte. Im Vorbeigehen blickte ich zu Price, der seine Waffe vom Ausrichten gerade wieder zu sich zog. Er hatte geschossen. Neben ihm lagen die leeren Hülsen auf dem Boden und die Zielscheibe war rund ums Schwarze durchlöchert. Er musste meinen Blick auf seinem Rücken gespürt haben, als er sich zu mir drehte und mir zwinkernd etwas zu warf: „Das FBI sollte nie das ganze Kugellager füllen.“

Ich fing den Gehörschutz auf und durfte ihn zusammen mit meinem an einem Schreibtisch ablegen, seine Bemerkung ignorierend. Während er hinter mir seine Waffen verstaute, begab ich mich nach oben…

…

Ich befestigte die goldenen Ohrringe an meinem Ohrläppchen und streifte mir das dunkelblaue Satinkleid über die Haut. Elegant formte es meine Figur nach und fiel oben im einem Wasserfallausschnitt ineinander. Es betonte meine schimmernde Kette an meinem Dekolleté. Meine Finger fuhren die Seiten meiner Taille nach, während ich mich von allen Seiten im Spiegel musterte und vertieft in Chen Prices Blicke von vorhin war. Er wirkte irgendwie eingebildet, auf der anderen Seite aber auch freundlich und beinahe so, als wollte er mich nur zugunsten meines eigenen Wohlbefindens belehren. Mal davon ab, dass mich Derartiges anwiderte. Ich konnte ihn genauso wenig einschätzen, wie zu Beginn bei Ryan.

Doch mittlerweile kannte ich Ryan besser.

Hieß das, ich sollte Chen auch eine Chance geben?

In dem Augenblick vibrierte mein Handy auf der Kommode. Zitternd rutschte es bis an die Kante, bevor ich es schnappte und Kians verpassten Anruf sah. Das war aber kurz, merkte ich ungläubig an. Kurz bevor ich vom Display absehen wollte, ploppte auf: „Kannst du heute Abend, ich habe deine Story gesehen und muss dich einfach wieder nehmen."

Irritiert las ich noch ein weiteres Mal über seine Nachricht. Mir gefiel seine Ausdrucksweise nicht, genauso wenig, wie die Vorstellung, ihn wieder zu sehen. Stattdessen spielte ich mehr mit dem Gedanken an morgen Abend mit Ryan. Doch von welcher Story sprach er überhaupt?

„Welche Story?", tippten meine Finger, bevor ich diese den Lippenstift um meine Lippen herum entfernen ließ.

„Na, die von gerade. Ist nicht jemand bei dir, der sie gemacht hat?"

Meine Augen flogen kein zweites Mal über den Text, sondern blickten sofort entleert in mein Spiegelbild. Hastig riss ich meinen Blick um mich durch mein leeres Zimmer… Ich hüpfte barfuß zum Fenster und zu der Tür des kleinen Balkons. Mich auf diesen stellend, blickte ich in die anderen Räume der Häuser mir gegenüber. Die meisten waren spiegelnd, genauso wie meine – eigentlich. Schnell wischte ich durch mein Handy und klickte auf meinen Social-Media-Account. Die Story lud und lud und wollte sich einfach nicht öffnen.

Was…?

„Schick mir einen Screenshot", schrieb ich Kian, doch durfte nur feststellen, dass die Nachricht nicht zugestellt wurde. Unauffällig versuchte ich mich entspannt auf meinen Stuhl zu setzen, während ich das Display vollkommen dunkel stellte und darauf wartete, mit dem anderen WLAN verbunden zu werden. Wenn die Fenster gespiegelt waren, müsste jemand drinnen Kameras platziert haben. Falls das der Fall wäre, sollte ich nicht zeigen, dass ich davon wusste. Da sie Zugang zu meiner Wohnung hatten, könnten sie jederzeit zurückkommen, wenn ich schutzlos war.

Ich atmete tief durch und versuchte erneut in die Gebäude gegenüber zu blicken. Schnell schloss ich meine Story und ließ sie ungesehen. Stattdessen lud ich Kians Screenshot: Ich stand in dem blauen Kleid, das mir im Ausschnitt noch zu tief und hinten etwas zu kurz hing, beobachtete mich im Spiegel und fuhr mir gerade durch die Haare. Die Person musste diagonal hinter mir gestanden haben, ungefähr vom Bett aus. Mit Sicherheit war ich allein. Selbst im Spiegelbild war das Bett im Winkel leer. Mein Puls stieg an.

Wer hatte sich wann Zugang zu meiner Wohnung verschafft und warum?

Price?

Aber wer wäre so blöd und lud etwas hoch?

Selbst, wenn er wusste, dass ich selten auf Social-Media wäre. Wollte er, dass ich es wusste?

Doch wozu? Mir drohen?

Ich zog scharf die Luft ein und versuchte dann mich mit abgeschaltetem Handy normal zu verhalten. Summend zog ich mir die Schuhe im Flur über, vorsichtig in die Ecken des Raumes blickend...

„Ich bin auf dem Weg", sprach ich in den eingehakten Kopfhörer zur Zentrale.

Die Kontaktlinse sammelte Informationen, während ich den Schlüssel nahm und die Tür hinter mir verschloss. Kurz blieb ich kerzengerade stehen und atmete durch meine Lunge. Auch hier wäre ich noch nicht sicher. Also begab ich mich wortlos und steif in den Aufzug. Draußen vor der Tür stieß ich in meine Gedanken vertieft und die Sicht von der Kontaktlinse eingenommen, gegen einen jungen Mann.

„Oh, 'Tschuldige"

„Nein, mein Fehler“, er schüttelte beschämt lächelnd seine Hände vor seinem Oberkörper, bevor er sie sich vor Schock auf seine Brust legte.

Ich zuckte zurück und bemerkte plötzlich, dass das der Mann war, der mir letztens auf der Straße die Blumen gab: „Was ein Zufall.“

Ich lachte leicht auf, welchem er sich anschloss: „Damit hatte ich jetzt nicht gerechnet.“

Seine Augenbrauen zuckten entlastet: „Wo geht's denn so fixiert hin?“

Erst wollte ich die Arbeit als guten Grund nennen, jedoch nur so lange, bis ich das strahlende Blau meines Kleides im Augenwinkel aufblitzte: „Eine kleine Feier.“

Auflockernd belächelte ich es.

„Ach ja, klein?“ Seine Augen fuhren munter an mir herab.

„So besonders ist sie nicht, aber es gefällt mir, mich schick zu machen“, rechtfertigte ich mich, so freundlich, dass meine Mundwinkel bereits wieder herab zuckten.

„Du bist wirklich hübsch. Dann viel Spaß, feiere für mich mit!“ Ich lachte: „Gerne, vielen Dank auch nochmal für die Blumen, sie sind sehr schön. Sie geben meiner Wohnung wohl das, was gefehlt hat.“ – Ich spielte es kurzzeitig an.

Vermutlich hatte ich mir erhofft ihn, mit einem Fehler seinerseits, als Stalker zu entlarven. Jedoch kam mir der Gedanke nur kurz und ein Stalker würde sich vermutlich nicht so direkt offenbaren.

„Das freut mich, immerhin haben sie dann noch einen Nutzen“, im Gehen winkte er mir zu und ging dann wieder relativ schnell in der Masse unter.

Mein Lächeln wurde schwächer, bevor ich mich erneut fokussierte und meinen Zielort anvisierte. Die Dämmerung trat ein und ein warmes Orange formte die Konturen des großen Gebäudes. Die Fenster der Wohnungen gegenüber spiegelten die Sonne und warfen das letzte Licht in die Straßen.

„Bay's", verzierte in spielerischen Buchstaben den Rahmen über der Eingangstür. Vor dieser sammelte sich eine lange Schlange von Leuten in kurzen Minikleidern oder zerrissenen Hosen. Ich trat an den Leuten vorbei, ihre Blicke mich musternd. Vor der Security formte ich meine Hand verdeckend vor mein Gesicht und flüsterte ihm etwas zu. Verständnisvoll nickte er und öffnete mir das Band zum Eintreten. Mit einem zarten Lächeln bedankte und verabschiedete ich mich. Bevor ich weiter durch die Versperrung der Treppe ging und schwungvoll über die Stufen trat. Um eine Ecke gewandt, erreichte ich einen Raum, dessen Dekor und Stil all den lässigen Tanzstil verloren hatte.

Stattdessen fand ich eine Marmortheke mit Getränketabletts und Tischen, an welchen in großen Eisschalen Champagner schwamm. Meine Brauen zuckten rauf, bevor ich mich weiter umsah und die Kontaktlinse aktivierte. Tiefer gehend, an der Fensterseite streifend, entdeckte ich mehrere Personen in schicken Kleidern von teuren Designermarken. Sie unterhielten sich in kleineren Gruppen oder tanzten zierlich um sich selbst. Doch eine Party, wie sie direkt unter uns abging, fand hier nicht statt. Ich erkannte einige Persönlichkeiten, Sänger und Schauspieler, die mich gar nicht zu beachten schienen.

Weiter schleichend, erfasste die Linse alle mir unbekannten Stars, auf der Suche nach jemandem, der gar nicht in dieses Milieu passte. Meine Erinnerungen an das erste Treffen mit Ashford weckend…

Dann spürte ich, wie einige Blicke auf mir landeten. Weshalb ich mir eines der Sektgläser vom Tablett eines Kellners schnappte und sanft an meine Lippen legte, während ich durch den Spalt der Vorhänge die noch beleuchtete Stadt beobachtete. Ich zog sanft den Stoff an meiner Schulter etwas höher, bevor ich mich umdrehte und den Beobachtern, die über mich tratschten, direkt in die Augen blickte. Mein Körper folgte meinem seitlichen Blick und beschloss, sich weiter hineinzubegeben, sobald die Frauen von mir absahen.

Ein Anschlag…

Ich grübelte und drückte den prickelnden Sekt mit meiner Zunge an meinen Gaumen. Wie lange würde es dauern, bis der Täter auftauchte? Falls es einen gäbe. Plötzlich erblickte ich die glattrasierten Ränder der schwarzen Frisur. Ein maskuliner Rücken und starke, zurückgedrückte Schultern.

Ungefähr so groß wie Ryan, in einem grau melierten Anzug und glänzenden, schwarzen Schuhen. Er unterhielt sich locker, beinahe flirtend mit einer mir bekannten Sängerin. Die blonden Löckchen über ihr babyblaues Kleid fallend.

Emilia.

Sie genoss die Aufmerksamkeit, wie sie ihre Haare fliegen ließ, als sie kichernd ihren Kopf schüttelte. Die Wangen in einem zarten Rosa errötend und mit einem Finger den goldenen Anhänger ihrer Kette reibend. Meine Kontaktlinse übernahm die Informationen, erkannte Emilia und die Violinistin neben ihr. Doch den Mann, der mir seinen Rücken zu wandte, konnte sie nicht identifizieren. Langsam ließ ich meine Schuhe über das Laminat schreiten und kam dem Kerl immer näher. Sein Jackett bewegte sich um seine Hüfte, als er seine Arme artikulierend um sich schwang. Immer etwas deutlicher konnte ich seine Stimme hören, bis ich meine Hand auf seine Schulter legte. Perplex drehte er seinen Oberkörper und sein Gesicht zu mir. In der Brusttasche ein blaues Tuch – in dem Blauton meines Kleides – das Kinn frisch rasiert und die dunklen Augen mich ansehend.

„Price?" Meine Wimpern blinzelten mehrere Male hintereinander, bis die Linse das eingescannte FBI-Foto seines Passes aufrief. Mit meinem starken Blinzeln schaltete sie sich wie auf Befehl ab und beide meiner Augen waren gezwungen sich ohne Ablenkung auf seine zu fokussieren. In der Spiegelung erblickte ich die Schrift vor seinem linken Auge, die er zu sehen schien. Unverzüglich trat ich einen Schritt zurück und schaltete meine Linse ebenfalls wieder an.

„Ich wurde informiert, dass du auch hier sein würdest, doch ich glaubte nicht, dass du wirklich kämest."

Sein aufgesetztes Lächeln ließ mich kalt, wodurch er sich wieder Emilia zu wandte.

„Dich kenne ich doch noch!“, stieß diese schamlos aus.

„Bist du etwa auch vom Geheimdienst?“, schrie sie viel zu laut und starrte mit ihren kugelrunden Augen zu Price. Geheimnisvoll schlich sich sein Finger auf seine Lippen, um ihr dezent zu verdeutlichen, es für sich zu behalten. Ich seufzte durch seine charmante Art. Doch plötzlich zog etwas anderes meine Aufmerksamkeit auf sich: Emilias Finger zitterten. Als ich von diesen aufsah und direkt in ihre Augen blickte, erfasste ich ihre Panik.

Im Senken meiner Augen konnte ich dabei zusehen, wie sie ihren Speichel langsam und qualvoll ihren Hals herab drang und unverzüglich ihre Hände hinter den Rücken legte. Mein Interesse war geweckt. Sobald sie wieder zu Price sah, war sie wie zuvor, sorglos und verspielt. Woraufhin sie ihm mitteilte, dass sie dringend wegmüsste. Sie verheimlichte also etwas, das mit mir zu tun hatte. In der Nacht in diesem Club musste also doch etwas vorgefallen sein…

Mein Auftreten war doch nicht umsonst.

„Ich wusste gar nicht, dass ihr euch kennt“, wandte sich Chen zu mir.

„Was weißt du schon über mich oder ich über dich? Der Auftrag war meiner“, erklärte ich ihm in tiefem, brausendem Unterton.

„Nachdem du dich nicht gemeldet hast, hat Mr. Adams es in meinem Plan untergebracht.“

„Deinem Plan?“

„Ich habe viele Aufträge, denen ich noch nachgehen muss. Also wenn du hier übernehmen willst, würde mich das nicht stören, nur bin ich offiziell hierfür eingetragen.“

Mein Gesicht verzog sich, sodass meine Stirn Falten schlug: „Schon klar.“

Ich rollte meine Augen, bevor ich mich von ihm drehte, um mit ihm abzuschließen. Stattdessen jedoch, fragte er: „Schon etwas Auffälliges gesehen?“

„Außer dir, nichts“, nuschelte ich, meine Arme vor der Brust verschränkend, während ich durch die Menge blickte. Auf einmal erklang ein lauter Schrei. Unverzüglich traf Chens Blick den meinen und wir drängten uns durch die Traube von Menschen, um eine auf dem Boden liegende Frau vorzufinden. Ihre zusammengeschnürte Brust bebte, während sie sich über die aufgeschürften Hände streifte.

„Was ist passiert?“, fragte ich die, auf sie Heruntersehenden.

„Sie ist gefallen“, zuckte einer die Schultern, während der andere behauptete, sie wurde geschubst.

„Schlägst du dich immer mit solchen Streitschlichtertätigkeiten rum?“, zuckte Chens Augenbraue, als er im Augenwinkel zu mir sah.

Ich seufzte lautstark und bückte mich zu der Frau, um sie nach der Antwort zu fragen. Vollkommen verloren nuschelte und murmelte sie vor sich her, als sie sich auf dem Boden um sich sah.

„Fehlt etwas?“

„M-Meine Handtasche“, sie wurde immer panischer und blickte hastig um sich.

„Wo ist sie?“

„Das Geld für die Versteigerung“, zitterte ihre Stimme.

„Bar?“, runzelte ich die Stirn, als sie mir das erste Mal in die Augen blickte und zaghaft nickte.

„Ein Mann. Kopfbedeckung und groß.“

Ich streckte meinen Hals aus der Menge und richtete mich auf. Sofort erkannte ich etwas weiter eine aufgewühlte Traube von Menschen, durch die sich jemand drängte. Ich streifte meine hohen Schuhe von meinen Hacken und presste sie Chen an die Brust, bevor ich losrannte, um den Dieb zu fassen. Kurz zuvor erhaschte ich noch Chens Seufzen.

Nichtsdestotrotz mischte ich mich unter die Leute und verfolgte den Spuren des Flüchtigen. Er verließ die Menschenmasse und ich tat es ihm gleich. Ich erblickte noch die Kapuze, die mir seinen Schopf verdeckte, bevor er um die Ecke der Treppe verschwand und unter mir tiefer rannte. In hastigen Bewegungen schlug ich einen Fuß unter den anderen auf den einzelnen Treppenstufen, sprang die letzten drei herab und fing mich am Geländer, an welchem ich mich folglich schwungvoll um die Ecke drehte. Um die nächste Ecke, die Treppe herab, erblickte ich ihn, wie er sich an der Wand abstützte. Er musste gedacht haben, dass ich die Verfolgung aufgab.

Ohne zu zögern, sprang ich die Stufen herab und riss ihn zu Boden. Der erschrockene Mann, der unter mir zappelte und quengelte, versuchte sich zu rechtfertigen. Dann hörte ich die lauten Schritte von großen Männerschuhen oben auf der Treppe.

„Suchst du die?"

Weit von seinem Körper weg, balancierte er die perlenbesetzte weiße Handtasche auf einem Finger.

„Ava?", fragte er auf einmal, als ich zu dem Mann in Anzug hinaufblickte. Durch das Licht des Fensters hinter ihm, erkannte ich nur seine Silhouette.

Das Einzige, was mir auffiel, waren die Turnschuhe unter der Anzugshose. Meine Skepsis ermutigte meine Bemühungen, die Person, die dort oben stand, zu erkennen. Bis er langsam Schritt für Schritt heruntertrat.

„Du kannst ihn gehen lassen. Er hat mir die Tasche panisch in die Hand gedrückt", erklärte er knapp und mächtig, wie er in den hellen Umrissen der Sonne hinter sich, in langsamen und schweren Schritten herabtrat.

„Das macht ihn nicht weniger zum Dieb."

Die Stimme des Mannes weckte bereits etwas in mir, doch ich konnte sie erst zuordnen, als die grünen Augen in meine blickten.

Mein Kopf tief in den Nacken gedrückt, hauchte ich: „Ashford? Was machst du hier?"

Entsetzt und perplex richtete ich mich auf, nachdem ich den Dieb hochzog und gegen die Wand drückte. Ich wollte die Tasche an mich nehmen, doch Ryan zog in hastiger Bewegung mit dieser zurück. Irritiert sah ich ihn fragend an.

„Erinnerst du dich daran, weshalb du herkommen solltest?"

Ich gab keine Antwort und zwang ihn zur Beantwortung meiner Frage.

„Der Anschlag, von dem in den Medien gesprochen wurde. Ich denke, das war nicht nur Gerede."

Ryan öffnete langsam die Designertasche und zum Vorschein kamen Kabel, unter denen sich eine digitale Anzeige verbürgte. Meine Augen wechselten Sprache verschlagen zwischen dem Inhalt, der die Tasche ausfüllte und Ryans Augen.

„Danke, Ashford. Ich kümmere mich darum."

Er nickte und reichte mir mit einem dezenten Zögern die Tasche. In dem Moment verlor ich mich in Gedanken und musterte die Tiefe von Ryans Augen. Wenn ich damit zu Mr. Adams ginge, nachdem ich die Situation allein bewältigte, während Price sie noch nicht einmal ernstnahm, würde ich meine Position und meinen Ruf vielleicht zurückerhalten. Auf der anderen Seite konnte ich nicht Bombe und Attentäter hierbehalten. Doch wenn ich Chen um Hilfe bäte, würde Adams denken, es wäre sein Verdienst.

„Alles in Ordnung, Ava?", verließen seine Lippen sanft meinen Namen, wodurch ich abwesend nickte und von seinen Augen zum Boden wechselte.

„Ich würde dann jetzt gehen", deutete er an und bewegte seinen Oberkörper bereits Richtung Gang.

„Eh", meine Lippen trennten sich voneinander.

Ein zartes Hauchen verließ sie, auf welches eigentlich das Verlangen, dass er bliebe, folgen sollte, doch dann erklang der aufdringliche Ton seines Smartphones, welches in seiner Jackentasche vibrieren zu schien. Unverzüglich fielen meine Lippen wieder aufeinander und mein Blick sah von seinem sanften, verabschiedenden Lächeln ab…

Ryan

In schweren und schnellen Schritten entfernte ich mich, soweit es ging von der Agentin, bevor ich den Anruf annahm.

„Fehlgeschlagen. Das Objekt konnte nicht bei der Zielperson platziert werden. Und meinen Kapuzenpullover musste ich auch abgeben. Ein reiner Verlust. Die Zielperson wird bei der nächsten Chance eliminiert. Voraussichtlich Ende der Party, auf dem Weg zwischen dem Bays und ihrer Wohnung. Beauftrage nie wieder, einen dieser Art, eine Bombe zu rekonstruieren! Sie haben wild in Kommentaren Online Hass geschürt und Drohungen verbreitet und planten heute Abend willkürlich dutzende Menschen umzubringen. Damit hatten wir nie etwas zu tun und werden wir auch nie, verstanden?“

Mein Ton wurde aufgebrachter und gedämpfter, durch meine Unterdrückung laut zu werden.

„Verstanden“, erklang kühl von der anderen Seite des Hörers.

Ich beendete den Anruf und warf nochmals einen Blick zurück zu Ava. Ich hatte ihr gerade eine Bombe in die Hand gedrückt. Und dass, obwohl sie relativ durcheinander schien. In vorsichtigen Schritten ging ich an der Wand lang, bis ich wieder bei der Treppe ankam.

„Das hatte ich wirklich nicht erwartet! Ich entschuldige mich für meine Gleichgültigkeit und vor allem für meine Vorurteile dir gegenüber. Ich dachte, du wärst zu impulsiv.“

Dort stand ein Mann mit kurz geschnittenen, streng ordentlichen schwarzen Haaren und einem schlanken Anzug, der mit Ava sprach und ihr die Tasche abnahm.

Ava, wer war das?

KAPITEL 9

Ava

Erschöpft schmiss ich mich in einen Sessel meines Wohnzimmers und starrte aus dem großen Fenster. Ich hatte Mr. Adams nichts erzählt. Ich war nicht einmal mehr im Büro, seit wir die Bombe mit Experten entschärft und den Kerl abgeführt hatten. Keine Beförderung zu erhalten, wäre also einzig und allein mein Fehler. Auf mein Seufzen machte sich mein kratziger Hals bemerkbar.

Meine Lider wurden bereits schwer und dennoch drückte ich mich an den Lehnen des Sessels rauf und kochte in der Küche heißes Wasser auf. Während es laut brodelte, zog ich mir alles bis auf die Unterwäsche aus und warf mich unter meinen Seidenkimono.

Anschließend nahm ich mir aus den Schubladen in der Küche eine der Keramiktassen und einen Teebeutel von dem einzigen Tee, der hier auch schon seit einer Ewigkeit herum lag: Pfefferminz. Beim Eingießen des heißen Wassers, genoss ich die Wärme an meiner Hand, welche sich um die Tasse legte. Als es plötzlich an der Tür klingelte. Für eine Sekunde blickte ich nur erstarrt in meine Tasse.

Wer kannte hier überhaupt meine Adresse?

Vorsichtig tapsten meine nackten Füße zur Tür und meine Hände legten sich auf das Holz, um mich an den Türspion zu lehnen.

Ryan

„Sir?“ Er sprach durch die Kopfhörer zu mir. Meine zwei Finger legten sich auf diese und schalteten das Mikrofon ein, in welches ich brummte: „Hm?“ Während ich mir eine Wasserflasche aus einem Automaten kullern ließ.

„Zielperson wurde soeben auf dem Weg erledigt. Wolltest du danach fragen?“, fragte ich nebenbei, fokussiert auf das Klimpern des Kleingelds, das durch den Automaten klackerte.

„Jemand Unbekanntes betritt das Treppenhaus und geht in die Richtung ihrer Wohnung.“

„Unbekannt? Nicht der, mit dem sie ab und an schläft?“

„Nein, Kian war schon länger nicht mehr bei ihr.“

Skeptisch zogen sich meine Augenbrauen zusammen, als ich das Kleingeld und die Flasche aus den Klappen entnahm.

„Seit du es sie wissen lassen hast, zieht sie die meisten der Vorhänge zu, weshalb eine Kamera blockiert wurde“, sprach er, in vorwurfsvollem Unterton, „Die im Schlafzimmer.“

Rückblick – Ryan

„Was ein Zufall“, begrüßte ich Ava, die ich im Bus traf. Auch wenn ihre Worte keine Überraschung wiedergaben, erkannte ich sie in ihren hoch zuckenden Augenbrauen bei meinem Anblick: „Nicht wenn man im gleichen Bezirk tätig ist.“

Ihre glatten Haare begannen sich nach einem langen Tag unten zu Wellen, sodass sich die Strähnen auch jetzt in den Spitzen ineinander verdrehten, trotz der üblichen Glätte dieser. Im Sonnenlicht der Dämmerung schienen ihre Haare in einem helleren Nussbraun, obwohl sie sonst eher dunkel waren.

„Hast du dir Blumen gekauft?“, sprach ich den Blumenstrauß in ihren Händen an.

„Naja, interessante Geschichte. Ein junger Mann schenkte sie mir eben.“

In dem Augenblick hinterfragte ich ihre Beliebtheit bei ihrer zarten Schönheit nicht. Stattdessen sorgte ich dafür, sie weiter mit den Blumenbedeutungen zu beschäftigen, während ich bei einem Ruckeln des Busses beabsichtigt an ihren Körper stieß und ihr ihren Hausschlüssel aus der Tasche zog.

Ich leitete unser Gespräch und presste zeitgleich den Schlüssel in ein Stück Knete, um seinen Abdruck zu erlangen. Ich musste wissen, ob ich ihr vertrauen konnte. Ich musste vor ihr wissen, ob sie oder der Geheimdienst nach mir suchten, um vor ihnen handeln zu können.

Es tat mir ja leid.

Ich war niemand, der Leute ausspionierte, die nicht meiner Mission angehörten. Aber indirekt tat Ava dies bereits bei mir.

Alles bloß wegen des Tages im Club, wo sie mir zuvorkam, ohne mich zu kennen. Solch ein blöder Fehler.

Ich musste besser aufpassen, das lernte ich an jenem Abend.

Wir vereinbarten ein weiteres Treffen, welches mir eine große Sicherheit bezüglich ihres Vertrauens zu mir gab und verabschiedeten uns.

Am nächsten Tag wartete ich einige Stunden in einem Restaurant mit Ausblick auf die breite Hauptstraße, die sich zwischen diesem Gebäude und dem von Avas Wohnung befand. Ich nippte an meinem dunklen Kaffee und ließ die große Eingangstür, durch die Ava trat und sich auf den Weg zur Arbeit machen würde, nicht aus den Augen.

Gegen Neun war es dann auch so weit, sodass ich bezahlte und mich stattdessen auf den Weg ins Gebäude machte. Den Schlüssel, an dem nach Vereinbarung gestern noch bis tief in die Nacht gearbeitet wurde, fest in meine Faust geklammert. Bereits als die Ampel grün wurde, warf ich mir die Kapuze über den Kopf und betrat das Gebäude, sobald ich auf der anderen Straßenseite ankam. Ich hatte nur wenige Stunden bei ihren impulsiven Stimmungsschwankungen, welche sie in Sekunden entscheiden lassen würden, ob ihr die Arbeit heute bekäme oder eben nicht.

Über mein Smartphone ließ ich mir die, zum Schlüssel zugehörige Nummer der Wohnung geben und begab mich zu dieser.

„16“, murmelte ich die Nummer, die klein auf einem Briefkasten in der Nähe der Tür geschrieben stand: „Ava Quinn“

Vollkommen sicher drehte ich mich von dem Gang zur Tür, zückte den Schlüssel und hatte vor, ihn ins Schlüsselloch zu stecken, als mich plötzlich mein Gewissen überkam.

Ava schien mir zu vertrauen.

Sie schien sich in meiner Nähe wohlzufühlen.

Wenn sie herausfände, dass das mein Werk war, würde das alle Mühen kalt lassen. Sie würde mir sofort, ohne mir noch einen Atemzug zu lassen, alles Erdenkliche anhängen. Bloß um mich dort zu sehen, wo sie mich eigentlich von Anfang an wollte: Im Knast.

Doch sie lag falsch.

Ich wollte weder ihr noch anderen etwas Böses. Sie verstand es nur noch nicht und bis sie es täte, war ich es, der die Kontrolle haben musste.

Daraufhin steckte ich ihn ohne weitere Korrektur genau ins Loch und drehte ihn mit nur einer Bewegung in diesem herum, bevor sich die Türklinke runter drücken ließ. Nickend sprach ich mir selbst zu und schloss die Tür hinter mir. Nun kramte ich die kleinen Kameras heraus, die gerade mal zwischen meine zwei Finger passten und begann in jedem Raum eine in den Ecken zu verteilen.

„Kannst du mich hören?“, klopfte ich auf die Kopfhörer.

„Schalte sie an. Hast du alles im Blick?“

Dylan auf der anderen Seite bejahte dies und machte mir deutlich, dass ich erfolgreich war. Gerade, als ich mich wieder zur Tür drehen wollte, entdeckte ich die Blumen im Blickwinkel. Ich wandte mich zurück und beobachtete die lilafarbenen Blumen. Gedankenlos und zeitgleich voller unklarer Theorien.

Bevor ich kurze Zeit später wieder alles verwarf, was mir durch den Kopf ging.

Ich verließ, schloss ab, verstaute den Schlüssel und ging.

Rückblick – Ende

„Ein Mann?"

„Scheinbar."

„Und die anderen Kameras? Sehen die etwa auch nichts?", staute sich mein Unbehagen.

„Warte, jetzt nimmt die Kamera im Flur etwas auf. Sie öffnet die Tür. Ich leite es live an dich weiter."

Sofort kramte ich mein Handy hervor, öffnete die gesandte Datei und drehte es waagerecht. Die Wasserflasche hatte ich unter meinen Arm geklemmt und das Kleingeld in meiner Hosentasche versenkt. Mit meinen kalten Fingern durch die kühle Brise, erhöhte ich die Helligkeit. In ihrem kurzen Gewand lehnte sie sich zur Tür und öffnete dem Fremden. Doch der Kerl stand draußen, wodurch die Kamera ihn durch die nach innen geöffnete Tür nicht erkannte.

Alles, was ich sah, waren Avas plötzlich hastigen Bewegungen, auf welchen eine eiskalte Starre folgte. Ihr gelang nur ein Schritt zurück und die Feinheit der Kamera erfasste ihr starkes Zittern. Derartig schnell schaltete ihr gesamter Körper auf Rückzug, sodass ihr nun gar nichts mehr davon gelang.

Obwohl der Mann das auch hätte bemerken müssen, trat er weiter ein. Soweit, dass ich seine blonden Haare und seinen muskulösen Körper erblickte. Groß wie ein Basketballspieler musste Ava ihren Kopf in den Nacken legen, um zu ihm zu sehen.

„Wer ist das?!", fragte ich in aggressivem Unterton, doch weder konnte ich mir meine Frage beantworten noch meine Emotionalität erklären. Hinter seinem Rücken kramte er nun einen Blumenstrauß hervor. Ein tiefes, enttäuschtes Seufzen verließ mich, als ich die Blumen wiedererkannte. Genau die gleichen, wie die, die ihr bereits von dem Fremden geschenkt worden waren – falls er denn wirklich ein Fremder gewesen wäre.

Die Augen des riesigen Mannes, welcher nicht älter als ich wirkte, waren schmal. Seine Ausstrahlung und Körperspannung grob, als wäre er einer von denen, der damit aufwuchs, alle Probleme mit Gewalt zu lösen.

„Soll ich eingreifen?“, ertönte es durch den Lautsprecher.

„Nein“, befahl ich Dylan. Ich durfte nicht riskieren, Ava wieder auf mich zu hetzen.

Stattdessen sah ich nur zu. Ich beobachtete, wie sich seine Schritte ihr näherten, während Ava unbeholfen hinter sich stolperte. Ihre Tapferkeit und ihr Mut, den sie sonst ausstrahlte, schien vollkommen von ihr gefallen zu sein. Als wäre sie ein anderer Mensch. Ich ballte eine Faust. Seine Lippen bewegten sich, doch Worte verstand man nicht. Seine Körpersprache verriet mir bereits, dass er keine guten Absichten haben konnte. Er kam quälend langsam auf sie zu, bis sie gegen die Wand hinter sich stieß. Ruckartig riss er seine Hand hoch, woraufhin sie in sich zusammenzuckte.

Als sie feststellte, dass er sie nicht schlug, öffnete sie ihre Augen wieder. Stattdessen ließ er seine dicken Finger nun durch ihre Haarsträhne gleiten.

„Sicher?“, hakte Dylan nach.

Ich zögerte, bis mein Hals wieder dazu in der Lage war, Luft zum Sprechen zu sammeln: „Nicht eingreifen.“

Egal, was passierte, ich sollte nicht.

Also schaute ich zu.

Ava war völlig verändert und wie paralysiert.

„Eigentlich kann sie sich wehren“, murmelte ich, mich rechtfertigend.

Meine Augen tief in das Display fixiert. Dabei zusehend, wie er den Stoff ihres Gewands vom Hals auf die Schulter hinab zog und sich mit den Lippen ihrem Hals näherte. Mein Puls wurde stärker. Und für eine Sekunde zwang ich mich zum Wegsehen. Zeitgleich streifte sogar mein Finger den Power-Button des Geräts.

Jedoch gelang es mir nicht. Meine Fingerkuppe zitterte über dem Knopf. Ich presste zwanghaft die Lider aufeinander, doch ungewollt blitzte ich wiederholt durch den Spalt. Durch meine Wimpern packte der Kerl ihre Schulter kraftvoll. Ihre Haut drückte sich unter seinem starken Griff zusammen, während sich ihr ganzer

Körper steif verspannte. Den Kopf im Nacken mit ihrem traumatisierten Blick in seinen Augen gefangen.

Knisternd und knackend wurde die kleine Plastikflasche in meinen Händen zerdrückt. Das Wasser lief über meine Hand, meinen Arm hinab und plätscherte zu Boden. Auf einmal war das Gesicht des Typen so dicht an dem ihren, dass ich ihren Gesichtsausdruck in dem Winkel der Kamera nicht mehr erkennen konnte. Seine Augen fuhren hinab zu ihren Lippen, während seine für mich stumme Worte formten. Ich ließ die Flasche zu Boden fallen. Sie prallte in hohen Tönen ab und konnte derartig zerknittert nicht mehr weiter rollen, weshalb ich sie laut von mir trat.

„Dylan."

„Ja?"

„Schalte ab und geh schlafen. Du hast gute Arbeit geleistet."

„Okay", antwortete er zögerlich und knapp, sodass ich dachte, es käme noch etwas, doch stattdessen verstummte er und trennte die Verbindung zwischen uns.

Ich fiel gegen die Wand hinter mir und versuchte, meinen Puls zu entspannen. Beide Hände an dem Gerät, beide Augen fokussiert in das Live Video. Das hatte ich nicht erwartet. Auf einmal holte der Kerl aus und schlug Ava mit der flachen Hand gegen die Wange. Auch, wenn ich keinen Ton hörte, hallte das bekannte Geräusch in meinem Kopf wider. Ava und ich teilten eine Erstarrtheit.

Energisch näherte und entfernte er sich von ihrem Gesicht, während er so viel erzählte, dass Ava gar nicht zu Wort kam – Selbst, wenn sie wollte. Das Gesicht intensiv wie ein Psychopath verziehend, grinste der Kerl vor sich her. Seine Nase rieb an ihrer Wange, als seine Hände sich um ihr Kinn legten. Ich wandte meinen Blick von ihnen ab und blickte in den dunklen Himmel. Ein Schlucken zog sich meinen trockenen Rachen herab, das verschwendete Wasser beim Einziehen in die Rinnen der Steinplatten zusehend. Ich wühlte in meiner Tasche nach dem Kleingeld, das ich eben noch aus dem Automaten holte.

Viel hatte ich nicht hier.

Trotzdem entschied ich mich bei dem nächsten Taxi, das am Straßenrand auftauchte, einzusteigen. Das Video zeigte, wie er mit den groben Fingern über ihr Dekolleté fuhr und schlussendlich ihre Kleidung gefühllos von ihr riss. In dem Augenblick legte ich das Display des Handys auf meinen Schoß und blickte aus dem Fenster. Ich schaltete das Gerät ab. Was wäre wohl schon alles passiert, wenn ich ankäme?

„Danke", verabschiedete ich mich vom Taxifahrer, nachdem ich ihm das Geld übergab. Mein restliches Bargeld. Es waren zwanzig Minuten vergangen, seit ich das letzte Mal einen Blick durch die Kameras warf und jetzt traute ich es mich auch nicht mehr.

Nichtsdestotrotz war mir ihre Wohnung bekannt und meine Taten klar, sodass meine Schritte bis zu ihrer Tür nicht zögerten. Erst, als ich dort stand, wo ich mich das letzte Mal sehr unmoralisch verhalten hatte und wenige Minuten später alle Kameras platziert hatte, blieb ich stehen. Ich sog die Luft tief durch meine Brust und meine Hand zuckte vor der Klingel. Ich richtete meinen Blazer über T-Shirt und Jeans, den ich passender Weise heute Abend für unser Treffen anzog. Doch ich konnte trotzdem nicht.

Ich würde all ihr Vertrauen verlieren.

Dann schüttelte ich meinen Oberkörper und zog die Schultern zurück. Meine Augen blickten durch den Flur und suchten nach einem Geschenk, welches ich für unser Date heute Abend nutzen könnte. Ich erkannte eine Vase auf einem Schränkchen und schnappte mir den kleinen, schmalen Strauß der Wiesenblumen, in rot-gelblichen Farben. Dann klingelte ich.

KAPITEL 10

Es dauerte. Skeptisch wippte ich ungeduldig.

War es schon zu spät?

Dann ertönten hämmernde, krachende Geräusche, als wurde etwas umher geschmissen oder irgendetwas fiel herunter.

„Hallo?“, klopfte ich an der Tür und hielt mein Ohr dichter ans Holz.

Entweder ich schlüge die Tür ein oder knackte sie auf, es hing von Ava ab.

Plötzlich verschwanden alle Geräusche. Es wurde mucksmäuschenstill, sodass ich meiner eigenen Atmung lauschen konnte. Ich holte eine Sicherheitsnadel aus meiner Seitentasche und drehte diese im Schloss umher. Durch meine Übung war die Tür wenige Sekunden später offen und fiel in den Raum.

Sofort erblickte ich die zwei Küchenstühle, die auf dem Boden neben einer umgeschmissenen Kommode lagen. Vor ihr verteilte sich ein Chaos von Kleinkram auf dem Laminat, welches aus den Schubladen gefallen sein musste. Doch ich sah weder den Typen noch Ava.

Was war hier passiert?

In der kurzen Zeit, in der ich es nicht im Blick hatte. Ich schloss leise die Tür hinter mir und trat tiefer. Das Wohnzimmer, das man vom Eingang aus erkennen konnte, war vermutlich der einzige noch ordentliche Raum. In dem Augenblick, in dem ich große Schritte über die Möbel auf dem Boden machte, ertönte ein schwach hörbares Schluchzen. Ich ging den Flur weiter und fand Tropfen Blut auf dem Laminat. Daraufhin knickte ich in das Schlafzimmer ab, dem Geräusch folgend.

„Ava?“, hauchte ich in den dunklen Raum, dessen Vorhänge kaum Licht einwarfen. Plötzlich hörte ich ein Krachen und hastige Bewegungen über die dumpfen Bodenplatten. Ich musste sie verschreckt haben, doch wenn sie es war, dann hieß das wenigstens, dass sie noch lebte.

„Was... Was machst du hier?“ Ihr Schluchzen wurde schwächer und sie versuchte ihre gebrechliche Stimme zu stärken. Daraufhin zog sie sich am Bettrahmen hoch und ich begann die Umrandungen ihres Körpers zu erkennen. Sie wischte sich mit dem Handrücken unter den Augen die Tränen weg.

„Wie bist du hier reingekommen?“ Ihre Stimme zitterte noch und ihr Hals klang trocken von all der Anstrengung, die sie beim Weinen aufbrachte.

„Die Tür stand offen. Ich hatte eigentlich auf dich gewartet. Wir wollte uns doch heute Abend treffen oder habe ich das missverstanden?“

„Oh, hm... Das war heute...“

Ava rieb sich die Stirn und stolperte über die umhergeschmissene Kleidung auf dem Boden. Ich packte ihren Arm, um sie aufzufangen, doch sie zuckte unverzüglich zurück. Sie fiel nach hinten, stolperte über die Sachen und krachte gegen die Wand. Ich zuckte zusammen.

„Alles gut?“, erkundigte ich mich sofort und wollte meine Hand wieder nach ihr strecken, bevor ich mich an die Handlungen des Blonden erinnerte...

Ich zog zurück und begann mich dann zu fragen, wann er das Gebäude denn verlassen hätte.

„Es scheint, als sei ich zu einer unpassenden Zeit gekommen. Soll ich wieder gehen?“

Sie war nicht dazu in der Lage mir zu antworten, trat aber aus dem Schatten weiter ins Licht und aus dem Schlafzimmer heraus.

„Soll ich dir ein Glas Wasser holen?“, bot ich an und wollte mich schon zur Küche drehen, als mich ihre Hand auf einmal festhielt.

„Nicht.“ Mehr bekam sie nicht raus.

Derartig zerstört und verloren hatte ich sie noch nicht zu Gesicht bekommen. Sie hatte jedoch zu wenig Kraft, um mich davon abzuhalten. Ich wandte mich von ihr und ging Richtung Küche. Wodurch ich sie an der Wand herabgleiten hörte. Ich warf einen letzten Blick zurück, doch ging in der Zeit weiter. Bis mein Fuß plötzlich gegen etwas stieß. Erschrocken riss ich meinen Blick perplex herab. In dem Augenblick erblickte ich eine Hand und den Arm, gegen den ich trat. Ich verstand, er hatte das Gebäude nie verlassen.

Ich legte die Blumen auf die Küchentheke und bückte mich zu dem großen Kerl, der quer über dem Küchenboden lag. Meine Finger unter seine Nase und dann an den Puls an seiner Hand legend, musste ich feststellen, dass nichts von ihm ausging. An seinem Kopf hatte er eine tiefe, blutige Platzwunde und seine böswilligen Augen starrten mich leer an. Neben seinem Kopf lagen grünliche Scherben auf dem Boden verstreut und der zerbrochene untere Teil einer Weinflasche. An dem scharfen, herausragenden Glas lief das Blut zu Boden und verfloss mit der Blutlache unter seinem Schädel. Seine Hand in diesem badend. Nicht enttäuscht, aber mitleidsvoll seufzte ich. Mitleid nicht mit ihm. Er hatte es offensichtlich verdient. Doch mit Ava.

Das erste Mal wäre immer das prägendste, doch auch das Befreiendste. Bald verstünde auch sie das.

Die Leiche des Muskelprotzes ignorierend, stieg ich über ihn und streckte mich nach dem Wandschrank. Ich ergriff eins der drei Gläser, die dort standen und schüttete den Inhalt der Wasserflasche auf der Theke in das Glas.

Und? Fühlte es sich befreiend an? Wollte ich am liebsten über meine Lippen kommen lassen, doch als ich sie mit den, in Tränen getränkten Haarsträhnen, mit denen sie ihr Gesicht verdeckte, entdeckte, schluckte ich es meinen Hals hinab. Ich verstand, in was für eine perfekte und verlockende Situation mich der Kerl brachte.

Vermutlich müsste ich mich bei ihm sogar bedanken. Vorsichtig hockte ich mich vor sie und hielt ihr das Wasser entgegen. Langsam hob sie zittrig ihren Kopf und starrte mich mit riesigen, entsetzten Augen an. Erst nach längerer Zeit, in der ihre Augen nicht einmal blinzelten, begann sie ihre Wimpern unaufhaltsam oft aufeinander zu schlagen.

„Du... Du sagst nichts?", fragte ihre kratzende, heisere Stimme.

„Trink erst mal."

Erst zierlich, doch dann immer energischer schüttelte sie ihren Kopf. Ihr Blick mich durchdringend. Ablehnend wandte sie sich dann von mir ab und vergrub ihr Kinn in ihren Unterarmen.

„Keine Sorge, Ava", sprach ich leise und näherte mich ihr sanft.

„Unfälle passieren."

„Ich habe jemanden ermordet!", riss sie ihre Augen auf mich zurück.

Die Reue so tiefsitzend, dass ich in ihrem Gesichtszug schon beinahe einen Hauch Freiheit erkannte – Oder mir das auch bloß einbildete. Wenn sie wüsste, wie viele ich bereits auf dem Gewissen hätte. Ava war mächtig.

„Das wird aber keiner herausfinden", flüsterte ich und schloss sanft ihre Hände in meine.

Dadurch gewann ich ihre Aufmerksamkeit zurück.

„Ich arbeite für den Geheimdienst. Ich werde mich stellen und es als Selbstverteidigung erklären! So war es auch!! Ja, ja...!", redete sie sich ein und hörte nicht mehr auf zu nuscheln.

Bis ich ihre Hand fester drückte und in schwachem Ton fragte: „Glauben die einer, die aufgrund ihrer Impulsivität keine ernsten Aufträge zugeteilt bekommt?"

Ihre Lider zuckten, sodass die Flüssigkeit ihre Augen hinaustrat und eine stumme, kristallklare Träne, ihr leeres Gesicht entlanglief.

„Hör mir zu, Ava. Ich brauche jetzt deine volle Aufmerksamkeit und dein Einverständnis. Okay?"

Ihre Hände zitterten in meinen, als sie mit ihrem verletzlichen Gesicht nickte.

„Wer war das?"

Ihre Augen suchten verzweifelt auf dem Boden nach Antworten.

„Ava?"

„Äh, ja... Mein Ex."

„Dein Ex?“, echote ich, war trotzdem nicht sonderlich überrascht.

„Wer weiß, dass er heute hier war?“

„Keine Ahnung! Ich wusste es auch nicht!“, panisch wollte sie ihre Hände aus meinen ziehen, doch ich hielt sie nur noch fester.

„Ava, ruhig. Es wird alles gut.“

Eine schnappende Atmung folgte, bevor sie wieder Luft bekam.

„Gehen wir mal davon aus, keiner weiß davon…“

„Halt, doch“, unterbrach sie mich und grübelte stark.

„Sein Bruder musste es gewesen sein.“

„Was?“ „Der Junge, der mir die Blumen geschenkt hat… Er sah meinem Ex auch sehr ähnlich, doch ich habe ihn erst nicht erkannt. Sein Bruder hat ihm wahrscheinlich von meinem Umzug nach New York erzählt. Er war wahrscheinlich auch das mit den Stalker Fotos… Oh Gott.“

Sie löste ihre Hände aus meinen und rieb sich vorsichtig zwischen den Gelenken.

„Stalker?“

„Ja, jemand hat ein Foto von mir gemacht und es hochgeladen. Das waren auch die beiden.“

Ich schluckte leise, doch wechselte dann wieder zum Bruder: „Das heißt, sein Bruder erwartet ihn noch?“

„Vermutlich.“

„Wie heißt er?“

Ava

„Ian Williams.“

„Der hat dir Blumen geschenkt?“, fragte er zur Klarstellung.

Ich nickte schweigsam. Ashford bemerkte meine Stille und meinen starren Blick unter die Kommode.

„Hat er was zu dir gesagt?“

Ryans Gesicht schob sich vorsichtig in meinen Blickwinkel, um meine Aufmerksamkeit zu gewinnen.

Ob er was zu mir gesagt hat?

Ohne meinen Blick von der Ecke zu lösen, schlugen meine Wimpern wiederholt aufeinander. Langsam kehrten die Bilder zurück. –

„Na, erinnerst du dich noch an mich?" Noahs Augen verschlangen mich, während er mir bedrohlich näherkam.

„Dein Ex, Noah, den du einfach zurückgelassen hast. Bist nach New York gezogen und hast deine alte Identität abgelegt. Eigentlich gehörst du mir noch. Das zwischen uns wurde nie beendet und zuvor hast du dich mir versprochen, Anabelle."

Seit New York nannte mich niemand mehr so.

„Ich habe dich überall gesucht, My Love. Doch jetzt habe ich dich zurück und wir können zusammen in New York leben, wenn es dir hier besser gefällt!"

Immer enger zogen sich seine Augen zusammen, sodass seine blaue Iris nur durch einen schmalen Spalt auf mich herabblickte: „Ab jetzt läufst du mir nicht mehr davon!" –

Ich ballte Fäuste. Ashford bemerkte es und legte seine Hand an meinen Arm: „Ich deute das als Ja. Ruh dich aus, ich kümmere mich in der Zeit darum. Okay?"

Zitternd stützte ich mich an der Wand ab und drückte mich an dieser hoch. Bevor ich mich in mein Wohnzimmer auf dem Sofa unter eine Decke setzte. Die Hände auf die Ohren drückend und versuchend, alles auszublenden.

Was hatte ich nur getan?

Meine Augen schweiften aus dem Fenster in die belebte Stadt. Alles bewegte sich und lebte. Alles außer Noah von jetzt an.

Ich wusste nicht, wie viele Stunden ich dort saß und aus dem Fenster die helle Nacht beobachtete seid Ryan verschwunden war. Mit ihm zusammen vermutlich auch der leblose Körper. Trotzdem würde ich keinen Schritt in die Küche wagen. Egal, wie sehr mein Hals vor Trockenheit nach Wasser flennte. Plötzlich klingelte es. Ich zog den Kimono, der mir von den Schultern gefallen war, wieder rauf und setzte vorsichtig meine nackten Zehen auf die kühlen Fliesen. Ein Blick auf die Uhr verriet mir, dass es kurz nach Mitternacht war.

War das Ryan?

Was, wenn es Noahs Bruder wäre.

Nach ihm suchend?

Auf meinen Weg durch den Flur stockte ich und meine Fingerspitzen zuckten, als wollten sie schweigend auf die Couch zurückkehren. Doch dann klingelte es erneut.

Es gab keine Beweise hier.

Mir konnte nichts passieren, redete ich mir auf einmal ein und öffnete damit die Tür. Mir kam ein Lieferant entgegen, der mir eine warme, gut riechende Plastiktüte in die Hände drückte.

„Oh, eh, ich hole Geld", wollte ich mich zu meiner Kommode lehnen, vollkommen perplex.

„Nein, es wurde online schon bezahlt", schüttelte er seine Hände und wollte bloß schnell weiter.

„Oh danke."

Ich tapste langsam ins Wohnzimmer und stellte das Essen auf den Tisch. In Schneidersitz sank ich zurück in meine Stelle, in der ich vorhin verweilte. Eigentlich hatte ich keinen Appetit und wollte es deshalb vorerst ignorieren. Doch je länger sich der Geruch in meine Nase zog, umso lauter knurrte mein Magen. Ich entknotete die Tüte und fand eine Notiz vor: „Wir verschieben das Date."

„Ph, Date", stieß ich belustigt aus. Dennoch schmunzelte ich das erste Mal diesen Abend wieder und öffnete eine Schale mit warmer, sättigender Suppe. In der nächsten befanden sich gebratene Nudeln und in einer war ein Dessert, welches wie Tiramisu aussah. Für diesen Augenblick gelang es mir, meine Bedürfnisse vor mein Gewissen zu stellen. Ich begann das Essen zu mir zu nehmen, wenn auch noch immer sehr langsam. Jetzt würde mich wohl jedes Tiramisu zu dieser Erinnerung zurückwerfen. Doch ich brauchte die Ablenkung.

„Wach auf, ich habe dir Frühstück gemacht."

Schwächlich blitzte ich durch meinen Wimpernkranz in das helle Sonnenlicht, das durchs Fenster fiel. Träge stützte ich mich vom Bett und fand mich in meinem Kinderzimmer wieder. Ganz natürlich setzte ich mich an die Bettkante, streckte meine Arme in die Luft und gähnte. Dann rieb ich mir den Schlaf aus den Augen und stellte mich auf meine kribbelnden Füße.

„Das riecht gut", schwärmte ich und folgte dem Duft in die Küche.

„Wo ist meine Mutter?"

„Sie ist arbeiten gegangen, wir sind also allein."

Nickend setzte ich mich an den Esstisch und stützte meinen Kopf erschöpft auf mein Handgelenk. Verträumt sah ich Noah dabei zu, wie er die Bacon-Scheiben aus der Pfanne auf einen Teller vor mir platzierte. Der Geruch versetzte mich beinahe schon in Trance.

„Was möchtest du trinken? Tee, Kaffee, Saft?"

Statt ihm zu antworten, stand ich auf und lehnte mich an seinen Rücken. Noah drehte sich zu mir, wodurch ich zu ihm rauf in die blauen Augen blickte.

„Das beantwortet nicht meine Frage", schmunzelte er.

Mit einem Lächeln auf meinen Lippen griff ich in seine blonden Haare und zog ihn zu mir herab, bis unsere Lippen aufeinander trafen… Mit verschlossenen Augen genoss ich das Gefühl der Vollkommenheit und gab mich diesem ergiebig hin. Plötzlich erklang ein lautes Klimpern. Glas zersprang unter unseren Füßen.

„Oh Gott, das tut mir leid", riss ich mich zu Boden und sammelte die Scherben der Schlüssel, die ich mit meinem Ellenbogen herabstieß, auf.

Ein erbittertes Stöhnen ertönte über mir. Während ich die Scherben in meiner Handfläche sammelte, verspürte ich ein unangenehmes Stechen unter meinen Füßen. Doch ich ignorierte es und warf die Scherben in den Müll.

„Kannst du leiser sein?", zischte es aus dem Raum nebenan, in welchem Noah beschäftigt war.

Ich begab mich zur Tür und klopfte zierlich.

„Was machst du? Wollen wir zusammen-"

Kaum entdeckte ich ihn, sprang er wie erwischt auf und empfang mich mit einem Blick voller Groll: „Ich habe dir doch gesagt, du sollst hier nicht rein! Das hier ist mein Revier. Mein Zimmer. Du hast hier nichts zu suchen!"

Auf dem Bildschirm seines Computers erkannte ich ein Mädchen mit blonden Haaren und ihrem Dekolleté in die Kamera gestreckt: „Noah? Ist etwas?"

Ihre unschuldige Stimme, besänftigte Noah, der sie mit liebevollen Worten verabschiedete. Kurz darauf kam er in schweren Schritten auf mich zu, packte mich an dem Kragen des T-Shirts, zog mich in den Raum und presste mich gegen die Wand neben der Tür.

„Hast du verstanden?"

Meine Augen blinzelten mehrmals. Ich stand vollkommen neben mir, nicht verstehend, was mit ihm war.

„Hm… Ja", nuschelte ich und mied seine Augen. In langsamen Schritten, bei denen meine Füße brannten, verließ ich den Raum.

Meine Füße schienen mir kaum noch Halt zu geben… Dort saßen meine Mutter, Schwester und Noah am Holztisch.

„Da bist du ja endlich", schnaubte meine Mutter, bereits wieder von mir absehend.

„Ehm", versuchte ich zögerlich Aufmerksamkeit zu gewinnen.

„Nach der Schule würde ich gerne etwas weiter weg studieren."

„Ph, wenn du dir das bezahlen kannst", lachte meine Mutter, mich nicht ernstnehmend.

„Wo hin denn?" Noahs Augen stachen mich, bis ich Tränen in meinen spürte. Irritiert fasste ich mir an die Wange und wischte sie weg.

„Washington vielleicht?"

„Nein."

„Was nein?"

Verwirrt zuckte ich zurück. Seine kalte Direktheit, traf mich wie eine Kugel, die Schmerz in meiner Schulter auslöste.

„Ich habe mich beworben und wurde angenommen. Hier. Also bleiben wir hier."

Ohne mir Möglichkeit zur Widerrede zu lassen, wandte er sich dem Essen zu. Meine Mutter und meine Schwester beachteten uns gar nicht mehr, als wären wir bereits nicht mehr da.

„Aber-“ Unverzüglich wurde ich verstummt, als Noah aufsprang und dabei auf dem Tisch schlug.

Eine Sekunde später fiel sein Stuhl laut auf die Fliesen.

„Wie wagst du es?“, Noahs Groll bahnte sich an und seine Stimme erhob sich.

„Was habe ich denn getan?!“, schrie ich zurück.

Plötzlich krachten mehrere Sachen zu Boden und ein chaotischer Lärm, durch umher geworfene Gegenstände, brach im Raum aus. Noah packte mich am Hals und riss mich vom Stuhl zu Boden. Er setzte sich auf meinen Bauch, drückte meinen Hals tiefer an die Fliesen. Zeitgleich presste er mit seiner linken Hand die Knochen an meiner Schulter auf den harten Boden. Um mich herum fielen Dinge von den Oberflächen und zerbrachen wie die Scherben neben meinem Gesicht. Schützend kniff ich meine Augen zu und hechelte nach Luft. Mein Körper steif und erstarrt, während Noah seinen Griff um meinen Hals immer enger schnürte.

Langsam verlor mein Gehirn an Sauerstoff und mein Verstand benebelte sich. Beim Blinzeln erkannte ich den hasserfüllten und sadistisch erleichterten Blick meines Freundes, Noah.

Dabei entdeckte ich die grüne Weinflasche, die ihm an den blonden Hinterkopf geschlagen wurde. Über mir brach die Flasche in Einzelteile an seinem Kopf und die Scherben schütteten wie Regen auf mich herab. Ich riss unverzüglich meine Ellenbogen schutzsuchend vor mein Gesicht. Erst nach wenigen Minuten nahm ich sie wieder von mir und öffnete blinzelnd meine Augen.

KAPITEL 11

Ich erwachte in meinem Wohnzimmer. Zögerlich sank ich meine Ellenbogen von meinem Gesicht und richtete mich auf der Couch, auf der ich eingeschlafen war. Die leere Schale der Suppe gestapelt mit der des Tiramisus. Ich versank sie zusammen in der Plastiktüte, in der sie auch gekommen waren und setzte meine Füße auf den Boden. Dabei erkannte ich meine Spiegelung in dem schwarzen Fernseher. Die dunklen, langen Haare, das scharfe Kinn, die schmalen Augen, der dünne Nasenrücken und die erkennbaren Wangenknochen. Ich war mächtig. Eine erfolgreiche, elegante, ehrgeizige Frau voller Macht, der alle Türen offenstanden. Ungefesselt, unabhängig und selbstbestimmt.

Ich drückte meine Schultern zurück und meine Brust raus, um meine Haltung zu korrigieren. Erst jetzt erkannte ich mich wieder. Das Mädchen, das ich ablegte, um die Frau von heute zu werden.

Was auch immer kam, ich durfte sie nicht wieder verlieren.

Endlich war ich dort, wo ich immer hinwollte.

Ohne herabzusehen, ging ich in festen Schritten in die Küche. Die Mülltüte hing ich auf dem Weg an die Klinke der Haustür und nahm mir aus dem Flur einen Eimer, Reinigungsmittel und Schwämme. Ich stülpte mir dicke Kunststoffhandschuhe über die spitzen Fingernägel und ließ meinen Blick auf meinem Küchenboden verharren. Das Blut erhärtete in die weißen Rinnen und verteilte sich ungleichmäßig auf den Fliesen. Ich hockte mich herab und begann die restlichen Scherben aufzusammeln. Dann füllte ich den Eimer im Waschbecken mit Wasser und mischte es mit dem chemischen Reinigungsmittel. Den Schwamm darin tränkend, verlor ich mich beinahe zurück in Gedanken, doch riss mich beim Auswringen wieder in die Realität. Daraufhin ging ich zurück zu Boden und begann zu Schrubben. Das verhärtete Blut musste vorher etwas eingeweicht werden, bevor ich es lösen konnte, wodurch ich die Wassermischung direkt in die Rinnen gab und einziehen ließ.

Auf einmal klingelte und vibrierte mein Handy auf der Kante der Küchentheke. Ein schweres, erschöpftes Ausatmen verließ meine Lippen, während ich den Schwamm zu Boden legte und mir mit meinem, in Kunststoff umhüllten, Handrücken eine Strähne von der Stirn streifte. Ich stützte mich auf meinen Oberschenkeln und legte die Handschuhe ab, um mein Smartphone zu bedienen. Kian schrieb mir: „Freitagabend?"

Ich zögerte und kehrte in mich…

Ich musste jede Chance auf Ablenkung und Normalität nutzen.

„Im Hotel."

Anschließend begab ich mich unter die Dusche. Ich zog den Reißverschluss meiner Boots rauf, verstaute mein Equipment in den Taschen und machte mich auf den Weg.

Heute war der erste Tag, an welchem ich seit langem mal wieder pünktlich erschien. Aus dem Aufzug tretend, spürte ich die Blicke auf mir. Hinter den niedrigen Trennwänden, die mein Büro widerspiegelten, legte ich meine Tasche auf dem Stuhl ab. Ich packte meinen Laptop aus und schaltete ihn an. Erst jetzt verschaffte ich mir einen Überblick im Büro. Wir waren nicht besonders viele und trotzdem kannte ich die Namen der meisten nicht. Das Büro von Mr. Adams war abgedunkelt und das von Chen Price schien leer.

Sobald mein Laptop hochgefahren war, suchte ich nach Artikeln über den Anschlag, den ich verhinderte. Mich erinnernd, dass Ryan ebenfalls dort war. Ich hinterfragte jedoch nichts und überflog stattdessen die News. Doch in den offenbarte sich mir nichts, das ich nicht auch schon wusste.

Plötzlich schlug jemand eine Tür im Gang zu. Schwere, laute Schritte rissen die Aufmerksamkeit aller Anwesenden auf sich. Auch ich regte mich und erblickte einen aufgebrachten Mr. Adams.

Er zog eine Zigarettenschachtel aus der tiefen Tasche des tristen Mantels. Sein entschlossener Blick verriet mir, dass er jeden ignorieren wollte, doch kaum kam er an mir vorbei, stockte er.

„Du bist hier?“, fragte er überrascht und legte seine Hand auf der Trennwand ab. An der anderen holte er seine Armbanduhr hervor: „So früh.“

„Ja“, antwortete ich, als wäre es nichts Außergewöhnliches. Mr. Adams war sichtlich außer Atem und gestresst lief ihm eine Schweißträne von der Stirn. Nichtsdestotrotz schlug er mit seiner Hand auf die Trennwand und pflasterte sich ein Lächeln auf sein erschöpftes Gesicht. Hatte er die Nacht nicht geschlafen? Alle Mitarbeitenden klebten immer noch mit ihren Blicken an ihm. „Deine Arbeit war sehr gut.“ Meine Augenbrauen zuckten minimal hoch, während sich mein Kinn dezent an meine Brust zog.

„Was?“, verließ es meinen Mund perplex.

„Na, der... Dieser Vorfall, der Anschlag“, er hechelte leicht durch seine Worte.

„Ah, ja, danke.“ Meine Augen verfolgten seine unüberlegten, hektischen Bewegungen.

„Ist etwas vorgefallen?“, beschloss ich, ihn drauf anzusprechen.

„Nein, also, ja, doch, aber das ist nicht dein Bereich“

„Nicht mein Bereich? In welchem Bereich bin ich denn?“

Mein Interesse stieg und mein Mitgefühl für ihn sank. Er merkte, dass das Gespräch länger anhielt, als erwartet und begann sich an der Wand abzustützen, über welche er zu mir herabsah. Dann versuchte er seinen schweren Atem zu kontrollieren und zupfte sich die Krawatte vom Kragen locker.

„Price hat eine schwere Beschwerde eingereicht. Das könnte unsere Dienststelle gefährden.“ Mein Chef sprach leiser, sodass sich die Gierigen hinter uns von uns abwandten.

„Was für eine Beschwerde denn?“

„Er belastete uns mit mehreren Vorwürfen. Wir hätten keine Kontrolle über unsere Mitarbeiter, wir würden sie nicht genug beobachten und beurteilen, ob sie noch immer geeignet sind. Zudem, dass die Fälle, mit denen wir uns befassen, außerhalb unseres Bereichs sind. Wir würden, die echten Kriminellen gehen und alles durchgehen lassen. Ebenso seien unsere Unterlagen nicht geschützt genug und sich Zugriff zu verschaffen, sei „ein Kinderspiel". Das wirft schlechtes Licht auf mich als Leiter und vielleicht wird sich hier bald einiges ändern."

Nach seinem Vortrag seufzte er schwer und blickte von mir ab auf den Boden.

„Stört es?", fragte er und hob die Zigaretten fragend hoch. Nach meinem Kopfschütteln begann er sie bereits hier anzuzünden.

Er zog an ihr und warf beim Ausatmen seinen Kopf geschafft in den Nacken. Sobald er seinen Kopf wieder senkte und direkt in meine Augen sah, sprach er sanft: „Ich bin stolz auf dich, Ava."

Zuvor noch monoton, brach es in dem Augenblick eine Schwelle in mir, die mein Mitgefühl auslöste. Und so schnürte sich mir meine Brust zusammen. Seine tiefe, aber warme Stimme, traf mich tief und machte mich schwächlicher. Sodass ich das enge und unsichere Gefühl hochkommender Emotionalität verspürte.

„Stolz?", musste ich Schlucken, um die Enge in meinem Rachen zu lösen.

Er antwortete mir mit einem genauso sanften Lächeln, bevor er sich auf den Weg zum Aufzug machte. Ich erstarrte und ließ meine Augen ihm folgen. Seine Worte innerlich wiederholend, fuhr meine Hand zu meiner Brust. Sie vergriff sich in dem Stoff meines Oberteils. Doch dann warf ich mich mit wiederholtem Blinzeln in die Realität zurück und widmete mich meinem Laptop.

Wann hatte mir das letzte Mal jemand gesagt, er wäre stolz auf mich?

Wenn er wüsste…

Ich habe jemandem umgebracht.

Ich wischte mir einmal durchs Gesicht, um mich abzulenken und wechselte dann von dem Browser in unsere Datenbank. Alle Punkte, die er aufgezählt hatte, lagen an mir.

Wie konnte Chen Price das nur auf alle beziehen?

Er hätte auch einfach mich feuern lassen können, statt es allen schwer zu machen, wenn er mich nicht leiden konnte. Meine

Fingerspitzen drückten sich fest in meinem Handballen. Ich gab meine Anmeldedaten ein und suchte nach einer Akte von Noah. Er käme nicht aus der Gegend, weshalb ich dachte, ich würde sowieso nicht fündig. Ich scrollte durch die Namensliste und rief die ein oder andere auf, verwarf sie jedoch wieder. Ich fand meinen Ex zwar nicht in ihnen, aber auf einmal las ich den Namen seines Bruders: „Ian Williams"

Verwundert rief ich die Strafakte auf und mir sprang das Gesicht des jungen Mannes, der mir die Blumen schenkte, entgegen. Ich war sprachlos beim Vergleichen seiner Konturen und der wilden, blonden Frisur. Ich hatte ihn gar nicht erkannt, auch wenn er beinahe mit Noah zu verwechseln war. Das letzte Mal, als ich ihn sah, waren Noah und ich noch ein Paar und er in einer wilden Teenagerphase. Ich überflog seine Akte, gefüllt von Missbrauch in Form von Verführung mit Drogen. Scheinbar hatten sich mehrere in die rundlich geformten, blauen Welpenaugen verloren, genau wie ich, als ich die Blumen annahm und ihm damit meine Identität bestätigte. Diese musste er weiter an Noah geleitet haben. Selbst Ryan zeigte im Bus schon Misstrauen gegenüber der netten Geste.

Man konnte wirklich niemandem vertrauen. Nirgendwo. Nie. Enttäuscht legte ich meinen Kopf auf den Tisch und verschränkte meine Finger an meinem Hinterkopf ineinander. Ich stöhnte und ließ die Schwäche meinen Körper sacken. Nicht wissend, welcher Aufgabe ich nachgehen sollte, holte ich mir einen viel zu bitteren Kaffee an der Kaffeemaschine und ließ den Tag über mich ergehen. Meine Gedanken schwankten von Noah, zu seinem Bruder, weiter zu Ryan und der Frage, welchen Einfluss all das auf mein Leben haben würde.

Sollte ich mich stellen?

Konnte man das wirklich verheimlichen?

Sollte ich meinen Traumjob hier kündigen?

Meine Augen folgten dem Kugelschreiber, welcher die Schreibtischplatte herabrollte und von meinem Finger an der Kante wieder rauf gestoßen wurde.

Mein Traumjob…?

Das? Ich hob meinen Kopf und blickte hinter der Trennwand durch die große Scheibe ins unübersichtliche New York. Ich hatte mich verloren. Doch nicht durch Ian. Bereits zuvor. Als hatte ich eine vollkommen verdrehte Weltvorstellung. Waren all meine Entscheidungen seit dem Umzug falsch?

Zwei Tage waren seit dem Vorfall vergangen und in einer in mich gekehrten Version meiner selbst ging ich im Büro ein und aus. Mir war klar, dass eine plötzliche Kündigung Verbindungen zwischen mir und Noahs Verschwinden knüpfen könnte, also tat ich alles, um möglichst normal zu wirken. Ich fühlte in dieser Zeit jedoch nicht viel, blendete alles aus und lehnte die meisten Aufträge mit Ausreden ab. Doch Mr. Adams hatte sich seither ebenfalls zurückgehalten und begann selbst außerhalb der Pausenzeiten rauchen zu gehen. Trotz Chens Drohung, die Mr. Adams derartig zu schaffen machte, beobachtete ich ihn gestern dabei, wie er sein Büro wieder betrat und sich an die Arbeit machte. Mich mied er jedoch ohne Ausnahme.

Von Ryan hatte ich auch nichts mehr gehört, was mich etwas verunsicherte. Bei unserem letzten Treffen musste er schließlich eine Leiche loswerden. Seine Reaktion auf meine Tat war so ruhig. Ich erinnerte mich an seine sanfte Art, wie er die gesamte Situation entschärfte und mir Sicherheit bat, sodass es in meiner Brust brannte, dieses Gefühl zu missen.

Meine Augen streiften zu Mr. Adams geschlossenem Büro, dessen Vorhänge keinen Schein durchließen. In meinen Fingern knautschte ich das Kündigungsschreiben…

Doch bei dem Gedanken daran, versteifte und erstarrte mein Körper. Zurückschweifend an den Tag, an dem ich hier voller Aufregung zum ersten Mal stand und das Gefühl hatte, die ganze Welt stünde mir offen. Mich voller Naivität auf meine Freiheit verlassend.

Doch wo war diese Freiheit jetzt?

Ich fühlte mich kaum zuvor eingeschränkter als jetzt und das, obwohl ich eine erwachsene Frau in dem großen New York unendlicher Möglichkeiten war.

Bei welchem Schritt stolperte ich und fiel so tief, ohne den Aufprall zu spüren?

Was lief bloß schief?

Knisternd quetschte ich den Briefumschlag, sodass sich die Ecken verbogen. Meine Augen in das Schild mit Mr. Adams Namen fixiert. Als sich plötzlich eine Hand auf meine Schulter legte.

„Ava." Unverzüglich riss ich meine Augen ungläubig auf, während sich eine Wärme in meiner Brust ausbreitete.

„Ryan?" Überrascht drehte ich mich hastig zu ihm und meine Mundwinkel stiegen.

„Was machst du denn hier?"

„Ich habe dich gesucht. Wir wollten doch noch einen Abend nachholen oder willst du mich noch länger warten lassen?"

Er runzelte auffordernd die Stirn und hob andeutend seine Hand, in der sich ein Motorradhelm befand. Ich versank das Schreiben in dem Bund meiner Hose.

„Ich arbeite noch", erwähnte ich aus meiner Überforderung, ihn hier vorzufinden.

„Dann nimmst du dir frei", beschloss er und drückte mir den Motorradhelm in die Hand.

Ein Schmunzeln überrollte meine Lippen, bevor ich es unterdrückte und noch einen letzten Blick zurück zu Mr. Adams Büro warf.

„Gut, wo geht's hin?", schnappte ich mir entschlossen den Helm und ging zum Aufzug. Ich hielt meine Karte gegen ein Feld und ließ uns herunterfahren. „Siehst du dann."

„Ist das deins?", musterte ich das Motorrad überrascht.

„Wessen denn sonst?", lachte er.

„Letztens traf ich dich im Bus", merkte ich an.

„Okay, hast mich erwischt. Habe es mir letztens geholt. Ein lang ersparter Wunsch."

Er lächelte mich mit etwas Stolz in seinem Gesicht an. Dabei zuckte seine Lippe jedoch etwas. Doch ich konnte nicht deuten, was das zu bedeuten hätte. Stattdessen gab ich mich seinen Worten hin, als er meinte: „Keine Sorge, heute Abend bringe ich dich wieder auf andere Gedanken.“

Mein dauerhaft angespannter Blick musste mich verraten haben. Woraufhin er mir näherkam. Seine Hände strichen mir sanft meine Haare von den Schultern und sein ruhiger Atem ließ sich meinem fügen. Er entnahm mir den Helm, den ich in meinen Händen klammerte und setzte ihn mir behutsam auf.

„Danke“, ich wollte meine Finger heben, um die Schnalle zu zumachen, doch er näherte sich meinem Gesicht weiter und neigte sich zu meinem Kinn. Seine Finger streifen meinen Kiefer entlang und knipsten dann den Verschluss zu. Zu meiner Überraschung löste seine Nähe etwas in mir aus, was ich nicht als das deuten wollte, was es wahrscheinlich war. Doch es ließ mich versteifen.

„Bereit?“ Seine so beruhigenden und doch gerissenen Augen machten mich verrückt…

Ich hatte das Verlangen, ihm alles zu geben.

„Ich hoffe, deine Überraschung ist gut“, forderte ich ihn keck heraus und schwang mich hinter ihm auf den Sitz.

Er murmelte: „Tut...leid, dass...so lange dauerte“

„Hm?“, brummte ich fragend, doch er schüttelte seinen Kopf, über welchen er seinen schwarzen Helm zog.

Sein Fuß brachte den Motor zum Starten und beim Anfahren, rutschte ich dichter zu ihm. Wie erwartet schlängelte er sich durch die eng aneinander fahrenden Autos und gewann an Geschwindigkeit. Mein Kopf bewegte sich von rechts nach links und genoss die Aussicht der vielen Ecken, durch die ich regelmäßig ging. Selbst am Amber´s fuhren wir vorbei, wobei mich die Schlange von einigen Leuten vor der Tür warm werden ließ.

Ich legte meinen Kopf in den Nacken und beobachtete die Wolken, die über den Himmel zogen. Sie schienen federleicht und vollkommen sorglos. Sanft legte ich meine flachen Hände an seinen Rücken und genoss den Wind, der mir um den Körper streifte. Langsam näherten wir uns einem Bereich, in dem ich mich nicht sonderlich oft aufhielt. Er brachte uns über den East River und fuhr eine Straße am Wasser entlang. Dann suchte er sich etwas zum

Parken und ließ mich absteigen. Ich sah mich um und versuchte zu rätseln, was sein Plan war.

Doch er hielt mich auf, indem er mir den Helm abnahm. Ryan nahm meine Hand und führte mich in einen kleinen Laden. Die Fassade war schwarz-gold und drückte Eleganz sowie Hochwertigkeit aus. Neugierig folgte ich ihm.

„Guten Tag", kam ein Mann in enger Hose und einem lockeren, schwarzen Hemd mit weiß-goldenen Kranichen auf uns zu. Seine schwarzen Haare hatte er zurückgegelt und kam sofort hilfsbereit lächelnd auf mich zu.

„Das ist Milian. Das ist sein Künstlername. Alle Teile in diesem Shop wurden von ihm angefertigt."

Ich hörte zu und ließ die Umgebung auf mich wirken. Meine Augen schweiften durch ausgefallene, funkelnde Kleider und schwere Pelzmäntel. Mein Interesse war geweckt, dennoch erstaunte es mich noch nicht, da ich es nicht für etwas Besonderes hielt.

„Schön, dich kennenzulernen", lächelte ich freundlich und hielt ihm meine Hand entgegen.

Er schüttelte sie und griff sie fester, um mir näher zu kommen. Wodurch er mir ans Ohr flüstern konnte: „Ich habe erfahren, dass du im speziellen Dienst tätig bist. Ich habe einige ganz besondere Stücke angefertigt, die werden dir gefallen!"

Bevor Ryan oder ich reagieren konnten, zog er mich in einen hinteren Bereich. Große Spiegel, goldene Akzente an Rahmen und Tierfellteppiche fingen meine Aufmerksamkeit kurz bevor sie nur noch auf den Kleidern hing. Er zog einen Vorhang hinter uns zu und zeigte mir ein schwarzes, enges Kleid, welches an den Knien in einem ein Rüschenband abschloss, das elegant um sich schwang.

„Warts ab", meinte er und begann mir das Innenleben des Kleides zu zeigen.

Zwischen den mehrschichtigen Stoffen zog er Unmengen von Gegenständen hervor. Von kleinen Fläschchen zu Makeup und vielen weiteren Kleinigkeiten.

„Aha, cool“, meinte ich, doch hielt mich mit meiner Begeisterung zurück.

„Ich habe an viele Personen aus deinem Bereich Kleidungsstücke verkauft, in denen man unter anderem auch Waffen einfacher mit sich tragen kann.“

Erst jetzt verstand ich, was das hier sollte.

„Keine Sorge, ich verkaufe wirklich nur an Personen, die sich ausweisen können. Ich möchte in nichts Illegales reingeraten. Nur meine Fähigkeiten einen größeren Nutzen geben. „Möchtest du eins anprobieren?“

Etwas skeptisch aber doch sehr interessiert, willigte ich ein. Nach einem verlängerten Mustern, reichte Milian mir ein marineblaues Kleid, ohne mich nach meiner Größe zu fragen. Damit schickte er mich hinter einem Vorhang in eine Umkleide, die für eine solche viel zu groß war. Ein kleiner, schwarzer Samtsessel stand in der Ecke und die durchgehenden Spiegel ließen keinen Schimmer der Tapete erkennen. Ohne mir das Kleid anzusehen, streifte ich mir meine Kleidung vom Leib und zog es voller Vertrauen an.

Kaum schloss ich den Reißverschluss an meinem Rücken, schmiegte sich der Stoff an meinen Körper und schmälerte meine Taille. Bis zu meinem Oberschenkel zog sich ein tiefer Schlitz, an welchem zwei Stoffe übereinanderlagen, und mit feinen marineblauen Stoffknöpfen besetzt waren. Mein Dekolleté offenbarte sich in dem V-Ausschnitt ausgelöst von den Trägern, die bequem an meinen Oberarmen hingen. Die langen Ärmel lagen eng an meiner Haut und formten meinen schmalen Körper nach wie der Rest des Kleides, welches erst ab der Taille in die Weite fiel.

Überrascht neigte ich meinen Kopf im Spiegel und beobachte vertieft mein Spiegelbild, welches ein gutes, sicheres Gefühl in mir auslöste. Es brachte mich in Stimmung und sorgte dafür, dass ich mich dem Ganzen etwas lockerer und vertrauter hingab. Ich posierte vor meinem Spiegelbild und ließ meine Fingernägel meine schmale Taille nachformen.

Würde ihm das auch gefallen?

Selbstüberzeugt schmunzelte ich in mein eigenes Ebenbild. Doch dann riss mich dabei raus, als ich nach den Verstecken suchen wollte.

„Wie sieht´s aus?“, rief Milian und trat nach meiner Zustimmung ein.

„Wow! Du hast ja einen unglaublich schönen Körper!“, strahlten seine Augen, während er mir weiter zu sprach.

Seine offene und vollkommen lässige Art, sorgte dafür, dass auch ich meine Anspannung verlor. Er zeigte mir einige Schlitze in dem Stoff, kleine eingenähte Taschen und Druckknöpfe, in welchen ich alles verstauen könnte. Ich war überzeugt.

„Das steht dir wirklich gut!“, merkte er wiederholt an und betonte den großen Nutzen des Kleides.

„Willst du noch ein anderes anprobieren?“ Ich konnte nicht ablehnen, als ich bemerkte, wie sehr es mir gefiel.

Folglich brachte er mir ein weiteres Kleid in einem schimmernden Weinrot. Zuversichtlich wechselte ich zwischen den Kleidern und warf einen Blick in den Spiegel. Mehrere Falten erhoben den Stoff, der sich von meiner linken Brust auf meine rechte Schulter zog. In welchen ich sofort zwei eingenähte Verstecke entdeckte. Mein Herz schlug verliebt auf, als ich in dem locker fallenden Rock auf weitere traf. Ein langer Ärmel zog sich rechts über meinen Arm, während der Stoff auf der anderen Seite unter meinem Arm endete. Weitere Falten formten meine Taille angenehm und ließen das Kleid ansehnlicher und interessanter wirken.

„Wow“, stieß ich bei dem Anblick aus, in welchem mich diese Kleider zurückließen.

„Du bist echt gut darin“, lobte ich Milian, welcher voller Freude grinste.

„Willst du beide?“, fragte er.

Ich wollte erst stürmisch nicken, doch nahm mich dann zurück und antwortete, damit, dass ich mir noch nicht sicher war.

„Und? Was gefunden?“

„Ja, er ist wirklich begabt“, stieß ich ergeben vor Ryan aus und flüsterte, während Milian die Kleider vorbereitete.

„Wie viele hattest du an? Die zwei?“, deutete er fragend auf meine Kleider, die Milian zurecht zupfte und pflegte.

„Sie sind wunderschön“, träumte ich abwesend.

„Dann nehmen wir sie mit.“

Er lächelte mir mit seinen Augen zu und leitete das mit einer Geste an Milian weiter. Überrascht richtete ich mich wieder gerade auf: „Sicher?“

Ich wollte gar nicht wissen, für welche Preise die Kleider verkauft wurden.

„Klar. Wenn sie dir gefallen. Außerdem gehen wir an einen schicken Ort.“

„Möchtest du eins dann gleich wieder anziehen?“, hörte Milian uns und hielt mir beide Kleider zur Entscheidung entgegen.

Mein strahlender Blick wechselte zwischen den Kleidern und Ryan. Mit einem bestätigenden Nicken seinerseits, machte ich mich nochmals auf in die Umkleide und zog das blaue an.

„Übrigens“, kam Milian erneut zu mir.

„Der Rock ist mit Druckknöpfen befestigt, du kannst ihn auch entfernen, falls er stört. Dann hast du noch den engeren Unterrock“

Ich blickte unter den Stoff und bedankte mich erstaunt. Was hatte Ryan denn vor, dass er an so etwas dachte? Wir bezahlten und machten uns auf den Weg zum nächsten Spot.

Die Sonne strahlte heute so stark, dass sie sich selbst beim Untergehen noch durch die Gebäude drang und schöne Schatten auf die Straßen warf. Als wir vor Stufen ankamen, die in einen großen, Säulenbesetzten Eingang führten, nahm er meine Hand.

„Guten Abend“, verbeugte sich eine Bedienstete sich vor uns an der Tür und die Nächste in der Eingangshalle führte uns kommentarlos die Treppe rauf an einen Tisch. Große Aquarien mit bunten Fischen waren zwischen die Säulen geklemmt. Sie führte uns an einen Zweiertisch, mit viel Freiraum um uns herum, wobei mir nicht entging, wie leer das Restaurant zu sein schien. Auf dieser Etage waren wir und der Barkeeper hinter der leuchtenden Theke die einzigen. Ein gigantischer Kronleuchter schmückte die Mitte der Halle und ich verlor mich noch dabei, ihn zu beobachten, als Ryan mir bereits den Stuhl vom Tisch schob.

„Danke", schob ich mir mein Kleid unter die Oberschenkel und setzte mich.

„Ich brauche deine Hilfe." Ich lehnte mich flirtend auf dem Tisch vor, wobei mein Dekolleté durch meine Unterarme blitzte.

„Meine Hilfe?", echote er und beim Herabzucken seiner Augen legte sich ein Schmunzeln auf seine Lippen.

„Einen Rat...", ich fiel wieder in den Stuhl und seufzte. Überrascht wurde er ernster. „Sollte ich kündigen? Nach all dem, was passiert ist, habe ich das Gefühl, es ist falsch, zu bleiben."

„Das ist verständlich", stimmte er mir zu

Doch dann legte uns die Kellnerin zwei Menükarten auf den Tisch.

„Nimm was immer du magst", deutete Ryan an und meine Augen glitten über die Speisen – Keine dieser mit einem Preis.

Woher hatte er all das Geld?

„Kündige nicht", behauptete er voller Überzeugung.

„Warum nicht?", fragte ich überrascht, da er mir doch eben noch zustimmte.

„Erst, wenn die Sache weiter zurückliegt. Bisher wurde noch nichts festgestellt, doch wenn der Zeitraum des Todes und der deiner Kündigung einhergehen, finden sich vielleicht auch noch Zeugen, die ihn in der Nähe deines Hauses sahen. Das würde sich dann alles aufwiegen, obwohl du bis zum jetzigen Zeitpunkt gar nicht in Verbindung gebracht werden würdest."

Er flüsterte leise und ich wusste, er hatte recht. Ich nickte, während mein Blick die Worte des Menüs überflogen.

„Ryan", verließ es meine Lippen rufend.

„Hm?"

„Ich weiß nicht, was ich ohne dich getan hätte", hob ich meinen Blick und gestand. Unsere Augen sogen sich gegenseitig auf, während er mir mit diesen sanft zulächelte.

Kurz bevor er seinen Kopf wieder sank und in leisen Worten hauchte: „Ich verstehe, wie du dich gefühlt hast."

„Es ist erdrückend", ergänzte ich und beobachtete die Luftbläschen in der Wasserflasche, die auf einem separaten Tisch stand. Sie stiegen auf und zerplatzten an der Oberfläche.

„Bist du deshalb nach New York gezogen?"

„Unter anderem", antwortete ich.

„Und aus welchen Gründen noch?" Kaum fragte er das, lag mir die Antwort auf der Zunge. Dennoch brachte ich sie nicht über die Lippen, als wusste ich, wie trügerisch und falsch das war. Mein Zögern, ließ seinen Blick an mir haften, wodurch ich auch zu ihm sah.

„Ava?"

„Ich kam, um hier zu arbeiten. In meinem Traumjob."

„Dein Traumjob?"

Ich schwang meine Hand durch die Luft: „Er ist es nicht mehr. Ich war blind. Für viel zu lange Zeit."

Sein Ausdruck wandelte sich in einen leicht besorgten und irritierten: „Und jetzt?"

„Ich finde schon etwas anderes, wenn ich es schaffe, zu kündigen."

Wir bestellten einen Weißwein, Wagyu-Beef und mehrere, kleinere Beilagen, wodurch unser Gespräch wieder unterging.

„In meinem Büro gibt es so jemanden..."

Ryan schenkte mir seine Aufmerksamkeit, die ich mehr als nötig hatte.

„Er wurde aus einer anderen Dienststelle zu uns versetzt. Innerhalb kürzester Zeit wurde ihm das Büro übergeben, für das ich seit Anbeginn arbeite. Es machte mich unglaublich wütend und ich konnte es gar nicht verstehen. Das war wohl der erste Augenblick, in dem ich hätte merken sollen, dass mein Traumberuf nicht der ist, für den ich gemacht war", vertieft fuhren meine Fingernägel das Muster der Tischdecke nach, „doch noch weiter hat dieser Kerl unsere Dienststelle analysiert und an obere Posten Bericht erstattet. Als mein Chef mir davon erzählte, erwähnte er unbewusst alle Punkte, an denen ich schuld war. Weißt du, wie es sich anfühlt, zu erkennen, dass das, was du all die Zeit über wolltest, dich nicht will? Als wäre ich all die Zeit auf dem falschen Weg gewesen. Hätte all die Zeit das falsche Ziel verfolgt und mir selbst irrsinnige Hoffnungen zugesprochen, die mich jedes Anzeichen ausblenden ließen."

Meine Augen wurden feuchter und meine Haltung verspannter. Daraufhin griff Ryan meine Hand, deren Bewegungen über den Tisch sich beschleunigt hatten. Dadurch riss sich mein Blick hoch. Kaum traf ich seine ruhigen Augen, stockte mein hastiger Atem. Langsam ging seine ruhige Art auf mich über und ich umschloss seine Hand, um mich zu halten.

„Ich weiß nicht mehr, was ich hier mache? In New York. Ohne Freunde. Ohne Job. Ohne Leidenschaft."

„Ava", versuchte er meine Aufmerksamkeit von meinen Gedanken ab, auf ihn zu lenken. „Lass dich nicht täuschen. Du hast es weit geschafft und auch diese Erkenntnis wird dich ein Schritt weiterbringen. Wer weiß, was dich noch erwartet?"

Ich nickte zustimmend, wischte mir dann mit einem Mal meine Schwächlichkeit ab und tupfte mir die Rötungen mit einem angefeuchteten Tuch vom Gesicht.

KAPITEL 12

„Wovon redest du?", lachte ich amüsiert über seine seltsamen Theorien, die er vor Trunkenheit aufstellte.

Beschwipst von dem starken Wein, an welchem ich in der letzten Stunde ständig nippte.

„Naja", lachte er und versuchte dann mich weiter zu überzeugen: „Wenn du mal länger drüber nachdenkst, dann ergibt das doch Sinn."

„Nein!" Ich brach in Gelächter aus, wodurch ich mich auf dem Tisch abstützte.

Er schloss sich meinem Lachen an und verwarf seine schwachsinnigen Reden, die er durch den Alkoholkonsum von sich gab.

„Okay, wie sieht´s aus? Hast du genug?"

Ryan lehnte sich vor und streifte mir die Haare aus dem Gesicht, welche ich nicht mehr unter Kontrolle hatte.

„Wovon?", lallte ich undeutlich.

„Von mir", er lächelte unschuldig und wollte unseren Abend damit langsam dem Ende zu neigen.

Ich jedoch stützte meine Oberweite auf meine Arme auf den Tisch, schwang meinen Kopf zu ihm und flüsterte mit verengten Augen – der Abwesenheit verschuldet: „Niemals."

Auf einmal verringerte auch er wieder unseren Abstand zueinander: „Ist das so?"

In seinen Augen erkannte ich den Funken von Lust, den ich auslöste. Ohne zu ahnen, worin das enden würde.

…

Ryans Hände zogen mich besitzergreifend an sich. Kurz bevor sich seine Lippen an meinem Hals wiederfanden. Ohne zu unterbrechen, schloss er die Tür des Hotelzimmers mit seiner Karte auf und drückte mich in dieses hinein. Ich wusste, wozu das führen würde und dennoch gab ich mich dem hin. All seinem Charme. Unabhängig davon, ob ich das Richtige tat. Mit ihm war alles richtig, selbst Noahs Tod. Ich war außerhalb meiner eigenen Kontrolle, weshalb ich ihn von meinem Hals riss, sein Gesicht zu mir zerrte und meine Lippen auf seine presste.

Ich sank tief in meine Angetrunkenheit und meine Lust, mein Verlangen, ihn zu fühlen. Plötzlich zog er an dem Band der Schleife an meinem Rücken. Wodurch ich mich um sich selbst drehte, bis ich ihm meinen Rücken zuwandte. Seine zarten Lippen wanderten meinen Hals entlang, während seine Hände quälend langsam den Reißverschluss des Kleides hinabzogen. Mein Puls stieg und äußerte sich in einer sich ausbreitenden Gänsehaut. Ausgelöst von seinen Fingerspitzen, die sanft meine Taille nachfuhren, sobald das Kleid von meinen Schultern sank. Als auch der letzte Teil des Stoffes zu Boden gefallen war, offenbarte sich meine hauchdünne, schwarze Lingerie.

Ryan ließ sich von dieser jedoch nicht lange beeindrucken und stieß mich stattdessen aufs Bett. Die weiche Matratze gab nach und ich sank leicht hinein. Ein erleichterndes Stöhnen verließ unkontrolliert meine Lippen, als mein Rücken entlastet wurde. Dann stieg Ryan über mich. Sein beschleunigter Atem verriet ihn und offenbarte mir auch sein Verlangen mir gegenüber.

Somit erlaubte ich es mir, meine Hand seinen Bauch herab zu seiner Hose gleiten zu lassen. Der herbe Geruch von Zeder, aromatischem Weihrauch und Vetiver legte sich bannend um mich. Es zwang mich dazu, meine Augen zu schließen, um es auf mich wirken zu lassen. Um ihn auf mich wirken zu lassen. Während Ryans angenehm warmen Hände meine Taille hoben und näher an seinen Körper zogen. Es breitete sich eine Hitze in dem geschlossenen Raum aus, welche die Luft zwischen uns verengte. Jede Bewegung seiner Fingerspitzen auf meiner Haut, löste in mir ein größeres Verlangen aus. Ich drückte mein Unterleib zu ihm hoch. Dadurch grub sich sein Arm mein Hohlkreuz entlang und sorgte dafür, dass ich komplett an seinen Körper gedrückt wurde.

„Ryan", keuchte ich hingebungsvoll und legte meine Hände um seine Wangen. Wir verloren uns erneut in einem Kuss, der ihn mich einnehmen ließ. Meine Finger verfingen sich an seinem Saum, bevor er unseren Kuss löste, um sich sein Oberteil über den Kopf zu ziehen. Kaum erkannte ich die definierten Muskeln, die seinen Bauch und seine Brust formten, zwangen mich seine Lippen auf meinen wieder zum Schließen meiner Augen – Den Augenblick in meinem inneren Auge einfangend und das Gefühl in mir zergehen lassend. Alle meiner Muskeln waren angespannt, während mein Verstand vollkommen entspannte. Als ich die benebelte Atmosphäre auf mich wirken ließ, streifte Ryan sich die Hose von den Beinen und stützte sich erst wieder über mich, als nichts außer seiner grauen Boxer blieb. Der Druck und die Wärme zwischen uns wurden stärker, als sich unsere Körper aneinander sogen. Zart streifte er den Slip beiseite und drang in mich ein. Ich passte mich seinen Bewegungen an und schmälerte unseren Abstand weiter.

„Nur, dass du weißt…", hauchte ich in den schmalen Raum, der unsere Lippen voneinander trennte: „Ich stehe nicht auf dich, ich bin bloß zu betrunken, verstanden?"

Ich blickte tief in seine Augen, um trotz des Alkohols möglichst überzeugend zu wirken. Er entgegnete jedoch mit einem vermutlich ironisch gemeinten: „Klar."

Seine Augen und sein Verstand hingen auf meinen Lippen, sodass es ernster klang, als er es wahrscheinlich wollte. Sich hingebend, glitten seine Lippen über meine.

…

Wir lagen auf dem Bett. Sein Arm unter meinem Kopf und meinen Po an seinen Unterleib drückend, als plötzlich eines unserer Smartphones vibrierte. Ryan gab mir einen sanften Kuss, doch entschied sich dann dazu, den Anruf zu priorisieren und verschwand mit der Schachtel Zigaretten auf den Balkon.

Ryan

„Was gibt's?", fragte ich ins Handy, kurz bevor ich es mir zwischen Wange und Schulter klemmte, um mit meinen freien Händen die Zigarette anzuzünden.

„Wo bist du gerade?"

„Ist es wichtig? Ich gehe einem Auftrag nach."

Dylan wurde stutzig: „Welchem Auftrag entspricht es, Ava Quinn um den Finger zu wickeln?"

„Was möchtest du mir damit sagen? Ich bin erfolgreich und es ist genauso wichtig wie ein Auftrag." Meine Lippe zuckte genervt hoch.

„Verdienst du dir damit denn die Miete?"

Ich lehnte mich an das Geländer und sprach langsam und deutlich, zeitgleich aber auch leise, damit Ava uns nicht hören würde: „Wenn mein Plan aufgeht, verdiene ich mir damit so viel mehr. Wir würden den aktuellen Gewinn verdoppeln. Zusammen mit der Effektivität des Jobs. Stell es also nicht infrage."

Ich zog an der Zigarette und blickte in den dunklen Himmel.

„Okay. Eigentlich wollte ich fragen, ob du gleich einen Auftrag annehmen könntest, aber das hätte sich dann wohl geklärt."

„Doch, kann ich. Aber ich bin unbewaffnet", stieß ich unbekümmert den Rauch aus.

„Unbewaffnet?! Spinnst du!" Dylan wurde deutlich lauter.

Wodurch ich stattdessen zu flüstern begann und meinem Mund dichter an das Mikrofon brachte: „Wenn du das Vertrauen von jemandem gewinnen willst und sie dann vorm Sex die Waffe in deiner Tasche findet, kannst du es dir ganz abschminken. Das sollte wohl klar sein, oder?"

Erneut zog ich das Nikotin in meinem Rachen und stützte mein ganzes Gewicht auf das Geländer. Erschöpft legte ich den Kopf in den Nacken und ließ den Rauch über meine schmalen Lippen über mir in die Luft gleiten. Sanft schloss ich die Augen und atmete tief durch.

Ob ich Ava bereits für mich gewinnen konnte?

Kaum tauchte sie in meinem Kopf auf, spürte ich ihre Hände an meinem nackten Rücken. Ihre spitzen Fingernägel fuhren meine Haut entlang, bis ich mich ihr zuwandte. Sie war äußerst hübsch. Ihr seidig glänzendes, dunkelbraunes Haar warf sie sich regelmäßig zurück. Durch mich hatten sich einige ihrer Spitzen ineinander verfangen, welche ich vorsichtig mit meinem Fingern entknotete, nachdem sie mir meine Zigarette stibitzte. Sie legte das Mundstück an ihre roten Lippen und zog den Tabak ein.

Ihre Augen leuchteten im Licht der kleinen Wandlampe an der Außenwand. Kurz bevor sie sie mit Rauch bedeckte. Meine Hände packten sie an der Taille und zogen ihren halbnackten Körper dichter an meinen.

„Ab wann ist jemand für dich ein guter Mensch?", hauchte ich zu ihr herab, bevor sie mir die Zigarette übergab. Sie lehnte sich auf meinen Armen an ihrem Rücken zurück und schaffte so Abstand zwischen unseren Oberkörpern, während ich ihren restlichen Körper noch fest in meinen Armen an mich drückte.

„Ein guter Mensch? Hm. Jemand, der Gutes tut, legt großen Wert auf Hilfsbereitschaft und Zuvorkommenheit. Er würde alles für die Menschen tun, die ihm wichtig sind."

„Alles, nicht wahr?", nährte sich mein Atem ihr.

Wodurch ihre Augen kurz zuckten, bevor sie antwortete: „Natürlich alles."

„Bist du ein guter Mensch?"

Ihre Augenbrauen stiegen überrascht und obwohl, sie erst schien, antworten zu wollen, hielt sie sich nun doch zurück.

„Ich bin feige", gestand sie und hatte ihre Augen, sowie ihren Körper von mir abgewandt, „ich tue nicht genug für die Menschen, die mir wichtig sind und schaffe es auch nicht, auf mich selbst aufzupassen. Unabhängig von meinen Taten in der Vergangenheit oder im Jetzt, bin ich nicht dazu in der Lage, mich gut und erwachsen zu verhalten."

Ihre Antwort überraschte mich, da ich davon ausging, sie würde sich als guten Menschen bezeichnen.

Noch bevor ich sie befragen könnte, warf sie mir die Frage entgegen: „Würdest du dich als gut bezeichnen?"

Mit einem belächelnden Seufzen warf ich mich zurück. Meine Haare schwangen mir aus dem Gesicht und ich lehnte mich an die Außenwand. Bei all den Menschen, die ich auf dem Gewissen hatte, wäre gut wohl die falsche Ausdrucksweise: „Ich tue alles, was nötig ist, um Menschen das Leben zu erleichtern. Sagen wir es so."

„Das klingt doch gut, oder etwa nicht?"

Ihr Kopf fiel auf meinen Oberkörper, von wo aus sie in den Sternenhimmel über uns blickte – Mir überkopf in die Augen sehend.

„Ich glaube, die Definition von „gut" lässt sich durch Ansichten verdrehen."

„Zum Beispiel?"

Mir stieg der Weingeruch, der von ihr ausging, in die Nase. Weshalb ich beschloss, mich nicht zurückzunehmen: „Wenn du etwas sehr Schlechtes mit guten Absichten tust, ist es dann noch immer schlecht?"

Sie begann etwas unkontrolliert zu lachen: „Du musst konkreter sein, mein Verstand ist benebelt. Du bist genauso schuld daran, wie der Alkohol."

Ich räusperte mich – Wenn sie es so wollte: „Als du jemandem umgebracht hast, weil er dir eine Last war, war das richtig oder falsch? Du scheinst, deine Taten bereits wieder auszublenden."

Auf einmal zog sie scharf die Luft ein, drehte sich um und stieß sich von mir ab. Ihre Augen verschärften sich schmal. Als wäre die Benommenheit von ihr gefallen, blickte sie mich mit tiefen und ernsten Augen an.

Das Kinn drohend gesenkt: „Erwähn es nicht. Wie ich damit umgehe, ist meine Sache."

„Aber wie ich mit der Leiche umgehe, meine?"

Ihr wunderschöner, anziehender Körper verspannte sich.

„Was willst du? Mich erpressen?"

Ich zerdrückte die Zigarette auf dem Stahlgeländer und ließ sie zu Boden fallen, um beide meiner Hände an ihre Hüfte zu legen. Wortlos versuchte ich sie mental zu mir zurückzuholen, doch sie war zu stur. Ich wurde von ihr gestoßen und mit einem erbitterten Blick durchstochen. Ihre Arme verschränkte sie vor ihrer Brust, wodurch sie ihre Brüste in ihrem BH hochdrückte.

„Hey, Ava. Ich war grob, verzeih mir", sanft versuchte ich sie wieder zu mir zu ziehen.

Nach einem Seufzen schien sie mich wieder zu akzeptieren, schmiegte sich jedoch nicht an mich, sondern begann stattdessen ihre Kleidung wieder anzuziehen.

„Ich bin sehr betrunken", erklärte sie und füllte innerhalb von Sekunden ihre Handtasche, schnappte ihre Schuhe und stahl meine Jacke.

„Ich glaube, wir sind schon viel zu weit gegangen", nun wurde sie hastiger, unbeholfener und planloser.

Es löste ein Schmunzeln auf meinen Lippen aus, wie sie rückwärts stolperte und alles an sich riss, was sie fand.

„Gefiel es dir nicht?", grinste ich provokant.

Ich kehrte zurück ins Zimmer, in welchem sie schon vor der Tür stand.

„Du kennst meine Antwort. Aber du wirst mich nicht dazu bringen, es zuzugeben." Sie lachte amüsiert und stülpte sich ihre Schuhe über.

„Hast du etwa noch eine Verabredung?", scherzte ich – wissend, dass ich sie von Kian abgelenkt hatte.

Machte mich Egoismus noch zu einem guten Menschen?

„Oh mein Gott...", hauchte sie leise und verfiel in eine Starre auf das chaotische Bett.

Wie lange würde sie brauchen, um zu bemerken, dass ich zu allem über sie Zugriff hatte?

Ich dachte, sie wäre eine fleißige Agentin.

Ich musste mir mein Grinsen stark unterdrücken. Bevor ich einige Schritte auf sie zu ging und ihre Starre für mich nutzte: Ich packte sie, presste sie gegen die Tür, welche wieder zu schlug und begann sie leidenschaftlich auf die Lippen zu küssen.

Wie viel Alkohol bräuchte sie noch, um wirklich alles zu vergessen? War sie bereits so zugänglich?

Ich wollte sie an meiner Seite – „Komme was wolle.“

KAPITEL 13

Ava

Wie konnte ich Kian vergessen?

Mein Herz raste, während ich mir nach Schließen der Tür, den Reißverschluss am Rücken hochzog. Hastig rannte ich in den Aufzug, bevor sich die Tür von selbst schließen würde. Kaum blickte ich aus Versehen in den großen Spiegel, konnte ich meinen Blick nicht mehr von diesem lösen. Panisch wischten meine Fingerkuppen unbeholfen über meine roten Wangen, während meine Haarsträhnen wild quer über meinen Ansatz lagen. Eilig korrigierte ich das Chaos und legte meine kalten Handflächen an meine beiden Wangen, um diese zu kühlen. Kaum fiel mein Blick auf das lange Kleid und die Uhrzeit, die digital an der Wand aufblinkte, sackte mein Körper innerlich schwer zusammen und mich verließ die Kraft, die eben noch plante, bis zum Treffpunkt mit Kian zu rennen.

Es war halb drei und weder meine Kleidung noch mein Zustand passte zu den Umständen. Ich sollte die Zeit des Heimwegs nutzen, um mir eine vernünftige Entschädigung zu überlegen… Doch dafür war ich vermutlich zu betrunken.

…

Seine Lippen fuhren meinen Hals herab. Hinterließen Küsse auf meiner Haut, meine Schultern entlang. Ich atmete tief ein und ließ es mit einem zitterten Körper über meine Lippen gleiten. Es entlockte mir ein Stöhnen, wodurch sich ein Schmunzeln auf sein Gesicht schlich.

„Ryan“, hauchte ich, den Kopf in meinen Nacken legend. Beim Blinzeln meiner, vor Benommenheit geschlossenen Augen, blickte ich in den Sternenhimmel. Während er mir meinen Bauch herabküsste, hob ich meinen Arm. Langsam unter der Schwäche meines Körpers, dem ich ihm hingab, streckte ich meine Hand über mir in den Himmel aus. Ich streckte mich nach den Sternen. Zeitgleich schwankte mein Körper unterm Zucken, das er mit seinen zarten Lippen und festen Händen auslöste. Er packte meinen zierlichen Körper an der Hüfte und zog ihn zu seinem Gesicht, als er unter mir kniete. Mein Verstand gab sich dem dunklen Himmel hin und wie in Trance fiel mein schwacher Körper nach hinten.

Ryans Hände hielten sich in meinen Oberschenkeln fest, als ich mit dem Rücken statt auf ein Bett, durch die Wasseroberfläche sank. Ich holte tief Luft, bevor ich mich unter Wasser befand. Mich von der, den Himmel spiegelnden Oberfläche, entfernte. Ich neigte meinen Kopf und blickte durchs leere, grünliche Blau, das sich um meinen ganzen Körper hüllte.

Weder ragte ich nach Luft, noch bewegte ich mich panisch. Ein Gefühl des Vertrauens, das mich beruhigte, erfüllte mich. Der Grund dafür offenbarte sich mir in Form einer Gestalt. Erst als sich seine Hände bestimmt an meine Taille legten und mich durch das geschmeidige Wasser an sich zogen, erkannte ich ihn. Seine männliche Statur mit den breiten Schultern und den muskulösen Armen, in dessen Kontrolle ich mich begab. Sein Gesicht sah ich bloß verschwommen. Er schmiegte unsere Körper aneinander, versetzte uns in ein schwaches Drehen und küsste mich mit einer dominanten Hand an meinem Hinterkopf. Das Gefühl der Schwerelosigkeit intensivierte mein Rausch. Das Wasser umgab uns umhüllend und drückte uns enger aneinander. Keinen Falls erdrückend, eher borgend. Ich gab meine Kontrolle ab und hatte zugleich noch die vollkommene Kontrolle.

Ich befand mich in Trance, zugleich war ich nie anwesender. Seine Zunge wich durch meine Lippen. Durch seinen Kuss gab er mir die Luft, die ich unter Wasser verlor. Meine Fingernägel gruben sich in seinen Rücken, ihn näher an mich ziehend. Er war es, der mich am Leben hielt. Doch meine Abhängigkeit von ihm ließ mich mich frei statt schwach fühlen. Es war ein gutes Gefühl, an nichts festhalten zu müssen. Nicht einmal an mir selbst, wie ich mich an seiner Hand geführt durchs Wasser treiben ließ.

Plötzlich wanderten seine Finger unter meinen Po und ich hörte seine Stimme flüstern: „Finde mich."

Daraufhin stieß er mich mit seinen Händen an meinen Beinen hoch an die Oberfläche. Meine Benommenheit ließ mich nicht früh genug reagieren und meine Kraftlosigkeit, mich dem Druck hingeben, der mich kurz darauf an die Oberfläche drückte. Kaum tauchte mein Gesicht auf, erwachte ich mit der gleichen Bewegung meines Kopfes aus dem Nacken zu meinem Kinn. Ich nahm einen tiefen Atemzug, als entkäme ich wirklich soeben dem Ozean.

Schlaftrunken blickte ich durch den Spalt meines Vorhangs nach draußen. Mir meinen Traum wieder vor Augen führend, bis ich mir die Stirn rieb. Nach einem Seufzer zwang ich mich, mich aufzurichten. Ich zog mir meinen Kimono über und band eine Schleife an meiner Taille, bevor ich die Vorhänge aufzog. Die Sonne strahlte hinein. In der Küche füllte ich mir ein Glas Wasser am Wasserhahn auf. Beim Geräusch des Aufpralls des Wassers aufeinander, versetzte es mich zurück in meinen Traum und ich spürte den Aufprall Ryans Lippen auf meinen.

Für eine Sekunde zuckte mein Körper zurück und ich verschüttete etwas Wasser aus dem Glas über meine Handfläche. Meine andere Hand übernahm das Glas, um die andere an einem Tuch zu trocknen. Dieser Kerl machte mich noch verrückt. Ich schnappte mir eine angeschnittene Zitronenscheibe aus dem Kühlschrank und presste sie über meinem Wasserglas aus. Dann ging ich mit dem Glas in der Hand ins Wohnzimmer und sank in meine Couch.

Mit der anderen Hand scrollte ich auf meinem Handy durch die Nachrichten:

„Frau bei Raubüberfall ermordet – Täter scheint sie gekannt zu haben"

„Besitzer Carl Whine der Versicherungsfirma CareForU: achtstelliger Betrug";

„Central Park: Frau erschießt ihr Kind und behauptet trotz Zeugen, es sei ihr Ehemann gewesen";

„Wir trauern um den plötzlichen Tod des Versicherungsfirmenleiter."

Überrascht wischte ich wieder hoch und verglich die Namen des CEOs, die verstorben zu sein schien: „Joseph Carter."

„Joseph Carter, CEO, Ehemann und Vater ging am Dienstagabend von uns. Die Trauer in der Familie ist groß und die Vermählung seines Sohns mit der jungen Jennifer Roberts, die am Mittwoch stattfinden sollte, musste verschoben werden. Den Todesgrund verschweigt die Familie und möchte nicht mit der Presse sprechen. Ebenso wenig darüber, was mit der Versicherungsfirma passieren wird. Wir sprachen mit besorgten Angestellten… Es lässt sich erahnen, dass einer der Söhne die Firma übernehmen wird…"

Ich sprang zurück zu Carters Verbrechen: „Der CEO Carter der Versicherungsfirma hat über den letzten Jahren vereinzelt Kunden bestohlen. Er hat zu zahlende Beiträge ohne Mitteilung erhöht und Beträge für Tätigkeiten verlangt, die bereits vom Staat für jeden Bürger bezahlt werden und von der Versicherung nicht übernommen werden müssten. Aufgrund seiner Diskretion war es ihm lange Zeit möglich, die Verbrechen zu verspielen und den Anzeigen durch fehlende Beweise zu entgehen. Sein Sohn äußerte sich mit der Aussage: „Mein Vater hat das Unternehmen in die Ruinen getrieben und uns mit nichts zurückgelassen." Eine arrangierte Ehe seines Sohnes in die wohlhabende Familie Roberts sah der Vater als einzigen Ausweg, um sich ein letztes Mal seinen Schulden zu entziehen. Durch eine Sammlung an Zeugenaussagen und aufgezeichneten Überweisungen, konnten seine Taten nun bewiesen werden. Vor Gericht wird Donnerstag entschieden…"

Ich legte mein Handy beiseite, lehnte mich in mein Sofa und trank das Glas aus. Mein Blick durch das Fenster auf New York herabsehend. Ich verharrte einige Zeit in der Position, bevor ich mich aufraffte. Einen Trenchcoat überwerfend und das Nötigste in einer Tasche verstaut, verließ ich mit dem Klimpern des Schlüssels in meiner Hand die Wohnung.

„Kian, sorry für gestern. Ich hab´s total verpeilt. Such dir ein Restaurant aus, ich bezahle", textete ich und ließ einen tiefen Seufzer über meine Lippen gleiten.

Zeitgleich fiel mir der Kopf erschöpft in den Nacken. Erneut traf mich der Gedanke daran, Ryans Lippen an meinem Hals zu spüren und seine Hände mich an meiner Taille an seinen muskulösen Körper zu drücken. Genießend schloss ich die Augen und sog tief Luft ein.

Eine Sekunde später jedoch, zwang ich mich, in die Realität zurückzukehren. Ich schüttelte meinen Körper, schlug mit den Zehenspitzen in den Heels auf den Asphalt und fuhr meine Haare mit meinen Fingern zurück. Das mit Ryan hätte gar nicht passieren dürfen. Jetzt war unsere Beziehung vollkommen durcheinander.

Wieso passierte mir das so oft?

In strammen Gang ging ich über die Straße und stellte mich an die Bushaltestelle. Als ich überraschend schnell Kians Antwort erhielt.

„Ins Jade, in einer halben Stunde"

Meine Augenbrauen zuckten hoch, dennoch willigte ich ein und änderte meine Route. Eins schwirrte mir ab und zu im Hinterkopf umher, doch ich verwarf jeden Gedanken daran wieder: Meine Kündigung.

Solch ein großer Schritt, solch eine große Entscheidung, ohne überhaupt einen Plan zu haben, was ich stattdessen machen wollen würde. Es brachte mich zum Zweifeln, obwohl ich bereits zum Entschluss kam, dass mich der Job nicht zufriedenstellte. Ich konnte nicht einfach mit nichts da stehen…

Ich betrat das chinesische Restaurant und sah mich nach Kian um. Als es schien, dass er noch nicht da war, nahm ich mir einen Tisch für zwei. Den Mantel ablegend und meine Sachen ordnend, bat ich bereits um eine hausgemachte Limonade. Ziellos blickte ich durch den Raum. Eine edle, traditionell, chinesische Einrichtung und ein halb gefüllter Saal. Nichts Besonderes, dachte ich und wollte mich meinem Smartphone zu wenden, als ich plötzlich den braunen Schopf erkannte. Mein Herz blieb stehen.

Meine Augen musterten die einzelnen Haarsträhnen, mir zeitgleich wünschend, er würde sich mir zu erkennen geben, zeitgleich hoffend, er würde sich bloß nicht zu mir drehen. Seine unberechenbaren, leichten Kopfbewegungen machten mich nervöser. Dennoch konnte ich meinen Blick nicht von ihm wenden. Auf einmal drehte er langsam seinen Kopf. Unmittelbar starrte er zu mir. Als hätte er meine Präsenz gespürt und wusste genau, wie ich ihn ansah. Sein Blick war derselbe wie gestern, während mich sein Augenkontakt genauso fühlen ließ wie gestern. Als wäre es mehr als bloß Augenkontakt. Als wäre er erneut in mir…

Plötzlich erklang das dumpfe Geräusch des Glases, das auf meinem Tisch abgestellt wurde. Perplex zuckte ich und streckte dabei meinen Arm wehrend gegen das Glas. Unverzüglich stieß ich es um und meine Limonade verteilte sich auf dem Tisch, zu Boden fließend, mein Schoß befleckend. Ich schreckte auf: „Tschuldige!"

Und verwendete die Servietten neben mir, um den Tisch trocken zu wischen. Lange blieb meine Aufmerksamkeit aber nicht auf der klebrigen, einziehenden Flüssigkeit, welche die Kellnerin gerade in ein Tuch aufsog. Denn als ich zusah, wie Ryan aufstand und zur Tür ging, sprang ich auf und trat bei meiner Verfolgung nochmals in die Flüssigkeit. Die Kellnerin zischte aufgebracht. Doch meine Gedanken waren einzig und allein ihm gewidmet. Kurz vor der Tür fing ich ihn ab, packte seinen Arm und drehte ihn grob zu mir.

„Was soll das?", sprach eine fremde Stimme.

Mit einem fremden Gesicht, in das ich blickte. Erneut stockte mein Herz.

„Ehm", mein Griff lockerte sich, bis er sich ganz löste, „Ich dachte, Sie seien jemand anderes."

Daraufhin kehrte ich, mit vor Verschämtheit dezent gesenkten Kopf an meinen Platz zurück, den die Angestellte bereits gereinigt hatte. Kaum wollte ich mich wieder setzen, fiel mein Blick auf meinen feuchten Rock von der Limonade. Die Augenbrauen erschöpft und genervt aneinander ziehend, raffte ich mich wieder auf und suchte das Badezimmer auf. Ich befeuchtete die Tücher am Waschbecken und wischte mir damit über den Fleck. Die die rosafarbene Limonade löste sich nur schwer aus meinem hellen Satinrock. Zudem ließ es der große, nasse Rückstand nicht besser aussehen. Ich zog meinen beigen Strickpullover aus, sodass ich bloß noch das nudefarbene Trägertop trug und band mir den Pullover an den Ärmeln um den Bauch. Ich drehte ihn etwas seitlich, um die Stelle zu verdecken. Doch beim Blick in den Spiegel massierte ich mir den Nasenrücken zwischen meinen Fingern. In der Bewegung, in der meine Hand wieder rauf kam, warf sie meine Haare zurück. Dann atmete ich tief durch und beschloss, wieder zurückzugehen.

„Vorsichtig!", stieß eine männliche Stimme aus, als ich gegen ihn stieß und wir beide zusammenzuckten.

„Tschuld-" Ich blickte ihn die familiären, grünen Augen. Mein Atem stockte.

„Ryan?"

Doch nach einem weiteren Blinzeln, musterte mich ein fremdes Gesicht: „Geht es Ihnen gut?"

Behutsam hielt der Mann seine Hand in meine Nähe, um mich im Notfall auffangen zu können. Schweigend trat ich von ihm und entdeckte jemanden an meinem Platz. Er stand gerade auf und griff nach der Jacke, die über den Stuhl geworfen war. Suchend sah er um sich.

„Kian", streckte ich meine Hand aus und winkte ihm zu. Kaum erkannte er mich, fiel er in seinen Stuhl zurück.

„Ich dachte schon, du hast mich wieder versetzt", verspielte er sein Unbehagen mit einem Lachen.

„Ich war bloß im Bad", setzte ich mich ihm gegenüber.

„Aber das gestern tut mir leid." Meine Augen sahen aufrichtig in seine.

„Eine Entschuldigung von Ava höchstpersönlich", grinste er zufrieden und nickte akzeptierend.

„Was war denn gestern so wichtig? Ein Fall?"

Ich zog mich körperlich zurück: lehnte mich in den Stuhl und nahm die Arme vom Tisch. Zugleich schlich sich ein schwaches Schmunzeln auf meine Lippen. Daraufhin winkte er ab: „Das ist deine Sache."

„Ein Fall war es nicht. Um ehrlich zu sein, stehe ich gerade davor, meine Kündigung einzureichen", erklärte ich.

Doch eine Sekunde später bekam ich auch schon im Hals zu spüren, dass das niemanden außer mir etwas anginge. Es rutschte mir dennoch heraus, da ich mich der großen Entscheidung entzog und auf Bestätigung zu hoffen schien.

Verdammt.

„Kündigung? Wieso das denn? Willst du zurück nachhause?"

„Nein! Niemals", wich ich unverzüglich dazwischen, „Ich brauche bloß was anderes."

„Aha, okay", fiel es Kian schwer, ein Gespräch aufzubauen.

„Und du?", warf ich also ein.

„Ach, ich, ich arbeite noch in demselben Fitnessstudio wie vor zwei Jahren. Nichts Neues", lachte er auflockernd.

„Cool", gab ich knapp von mir.

Erneut wurde mir bewusst, wie dick die Luft war, die zwischen uns stand. Für Sex waren wir einander nützlich, doch unsere Art und Persönlichkeit, nötig für eine gewisse Sympathie zwischen uns, passte nicht. Genauso unbehaglich wie ich, fuhr sich Kian durch die Haare oder vertiefte seinen Blick in der Speisekarte: „Was möchtest du essen?"

„Wir nehmen die 73." Meine Antwort klang kühler als sie sollte, wodurch er noch unwohler in seinen Stuhl zurückfiel.

„Und was ist die 73?", blätterte er durch die Karte.

„Ein Sushi-Plate, viel Verschiedenes. Eigentlich ist alles dabei."

„Bist du denn öfter hier? Es ist doch relativ weit von deiner Wohnung weg, nicht?"

„Nicht oft, wir hatten mal ein Geschäftsessen hier."

Sein Kopf nickte langsam, länger als unsere beiden Sätze ausklangen. Während er über das nächste Gesprächsthema nachdachte, unterbrach ich ihn, indem ich mich vorlehnte und es direkt aussprach: „Lass uns das nicht aufzwingen. Wir genießen jetzt das Essen und gehen wieder nachhause. Das nächste Treffen hat wieder seinen Zweck, ohne Zeit zu verschwenden."

Er näherte sich mir über den Tisch und seine Augenbrauen zuckten erinnernd: „Darüber wollte ich mit dir auch noch reden."

Doch bevor er beginnen konnte, stellte der Kellner die Getränke auf den Tisch und brachte uns damit auseinander.

„Danke." Wenig später aßen wir und vergaßen das Thema, das er eben noch ansprach.

„Das war doch gut", lächelte er zufrieden, nachdem er mich dazu umstimmte, das Bezahlen doch zu teilen, als er einen Blick auf den Preis geworfen hatte. Ich verdrehte schmunzelnd meine Augen.

„In welche Richtung musst du jetzt?", sah er zu mir und zog sich seine Jacke über. Ich zeigte eine Straße entlang, woraufhin er meinte: „Ich auch, dann gehen wir noch ein Stück zusammen."

Während wir gingen, verstärkte sich der Wind, sodass ich meinen Mantel vorne zu band.

„Es wird frisch", bemerkte er es ebenfalls.

„Ist ja aber nicht mehr weit bis zu dir", lächelte ich ihm zu.

„Soll ich ein Taxi für dich rufen?", er zückte sein Handy aus der Tasche.

Doch ich hielt meine Hand auf seine und schob sie zurück in die Tasche: „Alles gut. So weit ist es nicht."

Plötzlich fiel mir ein Wassertropfen auf die Stirn. Überrascht blinzelte ich und ließ meinen Blick ihm in den Himmel folgen. Es hatte sich düster zugezogen.

„Was machst du heute noch?", fragte ich ihn ablenkend und beschleunigte meine Schritte etwas.

„Heute Abend muss ich nochmal arbeiten, bis dahin..."

Auf einmal wurde das schwache, vereinzelte Tropfen zu einem vom Wind stark mitgerissenen, intensiven Strömen. Meine Haare stießen mir ins Gesicht und mein Rock zischte mir um die nackten Beine. Der Wind prallte das Wasser an meine Haut, jeden Augenblick, in dem der Wind sie unter dem Stoff hervorbrachte. Erschrocken packten meine Hände an meinen Kopf und versuchten meine Haare unter Kontrolle zu kriegen. Kian legte seine Hand sanft um meine Taille und begann vorsichtig mich zu animieren, mit ihm zu laufen. Unter einer Markise stellte er sich hinter mich, zog ein Zopfband aus der Tasche und begann mir am oberen Hinterkopf die Haare zu einem Dutt einzudrehen.

Ich beobachtete ihn durch das spiegelnde Schaufenster. Alle Strähnen in einer Hand festigend, spreizte er das Gummi mit seinen Zähnen und der anderen Hand. Erfahren stülpte er das Band über die Haare, drehte es und wiederholte den Vorgang, bis mein Dutt saß. Er sah durch das Schaufenster zu mir, durch das ich jeden seiner Schritte beobachtete hatte. Er musterte mich mit einem speziellen Blick, aus dem ich nicht sonderlich schlau wurde.

„Du siehst jemandem sehr ähnlich", sprach er nachdenkend, die Augenbrauen grübelnd aneinander gezogen.

Ich drehte mich ihm zu: „Wem denn?"

„Ach, ist nicht wichtig", winkte er ab und sah an mir herab, „Wir sollten nicht zu lange so nass draußen in dem Wind bleiben."

Für einen Augenblick sanken seine Augen auf meine Lippen, womit ich es ihm gleichtat und auf seine sah. Er öffnete seinen Mund erneut und ich musterte das Formen seiner Lippen: „Willst du mit zu mir? Dann müssten wir noch kurz durch den Regen laufen. Es wäre aber besser als, dass wir uns hier erkälten."

Schwach nickte ich, zu fokussiert auf seine Bewegungen, die mich wieder mit einem Gedanken an *ihn* zurückließen. Noch bevor ich vollkommen zurückkehrte, nahm er meine Hand und wir begannen zu rennen. Ich duckte meinen Kopf und huschte dicht an ihm durch den strömenden Regen. Meine Kleidung sog sich feucht an mich und der durchnässte Rock erschwerte mir das Laufen, als er sich an mich schmiegte. Von Kians kurzem, gekräuseltem Haar tropfte ihm das Wasser ins Gesicht herab. Unsere Geschwindigkeit riss die Tropfen so schnell von seiner Haut, wie die nächsten vom Wind wieder in sein Gesicht schlugen. Plötzlich sprang er in einen überdachten Spalt zwischen zwei großen Balken, direkt vor einer Tür. Schwungvoll zog er mich zu sich auf die Stufe.

Durch die Schmale des Spalts standen wir nah beieinander, unsere nasse Kleidung an unseren feuchten Körpern schmiegte sich aneinander.

„Geschafft", lachte er erschöpft und wühlte in seiner Jackentasche nach seinem Schlüssel.

„Ich hole dir Klamotten. Möchtest du duschen?", betraten wir seine Wohnung, ehe er bereits hinter einer Tür verschwand. Ich wartete im schmalen Flur, wo ich die Fotos in den Bilderrahmen musterte. Er als adoptiertes Einzelkind zwischen seinen zwei weißen Eltern.

„Einsam", hauchte ich. Bevor er hinter der Tür hervorkam: „Hier."

Kian reichte mir einen Stapel Kleidung. Mit einem knappen „Danke" trat ich ins Bad und schloss die Tür mit meiner Hacke. Dabei ließ ich den Schlüssel aber aus Gewohnheit lose im Schloss hängen. Das Bad war klein und schmal. Für eine Badewanne gab es keinen Platz. Stattdessen versteckte sich die Dusche hinter einer dünnen Wand. Nach dem Umsehen wandte ich mich dem Spiegel zu. Meine Haare trieften, meine Kleidung tropfte auf die Fliesen. Doch mein wasserfestes Makeup konnte standhalten. Ich lehnte mich übers Waschbecken und fuhr mit meinem Handrücken meine Wimpern entlang, sie hebend. Meinen Kopf von Seite zu Seite neigend, musterte ich mich nochmals, bevor ich mir die nasse Kleidung vom Leib streifte.

Das Wasser prasselte laut auf den Boden, wie zuvor der Regen draußen. Meine Gedanken schweiften etwas benommen. Einige Sekunden von gestern Nacht stiegen mir wieder in den Kopf. Als das passierte, drehte ich sofort das Wasser auf kalt. Durch mein Erschrecken vergaß ich den Gedanken und meine Röte im Gesicht erlosch.

„Gibt es ein Problem?", rief Kian, da ich nach abschalten des Wassers noch länger im Bad verweilte.

Gerade, als er zur Tür kommen und vermutlich klopfen wollte, trat ich heraus. Ohne Kleidung. Seine Augen weiteten sich und unverzüglich zuckte sein Gesicht kurzzeitig von mir weg. Als ich jedoch weiterhin regungslos im Gang stehen blieb, legte er die Höflichkeit ab.

Er wandte seinen Blick zu mir und musterte meinen Körper – von oben bis unten. Von meinen Haarspitzen rollten kleine Tropfen meine Haut hinab und formten meine Brüste nach.

„Du wolltest es so“, warnte er mich, bevor er auf mich zukam. Kaum stand er vor mir, fuhren seine Hände an meine Taille und er zog mich an sich. Er drückte meinen Oberkörper gegen seinen. Ich stellte mir vor, wie *er* mir ans Ohr hauchte. Kian hob mich an den Oberschenkeln hoch. Ich legte meine Arme auf seinen Schultern ab und ließ mich von ihm zum Bett tragen.

Sanft ließ er mich auf diesem nieder und öffnete seinen Gürtel. Zeitgleich drückte ich meinen Rücken ins Hohlkreuz vom Bett hoch, meinen Kopf tief ins Kissen und schloss die Augen. Ich würde alles dafür geben, mich wieder so zu fühlen. Dann lehnte er sich über mich, bereits all seine Kleidung zu Boden geworfen. Ich drückte meinen Oberkörper zu ihm rauf und meine Arme um seinen Nacken.

Bevor er sich versah, drehte ich uns. Ich ließ mich auf ihn sinken und bewegte mich mit der Vorstellung, die sich durch meinen Kopf drehte. Kian krallte seine Finger um meine Oberschenkel und beschleunigte meine Bewegungen. Er warf seinen Kopf in den Nacken und keuchte rau. Immer tiefer in meinem eigenen Kopf versinkend, steigerte ich die Intensität meiner Bewegungen.

Fest davon überzeugt, es waren Ryans Hände, die mich hielten, Ryans Atem, der keuchte und Ryans Körper, der tief in mich stieß. Dann kam Kian hoch und ohne mich von ihm zu lösen, zog er uns zum Bettrand und setzte sich auf. Seine Fingernägel kratzten meinen Rücken entlang, doch ich gab mich ihm, ohne zu zucken, hin.

Meinem Ryan.

Währenddessen wollte ich meine Finger in seine Haare stecken, als ich wieder feststellte, wie kurz es war. Meine Augen öffnend, sah ich Kian. Einen Augenblick lang regte ich mich nicht, bevor ich weniger intensiv fortsetzte. Doch Kian hinterfragte nichts. Er tat, was ich tat. Dann warf er mich zurück auf den Rücken. Sofort verringerte er den eben entstandenen Abstand zwischen uns wieder.

Alles wortlos. Nur fühlend. Und ich tief versunken in meinen Vorstellungen, der Realität entzogen.

KAPITEL 14

Kian raffte sich auf und stülpte sich sein Shirt über den Kopf, während ich mich an seiner grauen Sweatshirtjacke und der etwas enger liegenden Jogginghose, die er mir zuvor raus gelegt hatte, bediente.

„Danke für die Sachen“, meinte ich.

Als er plötzlich sehr kühl und unnahbar behauptete: „Das war das letzte Mal, verstanden?“

Er wagte es nicht einmal, in meine Richtung zu sehen, obwohl ich Augenkontakt suchte.

„Was meinst du? Das ist das erste Mal, dass du mir deine Kleidung gibst.“ Ich zischte perplex und leicht gereizt.

Im Gegensatz zu mir sprach er ruhig, wandte sich mir aber noch immer nicht zu: „Das letzte Mal Sex.“

Ich verstummte und richtete mich langsam vom Bett auf.

„Dieses Mal ernsthaft? Wir sagen das ständig und tun es doch nicht. Wie kommt das? Hast du dich etwa doch verliebt?“, scherzte ich, doch löste mein ernstes Gesicht durch seine Seriosität ebenfalls nicht.

„Nochmal, das habe ich nicht. Aber ich date jemanden. Es ist was Ernstes.“

Seine Worte erschraken mich. Zugleich nagten sie an meinem Selbstwertgefühl. Er hatte noch nie etwas Ernstes.

Warum sollte er das zwischen uns einfach so unterbrechen wollen? Sonst war ich diejenige, die was dagegen hätte. Nicht andersherum. Er sollte hinter mir her flehen. Um mich betteln. Nicht andersherum.

„Ach ja, wen?“, verspielte ich das Gefühl, dass mir die Brust zuschnürte.

„Kennst du nicht. New York ist groß“, erwiderte er kalt.

„Kleiner als du denkst“, murmelte ich und verdrehte meine Augen.

In dem Moment wandte er sich mir zu: „Lass uns einfache Freunde sein, ohne immer in Situation wie heute zu enden. Sex, der sowieso nichts bedeutet.“

Ich schwieg, löste meine Augen aber nicht von seinen. In mich gekehrt. Ich hätte keine Probleme damit, nicht mehr mit Kian zu schlafen. Aber es wäre seltsam, es nicht zu tun. Wir machten es zur Gewohnheit, zur Ablenkung, zur Flucht vor allem anderen. Wenn ich sagte, dass wir es nicht mehr tun sollten, war das nichts weiter als ein Schuldabwurf.

Aber er meinte es ernst?

Ich warf meine getrockneten Haarsträhnen über meinen Ansatz. Doch sie fielen mir zu beiden Seiten wieder herab. Plötzlich erwachte ich aus Gedanken, als er sich vor mich gelehnt hatte und mir in die Augen sah: „Oder hast du dich in mich verliebt?“

Ich rollte meine Augen.

„Das hättest du wohl gerne“, stieß ich ihn an der Brust von mir weg und nutzte den freigewordenen Raum, um aufzustehen und die Sachen für meine Tasche zusammen zu suchen.

„Dann beenden wir das,- das…“, ich fuchtelte mit zusammengezogenen Augenbrauen meine Hände durch die Luft, „na, das, was wir hatten.“

Er nickte steif, woraufhin ich auf ihn zukam und zu ihm rauf blickte. In fester Stimme meinte ich: „Keine Sorge, es gab keine Gefühle, die du hättest verletzen können.“

Ein Schlucken rollte seinen Hals hinab, bevor er seufzte, ohne die Worte zu finden.

„Gut. Dann. Bis zum nächsten Mal. Wann auch immer das sei.“

Ich eilte von der einen Seite des Raumes zur anderen, um meine Schuhe und meine noch feuchte Kleidung aufzusammeln. Erneut nickte er verstummt.

Als er mich zur Tür begleiten wollte, stoppte ich ihn mit einer Handbewegung: „Ich finde selbst raus, danke."

„Ava, es wird schwierig, jemanden zu finden, der so gut im Bett ist, wie du", zwinkerte er.

Da prustete ich leicht: „Ich hoffe, dass dein Date mich übertrumpft, sonst solltest du ihre Zeit besser nicht verschwenden."

Ein letztes Mal lachten wir beide zusammen, schwach und mit einem unbehaglichen Unterton. Doch es war ein Lachen. Kaum war ich aus dem Treppenhaus raus und warf die Eingangstür hinter mir zu, stand ich sprachlos da. Der Himmel hatte sich ein wenig geklärt und die Sonnenstrahlen offenbarten sich zwischen den Lücken der Wolken. Ich hatte gerade erst Kian verloren und dennoch trieb mich nun umso mehr der Drang, auch meine Kündigung abzugeben. Um mit beidem vollkommen abschließen zu können. Also tat ich genau das, nachdem ich mich bei mir zuhause umgezogen hatte. Kians Kleidung warf ich auf einen Stuhl und ließ sie vorerst dort verweilen.

Ich atmete noch einmal tief durch und zwang meine angespannten Schultern zur Entspannung, bevor ich Mr. Adams Büro betrat. Dadurch, dass ich mich nicht durch ein Klopfen ankündigte, zuckte der alte Mann überrascht von seinem Monitor auf. Umso mehr, als er erkannte, dass ich es war. Ich näherte mich ihm wortlos und legte ihm dann in festen, sicheren Bewegungen den Umschlag auf den Tisch.

„Setz dich doch", bat er mir an.

Doch ich schüttelte den Kopf: „Ich wollte gleich wieder gehen. Es ist mein Kündigungsschreiben."

Bei den Worten riss Mr. Adams seine Augen weit auf und wechselte perplex zwischen mir und dem Umschlag.

„Warum das?", fragte er entsetzt und öffnete den Umschlag unvorsichtig.

Sein Atem roch intensiv nach Kaffee und sein Anzug trug den altbekannten Zigarettengeruch, den er nicht rausbekam. Ich hielt einen gewissen Abstand zu ihm.

„Bitte setz dich", wiederholte er und atmete so tief in seine Lunge, dass er ein raues Husten von sich gab. Abgeneigt setzte ich mich auf die Kante des Sessels. Er lehnte sich vor, verschränkte seine Finger miteinander und schenkte mir seine vollkommene Aufmerksamkeit.

Alle Benachrichtigungstöne von Smartphone oder Computer ausblendend. Weiter noch stellte er sie stumm, bevor er sich wieder vorlehnte.

„Kannst du es mir erklären?"

„Brauche ich das noch?", zuckte meine Augenbraue fragwürdig.

„Ich verstehe nicht ganz, was du meinst, Ava."

Ich seufzte: „Egal, welchen Grund ich dir jetzt nennen würde, wäre er nicht der „richtige". Es würde weder etwas an deiner Befugnis noch an meiner Entscheidung ändern. Außerdem war das doch das, was deine Dienststelle retten würde. Spiel nicht den besorgten Vater, den ich nie hatte. Freue dich stattdessen."

Schwungvoll stand ich auf und wandte mich von ihm ab, blieb jedoch stehen, als er sprach: „Ava, du missverstehst das. Ich war schon immer stolz auf dich, du hast gute Beiträge geleistet. Deine Abwesenheit ist uns ein Verlust."

„Spiel dir nichts vor. Ich habe jeden Fall zu weit hinterfragt, weshalb du mich ständig Fällen entzogen hast. Meine erfüllten Errungenschaften, waren deine verlorenen Aufträge, deine Verluste."

Er schwieg.

Ich hatte ihm die Worte genommen. Ein letztes Mal verdrehte ich meine Augen und ging zur Tür. Meine Hand am Türrahmen, drehte ich mich nochmals zu ihm. Ohne Worte lächelte ich ihm kurz zu. Dann ging ich mit einem guten Gefühl, eine solch große und tiefsitzende Entscheidung getroffen zu haben.

Kaum öffnete sich die Tür des Aufzugs, kam mir jemand entgegen. Es war Chen Price. Er blickte auf mich herab. Den hatte ich ganz vergessen, dachte ich. Mit einem dezenten Kopfschütteln wollte ich in den Aufzug, ohne auf ihn einzugehen, als er plötzlich mit gehobener Stimme behauptete: „Du hast Talent, aber bist zu egozentrisch für Aufgaben solch hoher Priorität.“

Als hätte er gewusst, dass er mich zum letzten Mal hier sähe.

Mein zuvor gezwungen neutraler Blick wechselte unverzüglich zu Verachtung. Meine Augen durchstachen ihn genervt, ich verbat es mir aber, auf dem Niveau mitzudiskutieren. Also schloss ich die Tür des Aufzugs, wobei Chen jede meiner Bewegungen und Reize beobachtete, bis sich der letzte Spalt schloss.

Wofür war das denn?

Ich musterte mich in dem Spiegel und richtete meine Haare zur Ablenkung. Nicht drauf einlassen.

„Ich hatte gerade einen solch großen Schritt gemacht. Er war der Beweis, dass es die richtige Entscheidung war. Nicht die Nerven verlieren“, redete ich mir leise murmelnd ein.

Nach all der Anspannung stattete ich dem Amber´s einen Besuch ab. Beim Blick auf den Briefkasten vor der Tür dachte ich an die Spenden, die ich ab jetzt nicht mehr einwerfen könnte. Mit dem Klingeln des Glöckchens trat ich ein. Lieblich lächelnde Gesichter begrüßten mich. Mir den Mantel von den Schultern streifend, ließ ich meine Tasche auf dem roten Sessel nieder. Vorsichtig hing ich den Mantel über den Stuhl und setzte mich ans Fenster. Dann warf ich mir die Haare aus dem Gesicht und fuhr einmal durch sie durch. Mich in meinem Smartphone spiegelnd, tupfte ich meinen zarten Blush und zog mir den Lippenstift nach. Kaum nahm ich den gemischten Geruch aus frischen, neuen Holzmöbeln und dem süßen Gebäck auf, besänftigtes es mich wieder.

Doch dann rief ich die Erinnerungen meines letzten Besuches auf. Perplex sah ich mich im Laden um und versuchte von hier aus durch den seidenen Vorhang in die Küche zu linsen.

„Was kann ich Ihnen bringen?“, lächelte mir die Brünette entgegen. Als ich die roséfarbene, glänzende Herzchen Kette an ihrem Hals baumeln sah, ließ es mich sofort warm werden. Ich nahm ihr Lächeln an und vergaß, was mich eben noch in Aufruhr brachte.

„Hübsche Kette", zuckten meine Mundwinkel zärtlich. Ganz stolz zierte sich ein breites Lächeln auf ihre Lippen und ihre sanften Finger legten sich an die Herzen der Kette.

„Danke nochmal. Sie trifft genau meinen Geschmack!"

Ich warf ihr ein knappes Lächeln zu und nannte ihr meine Bestellung. Ich genoss die Wärme meines Kaffees, den Ausblick in die New Yorker Seitenstraße oder vertiefte mich in mein Smartphone, wodurch ich unbewusst einige Stunden im Amber´s verweilte. Als ich mir auf den Toiletten die Hände wusch, entdeckte ich einen Zettel am Spiegel hängen.

„Café Amber´s sucht Personal"

Ich blinzelte mehrfach. Das letzte Mal hatte ich behauptet, der Stil des Amber´s war nichts für mich. Doch zu der Zeit hatte ich auch noch einen festen Job. Meine Fingerkuppen wurden kalt unter dem weiterhin laufendem Wasserhahn. Zuckend zog ich sie zurück, trocknete sie und rieb sie wärmend aneinander. Vorsichtig nahm ich den Zettel vom Spiegel und hielt ihn vor mich. Ich überflog die Details und blickte dann wieder rauf – in mein Gesicht im Spiegel.

Bräunlichen Lidschatten, dunkler, scharfer Eyeliner, geschwungene, schwarze Wimpern und der rote Lippenstift. Meine Hände legten sich an meine Wangen und ich neigte mein Gesicht im Spiegel, mich betrachtend.

Das Amber´s…

Bloß für die Übergangsphase.

Ich festigte meinen Griff an dem Blattpapier, bevor ich mich einen Schritt vom Spiegel entfernte. Es wäre der letzte Ort, an dem ich mich gesehen hätte. Doch Amber war zu selten hier. Ihr über den Weg zu laufen wäre wohl genauso unwahrscheinlich, wie einen neuen Job zu finden, mit dem ich das gleiche wie zuvor verdienen könnte. Ich sog die Luft ein und sammelte mich mit geschlossenen Augen.

Dann ging ich mit dem Zettel in meinen Händen aus dem Bad und zur Theke. Die Brünette entgegnete mir mit ihrem typischen Lächeln, als ich den Zettel auf den Tresen legte. Mit einem leichten Kloß im Hals brachte ich heraus: „Ist die Stelle noch frei?"

Danach schluckte ich ihn kräftig runter und lockerte meinen Kragen am Hals.

„Oh, ehm“, sie lehnte sich hinter sich zu den Kaffeemaschinen, wo sie vermutlich etwas nachschaute.

„Ja!“, stieß sie energisch aus, „Willst du etwa zu uns?“

Ihre Augen begannen zu strahlen.

„Vielleicht“, meine Finger kratzten unbehaglich über den Stoff auf meinem Oberschenkel.

„Wie schön! Ich erkundige mich sofort! Geh nicht weg!!“

Federnd stießen ihre Füße auf dem Boden auf, sodass sie sich zart aber leicht hüpfend bewegte. Ich verdeckte ein spöttisches Grinsen hinter meinen Fingern, bevor ich es schnell wieder unterdrückte.

Wie würde ich nur solch eine motivierte Energie zur Arbeit bringen können, um hier reinzupassen?

Würden sie mich überhaupt nehmen?

„Du bist es!“, kam eine Blondine hinter dem Vorhang hervor. Zeitgleich zum sanften Fallen des Vorhangs, fielen ihre langen Haare von ihren Schultern nach vorne herab. Ich lächelte gehemmt und verlegen.

„Klar, wann willst du anfangen? Jetzt?“

Auf einmal hielt sie eine Schürze in die Luft. Mein Herz sank mir bis in die Knie und unbewusst zuckten meine Schultern mit ihnen herab.

„Ist was?“, legte sie ihren Kopf schief.

Die Augenbrauen ahnungslos angehoben in einem Gesicht voller Unschuld. Sie war wohl die Managerin in der Zeit von Amber´s Abwesenheit. Meine Stimme zitterte vor Schock: „Einfach so? Kein Vorstellungsgespräch? Keine Unterlagen?“

Sie lachte voll und dennoch elegant: „Nein! Wir brauchen dringend Unterstützung. Jemand wie du, der uns bereits bekannt ist, kommt uns umso gelegener!“

Ihre Hand schob mir die Schürze näher zu, wodurch sie mich zwang, sie anzunehmen.

„Willst du jetzt anfangen? Wir könnten dir jetzt alles zeigen, morgen kannst du direkt arbeiten und wir füllen die nötigen Papiere aus“, schlug sie vor.

Etwas zögerlich willigte ich schlussendlich ein. Es geschah, wie sie es beschrieb. Bis zum Abend machte ich mich mit den Maschinen vertraut und lernte die Kollegen kennen. Die zierliche Brünette hieß Lana und die elegante Blondine, die Managerin, trug den Namen Jolie. Am folgenden Tag füllten wir die Dokumente aus und ich bediente meine ersten Kunden. Nach einigen weiteren Tagen, in denen ich nur früh herkam, um bis abends zu arbeiten, gewöhnte ich mich an die Atmosphäre. Ich war wieder überzeugter und vertraute tief darauf, Amber hier nicht zu begegnen, was mir eine große Sicherheit gab.

Doch die Tage vergingen ohne Kontakt zu Kian, ebenfalls ohne Kontakt zu Ryan. Jeden Abend schlief ich mit einem letzten Gedanken an Ryan ein. Dennoch kontaktierte ihn nicht, weder noch suchte ich nach ihm. Vielleicht war es mein Stolz. Mir selbst einzugestehen, jeden Gedanken an ihn zu genießen, wäre bereits eine Qual.

Stattdessen fokussierte ich mich vollkommen auf die verträumte Atmosphäre, die durch das Amber´s auf mich wirkte. Ich passte mich den anderen an und verstellte mich. So sehr, dass es Tage wie heute gab. Kaum fiel die Tür hinter mir ins Schloss, fiel auch mein aufgesetztes Lächeln und ich sank an der Tür herab. Ich schnappte mir die Tücher und den Make-up-entferner, die von gestern noch an der gleichen Stelle am Boden lagen. Dort hockend, wischte ich mir harsch den zart-rosafarbenen Lippenstift von den Lippen und entfernte den zu hellen Blush an meinen Wangen und meinem Nasenrücken. Den Rest der Schminke ließ ich drauf, als ich mich geschwächt an der Kommode heraufzog. Ich schleifte meinen Körper ins Bad und musterte mich im Spiegel.

Tief durchatmend begann ich mir impulsiv die Mundwinkel zu massieren, bis sie sich wieder normal anfühlten. Gestern noch hatte ich den rosafarbenen Lippenstift mit einem Weinroten ersetzt und war in den Club gegangen, um etwas anderes zu fühlen. Um mich wieder zu fühlen. Doch es gelang mir nicht. Die Enttäuschung des gestrigen Abends prägte mich, sodass ich heute bloß in meinem Bett versank, bis ich morgen wieder aufwachen würde. Tag für Tag fühlte ich mich immer bedrückter. Mich selbst immer weiter verlierend.

Doch als ich am nächsten Morgen wieder aufwachte, trug ich erneut den rosafarbenen Lippenstift auf, betupfte meine Wangen mit zartem Blush, band mir meine Haare zu einem vollen Zopf zusammen und schlüpfte in beigefarbene Kleidung. Kurz vor der Tür atmete ich nochmals tief durch. Für einen Augenblick war alles still. Kein Geräusch, keine Stimme in meinem Kopf, kein Druck. Keine Sekunde später gab ich mir jedoch den Ruck, schnappte den Schlüssel und öffnete schwungvoll die Tür. Sobald ich draußen stand, hatte sich das Lächeln wieder auf meine Lippen gepflastert und ich machte mich auf dem Weg zum Amber´s.

Einige Wochen waren seit meinem Arbeitsbeginn vergangen. Das zarte Klingeln ertönte als ich eintrat. Zu Boden blickend, streiften meine Boots über die hellrote Fußmatte.

„Guten Morgen", neigte ich meinen Kopf und schloss liebevoll lächelnd meine Augen.

„Guten Morgen, Ava", wurde ich fröhlich empfangen.

„Der ist für dich", zog sie gerade einen Milchkaffee aus der Maschine und stellte ihn mir auf den Tresen. Dankend nickend hing ich meinen Mantel an einen Ständer, zog mir meinen Zopf enger und band mir die lachsfarbene, karierte Schürze um. Die Strähnen meines Zopfes fielen mir dabei auf mein Dekolleté herab, als ich konzentriert das Band um meine Taille ganz festzog. Ich verband es mit einer kleinen Schleife und begann zu arbeiten.

In eleganten und sanften Bewegungen bereitete ich den Kaffee zu, goss niedliche Bildchen auf den Milchschaum und drehte mich zwischen den Maschinen und der Theke hin und her.

„Auf wiedersehen!", verabschiedete ich die Kunden mit einem Lächeln, wie es keiner sonst zu sehen bekäme.

„Ich kann übernehmen, wenn du möchtest", fragte Jolie, ob ich in die Pause gehen wollte.

„Alles gut, ich mache noch kurz weiter“, warf ich ihr mein zartes Lächeln zu.

Meine Fingernägel schweiften über das Holz, auf dieses tippend und wartend, bis die Maschine den letzten Tropfen in die dunkle Schicht tropfen ließ. Zeitgleich zum Geräusch des Tropfens, der auf die Oberfläche traf und nun in der Flüssigkeit unterging, ertönte das goldene Glöckchen. Bereits aus Reflex zierte ich mein Lächeln und blickte mit schmalen, strahlenden Augen zu dem eintretenden Kunden. Doch wenige Sekunden später, fror ich ein. Das Lächeln von meinen Lippen gelöst, die Augen starr und weit geöffnet.

Sanft warfen ihre Finger die seidigen nussbraunen Haare von ihren Schultern. Langsam und elegant fielen sie zurück und schmiegten sich an ihren Rücken, ihr helles Top hinab, sodass sie sich um die Rüschen besetzten Träger verhangen. Ein rosafarbener, langer Satinrock, wie ich einen in beige hatte, schmiegte sich um ihre Beine. Weiße Sandaletten mit einem hellbraunen Keilabsatz und dünnen Bändern rundeten ihr Outfit ab. Sie nahm sich die braune Sonnenbrille von den Augen und mein Gefühl bestätigte sich. Scharfe, spitze Augen, die sie mit ihrem Makeup runder wirken ließ, als sie waren. Die liebliche Bräune ihrer Iris, der Lidschatten in warmen Tönen und die zart betupften Wangen. Es gab kein Zweifel mehr.

„Amber!“, Lana empfing sie entzückt, voller Freude.

Doch ich stand weiterhin starr auf meinem Platz. Langsam begann der heiße Kaffee in der Tasse in meinen zitternden Händen bis zum Rand zu schwappen. Noch bevor ich die Kraft verlieren und sie fallen lassen würde, stellte ich sie ab. Nichts wollte ich gerade lieber, als zu verschwinden. Dafür war es jedoch zu spät.

Meine Brust bebte, meine Adern pochten und mein Atem zuckte unregelmäßig, den Takt verlierend. Ihr weiches, zierliches und bezauberndes Lächeln in ihrem Gesicht schwächte ab, als sie mich entdeckte. In dem Augenblick sanken ihre Mundwinkel und ihre klaren Stimmbänder verspannten sich, sodass sie sich räuspern musste, bevor sie sprach. Die Iris ihrer Augen, die die Form meiner trugen, schmälerte sich.

„A-Ava?" Ihre Stimme – voller Klarheit, Reinheit und einen Hauch Nervosität. Ich sog ein Teil meiner unteren Lippe in meinen Mund und meine Zähne glitten verunsichert über sie.

KAPITEL 15

„Kennt ihr euch?“, Lanas Blick wechselte zwischen Amber und mir. Doch weder Amber noch ich gewährten ihr eine Antwort. Wir waren zu fixiert auf den jeweils anderen, dass mir ihre Frage kurz darauf wieder entfiel. Amber machte einen Schritt auf mich zu. Auge in Auge. Meine in ihren widerspiegelnd. Ihre in meinen widerspiegelnd. Unsere Lippen, in der gleichen Form zuckten zur gleichen Zeit, die Worte suchend, aber nicht findend. Je länger ich in ihre unschuldigen, kindlichen Augen blickte, umso mehr erkannte ich sie wieder. Und mit ihnen all meine Erinnerungen.

Von den erwärmenden, zu denen, die mich elendig bei lebendigem Leib verbrannten. Unbewusst rollten sich meine Finger kraftlos in eine schützende Faust, um Kraft flehend. Kraft, die ich in diesem Moment mehr als nötig hatte, um dieses Gefühlschaos zu überstehen. Um die Situation zu überstehen. Eine warme, klare Träne entwich mir aus der Innenseite und glitt über meine Haut zur Wange.

„Anabelle“, glitt es in einem leisen angehobenen Ton von ihren zierlichen Lippen.

In dem Moment riss es mich zurück. Ich wischte die Träne von meinem Gesicht und machte einen Schritt zurück. Unverzüglich löste ich den Blickkontakt und riss mir die Schürze vom Leib. Je stärker ich die Situation realisierte, umso beschämter machte sie mich. In einer Schürze ihres Cafés hier zu stehen. Unter ihr zu stehen. Sie als meine Chefin. Meine Unterlippe zuckte zusammen mit meinen Augenbrauen zitternd, bedroht, auszubrechen. Meine

Finger an den Händen zitterten noch intensiver, als ich versuchte, mir den Mantel von der Stange zu nehmen.

„Was tust du?", fragte Amber lauter als ihre warme Stimme zuvor. Ich ignorierte sie.

„Aha", sie biss sich auf die Unterlippe und unterdrückte ihre überkommenden Gefühle, mit welchen ich genauso zu kämpfen hatte, „Du haust also wieder ab. Nichts Neues."

Sie wollte böse und kalt klingen, doch sie klang nur verletzt. Wie schon immer.

Während ich meine Sachen in den Taschen meines Mantels verstaute, packte sie auf einmal meinen Arm. Ich war gezwungen für einen kurzen Moment in ihre Augen zu blicken. Gefüllt von Enttäuschung und um Hilfe flehend.

„Warum? Ich verstehe es einfach nicht! Warum kannst du mir den Grund nicht erklären?!"

„Das würdest du nicht verstehen", wandte ich mich ab.

Doch ihre Hand zog an meinem Ärmel: „Ich bin kein Kind mehr!"

„Ach ja?", meine Augen zuckten auf ihre Handlung herab, eine Augenbraue herausfordernd hebend.

Ihr Griff lockerte sich.

„Bitte, lass uns darüber reden", bettelte sie.

Sie knuffte ihre Hände aneinander und sah mit ihren rundlich geschminkten Augen zu mir rauf. Die Augenbrauen hatte sie elendig zusammengezogen. Meine Angst, das Gefühl zu haben, sie stünde über mir, hatte sich als unbegründet erwiesen. Mit dieser Feststellung drehte ich ihr meinen Oberkörper zu. Mein Herz verweichlichte bei dem Anblick in die Augen, mit denen sie mich auch damals ansah.

„Bitte, Anabelle."

„Ava", korrigierte ich sie, als plötzlich die Glocke erklang. Ein Mann, der bis eben draußen gewartet haben musste, trat ein. Es war Kian. In seinen Armen ein Neugeborenes. Amber blickte leidvoll zu ihm: „Ich sagte doch, du solltest draußen warten, Schatz."

Auf einmal machte es Klick in mir.

Der Grund, weshalb Amber nie in ihrem Café war, war eine Schwangerschaft. Und Kians „ernstes Date" war Amber.

Ich stieß Amber von mir und zog meinen Arm an mich. In lauten, festen Schritten marschierte ich zu Kian. Amber verlor all meine Beachtung. Kaum stand ich vor ihm, hielt ich inne. Meine Augen trafen auf das Baby.

Winzige Händchen, mit denen es sich um die Wangen strich, während es mit dem zahnlosen Mund gähnte. Als sie ihre Augen wieder öffnete und meine erfasste, stellte ich die dezente Ähnlichkeit fest. Auch, wenn man noch nicht allzu viele Merkmale erkannte, wusste ich zweifellos, es war Ambers. Meine feucht gewordenen Augen sahen rauf in Kians, um mich vom Grund meiner Emotionalität abzuwenden.

Meine Augenbrauen hoben sich fragend an: „Ist das deins?"

Ich unterdrückte das Zittern in meiner holprigen Stimme, wodurch sie einen bösen Unterton annahm. Ein schweres, sehr entkräftetes Schlucken zog sich durch meinen Rachen. Kians Augen mieden meine, als er nickte. Mein Blick verlor jegliche Emotionalität und vollkommen kalt sah ich mit gehobenem Kinn auf ihn herab: „Wir sollten uns unterhalten. Allein."

Amber trauerte noch nach, meine Aufmerksamkeit wieder verloren zu haben, als Kian Lana das Neugeborene in dem gewickelten Tuch übergab. Mit dem Ton des Glöckchens gingen Kian und ich vor die Tür.

„Was hast du nur getan", stieß ich rhetorisch aus.

Mein Puls pochte aufgebracht, die Wut durch meine Adern pumpend. Kian richtete sich selbstbewusst auf und versuchte, einem Gespräch zu entgehen. „Du fickst meine Schwester."

In leisen Worten half ich seiner Ahnungslosigkeit auf die Sprünge.

„Was?", verließ es ihn, als hätte er mich nicht verstanden.

„Du fickst meine Schwester!", schrie ich.

Die Menschen um uns tauschten Blicke aus, während ich Kian an die Wand drückte. In dem Moment sah er zu mir herab: „Deine Schwester?"

„Tu nicht so", erwiderte ich und verschränkte meine Arme.

„Woher sollte ich das wissen?! Du hast nie von ihr erzählt!"

„Denkst du, das genügt, damit ich dich verschone?"

In mir kochte die Wut, doch ich unterdrückte sie zwanghaft so stark wie ich konnte. Weshalb ich meine Hände zu festen Fäusten presste und das Beben meiner Brust durch meinen Atem zu besänftigen versuchte.

„Ich wusste davon wirklich nichts!", versuchte er sich weiterhin zu rechtfertigen und zückte unschuldig seine Arme in die Luft.

„Du meintest, es sei etwas Ernstes. So ernst, dass du dich nicht über ihre Familie informierst? So ernst, dass du ihr vor 9 Monaten…!", ich knirschte meine Zähne aufeinander, bevor ich weitersprechen konnte, „bloß, um kurz vor der Geburt noch mit mir zu schlafen. Was hast du dir dabei gedacht? Du hast sie ausgenutzt und in ihrer schwersten Phase ihres Lebens betrogen. Mit mir! Ihrer Schwester! Und wenn es dir auch nach all dem so leicht mit mir fiel, dann war ich mit Sicherheit nicht die einzige. Widerlich. Männer wie du…"

Bevor ich weitersprechen konnte, streckte er seine Brust vor, blickte auf mich herab und provozierte: „Was? Männer wie ich – was?"

Ich sprach leiser und näherte mich ihm bedrohlich: „Männer wie du, die haben den Tod verdient."

Er verstummte. Seine Gesichtszüge zuckten, während sich sein Blick neutralisierte. Also griff ich ihm erneut unter die Arme: „Hör mir gut zu"

Ich kam ihm so nahe, dass er gegen die Mauer stieß. Dominant sah ich zu ihm rauf: „Du wirst ihr nicht sagen, was zwischen uns war. Du wirst allen anderen Mädchen nie wieder schreiben, hältst dich ab jetzt von ihnen fern. Meine Schwester steht unter meinem Schutz. Und mich solltest du fürchten."

„Ach ja? Wo warst du dann all die Zeit für sie? Und warum sollte ich vor dir Angst haben?"

Keine Sekunde später presste ich unsere Körper so dicht aneinander, dass andere nicht sehen würden, wie ich ihm den Colt an den Schritt hielt. Selbst er bemerkte es nicht, bis ich ihm mit dem Kopf der Waffe zwischen die Beine stieß. Perplex blickten seine Augen an uns herab. Als er es realisierte, schluckte er: „Psycho."

„Psycho?", ich stieß das Metall erneut gegen seine Hose, „obwohl du es warst, der uns beide manipuliert und ausgenutzt hat? Allein zu deinem Vergnügen?"

Ich hob meine linke Augenbraue an, doch er weigerte sich zu antworten.

„Jedenfalls, was ich sagen wollte… Wenn ich mitbekomme, dass du dich nicht um Amber oder *ihr* Kind kümmerst, werde ich dir das geben, was du verdienst."

Schweißtropfen kullerten seine Stirn herab und fielen zwischen uns auf meinen Handrücken, unter dem sich die Waffe verbarg. Es ließ mich schmunzeln, bevor ich das Glöckchen hörte, mich sofort von Kian entfernte und den Colt einsteckte.

Wie konnte ich nicht bemerken, was für einer Kian wirklich war? Ich war derartig überzeugt von seiner guten Art und einer guten Freundschaft zwischen uns. Doch ich hatte mich in so Vielem in meinem Leben geirrt.

Die Haare in meinem Zopf schwangen mir um die Schultern, als ich in eleganten Schritten in meinen High Heels von ihnen ging. Ich hatte keinen Blick mehr zurück zu Amber geworfen, deren verzweifelten Blick ich an meinem Rücken spürte.

„Ich bedeutete ihr gar nichts! Sie hasst mich und nennt mir nicht einmal einen Grund!", hörte ich ihre Worte in meinem Ohr, mir wie kleine Dolche in den Rücken rammend.

Als ich die Seitenstraße verlassen hatte, zog ich ein Feuchttuch aus meiner Tasche. Mich in einem Schaufenster betrachtend, wischte ich mir rücksichtslos und impulsiv die grellen Farben vom Gesicht. Mich vor die Scheibe lehnend, zog ich eine dunkle Lidschattenpalette und einen weinroten Lippenstift heraus. Mit meinen Fingerkuppen trug ich mir die unterschiedlichen Farbtöne aufs Lid und streifte mir den Lippenstift über die Lippen. Dieses Gefühl füllte mich mit Energie und Kraft, die mir Tag für Tag aus mir gesogen wurden. Ich drückte meine Lippen aufeinander und bewegte sie dynamisch, die Farbe verteilend.

Das erste Mal blickte ich wieder in ein aufrichtiges Lächeln in meinem Gesicht. Voller Zuversicht. Auf meinem Heimweg erreichte mich auf einmal eine Nachricht. Auf den Benachrichtigungston zückte ich es und entdeckte eine fremde Nummer in meinem Messenger.

Ich blieb stehen und hielt mein Handy in beiden Händen: „Ryan ist in Gefahr. Ich wusste nicht, an wen ich mich wenden könnte. Du wärst die Einzige, die ihm helfen würde. Ich bitte dich."

Während ich las, tauchte eine weitere Nachricht des Standorts auf. Perplex bewegte ich mich an den Rand des Bürgersteigs, um nicht im Weg zu stehen.

In Gefahr? Was sollte damit gemeint sein? Woher sollte diese Person mich kennen?

Ich rieb mir die Stirn. Sollte das ein Witz sein?

Meine Finger zoomten in den Standort. Ich sah mir die naheliegenden Straßen an und überlegte, was das Gebäude, in dem er sich angeblich befand, sein könnte. Ich dachte weiter drüber nach, als ich meine Wohnung betrat. Erst wollte ich es ignorieren, doch als ich dort in meinem Flur stand und daran dachte, wie Ryan mir das letzte Mal half, zögerte ich. Für den Fall, es wäre wahr, müsste ich ihm helfen. Ich müsste es zumindest überprüfen.

Mit dem Gedanken als Antrieb warf ich meine beige Handtasche mit der Schminke auf den Tisch und rüstete mich stattdessen mit Waffen an meinen Beinen und unter meinem Mantel aus. In hastigen Bewegungen verstaute ich den Colt, eine zweite Schusswaffe, kleine Messer, meine Kontaktlinse und meine Uhr. Auf dieser stellte ich schon die Navigation zum Standort ein und leitete sie an die Linse weiter. Schnell noch schlüpfte ich in meine Boots und ergriff meinen Schlüssel. Das hatte ich vermisst...

Schon machte ich mich auf den Weg. Je näher ich dem Ort kam, umso leerer wurden die New Yorker Straßen. Als wäre das nicht schon längst eine Warnung, trug mich das Navi in eine dunkle Gasse. Meine Finger zuckten unbehaglich in die Richtung meiner

Waffe. Als wäre es bloß noch eine Frage der Zeit, bis man mich von hinten überfallen und verschleppen würde.

Die Linse führte mich mit einem kleinen Pfeil in meiner Sicht zu einer breiten Metalltür. Vorsichtig legte ich meine Hand an und stellte fest, dass sie offenstand. In einer auf den Kampf vorbereiteten, angespannten Stellung trat ich gebückt in das Gebäude. In hektischen Bewegungen drehte ich mich beim Gehen um mich. Jede Ecke um mich überblickend und die Waffe aus meinem Bund hervorgezogen. Es schien ein altes Lagerhaus einer abgekommenen Fabrik zu sein. Der Raum war dunkel und ließ kaum Licht rein. Der Boden war kalter Beton und das Gerüst rostiges Metall. In mehreren Ecken standen große Kisten, teilweise Container. Aufmerksam schlich ich mich hinter eine Wand und linste an ihr vorbei.

Ryan

Ich spähte durch eine Lücke der gespaltenen Kisten und musterte jede Bewegung meines Ziels. Sie lachten rau aus ihren widerlichen, dicken Bäuchen. Zählten die Blüten in ihren Händen, während sie sie ausführlich mit ihrem Speichel beschmierend, umblätterten. Einzig und allein ihr Anblick widerte mich an. Auf einmal erfasste ich Bewegung in meinem Augenwinkel. Rasch wandte ich mich um und packte meine Beretta.

Als ich Ava erkannte, lösten sich meine Finger unverzüglich.

Ava?

Einige Male blinzelte ich, um mir sicher zu sein.

Was tat sie hier? War das Dylans Werk? Verdammt... Dieser Typ. Was dachte er sich nur dabei? Weshalb schickte er sie her? Vertraute er mir nicht? Oder hatte er andere Absichten?

Plötzlich knackten Avas Schritte. Ava hatte die Männer noch nicht gesehen, doch von meiner Position aus, bemerkte ich ihre erregte Aufmerksamkeit.

Mit den Händen auf den Oberschenkeln richtete sich der dicke auf. Ein anderer, dünnerer war Avas Position bereits am nächsten.

Ausgerechnet er war nicht mein Ziel. Mein Puls beschleunigte sich und ich zuckte für einen Augenblick, hervorzukommen.

Als Ava jedoch die schweren Schritte hörte, verschwand sie hinter einer Wand. Ich sah, wie sie sich an diese lehnte und an ihr vorbei linste. Ich rieb mir die Stirn und verfluchte Dylan dafür. Zeitgleich krabbelte ich etwas weiter auf Avas Seite, blieb aber hinter den Kisten. Der Mann kam ihrem Versteck immer näher, sodass mein Verlangen des Einschreitens immer stärker wurde.

Doch völlig unvorhergesehen packte Ava den Mann am Kragen, riss ihn zu sich und presste ihn rücksichtslos an die kalte Betonwand. Ihr eiskalter, entsicherter Colt an seiner dünnen Haut unterm Kinn haftend. Ihre Art löste ein lustvolles Gefühl in mir aus. Das gesteigerte Verlangen, sie ein Teil von mir zu machen.

Von alle dem. Wir zusammen.

Eine unkontrollierbare Macht.

Ava

Ich erhöhte den Druck meiner Waffe unter seinem Gesicht, welches er stark in den Nacken warf. Zeitgleich scannte meine Linse sein Gesicht, doch gab mir nicht mehr Informationen, als dass er der Manager einer mir unbekannten Fabrik war.

„Du würdest nicht schießen“, hauchte er leise.

Seine Laute waren kaum verständlich, wodurch ich sie noch im Kopf wiederholte.

Als er schon schrie: „Sie ist hier!“

Mein Herz stockte und meine Finger zuckten über dem Abzug.

Plötzlich fiel ein Schuss.

KAPITEL 16

Das Blut spritzte mir ins Gesicht und verteilte sich auf meinem Dekolleté. Doch meine Finger zitterten noch immer über dem unbetätigten Abzug.

Eine scharfe Kugel hatte sich durch den Schädel des Mannes gebohrt, welcher erst seinen Kopf fallen ließ und folglich seinen ganzen Körper mit sich herabzog. Unter meiner plötzlich eintretenden Schwäche und dem Zittern meiner Fingerkuppen, konnte ich ihn nicht oben halten. Ich blickte auf meine von Blut bespritzte Hand, in der ich den befleckten Colt hielt. Meine Lider zuckten und meine Brust bebte auf und ab. Trotzdem blieb mir keine Zeit des Überdenkens, als jemand meine rote Hand schnappte. Das frische, flüssige Blut sich auf seiner Handfläche und meinem Handrücken verteilend und verwischend.

Mein sich in Trance bewegender Körper lief mit ihm mit. Indessen ich hinter ihm herlief, beobachtete ich seinen Schopf. Es war das einzige, das auf mich einwirkte. In meiner Benommenheit und Taubheit malte ich mir aus, wer es war. Ersichtlich, dass ich träumen musste, da ich ihn solch eine lange Zeit bereits missen musste. Doch in dieser Trance gab ich mich dem Traum hin. Ich wünschte mir nichts sehnlicher, als dass er Realität wäre.

Mein Traum von Ryan Ashford.

Ohne, dass ich es bemerkte, waren wir eine lange, schmale Treppe heraufgelaufen und landeten auf dem Dach eines anliegenden Gebäudes. Das Dach befand sich in der zehnten Etage, von welcher wir zusahen, wie die winzigen Männer sich weit unten auf den Straßen nach uns umsahen. Mein Puls beruhigte sich und ich regulierte meine Atmung.

Zusätzlich kehrte mein Verstand zurück, als Ryan und ich von dem Zaun, über den wir uns lehnten, wegtraten. Kaum blickte ich zu ihm, zuckten meine Augen wieder weg und ich musste mich mittels eines zweiten Blickes vergewissern. Für einen winzigen Moment konnte ich das dezente Anheben meiner schmunzelnden Mundwinkel nicht verbergen und gab mich meinen leuchtenden Augen hin.

„Lange nicht gesehen", schmunzelte er, kam mir näher und tupfte behutsam die Blutflecken mit einem weichen Tuch von meinem Gesicht. Wir beide schwiegen, als ich ihn regungslos dabei beobachtete, wie er mit dem Tuch über mein Dekolleté streifte. Bis er das Tuch sank. Leise seufzte er: „Was wolltest du dort?"

„Das gleiche kann ich dich fragen", entgegnete ich.

Daraufhin erstickte das Thema wieder.

„Warst du es, der den Mann erschossen hat?", fragte ich stattdessen.

Auf einmal wechselte er zur Unnahbarkeit und behauptete: „Das ist eine Nummer zu groß für dich."

Seine Stimme klang unterschwellig provokant, als sich zeitgleich sein Körper leicht von mir wandte. Sofort reagierte ich verteidigend: „Was soll das denn heißen? Ich war beim Geheimdienst."

„Du warst? Hast du also wirklich gekündigt?"

Auf sein erneutes Ausweichen antwortete ich bloß mit einem Nicken, was er bemerkte und es trotzdem weiter reizte: „Der Geheimdienst ist nichts im Vergleich zu dem, was ich mache."

Jetzt setzte ich mich aufrecht hin und sah mit einem entsetzten Blick, der Erklärungen forderte, zu ihm. Wir beide schwiegen. Erst nach einem tiefen Durchatmen, entschloss ich mich, das Gespräch wieder in die Hand zu nehmen: „Ich habe eine Nachricht bekommen. Dort hieß es, du seist in Gefahr."

Durch meinen Stolz konnte ich ihn nach seinen Worten nicht besorgt ansehen. Ryan seufzte und lehnte sich an die Mauer: „Mein Kollege hat sich um mich gesorgt."

„Und warum wendet er sich dann an mich?"

In dem Augenblick wandte er seinen Blick vom Boden ab und sah mich endlich wieder an. Seine Lippen zuckten, als wollte er antworten, doch als seine Augen auf meine trafen, schlossen sie sich wieder. In einem hohen, zarten Ton aus dem Hals fragte ich nach. Er schien sich vollkommen in meinem Blick verloren zu haben. Erst durch ein zuckendes Abwenden seines Blickes, konnte er mir eine Antwort geben: „Er hatte recht."

Fragend legte ich meinen Kopf schief und wartete auf eine Erklärung. Auf einmal sank er seine Schultern, wobei ihm auch eine seiner Haarsträhnen auf dem Kopf auf die andere Seite des Scheitels fiel.

„Mein Kollege. Ich steckte wirklich in Schwierigkeiten. Sie wussten schon lange, dass ich dort war", er schien zu reflektieren, „Sie haben sich anders verhalten. Wärst du nicht gekommen, hätten sie mich überrascht. Vielleicht wäre ich nicht lebend rausgekommen."

Er versank tiefer in ein Selbstgespräch und erwartete auch keine Antwort mehr von mir. Plötzlich drehte sich sein Kopf wieder zu mir und seine Lippen prägten ein dezentes, dankendes Lächeln: „Danke, dass du gekommen bist."

In dem Augenblick breitete sich eine Wärme in meiner Brust aus. Er streifte sich seine wilden Haarsträhnen aus dem Gesicht und atmete erleichtert durch. Den Kopf in den Nacken werfend und in den strahlend blauen Himmel sehend. Ablenkend begann ich zu lachen: „Ich habe kurz bevor ich herkam, meinen zweiten Job gekündigt oder wurde entlassen. Wer weiß."

Wie erhofft, lockerte es die Stimmung und Ryan lachte mit mir: „Du hattest schon einen neuen Job? Und warum kündigst du dann?"

„Sagen wir, ich bin wählerisch", verspielt legte ich mir meine Haare hinters Ohr und genoss die äußere Wärme der Sonne genauso sehr, wie das Gefühl bei ihm zu sein.

Überstürzt sprach er meine Gedanken aus: „Du hast mir gefehlt."

Beinahe bloß, um mir zu schmeicheln – Was er auch erreichte. Meine Wangen erröteten leicht, bevor ich ihn spielerisch mit meiner Schulter stieß.

„Willst du mit mir mal wieder was essen gehen?", fragte er schmunzelnd.

Beschämt lachend schüttelte ich den Kopf: „Ich habe gerade zwei Jobs in einem solch kurzen Zeitraum gekündigt und du denkst, ich hätte noch Geld für so etwas?"

„Ich lade dich doch ein", richtete er sich auf und bot mir eine Hand, um mir aufzuhelfen.

„Sind sie weg?", fragte ich und blickte zur Mauer. Ryan streckte seinen Hals und sah hinunter.

„Keiner mehr in Sicht."

Dann ließ ich mich vorsichtig von ihm hochziehen.

„Gibt es vielleicht einen anderen Weg runter? Sonst landen wir direkt wieder vor ihrer Tür", meinte ich.

Ryan begann sich umzusehen. Dabei verlor er seine Achtsamkeit. Kaum stand er in der Nähe der Mauer, zückte ich meine Waffe und richtete sie auf ihn.

„Keine Bewegung", sprach ich drohend. Ryan drehte sich abrupt um, wodurch ich die Waffe etwas hoch zucken ließ.

„Ava?"

Ich musterte jede seiner Bewegungen, als er versuchte, mich dazu zu bringen, nur in seine Augen zu sehen. Für eine Sekunde gab ich nach und blickte in seine manipulativen Augen.

„Nur Vorsichtsmaßnahmen."

Sofort erkannte ich, wo seine Hand am Rücken lag und einen Augenblick später seinen perplexen Blick. Mein Herz sank mir tief aus der Brust herab und mein ganzer Körper wurde schwer. Es breitete sich eine solch tiefe Enttäuschung in mir aus, dass meine Augen feucht wurden. Ich kaute zwanghaft auf meiner Unterlippe, um meine Gefühle zu unterdrücken. Dabei blickte ich kurz in den Himmel, dessen blau ich eben noch als schön und angenehm empfand. Jetzt erinnerte mich dieser Himmel an genau dieses Gefühl.

Meine Emotionen etwas abgeschwächter, hauchte ich: „Ich wusste es."

Meine freie Hand griff in meine Tasche und holte seine Beretta hervor: „Du hattest vor, sie gegen mich zu verwenden. Deine Augen haben dich verraten."

„Ava... Ich kann das erklären", er streckte seine Hände vorsichtig in meine Richtung.

„Was willst du denn erklären?! Ich habe genau gesehen, was du vorhattest! Du hast vorhin einen Menschen erschossen. Und das hat dich nur wenige Sekunden gekostet, zu überdenken."

Tränen füllten meine Augen, doch ich ließ keine von ihnen heraus. Auf einmal sprach er verzweifelt lauter: „Weil es um dein Leben ging!"

Ich steckte die Beretta wieder weg und richtete den Colt in beiden Händen auf ihn: „Du hättest genauso gut mich treffen können."

„Nein! Ava..."

„Hör auf! Hör auf, meinen Namen zu sagen!", schrie ich und machte vor Verzweiflung Schritte zurück.

„Wer bist du", hauchte ich verloren. Einsehend, dass mir alles fremd war.

Meine Arbeitsstelle, Kian, meine eigene Schwester, das Ambers, mein Zuhause, in dem man mich filmte und nun auch noch Ryan. Der heiße Unbekannte, auf den ich alles gesetzt hatte. Alles, was ich in den letzten Tagen aufgab, gab ich einzig und allein auf, weil ich dachte, alles in Ryan wiedergewinnen zu können. Meine Finger zuckten über den Abzug. „Lass mich dir alles erklären!"

Er nutzte den Abstand, den ich nahm, um sich weiter von der niedrigen Mauer am Rand zu entfernen, die ihn nach einem Schuss sofort in die Tiefe reißen würde.

„Komm nicht näher!", warnte ich angstvoll. Mein Puls raste und meine Atmung stieß mit jedem Mal ein leises Schluchzen aus. Doch die Enttäuschung stärkte eher meine Wut als meine Trauer. Plötzlich fasste er in seine Hosentasche.

„NEIN! Hände hoch! Sofort!", befahl ich.

Meine Waffe zuckte, seine Hand stockte.

„Ich bewege sie nicht", versprach er, „schieß nicht. Bitte."

„Manipulier' mich nicht wieder."

„Anabell-"

Unverzüglich fiel ein Schuss.

Ryan sank vor Schock auf die Knie, die Augen weit aufgerissen, auf den Boden starrend.

Mein ganzer Körper bewegte sich unter meiner intensiven Atmung, als ich meinen Arm mit der Waffe in der Hand weit in den Himmel gestreckt hatte.

„Nimm diesen Namen nie wieder in den Mund."

Langsam nahm ich meinen Arm wieder herab und kam auf den eingeschüchterten Ryan zu: „Wenn du solch eine Angst vorm Sterben hast, solltest du niemand anderem ein Leben nehmen."

Abwertend blickte ich auf ihn herab, die Sonne hinter mir verdeckend. Einen Augenblick betrachtete ich ihn schweigend. Er war meine größte Hoffnung. Doch ich hatte mich mal wieder geirrt.

Gerade wollte ich mich vom ihm abwenden, da packte er mich am Fußgelenk und zog mich auf den harten Boden. Mein Körper prallte, kaum federnd, dumpf auf ihm ab. Es stieß eine Druckwelle durch meinen ganzen Körper, die mir das Reagieren unmöglich machte.

Erst, als ich den Druck und Schmerz überwunden hatte, bemerkte ich, dass Ryan meine Handgelenke neben meinem Gesicht zu Boden drückte. Ich lugte mit einem zugekniffenen Auge zu ihm rauf, da die blendende Sonne mir den Rest meiner Sicht verwehrte.

„Ich habe mehr Waffen als die eine Pistole."

Er neigte seinen Kopf zur Seite, um mich aufzufordern, auch dort hinzusehen. Dort lagen drei unterschiedliche lange Klingen, ein Messer und ein Revolver.

„Woher soll ich dann wissen, dass das alles ist?", runzelte ich skeptisch die Stirn.

„Mir vertrauen", meinte er kühl. In seiner rauen Stimme, wie ich sie das letzte Mal im Hotel hörte.

„Wenn ich deine Hände befreie, um mich abzutasten, würdest du dir eins davon schnappen. Von daher…"

Er neigte seinen Kopf und zuckte mit den Schultern. Doch dann lehnte er sich wieder weiter über mich und sah mich ernst an: „Du solltest nur wissen, wenn ich vorhatte, dir etwas anzutun, hätte ich es längst getan."

Ich verdrehte meine Augen ungläubig und genervt. Woraufhin er meine Handgelenke um seine Hände vom Boden hob und fest auf diesen zurückstoßen ließ. Ich keuchte kurzatmig durch den Schmerz.

„Ich werde dir jetzt alles erklären. Ohne Lügen, ohne Manipulation. Aber auch ohne Waffen."

Ich dachte drüber nach…

Nach einiger Zeit schwächte er seinen Griff, musterte jedoch jede meiner Zuckungen: „Du bekommst gleich deine Waffe zurück und dann werden wir zusammen an einen öffentlichen Ort gehen. Dort erkläre ich dir jedes Detail, das du wissen möchtest. Danach kannst du immer noch entscheiden, was du für richtig hältst. In Ordnung?"

Auf meine Zustimmung verstauten wir die Waffen und verließen das Gebäude. Ich blieb sehr aufmerksam und drehte mich ständig zu ihm um, so lange wie der Weg zu schmal war, um nebeneinander zu laufen. Diese gezwungene Konzentration aufeinander ließ es nicht zu, dass wir weiter wegkamen als in das nächstgelegene, kleine Chinarestaurant.

Ein Geruch von herben Räucherstäbchen vermischt mit scharfem Ingwer sog sich mir in die Nase, als wir durch die eng beieinanderstehenden Tische schlichen. Ich hatte Ryans Hand ergriffen, um sicher zu gehen, was sie tat, und zog ihn hinter mir in eine leere, ruhigere Ecke. Wir setzten uns an einen schmalen, dunklen Holztisch, befleckt von eingesogenen Flüssigkeiten. Wenn auch beschaulich und chaotisch trug dieses Restaurant eine größere Authentizität als das meiste, was mich sonst umgab.

Meine Oberschenkel zitterten, was ich erst bemerkte, als sie auf dem Stuhl einen Halt fanden. Vorsichtig zückte ich meinen

Revolver aus meiner Jacke und hielt sie unter dem Tisch zwischen meine Beine. Ganz auf Ryans gerichtet. Mit einem Stupser der Mündung der Waffe an seinem Knie machte ich ihn darauf aufmerksam. Mit erhobenen, aufmerksamen Augenbrauen, verengten, visierenden Augen und gesenktem Kinn unterstrich ich meine geflüsterten Worte: „Nur die Wahrheit."

Ein tiefes Seufzen zog sich durch seinen Atem. Zeitgleich blickte er auf den Tisch herab und begann seine Finger zu knacken. Ich wandte meinen kontrollierenden Blick nicht von ihm ab, auch um ihm zu zeigen, dass ich eine Antwort erwartete. In dem Augenblick zuckte sein Kopf hoch und seine scharfen, blitzenden Augen trafen auf meine. Mich durchzog seine erregende Ausstrahlung, die mich meine Beine zusammenschlagen ließ.

Ryan

„Das, was ich dir erzählen werde, sorgt vielleicht dafür, dass du mich verachtest", erwähnte ich vorab.

Allerdings widerlegte ich zeitgleich meine Worte im Kopf: Ich hatte mir sie ausgesucht, weil sie mich eben nicht verachten würde.

„Das sehen wir dann", zuckten ihre Augenbrauen desinteressiert, als sie sich der Speisekarte auf dem Tisch zuwandte.

„Fang an", zischte sie leise hervor.

„Ich möchte nicht, dass du mich fürchtest."

Noch bevor ich weitersprechen konnte, prustete sie auf und ihre dunkel schimmernden Augen sahen tief in mich. Sie wiederholte sich – dieses Mal langsamer und beherrscht: „Das sehen wir dann."

Ein Schlucken lief meine Kehle herab. Zur Show. Doch meine Zeit, sie zu belügen, hätte nun ein Ende. Kein Vorspielen, Keine Lügen und ausschließlich die bittere Wahrheit. Die „bittere" Wahrheit eingebettet und umschmückt in einem Seidentuch. Immer tiefer versank ich in den golden strahlenden Ringen um ihre braunen Augen. Mein Instinkt hielt mich vom Reden ab und ließ mich unauffällig aufsehen. An ihr vorbei blickte ich zum Eingang, welcher bloß durch einen dünnen Vorhang von der lauten New Yorker Straße getrennt war.

„Sprich“, forderte sie mich erneut auf.

In dem Moment packte ich meine Hand auf ihre, die auf dem Tisch lag. Unverzüglich stieß sie mir drohend ihren Revolver an mein Knie. Allerdings blieb ich ruhig und legte stattdessen andeutend einen Finger auf meine Lippen. Sie zuckte. Als sie sich umdrehen und in meine Blickrichtung sehen wollte, erhöhte ich den Druck meiner Hand auf ihrer und hielt sie davon ab.

„Ryan?“ Der Klang meines Namens in ihrer eleganten, sanften Stimme war Musik in meinen Ohren, die mich unmittelbar einen Gedanken an unsere Nacht verlieren ließ. Plötzlich wurde es unruhiger am Eingang. Die Kellner bewegten sich unbeholfener und die Stimmen wurden lauter. Mit einem Mal wurde der Vorhang aufgerissen. Das intensive Licht der großen Lampen von draußen machte es unmöglich, die Personen zu erkennen, die das Restaurant betraten. Doch die trampelnden, eilenden Schritte, die schrillen Schreie und der eindeutige Ruf: „Er hat eine Waffe!“ Auf den ein Schuss und eine zu Boden sinkende Person folgte, was ausreichte, um zu verstehen.

Sie hatten uns wiedergefunden.

Meine Handlungen erfolgten mehr aus Reflex als Planung, als ich Ava den Revolver entriss und ihre freie Hand schnappte. Ihr unbeholfener und perplexer Blick zeigte mir ihre Zweifel an ihrer Überlegenheit aufgrund meiner kinderleichten Machtübernahme.

Kaum riss ich Ava hinter mir durch die willkürlich aufgestellten Tische, drehte ich mich nach hinten und schoss auf den Typen, der eben noch die unschuldige Frau erschoss. Ein rauer, männlicher Schrei verriet mir, dass ich ihn getroffen haben musste. Mit betrübten Sinnen folgte ich einzig und allein meinem Instinkt und sorgte dafür, dass Ava in Sicherheit käme. Auch wenn das bedeutete, sie zu mir nachhause zu bringen.

Ich wusste nicht, durch welche Straßen wir abbogen, da meine Gedanken noch immer an dem Typen von vorhin hingen. Bis Ryan vor einem Mehrfamilienhaus anhielt. Er blickte kontrollierend um sich, während er einen Schlüssel aus seiner Tasche zog und uns die Tür öffnete. Zögernd folgte ich ihm und trat ein. An einer Dame hinter der Theke, die uns grüßte, vorbei, stiegen wir in den modernen Glasaufzug, wo er die Sechs eindrückte. Ich ließ jede Aktion zusammen mit der Umgebung auf mich wirken.

Führte er mich gerade in seine Wohnung?

Doch auch von ihm kam kein Wort. Stattdessen führte er mich durch einen Flur bis zu einer Tür, die er wieder aufschloss. Bereits Eingang, Treppenhaus und Flur waren blitzblank und in einem minimalistischen, modernen Stil eingerichtet. Kaum öffnete er seine Tür, sprangen mir die großen Fenster entgegen, die am Ende des Flures in einem anderen Raum die Wand einnahmen. Es erinnerte mich an mein Apartment.

„Schick“, stieß ich aus, was jedoch in einem dezent skeptischen Unterton erklang. Ich sah mich zwischen den dunklen Wallnussholzakzenten und den anthrazitfarbenen Möbel um. Auf der Lehne der grauen Couch sammelten sich lieblos hingeworfene Kleidungsstücke und in der anschließenden Küche stapelte sich das dreckige Geschirr im Waschbecken. Nichtsdestotrotz erkannte ich die Hochwertigkeit der Möbel und die Größe des Apartments in der Innenstadt für bloß eine Person, was mich stutzig machte. War das alles bloß Show? War es überhaupt seine Wohnung? Kannte er sie?

„Wohnst du mit jemandem zusammen?“

Kaum hatte ich gefragt und schlich in seiner Küche umher, lehnte er sich locker an die Kücheninsel: „Ja. Gefällt´s dir?“

Ich prustete auf: „Versuchst du mir zu imponieren? Falls ja, tust du das mit dem Kleiderhaufen und dem Geschirr zumindest nicht.“

Zeitgleich fokussierte ich mich aber darauf, mich unauffällig umzusehen. Wo war sein Schlafzimmer? Sein Arbeitszimmer?

„Was suchst du?“, flog ich bei Ryan auf.

„Wo schläfst du?“, runzelte ich die Stirn.

Für einen Augenblick erkannte ich ein Zucken in seinem Gesicht, welches einen verunsicherten Blick hinterließ. Meine Skepsis stieg, doch erklären, was er mir verheimlichte, konnte ich auch nicht. Mit einer Handbewegung deutete er, dass ich ihm folgen sollte. Er führte mich ins Wohnzimmer und ging eine schmale Treppe rauf. Diese erhöhte Etage war mit einem niedrigen Zaun vom Wohnzimmer unter uns getrennt, wodurch man von hier noch immer durch die großen Wohnzimmerfenster sehen konnte. Bloß ein bequemer Sessel und eine Zimmerpflanze standen in dieser Etage, die zu drei weiteren Türen führte. Doch Ryan führte mich nur in eine: Das Schlafzimmer.

Etwas beschämt, wollte ich mich zurückziehen, Ryan nutzte den Moment jedoch zum Scherzen: „Kein Wunder, dass du das als erstes wissen willst. Dir gefiel das letzte Mal wohl.“

Mit einem dreckigen Zwinkern spielte er auf unsere Nacht an, was ich nur kommentarlos abwinkte, und die Treppe hinabging.

„Möchtest du etwas trinken?“, folgte er mir.

Ich schüttelte schwach den Kopf und ließ einen Seufzer über meine Lippen gleiten: „Bitte nicht. Sonst endet das wie beim letzten Mal. Das war nicht gut…“

Eher mit mir selbst redend wurde ich von seiner Bemerkung überwältigt: „Das war nicht gut?“

Schweigend erwartete er meine Antwort.

„Doch! Es war gut! Bloß etwas, dass nicht hätte passieren dürfen“, während ich sprach, wandten sich meine Augen, die auf ihm lagen, von ihm ab und blickten nachdenklich aus dem Fenster.

„Warum nicht?“

Seine Frage sorgte dafür, dass ich erneut seufzte und nicht draufeingehen wollte, als er sich auf einmal dicht vor mich stellte und mir die Sicht aus dem Fenster nahm. Die dünne Luft zwischen uns durch den geringen Abstand ließ zu, dass ich sein Parfum vollkommen aufsog. Er trug dasselbe wie in jener Nacht. Was sollte dieses Spielchen?

Kaum bemerkte ich, wie sich meine Augen an seinen Lippen verfangen hatten, zwang ich mich dazu, mein Gesicht von ihm zu drehen. Doch Ryan packte in einem bestimmten, aber sanften Griff mein Kinn und drehte es zurück in seine Richtung: „Warum nicht?“

Ich zog meinen Kiefer hoch, sodass meine Zähne langsam und leise aufeinandertrafen und mir ein Schlucken ermöglichten. Plötzlich riss es meine Gedanken daran zurück, wie sich Ryans warmer Körper über mir bewegte, wie sich meine kleinen Härchen durch den Schweiß an meinen Hals schmiegten, wie ich meinen Unterkörper zu ihm hochdrückte und wie sehr ich das Gefühl, das er in mir auslöste, in vollen Zügen genoss.

Sobald ich mich dieser Vorstellung wieder entriss, drückte ich Ryan von mir. Ich hörte ihn noch murmeln: „Ich meinte eigentlich Wasser.“

In dem Augenblick erkannte ich das Glas Wasser in seiner Hand. Eine peinlich berührte Röte stieg mir in die Wangen, als ich dankend annahm. Kurz darauf verschwand er in einen anderen Raum. Ich hörte noch das Klingen seines Smartphones, bevor er die Tür schloss. Vorsichtig ließ ich mich auf dem Sofa nieder und starrte weiterhin nach draußen.

Ryan

„Und? Wie lief's? Gefällt sie dir?“, sprach Dylan.

„Ja, aber sie ist immer noch sehr skeptisch mit allem.“

„Ich meinte auch das Apartment. Wie gefällt es dir? Erst gestern Vormittag hatte ich alles klar gemacht und es bezahlt. Wirkte das mit dem Geschirr und der Kleidung echt?“

Dylan klang zufrieden und stolz, eher als wollte er prahlen, statt meine Meinung zu hören. So redete er auch weiter, anstatt mich zu Wort kommen zu lassen: „Weißt du eigentlich, wie schwer es ist hier ein Apartment in der Innenstadt zu finden, das auch noch imponiert?“

„Ja, ja, ja, hast du gut gemacht, Dylan. Ohne dich wäre ich aufgeschmissen", gab ich ihm die Bestätigung, die er genoss.

„Ich habe übrigens auch schon alles aus deinem letzten Büro in den Raum oben links getan. Der Raum ist abgeschlossen, da dort noch Fotos und auch die installierten Kameras mit dem Bildschirm verbunden sind."

Ich musste ihn unterbrechen: „Oh mein Gott! Die Zimmereinteilung hättest du mir mitteilen können!"

„Ich habe dir einen Floor Plan geschickt, du hattest ja keine Zeit, ihn dir anzusehen!", sprach er mir dazwischen, während ich einfach weiterredete.

„Ich habe nur mit Glück die richtige Tür zum Schlafzimmer geöffnet, als sie es sehen wollte!"

Nachdem er lachte, meinte er überrascht: „Sie wollte es sehen?"

„Ja! Nicht für das, was du jetzt denkst. Sie ist noch immer skeptisch. Es ist, als wollte sie mir nicht glauben, als merkte sie, dass das meiste bloß Fassade war. Dabei wollte ich gerade jetzt anfangen, sie einzuweihen."

Dylans stimme erklang vor freudiger Überraschung klarer: „Hat sie ihren Job gekündigt?"

„Ja. Als sie mir davon erzählte, war es für mich offiziell. Ab jetzt keine Lügen mehr. Aber das mit den Kameras und den Recherchen müssen wir langsam beseitigen. Ach so, aber", ich fiel in den Drehstuhl, „warum hast du *sie* zu mir geschickt? Es lief nicht wie geplant, aber warum Ava? Das hätte riskant werden können."

„Ich habe aus Affekt gehandelt. Ich dachte, sie könnte dir am besten helfen und würde dich auch nicht verraten. Ging ja nochmal gut", sprach er leiser, als träfe ihn die Verschämtheit ein wenig.

„Nein, alles gut. Du hast schon richtig gehandelt. Ich war nur sehr überrascht, sie dort zu sehen."

„Wenn ich dich hätte erreichen können, hätte ich dir sofort Bescheid gegeben."

Ich nickte zustimmend und vertieft.

„Okay, gibt's sonst noch etwas?"

„Nein, denke nicht. Ich führe sie da jetzt langsam ran. Morgen erledige ich dann den Typen von heute."

„Gut, dann… Ach so, in der Schublade des Nachtschranks neben dem Bett liegen Kondome."

Ich massierte mir beschämt den Nasenrücken: „Ehm, danke."

Dylan machte sich laut lachend über mich lustig, wo ich nicht nochmal drauf einging und stattdessen auflegte. Kurz darauf sah ich mich einmal kurz im Raum um. Bloß ein Schreibtisch mit Computer und einem schmalen Gästebett. Die Fenster waren die gleichen, wie du im Wohnzimmer, in die sich mein Blick verfing. Er hatte eine ähnliche Wohnung zu der von Ava ausgesucht. Dylan überzeugte mich immer aufs Neue.

Ava

Kaum hörte ich Schritte, wandte ich mich vom Fenster ab und blickte zu der Wand, hinter der er gleich hervorkäme.

„Möchtest du wirklich kein Wasser?", fragte er erneut und machte einen Schritt in die Küche. Mit einem Kopfschütteln holte ich ihn wieder zu mir zurück. In großem Abstand setzte er sich neben mir auf die Couch. Stumm und starr saß ich dort, zum Fernseher blickend.

„Willst du was gucke-"

Ich unterbrach ihn in monotonem Ton: „Verrat mir dein Geheimnis."

Perplex stieß er aus: „Was?"

„Du warst dort. Du warst überall dort, wo du nicht sein solltest. Als wir uns kennenlernten im Club, als ich dachte, dass es noch Zufall war, tauchst du im Restaurant auf, wo die Charles essen, meinen Auftrag mit Chen Price beim Promitreff, wo auf einmal eine Bombe auftauchte, und dann soll ich dich an einem ablegenden Ort vor bewaffneten Typen retten, denen du so wichtig bist, dass sie in jedem Geschäft nach uns suchten. Ich fordere eine Erklärung."

In dem Moment drehte er seinen Oberkörper zu mir. Zu meiner Überraschung sah er mir aufrichtig in die Augen als er sagte: „Die sollst du bekommen."

Um seine Seriosität auf die Probe zu stellen, blickte ich noch etwas länger in seine aufrichtigen Augen. Doch als sie nicht einmal zuckten, akzeptierte ich es und wartete ab.

Er seufzte leise, bevor er begann: „Es ist kein unübliches Phänomen, dass Menschen alles für Geld tun würden. Ebenso so wie, dass wohlhabende Personen sich das zu nutzen machen. Auf diese Weise entstehen Geschäfte. Es gibt jemanden, der eine Arbeit anbietet und jemand der für die Gegenleistung von Geld zustimmt, die Arbeit auszuführen. Kurz und knapp, ich tue nichts anderes. Der Unterschied liegt in dem, was für Arbeit das ist… Die meisten verachten diese Art der Arbeit, doch auf der anderen Seite gibt es genug Personen, die mich für diese Arbeit anfordern."

Er redete herum und versuchte mich vorsichtig heranzuführen. Doch mich störte es, dass er nicht auf den Punkt kam: „Was willst du damit sagen? Du prostituierst dich?"

Während mich meine Angespanntheit meinen Witz nicht zum Ausdruck bringen ließ, begann er über diesen zu schmunzeln: „Hätte ich vielleicht mal vorher drüber nachdenken sollen."

Mit einem warmen und vollen Lachen wirkte er erstaunlich locker darüber, mir sein Geheimnis anzuvertrauen. Doch kurz darauf kehrte seine Ernsthaftigkeit wieder ein und er setzte anders an: „Ich kenne die Situation zwischen dir und deinem Ex nicht, aber ich erkannte, was für eine Last er in deinem Leben gewesen sein musste. Vielleicht hat er dich verletzt, missbraucht, manipuliert, gar gedroht, erpresst oder an Stellen berührt, die dich noch heute in Angst zurückversetzen. Vielleicht liege ich auch vollkommen falsch, aber deine Panik, die dich die Kontrolle über deinen ganzen Körper verlieren ließ, genügt, um zu verstehen, wie du dich gefühlt haben musstest. Er tauchte einfach dort auf, wo du dich am sichersten gefühlt hast, und behandelte dich genau wie die Person, die du damals mit deiner Heimat hinter dir gelassen hast."

Wort für Wort pumpte sich mein Puls schneller und intensiver durch meinen Körper. Mir kamen alle Erinnerungen an Noah hoch und ich konnte sie nicht wie zuvor im Rachen ersticken.

„Deine Art zu handeln war vollkommen verständlich. Ich kann mir denken, was er dir getan hat und weiß, wie wild, impulsiv und unkontrollierbar er gehandelt haben muss."

Kaum sprach er weiter, brach ich unter den Erinnerungen, die er hervorrief, zusammen.

Ich rutschte von der Kante der Couch auf den kalten Boden. Reflexartig krallte ich mich in den Stoff des Sofas, während sich vor meinen Augen alle Bilder und Momente abspielten. Ich war so sehr in mich gekehrt, dass ich nur noch die Dinge vor meinem inneren Auge sah und Ryan hinter diesen vollkommen verschwamm.

Ich hechelte und ragte nach Luft, als mir mein ungleichmäßiger Atem die Luft abschnitt. Meine Brust zuckte unter den atmenden Bewegungen und meine Fingerspitzen zitterten zum Flattern meines Herzens. Als ich spürte, wie etwas an mir rüttelte, verstärkte es die Panik, mich noch intensiver an die rücksichtslosen Berührungen von Noah erinnernd. Doch auf einmal zog er meinen Oberkörper an sich. Die zitternde Atmung stockte und mein Körper erstarrte…

„Es ist vorbei", sprach seine sanfte Stimme mit einer solch vertrauensvollen Wärme, dass es meine Panik schwächte, „ich versichere dir, dass das nie wieder passieren wird. Dafür werde ich sorgen."

Seine Arme legten sich fest um mich und zogen mich an sich. Stück für Stück verschwammen die Bilder von Noah und ich erkannte Ryans Wohnung wieder.

„Du hast mein Wort."

Auf dieses Versprechen normalisierte sich das Beben meiner Brust. Vorsichtig entzog er sich der Umarmung, richtete sich auf und bot mir seine Hand zur Hilfe an. Dankend ließ ich mich von ihm hochziehen und begann tief durchzuatmen.

„Es tut mir leid“, setzte er sich wieder, „ich wollte deine Erinnerung nicht wieder aufleben lassen. Jedoch dachte ich, dass du auf diese Weise am besten verstehen könntest, wie-“

Noch bevor er ausreden konnte, schlug ich mit einem Mal meine flache Hand voller Schwung an seine Wange. Ein laut klatschender Aufprall zusammen mit einem tiefen Stöhnen erklang. Sofort hielt sich Ryan seine Hand ans Gesicht und blickte mir fassungslos in die Augen. Dabei traf er jedoch nur auf Augen voller Seriosität und ein durch meine Zähne zischendes: „Manipulativer Spinner.“

Daraufhin drehte ich mich zur Seite, ergriff meine Jacke und wollte zur Tür gehen. Doch Ryan packte mich am Arm: „Lass mich ausreden. Ich weiß, du wirst es verstehen, wenn du mir erstmal zuhörst.“

Es erklang in einem beinahe flehenden Ton, der etwas ganz anderes auszusagen schien als seine dominanten, kühlen Augen. Auf einmal verstummten wir beide. Keiner von uns regte sich und wir blickten einander immer tiefer in die Augen. Es war, als ließ er mich erneut die Kontrolle verlieren, sobald ich durch den dunkelgrünen Wald, der sich in seinen Augen spiegelte, irrte.

So lange, bis ich den Weg verlor, meine Gedanken und Erinnerungen ablegte, bloß um mich der Verlorenheit hinzugeben. In ihm ging genau dasselbe vor, als er sich nicht mehr zu regen wusste. Erst nach einigen Minuten fand sich seine Hand an meiner Taille wieder. Ein zarter Griff, der mich indirekt fragte, ob ich das gleiche verspürte, wie das, was ihm gerade durch den Körper schoss.

„Verdammt ja.“

Ich riss ihn an den Schultern an mich und drückte führend meine Lippen auf seinen Mund. Ohne zu zögern, erwiderte er meine Bewegungen und übernahm die Führung mit seiner Hand, die mich am unteren Rücken zu sich zog.

Und erneut fanden wir uns Widerwillen – nicht ganz – in der Situation vom Hotel wieder. Bei all meinen Vorstellungen und Träumen, die er seither in mir ausgelöst hatte, gelang es mir nicht zu widerstehen. Ich konnte und wollte nicht anders, als mich seinem Körper hinzugeben. Mit einer solchen Sinnlichkeit, dass ich schon wieder vergaß, weshalb ich damit nicht wieder anfangen wollte. Ich verlor mich so sehr, dass wir keinen Grund mehr zum Aufhören zu finden schienen.

KAPITEL 17

„Du bist unglaublich heiß, wenn du aufgebracht bist. Ich verlor die Beherrschung." Er zündete seine Zigarette an. Unter all meinem Verlangen nach ihm, das ich bloß vor ihm versteckt hatte und mir selbst nicht eingestehen wollte, musste ich ihm vergeben.

Bevor er begann, ernster zu werden und unser vorheriges Thema aufzugreifen, als wäre es nie unterbrochen worden.

„Es geht vielen Personen wie dir. Und um ehrlich zu sein, ist mir das Gefühl auch nicht unbekannt."

„Nüchtern kannst du emotional und ehrlich werden?", witzelte ich überrascht.

„Wohl benommen vom Sex", schmunzelte er, bevor er wieder ruhiger wurde, „mein Vater hat uns früh verlassen. Unter dem Druck, dass ihre Kinder ohne einen Vater aufwachsen sollten, hat meine Mutter ein Arschloch nachhause gebracht. Es kam die Verlobung, auf die die Ehe folgte und so meine Mutter, mich und meinen Bruder für immer an ihn band. Er war grob, brutal und grausam. Der klischeehafteste Stiefvater, den man sich nur vorstellen konnte. Ich musste mitansehen, wie er auf meine Mutter einschlug und mich nach Lust und Laune durchs Zimmer hinter sich her schleifte und gegen die Wand warf. Er setzte alles darauf, uns zu zeigen, wer die Kontrolle hatte."

„Das ist schrecklich", bekam ich nur raus, da es mich sonst sprachlos ließ.

Er blickte mit einem knappen, dankenden Blick zu mir, als schätzte er mein Mitleid. Dann blickte er jedoch zurück in das

Stadtbild: „Wir haben vieles gemeinsam. Ich bin auch vor meiner Vergangenheit geflohen."

Behutsam strich ich ihm über den Rücken: „Was ist aus ihm geworden? Deinem Stiefvater und auch deiner Mutter."

„Wie bereits gesagt, wir sind uns sehr ähnlich. Ich habe genauso gehandelt wie du."

In dem Augenblick versteifte meine Hand und ich entfernte sie langsam von seinem Rücken.

„Was meinst du?", fragte ich zögernd.

„Falls du es genau wissen willst… Ich habe eines Nachts ein dünnes Seil vor der Tür zum Keller gespannt, ihn geweckt und mit Geräuschen dazu gebracht, im Keller nachzusehen. Eigentlich wollte ich ihm bloß eins auswischen. Es sollte ein kleiner Streich sein, nichts weiter! Doch wie erwartet, stolperte er über den Faden und fiel die Treppe hinab, sich an der Stufe den Kopf einschlagend. Sein Alter unterstützte die Wahrscheinlichkeit, dass er es nicht überlebte. Und wie sehr mich in den nächsten Wochen die Schuldgefühle auch plagten, begann ab dem Punkt, das Glück in unser Leben zurückzukehren. Meine Mutter lächelte wieder, mein Bruder entkam der Gefahr, unter einem lebenslangen Trauma zu leiden und in mir breitete sich das Gefühl der Erleichterung aus. Auch wenn mich das Schuldgefühl nie losließ, überwiegte alles Positive, was danach passierte. Meine Mutter als Witwe durch einen Unfall erhielt eine großzügige finanzielle Entschädigung, die sie nun nicht mehr von einem Partner abhängig machen sollte, um uns versorgen zu können. Sie machte uns morgens wieder Pancakes und tanzte beim Kochen mit einem Strahlen, das ich das letzte Mal sah, als mein Vater noch bei uns war. Bei dem Gedanken daran, bestätigte es sich mir, alles richtig getan zu haben. Meine Mutter lebt noch immer in der kleinen Stadt, in der sie sich wieder Freunde finden konnte, als mein Stiefvater dies nicht mehr verbieten konnte. Ab und an besuche ich sie. Die Reue an meine Tat habe ich auch verloren, dennoch half es mir, hier neu anzufangen. Ganz wie du."

Ich bemerkte, wie mich das Mitleid seiner Erzählung nicht kalt lassen konnte. Ich musste mich also zwingen kühl zu bleiben, um mir meine Fragen noch beantwortet zu bekommen: „Also?"

„Ich habe es mir als Ziel gesetzt, andere vor dem, was mir geschehen ist, zu bewahren. Genau wie bei dir. Sie von einer Last, wie dein Ex es für dich oder mein Stiefvater für meine Mutter war, zu befreien."

Seine Art zu reden wandte sich weiter von mir ab und er vertiefte sich in sich selbst. Seine Augen sahen in die Lichter der Straßen draußen, mit den Gedanken in sich gekehrt und die Stimme klangvoller als monoton: „Sagt man sich nicht, die guten sterben zu früh und die echten Schweine leben am längsten?"

Er lachte warm, überzeugt: „Ich sorge dafür, dass es nicht so kommt."

Gerade als ich mich näher an ihn rückte, um mich bemerkbar zu machen und den Mund öffnen wollte, meinte er: „Aber ich bin kein Held. Ich bin ein Geschäftsmann, ein Kapitalist."

Er wandte sich mir mit seinem charmantesten Grinsen zu und entgegnete mir mit einer Aura, die mich schmelzen ließ. Mit einem dezenten Zucken meiner Augenbraue forderte ich eine vereinfachte Erklärung. Das Schmunzeln schmiegte sich unlösbar an seine Lippen und die Augen blickten auf alles andere herab – bloß nicht auf mich: „Ich bin das, was man dir gesagt hat, wegzusperren. Doch ohne, dass ich es wollte, wäre der Geheimdienst und so auch du, nie an mich rangekommen."

Wieder wollte ich widersprechen, als er in dem Moment die Zigarette den Balkon herabfallen ließ und mich stattdessen mit seinem Unterarm an meinem Rücken an sich zog. Die dünne Luft zwischen uns, die Hitze, die mein Dekolleté rot färbte und mein aufdringlich ansteigender Puls löste das Verlangen in mir aus, mich erneut auf ihn zu stürzen. Ich spürte die Anwesenheit seiner Lippen an meinen und das Hauchen seines Atems. Für einen Augenblick schloss ich in der Hingabe genussvoll meine Lider. Doch kaum öffnete ich sie wieder, sah ich in seine charmanten, gerissenen und leidenschaftlichen Augen, in denen sich schwach meine Spiegelung offenbarte.

„Ich arbeite als Auftragsmörder."

Als hätte ich nichts ahnen können, stockte mein Puls. Zusammen mit dem Stillstand meines Atems entfernte ich mich aus seinen Fängen und machte einen Schritt zurück. Ich stieß an das kalte Metallgeländer: „Es gibt Menschen, die dich dafür bezahlen?"

Er nickte unbesorgt – trotz meiner Abwendung. Im Gegenteil, er wirkte eher überzeugt davon, dass ich zurückkäme.

„Sehr viele, mit sehr guter Bezahlung", schmunzelte er und blickte in die Wohnung.

Mein Blick folgte seinem und mein Kopf bewegte sich unbewusst nickend. Nun hatte ich das Gefühl, Ryan zu verstehen. Ich schwieg einige Zeit und starrte stumm auf seine Brust. Irgendein seltsames Gefühl ließ mich nicht los, wenn ich mit dem Wissen an unsere Treffen zurückdachte.

„Du beantwortest alle Fragen?"

„Alles. Ich hatte dir mein Wort gegeben."

„Also hatte ich dich vorhin in dem alten Gebäude davon abgehalten, deinen Auftrag auszuführen? Du solltest die Männer töten?"

„Ja, einen von ihnen. Aber es war gut, dass du gekommen bist. Die Situation hatte sich schon vorher ausgeartet und war gefährlich für mich, ich habe es bloß zu spät bemerkt."

„Die Personen, die du tötest, haben alle einen kriminellen Hintergrund?"

Wieder nickte er: „Ich werde nicht grundlos angestiftet. Die meisten, die sich bei mir melden, sind Frauen. Sie werden von ihren Männern so lange unterdrückt, bis sie es nicht mehr aushalten. Manche von ihnen wenden sich an Personen wie mich, statt sich selbst umzubringen, um der Situation zu entkommen. Es gibt aber natürlich auch andere Fälle."

„Aha…", skeptisch musterte ich ihn, wobei meine Augen achtsam seinen Gesichtszücken folgten.

„Schreckt dich das nicht ab?"

„Ich hatte schon mit schlimmeren Menschen zu tun", schmunzelte ich und wagte es, meine Achtsamkeit von ihm zu lösen, um wieder ins Lichtermeer zu blicken.

„Bin ich dir nicht böse genug?" Seine Hand glitt meinen Rücken zu meinem Po herab, woraufhin ich nur kopfschüttelnd grinste.

„Andererseits", begann ich, „du kannst anderen nicht so einfach das Leben nehmen. Du weißt nicht, was in ihrem Leben wirklich passiert oder was sich in Zukunft hätte ändern können."

Ich blickte erwartungsvoll zu ihm zur Seite. Daraufhin stützte er sich wieder mit beiden Unterarmen ans Geländer: „Du hast recht. Das weiß ich nicht."

Seine tiefen, aufrichtigen Augen sahen verführerisch in meine: „Aber das Leid derjenigen zu sehen, die mich beauftragen, auf die die Erleichterung nach Ausführen des Auftrags folgt, gibt mir die gleiche Bestätigung, die ich bei meiner Mutter damals erkannte. Das genügt."

Nach einer kurzen Pause ergänzte er: „Außerdem merke ich, dass es diesen Menschen auch nicht leichtfällt. Mit all ihrem angesparten Geld, der zitternden Stimme und dem in sich zusammenbrechenden Körper unter dem Druck der schweren Entscheidung. Es ist aufrichtig."

Ich hörte ihm aufmerksam zu und hatte mich ihm mit meinem zugewandten Körper geöffnet.

„Hast du keine Angst, erwischt zu werden? Gerade, wenn es so viele gibt, die gegen dich aussagen könnten."

„Wie eben schon gesagt, in dem Zustand, in dem sich die meisten befinden, haben sie nicht die Absicht dazu. Falls es zu einer Befragung käme, können sie ihre Version der Wahrheit erzählen. Ich führe meistens nämlich keine persönlichen Gespräche und verwende regelmäßig andere Namen. Ermittlungen würden meist ins Nichts führen."

Ohne weiter darauf einzugehen, sprach ich direkt meinen nächsten Gedanken aus: „Hattest du von Anfang an vor, mich einzuweihen? Hast du keine Angst, dass ich dich verrate? Gerade ich, die für den Geheimdienst arbeitete. Oder… Habe ich dir einen Nutzen erfüllt?"

In diesem Augenblick verspürte ich einen Druck in meiner Brust.

Erzählte er mir das ganze bloß, weil er wusste, dass ich das Apartment mit diesem Wissen nicht lebendig verließe?

Doch an meinem nackten Körper, bloß in meine Dessous gehüllt, versteckte ich nichts. Ich war wehrlos.

Hatte er auf diesen Moment gewartet? Mich die ganze Zeit bis zu diesem Punkt treiben wollen?

Als ich versuchte, unauffällig Schritte zurück in die Wohnung zu machen, folgte er mir. Seine Haltung und Gangart locker, die Arme schwingend. Er offenbarte seine Hände – schien nicht, als trüge er eine Waffe bei sich.

Dennoch war er mir körperlich überlegen. All das, was er mir antun wollte, könnte er auch unbewaffnet.

„Ich hatte einfach ein gutes Gefühl bei dir", lachte er locker und wirkte äußerst unaufmerksam, ganz anders als ich.

Vorsichtig trat ich in die Küche: „Ich würde doch gerne etwas trinken… Wo sind die Gläser?"

Dann begann ich in einem hastigen Tempo die einzelnen Schubladen auf ihren Inhalt zu prüfen. Ryan, der gerade an der Couch vorbeiging, kam in meine Richtung, obwohl ich ihm damit gerade schon andeuten wollte, dass ich es mir selbst nehmen könnte. Meine Bewegungen wurden panischer. Vor allem als ich ihm den Rücken zudrehen musste, um einen der Wandschränke öffnen zu können. Doch meine Unaufmerksamkeit hielt zu lange an, sodass er bereits hinter mir stand.

„Ah, da", stieß ich aus und fasste an das Glas, an dem sich zeitgleich auch seine Hand wiederfand.

Bei der Berührung schreckte ich zurück, stieß gegen seine Brust und sorgte dafür, dass wir das Glas gleichzeitig fallen ließen. Es schepperte zu Boden und zersprang in Einzelteile.

„Oh das tut mir so leid", sprach ich der Floskel halber, da ich mehr damit beschäftigt war, mich unverzüglich zu Boden zu hocken. Meine Finger zitterten über den Scherben. In ihnen spiegelte sich sein Gesicht, das auf mich hinabblickte. Mein Herz raste.

Dieses Mal… Wenn ich ihm dieses Mal fälschlicherweise vertraut hatte… Dann wäre es tödlich.

Konnte ich ihm vertrauen?

Ich ergriff eine der Scherben und für einen Augenblick starrte ich in meinen, sich im Glas spiegelnden Blick. Angsterfüllt.

KAPITEL 18

Und gerade als er mir wieder so vertraut und befremdlich nah zu gleich war, sprang ich auf und richtete die lange, scharfe Scherbe drohend auf ihn. Meiner Wehrlosigkeit, unter der meine Beine zitterten, entgegenwirkend.

„Ava?“ Perplex hielt er unschuldig seine flachen Hände auf der Höhe seiner Brust. Meine Lider blinzelten mehrmals panisch, während sich ein qualvolles Schlucken meinen Rachen entlang zog.

„Nicht mit mir“, sprach ich leise, „ich weiß, was du vorhast. Und ich mache das nicht mit.“

Die Scherbe ritzte sich in meine verschwitzten, immer enger zusammengedrückten Handflächen. Durch das offene Fenster war bloß das Zischen der Autoreifen unten auf der Straße gedämpft zu hören. Als in dieser Stille ein Tropfen Blut auf die Fliesen fiel. Bei dem plätschernden Geräusch sah Ryan das erste Mal von meinem Gesicht ab, zum Boden und dann auf meine Hände.

Zuckend weiteten sich seine Augen und sein Mund öffnete sich, als wollte er etwas sagen. Doch er hielt sich zurück, als die spitze Scherbe in meinen Händen näher zu ihm rausstreckte.

„Ich weiß nicht, was du verstanden hast… Aber meine Absicht war, dass du mit mir zusammenarbeitest. Wir beide als Team.“

„Bitte was?“, stieß es mir unbewusst – wie das Atmen selbst – von den Lippen.

„Ich meine es ernst. Seit ich dich traf, dachte ich darüber nach. Natürlich kann ich dich nicht zwingen, aber ich weiß, dass du mich in deiner Situation gut verstehen könntest. Außerdem bist du sehr erfahren. Ich hatte mich einfach in mein Gedankenspiel von uns beiden als Team verliebt", lachte er und kratzte sich verlegen am Hinterkopf, bevor er mir ein neues Glas aus dem Schrank nahm und Wasser einschenkte.

Bei dem Gedanken an uns verstand ich genau, was er fühlte. Aber…

„Ich soll für dich arbeiten?"

„Nein! Mit mir. Auf einer Ebene, mit gleich verteilter Bezahlung und den gleichen Aufträgen", korrigierte er mich schnell.

In mich gekehrt, nahm ich das Glas entgegen, als er sich schon hinabbückte und die Scherben aufsammelte. In meine Gedanken vertieft, lehnte ich mich vorsichtig nach hinten an die Theke.

Ryan Ashford.

Ich als Auftragsmörder.

Vom US-Geheimdienst zum Auftragsmörder.

Vom süßen kleinen Café an der Ecke zum Auftragsmörder?

Ich wusste nicht, worum es mir wirklich ging und was mich zögern ließ. War es die Moral?

Oder war es bloß, wie sehr es meinen eigentlichen Vorsätzen widersprach – welche sich aber ohnehin bereits als falsch erwiesen. Unter anderem die Stelle beim Geheimdienst.

In dem Augenblick musste ich an Amber denken. Ich wollte mich gar nicht damit beschäftigen, was sie von mir halten würde, wenn sie wüsste, dass ich solch eine Art von Job ausführte. Schließlich hielt sie schon jetzt nicht viel von mir.

Ich erinnerte mich daran zurück, sie mit Kian zu sehen. Mit einem Kerl, ihrem Freund, in einer Beziehung. Je weiter ich es ausführte, umso tiefer dachte ich an meine letzte Beziehung und an den Vorfall nach dem Abend im Club.

„Worüber denkst du nach? Ob du das Angebot annimmst? Möchtest du vielleicht noch etwas bleiben und etwas zu essen bestellen? Du musst dich nicht jetzt schon entscheiden."

Er blickte mir tief und vertrauensvoll in die Augen, die mich fürsorglich um mein Befinden befragten. Daraufhin kam er mir vorsichtig näher und tupfte meine blutenden Hände ab. Ich entgegnete damit, dass ich aus meinen Gedanken zurück in die

Realität trat und ihm sanft zulächelte. Zufrieden gestellt drehte er sich zum Kühlschrank und warf einen Blick hinein. Dabei linste ich von der Seite und erkannte, die Leere in den blitzblanken Fächern.

Ich wurde stutzig: „Mein Kühlschrank ist zwar auch immer leer, aber nicht so leer."

Scherzend wollte ich zu ihm, doch er warf die Tür hastig wieder zu. Ich zuckte zurück. Verheimlichte er etwas?

„Ehm, was willst du bestellen?", lachte er mit einem Hauch an Verschämtheit.

„Isst du gar nichts?", gab ich nicht nach.

Er schüttelte den Kopf: „Doch! Nicht sonderlich viel, aber natürlich. Meist bloß nicht zuhause."

Seine Bewegungen wirkten hilflos und seine Finger bewegten sich etwas zu schnell über sein Smartphone Display. Andererseits sollte mir bis hierhin klar sein, dass er eigentlich gut lügen konnte. Mit der Absicht, es später erneut anzusprechen, beließ ich es jedoch vorerst dabei.

„Pizza?", fragte er schulterzuckend mit einer hervor gezogenen Unterlippe.

„Das ist äußerst einfallslos", lachte ich, amüsiert bei dem Anblick seines Gesichts, „ich habe Lust auf Chinesisch."

Meine Antwort brachte ihn verzweifelt zum Lachen: „Nach dem, was heute im China Restaurant war, willst du chinesisch?"

„Pf, klar, als ich da war, hatte ich auch vor, was zu essen. Das muss zumindest nachgeholt werden!", schnaufte ich und verschränkte schwungvoll theatralisch meine Arme.

Er rieb sich grinsend die Schläfe: „Ich wollte dich nicht in solch ein billiges Restaurant bringen."

„Spinnst du? Das sind die besten! Gerade bei chinesischen Restaurants, die Familienbetriebe, die seit Generationen bestehen, in denen nur Kinder und Freunde kellnern, mhua", mit Handgeste und Luftkuss gab ich ihm einen leidenschaftlichen „Chef's Kiss".

Er beschmunzelte mich: „Klingt sehr überzeugend."

Daraufhin suchte er uns einen Chinesen aus. Über einen Schalter an der Wand dimmte er das Licht angenehm, suchte uns

Decken heraus und legte sie aufs Sofa, bevor er sich eine Jogginghose überzog, den Oberkörper aber frei ließ – Was ein Anblick dieser Muskeln…

Kaum zückte er eine Flasche Rotwein aus einem Regal, suchte ich die Weingläser heraus. Gerade, als ich es mir gemütlich machen wollte, klingelte es an der Tür. Ich richtete mich wieder auf und stellte fest, dass Ryan unter der Dusche war. Doch auch ich trug nicht mehr als meine Dessous am Körper, um die Tür öffnen zu können.

Schnell blickte ich mich im Raum um und schnappte mir ein dünnes Sweatshirt aus seinem Kleiderstapel. Während ich es mir noch über den Kopf zog, eilte ich zur Tür und nahm das Essen entgegen. Der wunderbare Geruch von den Gewürzen, die ich heute schon im Restaurant riechen durfte, zusammen mit einem Schuss Koriander erfüllte mich, als hätte ich es ewig nicht mehr gehabt. Mit dem Essen kehrte ich zurück zur Couch und legte mir die Decke über die Beine.

In witzige Geschichten aus Bars und Festivals vertieft, lachten und aßen wir. Beschwipst schwankte ich vor Lachen mit dem Inhalt meines Weinglases. Erst als wir uns wieder beruhigten, lehnte ich mich an ihn und legte meinen Kopf auf seiner Schulter ab. Ein erleichtertes Ausatmen entwich mir.

„Ich fühle mich gut“, hauchte ich.

Er stellte seine Nudelbox neben sich aufs Sofa, um den Arm um mich zu legen: „Ich mich auch.“

Doch dann erwischte mich ein Gedanke: Was war das zwischen uns überhaupt?

Ich wich von ihm weg und setzte mich ihm im Schneidersitz gegenüber, mein Glas auf dem Tisch abstellend und mir wieder etwas Wein einzuschüttend.

„Ich muss etwas loswerden“, seufzte ich.

„Worum geht's?“

„Was mir damals passiert ist. Ich habe darüber noch nie gesprochen, aber ich glaube, es würde mir guttun“, nahm ich einen Schluck Wein und blickte zuversichtlich zu ihm.

„Ich hatte genug Zeit zum Verdauen."

Aufmerksam wandte er sich mir zu.

„Es war vor einigen Jahren, in meiner Heimatstadt. Zu der Zeit war ich gerade mal 18 und wie es so ist, viel feiern. Als meine Schwester dann 16 wurde, wollte ich sie an dem Abend mit in den Club schmuggeln. Ich war leichtsinnig, aber sie hatte ständig gefragt und meine Absicht war es auch, unsere Beziehung zu stärken. Wir sind dann also zusammen in diesen Club gegangen, beide unter 21 und beide trotzdem am Alkohol trinken. Dazu muss man sagen, dass das in unserer kleinen Stadt sowieso kaum kontrolliert wurde. Es war auch eigentlich alles super. Bloß… Weil wir so jung waren, waren wir natürlich unter deutlich Älteren. Unter anderem Noah und seine Freunde. Während meine Schwester und ich unseren Spaß hatten, stießen sie einfach zu uns und begannen uns Drinks zu spendieren. Da ich schon etwas abgehärteter war, hatte es keinen allzu großen Einfluss auf mich, aber einen sehr starken auf meine Schwester. Ich glaube heute kann sie sich kaum noch an dem Abend erinnern… Zumindest hat insbesondere Noah dann angefangen, sie anzufassen. Sehr dezent, aber mit Absichten. Kurz darauf bemerkte ich auch, wie Noah das Glas behandelte, das er Amber gab. Er achtete darauf, dass nur sie es trinken würde und dass es leer wird. Er hat sie sogar zweimal dran erinnert, auszutrinken. Mit der Betonung, er hätte eine Überraschung, die er uns zeigen wollte. Mit der Zeit merkte ich, dass Amber immer benommener wurde, wodurch ich dann mit ihr aufstehen und gehen wollte. Noah fragte in seinem dreckigen Lallen, wo wir denn hinwollten. Mein Fehler war wohl, dass ich ehrlich damit antwortete, nachhause gehen zu wollen, woraufhin er mich festhielt. Er bestand darauf, uns vorerst noch etwas zu zeigen, was ich – völlig blöd – auch noch akzeptierte. Also gingen wir mit ihnen mit und sie brachten uns in ein Hotel. Spätestens jetzt hätte ich Amber nehmen und umkehren sollen, doch auch ich war zu betrunken, um klar zu denken. Naja. Sobald wir im Zimmer ankamen, fiel Amber erschöpft auf das Bett und nickte sofort ein. Die anderen beiden Typen hatten sich gerade mit mir unterhalten, als Noah begann, Amber zu versuchen auszuziehen. Ich war so betrunken, dass ich mich noch dran erinnere, auf dem Weg zum Bett gegen die Kommode gestoßen zu sein und mein Handy fallen gelassen zu haben. Trotzdem hatte ich dann seinen Arm gepackt und von ihr weggestoßen. Erst wollte ich ihn nur warnen, doch mit meiner gedanklichen Abwesenheit habe ich dann glaube ich sogar versucht, ihn zu schlagen. Was mir natürlich nur so lange gelang, bis er sich von seinem Schreck meiner Handlung erholt hatte. Seine Freunde verließen den Raum und er trug die tief schlafende Amber auf die Couch, während ich ihn die ganze Zeit weiter schlug und mit meinen Nägeln kratzte. Nachdem ich ihn dann gegen den Schrank stieß, begann er sich zu wehren. Er packte mich grob an den Handgelenken und bewegte mich zurück zum Bett, auf das er mich dann herabdrückte. Er machte das Licht aus, sodass es stockfinster war und ich nur noch seine Silhouette über mir erkannte. Voller Wut wegen meinem Verhalten und dem Alkohol begann er sich rücksichtslos an mir zu vergnügen, statt an meiner Schwester."

Ryan war sprachlos.

„Zudem verlangte er in jener Nacht von mir, dass ich mit ihm zusammen sein sollte, damit er Amber in Ruhe ließe. Meine Angst, dass er Amber etwas antäte, stimmte mich machtlos. Es brachte mich auch dazu, Amber beinahe vollkommen aus dem Weg zu gehen... Erst als ich es durch die Zusage des Jobs in New York schaffte, zu fliehen, dachte ich auch, damit abschließen zu können. Doch ich konnte nicht mehr aufhören, ihn zu sehen, jedes Mal, wenn ich das Licht aus machte. Später dann nur noch jedes Mal, wenn mich jemand im Dunkeln berührte, dann nur noch, wenn ich im Dunkeln mit jemandem Sex hatte und jetzt, schaffe ich es glaube ich, das ganze langsam zu verdrängen. Bei dir erinnere ich mich nicht an ihn, das tut mir gut. Aber meine Beziehung zu Amber ist seither geschädigt. Sie ist mir unbeschreiblich wichtig, sodass mich in bestimmten Zeiträumen immer wieder Albträume plagen, in denen Amber etwas zustößt oder sie sich gar nicht mehr an mich erinnert. Ich würde alles für sie tun und fühle mich so schuldig, nicht für sie da gewesen zu sein."

Ryan rutschte etwas näher an mich und nahm mich in den Arm: „Wo ist sie jetzt?"

„Das ist das Nächste, was mich belastet…"

Ich nahm mir mein Glas und ließ meine Fingerkuppe über den feuchten Glasrand gleiten: „Amber hat ein Baby."

Ryans Augen weiteten sich überrascht, aber liebevoll, bis ich fortsetzte: „Von dem Typen, der vor ein paar Tagen noch mit mir geschlafen hat."

Meine Schultern sanken betrübt und mein Blick verlor sich in der Flüssigkeit des Rotweins, die kleine Kreise durch meine Bewegungen formte.

„Oh wow", verloren blickte Ryan durch den Raum, bevor er sich die Stirn rieb.

„Weiß Amber davon?"

„Nein und ich habe ihm gedroht, dass er es ihr nicht erzählen soll. Das verträgt sie nicht, kurz nachdem sie Mutter wurde und auf eine glückliche Familie hofft. Das ist so verrückt."

Ein tiefer Seufzer verließ mich, woraufhin Ryan mir über den Oberschenkel strich. Als er mich mit einem um Erlaubnis fragenden Blick ansah, nahm ich ihm vorweg, was er vermutlich sagen wollte: „Ich weiß, dass ich mit meiner Schwester reden sollte, aber ich habe dafür einfach keine Kraft."

„Und wenn ich dir Kraft spende? Wir könnten sie zu zweit treffen und euch Zeit zum Reden geben."

Ich nahm einen großen Schluck Wein.

„Nach meinem Abgang bei unserem letzten Treffen, fällt mir das schwer…"

„Wenn auch nicht jetzt, in einigen Wochen vielleicht", schlug er vor, „ihr könntet die Sache zwischen euch klären und dann überlegen, was ihr voneinander haltet."

„Ja, schon… Es ist mir bloß sehr unangenehm."

„Das verstehe ich… Aber ich merke, wie wichtig sie dir ist. Auch, dass du dich sehr um sie sorgst. Wenn du in ihrer Nähe wärst, könntest du sie auf den richtigen Weg bringen, ihr als große Schwester die Unterstützung bieten, die sie braucht und euer

Verhältnis stärken, das dich so belastet. Es könnte ein Doppel-Date werden", fügte er am Ende scherzend hinzu.

Ich nickte schmunzelnd und strich mir eine aufgekommene Träne von der Wange.

„Lass uns erst mal arbeiten", lächelte ich zu ihm hoch, bevor ich mein Glas austrank.

„Ist das ein Ja?" Auf einmal grinste er aufgeregt und trank sofort auch sein Glas mit einem Mal aus.

KAPITEL 19

Als ich am nächsten Morgen aufwachte, durfte ich feststellen, dass wir angetrunken auf dem schmalen Sofa eingeschlafen waren. Träge streckte ich mich nach meinem Handy auf dem Tisch.

Es war neun Uhr.

Ich begann ein sich wiederholendes Brummen zu hören. Irritiert suchte ich vorsichtig unter den Kissen und Decken, ohne ihn aufzuwecken. Ich ergriff sein Smartphone, das voller Benachrichtigungen ständig aufblinkte: „Dylan."

Der Name des Absenders kam mir ungemein bekannt vor, doch noch bevor ich nachschauen konnte, wurde Ryan wach und nahm mir das Handy aus der Hand. Innerhalb von Sekunden stand er auf, hielt es sich ans Ohr und ging in sein Büro nebenan. Das musste er mir erklären, dachte ich und versuchte mich zu erinnern, woher ich Dylan kannte.

Es dauerte ungefähr zehn Minuten, bis Ryan zurückkehrte. In einem leicht geneigten, lockeren Gang, der sein Becken auffällig hervorstechen ließ. Wo der Bund der grauen Unterhose unter seiner Hose hervorschien. Zusammen mit seinen scharfdefinierten Bauchmuskeln, ließ es mich schwach werden…

„Ich muss den Auftrag von gestern erledigen, willst du mit?"

Ohne zu zögern, bejahte ich seine Frage und schnappte mir meine Kleidung. Mit Schwung zog ich meinen Gürtel an meiner Taille eng, sodass die Metallschnallen aufeinander klangen. Er wollte gerade die Tür öffnen, als er sich zu mir umdrehte. Starr stand ich dort und starrte mit einem durchdringenden Blick zu ihm.

„Ist was?"

„Ist das der Dylan, der im Restaurant jemanden der Fidgouts erschießen wollte?"

Plötzlich schloss er die Tür und legte den Schlüssel in seinen Händen zurück auf die Kommode.

„Willst du mir das erklären?", runzelte ich die Stirn, als ich argwöhnisch die Arme vor meiner Brust verschränkte und mich geduldig an die Theke lehnte.

„Hör mir aber bitte ausführlich zu", näherte er sich mir und stützte seine Hände um mich an die Theke.

Seine Finger streiften meine Handflächen und das einzige, das unsere Körper voneinander trennte, war meine Gereiztheit, ausgelöst von seinen Lügen und Geheimnissen.

„Ja, es war Dylan."

„Was hast du mit jemandem wie ihm zu tun? Charles Mörder."

„Er hat ihn nicht ermordet", sprach Ryan ruhig und langsam. Für einen Moment blieb die Zeit stehen.

Die Stille, die sich zwischen uns legte, beantwortete mir die aufgekommene Frage.

Woraufhin ich leise hauchte: „Du warst es."

Ryan schluckte sein Unbehagen herunter. Bevor es gedämpft von seinen Lippen glitt: „Er war mein Ziel."

In dem Augenblick verstand ich, was es bedeutete, sein Angebot anzunehmen.

„Jeder Auftrag wird erfüllt, egal unter welchen Bedingungen, egal unter welchen Gefühlen man zu stehen glaubt."

„Ava?", reagierte er auf meine Verschwiegenheit.

„Bist du noch dabei? Noch kannst du abspringen."

Ich schüttelte den Kopf: „Nein. Ich habe so viele falsche Entscheidungen getroffen. Wenn auch nur die geringste Chance besteht, Erfüllung hier drin zu finden, werde ich es versuchen. Kein Zurück. Ich habe es verstanden."

Erneut wurde es für einige Zeit still zwischen uns, bis ich zurück zu den Fidgouts kam: „Und wer war dein zweites Ziel der Fidgouts? Hast du deinen Auftrag nicht beendet?"

Überzeugt gab er von sich: „Ich beende meine Aufträge immer."

Mit einem unberechenbaren, furchteinflößenden Ton, der mich in meiner Entscheidung nur tiefer festigte. Doch dann schwächte er wieder ab und legte damit auch seine Verschlossenheit ab: „Es sollte keinen Anschlag geben. Das hat sich die Presse ausgedacht. Somit gab es auch kein zweites Ziel aus der Familie. Dylan hat mir geholfen, dich für mich zu gewinnen."

„Oh", ich entwich aus seinen Fängen und distanzierte mich, „So ist das also."

„Du warst hartnäckig. Aber ich brauchte dich. Nicht nur, um mich zu schützen, nein, viel eher war ich wie besessen von der Idee, dich an meiner Seite zu haben. Du solltest wissen… Die ewige Flucht ist einsam."

Seine raue Stimme, die Spiegelung seiner Aufrichtigkeit, ließ meinen Zorn gegen eine Wand stoßen… Auch, wenn ich auf Distanz blieb, wusste ich, hatte er mich schon für sich gewonnen. Eigentlich schon seit dem Moment, an dem ich ihm im Club das erste Mal in die Augen sah. Ich würde ihm alles verzeihen, was ich so sehr versuchte zu verdrängen, dass ich alles an ihm hinterfragen wollte.

„Gibt es noch etwas, das ich wissen sollte?", fragte ich, nicht erwartend, dass noch mehr käme.

Doch es schien tatsächlich kein Ende zu nehmen: „Die Bombe, die du gefunden hast… Die war von mir. Sie war klein und hätte niemand anderem geschadet, es war exakt durchgeplant und wäre bis ins Detail aufgegangen, bis du aufgetaucht bist."

Ich ließ es sacken, ohne zu reagieren. Stattdessen meinte ich: „Noch mehr?"

„Nur Kleinigkeiten vielleicht."

„Kleinigkeiten?", wollte ich skeptisch hinter forschen, als sein Smartphone wieder so aufdringlich zu klingeln begann.

„Das ist Dylan, er verwaltet die Geschäfte und leitet mir die Aufträge weiter. Wir sollen uns wahrscheinlich beeilen", damit entging Ryan meinem Verhör.

„Ah, Kleinigkeiten", echote ich innerlich. Schwungvoll zog er eine breite Pistole hervor und bot sie mir an. Ich schüttelte den Kopf: „Ist nicht mein Stil."
Als ich zu meiner Handtasche ging und mir seinen alten Colt nahm. Schmunzelnd öffnete er uns die Tür. „Warte." Ich setzte die Kontaktlinse ins Auge.

„Nur eine?", musterte er mich.

„Das ist keine Sehhilfe."

Ich verband die Linse mit meinem Smartphone und zeigte ihm auf meinem Display die Übertragung dessen, was mein Auge sah.

„Oh, äußerst nützlich. Aber..."

Er wischte über mein Display und schaltete den Flugmodus ein. Das Signal wurde unterbrochen und die Anzeigen vor meinem Auge verschwanden. Für einen Augenblick wollte ich ihn ahnungslos anblicken, als ich auf einmal verstand. Ich rieb mir die Stirn und entnahm die Linse vorsichtig, mich im Display spiegelnd.

„Ich denke, die Geheimdienste haben aktiven Zugriff darauf."

Ryan sah mich schuldig an, was mich nur seufzen ließ, als ich die Box mit der Linse in meiner Tasche verstaute. Enttäuscht hauchte ich: „Wir sollten die lieber zu mir nachhause bringen – Ortungsfunktion."

Doch dann legte Ryan seine Hand an meine Schulter: „Dylan besorgt uns etwas Ähnliches."

Unverzüglich darauf tippte er auf seinem Handy herum. Anschließend machten wir einen Abstecher bei mir, wo ich meine Sachen ablegte und folgten dann dem Standort, den Dylan uns weitergeleitet hatte.

Wir landeten in einer Tiefgarage. Je tiefer wir gingen, umso weniger parkende Autos füllten die niedrigen Gänge und erlaubten uns so eine bessere Sicht durch das gesamte Gebäude. Ryan schien angespannter, sein Gang wurde langsamer und er aufmerksamer. Auch ich sah mich nach Auffälligkeiten um. Es war viel zu ruhig.

Alles, was ich hörte, waren unsere Schuhe auf dem Betonboden. Plötzlich blieb Ryan stehen und streckte seine Hand aus, um mir ein Zeichen zu geben, mich nicht zu bewegen. Er hatte sich gebeugt.

Seine Hand zuckte über seiner Beretta um seinen Gürtel und seine Brust sank auf und ab. Ich passte mich ihm an, legte meine Finger an meine Waffe und achtete darauf, mich hinter uns umzusehen.

„Es ist zu still. Sie müssten genau hier sein."

Kaum sprach Ryan seine Gedanken aus, erfasste ich den roten Punkt auf Ryans Rücken. Er zitterte sich fixierend auf seiner Jacke.

Als ich dem Schützen folgen wollte, hörte ich einen unfassbar sachten und leisen Schuss, der mir entgangen wäre, wenn unsere Schritte in dem Moment einen Ton von sich gegeben hätten. Sofort stürzte ich mich auf Ryan und stieß ihn aus dem Schussfeld.

„Schütze, rechts beim Treppenhaus."

Zeitgleich rollte ich mich ab, zog meine Waffe und schoss in der Hocke mehrmals in Richtung Tür, wo ein in schwarz gekleideter Mann zu flüchten versuchte. Ryan erholte sich schnell von dem Schock und hockte sich neben mich, sich nach weiteren Männern umsehend. Er hing sich ein Gerät ins Ohr und sprach zu jemandem – vermutlich Dylan: „Wo sind sie hin? Komm sofort an die neuen Daten!"

In Ryans sonst relativ ruhiger Stimme hörte ich Aufgebrachtheit. Ich riss mich hoch und folgte dem Typen.

„Ava!", rief Ryan schockiert.

Kaum drehte ich mich im Laufen um, entdeckte ich einen Mann, der seine Pistole auf mich richtete. Ich hob vorsichtig meine Hände, als er mir näherkam.

„Was wollt ihr von uns?", fragte der Kerl mittleren Alters im verschwitzten Hemd.

Als ich nicht antwortete und ihm bloß tief in die Augen sah, schrie er erneut: „Was wollt ihr von uns?!"

Dabei flog ihm seine Spucke in meine Richtung.

„Widerlich", zischte ich.

„Was?", verließ es ihn, kurz bevor er mir nah genug war.

Mich duckend, brachte ich ihn mit meinem Bein zum Fall. Seine Waffe glitt über den Boden zu Ryan, als ich die Hacke meines Schuhs schon in die Schulter des auf dem Boden liegenden Mannes drückte. Ryan nahm die Waffe, raffte sich auf und kam zu uns. Er klopfte mir einmal kurz auf die Schulter, drehte den Mann mit einem Stoß seines Fußes und band ihm seine Hände mit Kabelbinder am Rücken fest.

„Interessant, was du alles so dabeihast", deutete ich auf die Ausrüstung, die sich in den Taschen seiner Cargohose verbürgte.

Statt darauf einzugehen, blickte er zur Tür des Treppenhauses und sprach, ohne sich mir zu zuwenden: „Der Schütze ist uns entkommen."

Seine Art war kühl und seine Handlungen bitter, was ich von ihm eher weniger kannte. Ryan stützte drohend seinen Fuß auf die Brust des Mannes: „Wo ist Richard Lesniak?"

„Woher kennst du ihn?", entgegnete der ältere Mann.

Der erhöhte Druck von Ryans Schuh genügte, damit der Mann noch mehr verschwitzte und leicht zittrig sprach: „Ich darf das nicht sagen… Sonst tötet er mich."

„Falls wir ihn finden, wird er das nicht mehr können."

Erst sahen wir in perplexe Augen, doch als er es verstand, verriet er uns den Namen eines Bordells.

„Verarsch mich nicht", ließ Ryan seine Wut an dem Kerl aus, riss ihn an seinem Hemdkragen hoch und stieß ihn gegen die Haube eines der parkenden Autos.

Für einen Augenblick zitterten meine Finger, ihn davon abzuhalten, doch ich beschloss, mich vorerst zurückzunehmen.

„Tue ich nicht… Es gibt einen Raum, die Treppe runter, da sammelt und verspielt er sein echtes Geld."

Ryan stieß den Mann erneut gegen das Metall, sodass es in dem Gebäude hallte. Als ich Ryans Handy auf dem Boden fand: „Dylan hat den Standort geschickt. Er ist wirklich dort."

Grob löste Ryan sich von dem Mann und wandte sich mir zu. Als er, größer als ich, über mich hinweg auf das Handy in meinen Händen herabblickte, spürte ich seinen ungleichmäßigen, kräftigen Atem an meinen Haaren. Er schüttelte sich das Shirt an der Brust und entnahm mir vorsichtig das Handy: „Gut."

Mehr sagte er nicht und klärte mich auch nicht auf, was mit dem Mann passierte oder wohin wir gingen, als er sich auf dem

Weg durch das Parkhaus machte. Ständig blickte er um sich, als suchte er etwas. Doch sein von Rage erfülltes Verhalten, hielt mich vom Fragen ab. Nach einiger Zeit fixierte er ein Motorrad an. Kaum klappte er das Board vorne auf, sah ich mich nervös um. Als er begann an den Kabeln herumzubasteln und mit dünnen, spitzen Gegenständen aus seiner Tasche arbeitete, warf ich Arme verschränkend ein: „War das Motorrad, auf dem du mich zum East River gefahren hast, auch gestohlen?"

„Geliehen", korrigierte er mich und warf mir kurz einen schmunzelnden Blick zu.

Ich wurde stutzig: „Du hast es zurückgebracht?"

„So ungefähr", behauptete er, führte es aber nicht weiter aus. Es entlockte mir ein sanftes Lachen.

Als er sich schon aufs Motorrad schwang und mit einer kräftigen Handdrehung testete, ob es ansprang. Der Motor brummte auf und Ryan begann stolz zu grinsen, bevor er mir bereits das Zeichen gab, mich hinter ihn zu setzen. Wir schlängelten uns durch die anderen Autos auf den vollen Straßen. Ich hielt mich an Ryans Rücken fest und betrachtete die vorbeiziehenden Gebäude.

„Ich vertraue dem nicht, aber wir haben keine andere Wahl", fuhr er ran und hielt an. Ich blickte zum Bordell hinauf, wo ein LED-Schild pink aufblinkte: „Irgendwie gerate ich in meinen Jobs ausschließlich an solche Orte."

Ich schmunzelte belustigt, woraufhin Ryan ironisch meinte: „Das tut mir leid."

„Gefällt es dir etwa?", fragte ich neckisch, als er das Bordell betrat.

„Hm, so schlecht ist es nicht", meinte er und blickte zu mir nach hinten, um meine Reaktion zu beobachten.

Doch ich schlug ihm bloß auf den Rücken: „Dann genieß es, bevor es blutig endet."

Enttäuscht wandte er sich von mir ab und wir gingen zusammen durch den schmalen Flur, bis wir auf die besagte Treppe trafen. Mit einem Blick leitete er an mich weiter, mich bereit zu halten, dabei entdeckte ich, wie seine Finger über der Waffe zuckten. Ich hielt ihn an der Schulter fest: „Halt."

„Was? Hast du wen gesehen??", flüsterte er und blickte sich panisch um sich.

Doch ich schüttelte den Kopf, drehte Ryan zu mir und begann sein dunkles Hemd aufzuknöpfen. Erst zwei, dann drei der kleinen Knöpfe. Zusätzlich legte ich ihm den Kragen locker zur Seite und übergab ihm meine schmale, goldene Kette. Kurz betrachtete ich ihn mit ein wenig Abstand, bevor ich nochmals mit meiner Hand durch seine Haare wühlte.

„Ist das nötig?", fragte er und zog die Augenbrauen aneinander.

„Wir müssen schon reinpassen", meinte ich und grinste, auch ein wenig, weil es mich amüsierte.

Als er das erkannte, stellte er sich gerade vor mich und zog mein enges Kleid hoch, sodass es mir nur noch bis knapp unter den Po ging. Zusätzlich zog er mir die Jacke von einer Schulter.

„Fertig?", fragte ich Stirn runzelnd.

Bis er mir auf einmal näher kam. Er blickte von oben auf mich herab und nahm plötzlich mein Kinn zwischen seine Finger. Mein Puls stieg an und ich blinzelte wiederholt.

Sein Blick stattdessen fokussierte meine Lippen. Dann nahm er seinen Daumen, legte ihn an meine roten Lippen und streifte über meine Unterlippe. Die Art, wie meine Lippe unter seinem Daumen und dem Druck wieder aufsprang, entlockte ihm ein leises Ausatmen. Er zog seinen Daumen weiter über meine Haut, sodass der Lippenstift einen kleinen, roten Streifen auf dieser hinterließ. Sein Werk beendet, blickte er von meinen Lippen hoch und traf direkt auf meine Augen, die ihn bereits die ganze Zeit beobachteten. Wir verharrten unbewusst in dieser Starre. Seine Augen gewährten mir Einblick in all seine Gier. Die Pupillen geweitet und mich in ihnen spiegelnd. Ich blendete alles andere aus und war gezwungen, ausschließlich das laute Pochen meines Herzens in meinen Ohren zu hören. Das Blut schoss mir durch die Adern, als ich mir vorstellte, was wir tun könnten – Mich alles vergessen lassend, wofür wir hier waren. Wie gefährlich, gar tödlich unser Beisammensein doch sein konnte.

„Heiß. Es ist sehr heiß hier drin, nicht?“, brach ich die verführerische Stille und machte einen Schritt auf der schmalen Treppenstufe zurück.

„Wenn es doch bloß die Hitze wäre…“, hauchte er und packte mich auf einmal an den Oberschenkeln.

Er hob mich hoch und presste mich an die Wand, während er selbst nur auf einer Treppenstufe stand.

„Wir müssen uns ja anpassen, nicht wahr?“, flüsterte ich zurück, bevor er mir die Sprache nahm, indem er seine Lippen auf meine presste.

Mich immer stärker an die Wand drückend und sein Knie als Unterstützung, um mich oben zu halten, zu nutzen, nahm er sich seine freie Hand und öffnete seinen Gürtel. Laut klappernd fiel er aus der Schnalle und sofort schoss mir die Hitze in den Oberkörper. Ich warf den Kopf in den Nacken an die Wand und gab ein leises Stöhnen von mir. Kaum hatte er seine Hose geöffnet und seine Unterhose runter gedrückt, fasste er mir zwischen die Beine. Sanft schob er mir meinen Slip beiseite und hielt mich wieder mit beiden Händen fest. Bestimmt glitt er ein, sodass ich mich hastig an seinen Rücken krallte.

„Wir passen uns an“, hauchte er mir erneut ins Ohr, während er in langsamen Bewegungen in mich stieß.

„Deshalb das Bordell. Es gibt hier gar keinen Auftrag?“, scherzte ich, doch konnte nur angetan keuchen. Grinsend drückte er seine Lippen wieder auf meine und hauchte dicht an sie: „Sei ruhig oder ich sorge dafür.“

Immer tiefer drückte er sich in mich und schoss meinen Puls in die Höhe. Ich packte ihm in die Haare und zerzauste sie unbewusst erneut. Plötzlich hörte ich Schritte.

Es schoss mir eine Röte ins Gesicht, doch ich konnte Ryan nicht davon abhalten weiterzumachen, da ich weder den Boden erreichte noch mit seinen Lippen auf meinen sprechen konnte.

„Ey! Was wird das!“, schrie jemand von unten.

Ryan schreckte zurück, entzog sich mir, setzte mich vorsichtig ab und begann schon seine Hose zu schließen. Auch ich zuckte sofort mein Kleid wieder etwas herab und richtete meinen Scheitel.

„Dafür gibt's hier Zimmer! Habt ihr kein Geld, oder was?!", brüllte er lallend und wollte erst die Treppe nutzen, verschwand jetzt aber unten in einen anderen Raum.

Ryan blickte mich geschockt an und wusste noch nicht, wie er reagieren sollte. Bis ich zu lachen begann, so sehr, dass ich mich an der Wand stützend, vorbeugte.

„Oh Gott", lachte ich, weil ich die Worte nicht fand.

Daraufhin begann auch er offen zu lachen und breit zu grinsen. Als wir uns beruhigten und die Situation fürs Erste verarbeitet hatten, fragte er belustigt: „Authentisch genug?"

Er brachte mich zum Lachen, sodass ich die Peinlichkeit schon wieder vergaß und viel eher den Moment zwischen uns genoss. Voller Offenheit und Sorglosigkeit. Was ein befreiendes Gefühl der Leichtigkeit.

„Okay, meine Uhr vibriert die ganze Zeit. Dylan macht wieder Druck", grinste er etwas unbeholfen und deutete auf seine Smartwatch am Arm.

Nickend richtete ich mich etwas zurecht und ging die Treppe runter. Eine stickige Luft kam uns entgegen, in der die Leute, die benommen auf dem Boden oder der Couch lagen auch noch rauchten. Etwas angewidert stieg ich über den Dreck auf dem Boden und suchte nach Lesniak, falls ich ihn noch erkennen würde, wenn ich ihn wiedersah.

„Ey", stieß Ryan frech einen faul auf der Couch liegenden Typen an, der seine Hand auf der Brust einer Frau neben ihm liegen hatte, welche äußerst benommen wirkte.

„Wo ist Lesniak?"

„Les- Wer?", nuschelte der ältere Kerl, der an einem Joint zog.

Ryan packte ihn am Schopf, drehte sein Gesicht zu ihm und sprach bedrohlicher: „Richard Lesniak."

Jedes Mal, wenn ich Ryan so sah, die Adern am Hals herausstechend, die Finger gekrallt und die zornigen Falten, die sich durch seine reine Haut zogen, wusste ich nicht mehr, ob der Ryan vor mir stand, den ich kennengelernt hatte. Seine Unberechenbarkeit gab mir ein Gefühl der Unsicherheit, andererseits beeindruckte und paralysierte es mich auf eine gewisse Art und Weise. Ich wusste nicht, wann er es ernst meinte oder nur eine Rolle spielte.

„Wenn er es nicht weiß", deutete ich an und fasste Ryan an den Arm, um mit ihm weiter zu suchen.

Doch womit ich nicht gerechnet hatte, war, dass er sich unverzüglich zu mir drehte und mich mit demselben Zorn erfüllten Blick ansah. Für eine Sekunde zuckte ich zurück und lockerte meine Hand um seinen Arm.

„Ryan?", hauchte ich in die Luft zwischen uns.

Innerhalb von Sekunden wechselten seine Zornfalten zu einem breiten, offenen Grinsen.

„Sorry", er legte seine Hand auf meine Schulter und ging vorsichtig an mir vorbei, von dem Mann ablassend, „du hast recht."

Sanft lächelte ich und wollte ihm folgen. Als Ryan auf einmal, ohne sich umzudrehen, seinen Arm nach hinten streckte und ein lauter Schuss ertönte.

Mein Herz sprang zusammen mit dem Klang auf und stockte direkt darauf, wie die Stille, die die Schockstarre von mir und der Frau im Raum auslöste. Bevor ich realisierte, was gerade geschah, schrie die Frau schrill auf. Meine Augen folgten der Beretta in Ryans Hand.

Ryan stand mit dem Rücken zu uns und hatte nach hinten gefeuert, wobei er genau den Kopf des Mannes auf dem Sofa getroffen hatte. Ich war sprachlos. Nach einiger Zeit spürte ich ein Zittern unter meiner Haut, das meine Finger in unbewusste Bewegungen brachte. In diesem Augenblick verlor ich jegliches Verständnis und ich wusste nicht mehr, wie man Ryans Tat rechtfertigen könnte, auch wenn ich es mit allem, was mir einfiel, versuchte. Eine Furcht zog sich durch die Adern.

Ganz vorsichtig und leise hauchte ich: „Ryan?"

Ich suchte nach Blickkontakt, um sein Lächeln zu sehen, das mir alles erklären könnte. Doch bei dem Kreischen und Schluchzen der Frau, die sich über den leblosen Körper des Mannes warf, schien Ryan mich nicht zu hören. Stattdessen griff er meine Hand und wich hinter einen Türrahmen. Mein Körper war taub und ich spürte nicht einmal mehr seine Berührungen an meiner Hand.

„Was ist los?“, fragte er mich.

Doch ich brachte kein Wort raus, als er mich mit seinen großen, grünen und unschuldigen Augen ansah, wie er sich leicht zu mir vorbeugte. Ich hatte vor, es direkt auszusprechen, um es ihm klarzumachen. Vier simple Wörter: „Du machst mir Angst.“ Doch sie verließen meine Lippen nicht.

Was wenn es das war, was er wollte?

Das, was er hören und spüren wollte?

Meine Furcht.

Er war und blieb ein Fremder, egal wie körperlich nah wir uns schon waren.

Im gleichen Moment ertönten laute Schritte, die die Treppe heruntereilten, welche mich ebenfalls vom Sprechen abhielten. Drei Männer kamen herab und den einen erkannte ich sofort.

Lesniak.

Unser Ziel.

Jetzt verstand ich, was der Schuss sollte.

Es war ein Lockvogel.

Die Männer erblickten das Gesicht der verheulten, schluchzenden Frau, dessen schwarze Mascara über ihr ganzes Gesicht verteilt war. Sie entdeckten den Mann auf der Couch mit der blutenden Stirn und der Einschussstelle. Sein Kopf leblos auf der Couchlehne und die Hand über dem Sofarand hinausragend.

Plötzlich trat Ryan hervor, sofort wollte ich ihn an der Kleidung zurückziehen, da ich sah, wie die Männer ihre Waffen zückten. Ryan drehte sich jedoch nur lächelnd zu mir um und sagte damit so viel wie: „Vertrau mir.“

Doch wie sollte ich ihm nach so etwas vertrauen?

Lesniak richtete sofort die Waffe auf Ryan, was mein Herz nur noch verrückter spielen ließ. Ich klammerte meine Hände um meinen Colt, riss mich aber zusammen, Ryan noch einmal zu vertrauen. In lockerer Haltung, mit leicht gehobenen Händen ging Ryan zur Couch. „Ach, kein Grund so seriös zu sein."

Er drückte die traumatisierte Frau etwas beiseite und tippte dem erschossenen Mann auf die Schulter: „Wir spielen doch nur etwas."

Seine Worte und seine Art irritierten mich genauso wie die Männer. Bis der Mann mit dem Einschussloch und dem blutenden Kopf sich auf einmal aufrichtete.

Erneut erstarrte ich.

Was ging hier vor sich?

Völlig lebendig stand er Mann auf und lachte. Der Blick der Frau klebte an ihm, vollkommen fassungslos. Zeitgleich drehte sich der Mann zu Ryan, welcher dem Alten plötzlich einen Hunderter zuschob.

Augenblick für Augenblick stieg meine Verwirrung an.

„Schön zu wissen, dass du dich so sehr um mich sorgen würdest", lachte der Mann, beugte sich zu seiner Eskorte hinab und gab ihr einen Kuss auf die Stirn.

Als er wieder hochkam, wischte er mit einem Finger durch die rote Flüssigkeit und leckte diesen ab, bevor er in einen anderen Raum verschwand.

„Lesniak, dich habe ich gesucht!", lachte Ryan voller Gelassenheit und schwang einfach einen Arm um ihn.

„Du kommst mir bekannt vor."

Stirn runzelnd, murmelte Lesniak und schien die Situation noch nicht verarbeiten zu können

„Du kennst mich nicht mehr!?", spielte Ryan theatralisch enttäuscht und drückte Lesniaks Kopf etwas zu sich herab, als er zu flüstern begann.

Ganz leise und nur schwach verstand ich einzelne Wörter: „Unsere Geschäfte… Das gedruckte Geld… Sehr geehrt… ausbaufähig…"

Daraufhin kam er auch mich zu: „Das ist meine Assistentin. Alles streng vertraulich und nur unter uns natürlich."

Mit einer vorstellenden Geste deutete er auf mich und nahm wie ein Gentleman meine Hand, um mich zu führen.

„Sehr erfreut", lächelte ich Lesniak zu.

„Aha", verließ es den überforderten Mann.

Als uns die anderen zwei Männer von Lesniak in den Raum folgen wollten, machte Ryan eine stoppende Geste: „Das ist nur unter uns. Ich erbitte keine Anwesenheit Unbefugter."

„Hm", brummte Lesniak, „wir hatten schon mal Geschäfte gemacht?"

Skeptisch musterte er Ryan: „Natürlich! Es war ein voller Erfolg."

Lesniak, der ein Mann zu sein schien, dem die Dinge schnell entfielen, begann auf einmal breit zu grinsen. Eigentlich bloß mit Ryan mitspielend, damit es ihm nicht peinlich wäre, es vergessen zu haben. Aufmerksam beobachtete ich dieses Phänomen, bevor wir zu dritt in einen separaten Raum verschwanden. Ich war schon wieder sprachlos.

„Also", Lesniak lehnte sich über einen Schreibtisch und holte Geld aus einer Schublade.

Zusammen mit dem Geld erkannte ich aber, dass er eine Pistole ergriff, den Blick aufmerksam nur auf Ryan gerichtet.

„Er weiß es", stieß ich sofort aus, rannte auf Lesniak zu und packte seine Handgelenke.

Um die Waffe kämpfend, versuchte er an den Auslöser zu kommen. Ich stieß ihn gegen den Schreibtisch und krallte meine Finger tief in seinen Griff. Mit einem kräftigen Tritt zwischen seine Beine, löste er seinen Griff und ich entnahm ihm die Waffe. Er machte sich kleiner und drückte sich eng an die Wand.

„Was wollt ihr von mir?", sprach er schwach und kratzig, als ginge ihm die Luft vor Angst aus.

„Dein Ende ist gekommen. Du hast jemandem sehr viel Leid zugefügt", Ryan sprach leise und bestimmend, als er ihm näherkam,

„aber es ist keine Rache, wir nennen es Erlösung. Erlösung von dir.“

„Was denkst du, wer du bist? Gott? Der Teufel? Du hast mein Urteil nicht zu bestimmen!“, flennte Lesniak.

„Fühlst du dich damit besser, mich Satan zu nennen? Denn ich kann das sehr wohl.“

Zeitgleich ergriff Ryan ein dünnes Band vom Schreibtisch und hockte sich zu Lesniak, welcher mittlerweile an der Wand heruntergerutscht war. Ryan hielt das Band gespannt vor das Gesicht des Mannes.

„Weißt du, was du getan hast?“, fragte Ryan, bisher noch ohne Lesniak zu berühren.

„Nein…“

Unverzüglich darauf kam Ryan mit dem Band näher. Als Lesniak sich mit seinen Händen wehren und Ryan von sich stoßen wollte, richtete ich meine Waffe auf ihn.

„Okay, okay, stopp!“, schrie er.

„Es tut mir leid! Es tut mir so leid! Bitte lasst mich leben!“ Seine Stimme zitterte, zusammen mit seinem Körper.

„Was hast du getan?“

Er biss seine Zähne fest aufeinander und wollte sich weigern, zu sprechen. In seinem gequälten Gesicht erkannte ich sein Leid und seinen Zwang, wie sehr er versuchte, das Sprechen zu unterdrücken.

„Was hast du getan“, zischte Ryan erneut und drückte das Band an seinen Hals.

Durch die dünnen Fasern bohrte es sich scharf in seinen Hals.

„Ich habe Geld gedruckt“, blickte er beängstigt herab. Ryan stieß gegen das Tischbein, wodurch ein Behälter mit Stiften umkippte.

Sie kullerten die Platte entlang und fielen zu Ryan herab. Ohne sich umzudrehen und von Lesniak abzusehen, ergriff er einen spitzen Bleistift und presste diesen an Lesniaks Bein. Dieser schrie panisch auf: „Halt! Stopp! Was tust du!“

Sein Bein zuckte, doch Ryan hielt es mit seinem Bein fest am Boden.

„Also?“, forderte Ryan.

„Ich habe den Leuten zu wenig gezahlt! Ich habe sie ausgebeutet und verarscht!“

„Weiter.“

„Ich-, Ich... Ich habe Freunde mit meinen Taten beschuldigt, damit die Polizei nicht hinter mir her ist.“

„WEITER“, wurde Ryan bedrohlich lauter.

„Das ist alles!“

„Lüge“, zischte Ryan und drückte den Stift in sein Fleisch.

Lesniak wollte aufschreien, doch Ryan gab ihm ein bedrohliches Zeichen: „Setz fort.“

„Ich...“, er begann zu weinen, „ich, ich habe mich an mich an meiner Tochter vergangen. Als sie acht war... Mehrmals.“

„Na endlich.“ Ryan richtete sich auf, legte den Stift beiseite und ließ Lesniak glauben, dass es vorbei war.

Dieser atmete erschöpft und schwächlich. Ryan verschränkte seine Arme: „Sie war es auch, die mich um Hilfe bat. Um Erlösung.“

Noch nie so rasch riss Lesniak seinen Kopf zu Ryan hoch und blickte ihn schockiert an.

„Keine Sorge, es wird ein schneller Suizid. Irgendwelche letzte Worte?“

Lesniak wollte sich aufrichten, wehren und reagieren, doch er konnte nicht. Er war zu aufgelöst dadurch, dass er eben ein Geständnis gemacht hatte, dass er für ewig verschweigen wollte. Ryan riss ihn am Kragen hoch, legte das Band um seinen Hals und wiederholte die Frage: „Letzte Worte?“

Daraufhin blickte Lesniak zu Ryan herab.

Und als hätte er gerade verstanden, dass sein Leben heute wirklich enden würde, begann er zu schmunzeln.

„Ich würde es wieder tun.“

Es kostete keine Sekunde, da brachte Ryan ihn zum Fall und hielt ihn nur am Band am Hals fest. Ein Knacken ertönte und Ryan ließ los.

Ich wusste nicht, was mich mehr schockierte, Ryans Leichtigkeit oder die Worte des widerwärtigen Mannes.

Anschließend sah ich Ryan dabei zu, wie er Lesniak am Band am Ventilator aufhing, seine Spuren verwischte, einige Flaschen Alkohol auf dem Balkon leerte und sie auf den Schreibtisch stellte.

„Auftrag erledigt“, hauchte er an seine Smartwatch, während er mit einem unfassbar bestimmten und apodiktischen Blick über diese zu mir hervorlinste.

Durch eine Hintertür verschwanden wir.

„Und?“, drehte er sich zu mir um, nachdem er locker auf sein gestohlenes Motorrad stieg.

„Ich weiß nicht, was ich sagen soll“, meinte ich ehrlich und blieb noch neben ihm stehen.

„Willst du aussteigen?“

Er gab mir einige Sekunden zum Überdenken. Doch viel zum Überdenken hatte ich nicht. Ich war nicht einmal stark abgeneigt, die Situation bloß noch nicht gewohnt. Jedoch gefiel mir das Adrenalin. Meine Antwort gab ich ihm, indem ich mich an ihm festhielt und auf das Motorrad stieg. Nach einiger Zeit fuhr er an den Bordstein und stieg vorsichtig ab.

„Hm?“, legte ich meinen Kopf schief, „was machen wir hier?“

Er begann zu grinsen: „Hast du Hunger oder ist dir der Appetit vergangen?“

Kaum erwähnte er das, grummelte mein Magen und wir holten uns etwas beim Imbiss.

„Du verkraftest das ganz schön gut“, meinte er und schnappte sich währenddessen einige meiner Pommes.

Ich zuckte nur mit der Schulter.

„Behaltet ihr Kontakt zum Auftragsgeber?“

„Meist nicht, nur bei Emilia war das was anderes.“

Für eine Sekunde schnürte sich mir die Brust zusammen, obwohl ich seinen Ton nicht so deuten wollte.

„Anders?“, hakte ich zaghaft nach.

„Der Grund dafür warst du“, blickte er über den Stehtisch zu mir.

„Ich?“

„Du hast so oft dafür gesorgt, dass ich den Auftrag nicht ausführen konnte, dass es ewig dauerte. In der Zeit kamen wir uns etwas näher.“

Während er sprach, erinnerte ich mich genau an ihr schönes Ebenbild vorm Blumenladen und wie verträumt und elegant sie mit ihren Fingern sanft über die Blüten fasste. Ein mulmiges Gefühl breitete sich in mir aus.

„Näher also?“

„Ja.“ Er ging nicht weiter drauf ein, egal, was ich fragen würde.

„Und jetzt noch?“, hauchte ich, wobei es mir beinahe im Hals stecken blieb.

Er nahm einen Schluck aus der Coladose und als er wieder zu mir sah, hob er schweigend seine Schultern. Emilia also.

„Welcher Auftrag?“

„Was?“, stieß er irritiert aus, weshalb ich mich wiederholen musste.

„Was für ein Auftrag war das?“

„Ihr Vater“

In dem Augenblick fiel ich einen Schritt nach hinten und mir entglitt die Dose aus den Fingern. Klimpernd kam sie auf den Steinplatten auf, auf denen sich das Zuckerwasser ausbreitete. Meine Augen waren zu fixiert auf Ryans Gesicht, um sich zu lösen oder die Dose aufzuheben.

Der Vater, der mich bat, sie um alles in der Welt zu beschützen. Der, weshalb ich überhaupt erst in dem Club war, und Ryan angegriffen hatte, da ich ihn als Gefahr betrachtete. Dieser Vater starb durch Ryan, weil seine Tochter ihn dazu beauftragte.

„Ist was?“, kam Ryan zu mir. Er hob die Dose auf: „Ich hole dir eine neue.“

Kurz darauf ging er zurück zum Stand. In der Zeit versuchte ich mich wieder zu fassen. Es konnte nicht der Vater der Böse sein.

War es Emilia?

Weshalb sollte sie das wollen?

Vorsichtig stützte ich mich am Tisch ab und atmete tief durch. In diesem Moment verstand ich, meine Entscheidung würde Folgen haben…

Ryan kehrte zurück und stellte mir eine neue Dose auf den Tisch.

KAPITEL 20

Ich glättete mir gerade einige Haarsträhnen, als der Benachrichtigungston aufklang. Vorgestern hatte ich meinen ersten Auftrag mit Ryan und seither wartete ich nur umso sehnsüchtiger auf unser Wiedersehen und ein wenig auch das Adrenalin, das ich beim ersten verspüren durfte. Sofort krallte ich mir das Smartphone: „Ich stehe unten."

Das wohle Gefühl in meiner Brust zog sich bis in meine kribbelnden Fingerspitzen, als ich das Glätteisen herauszog und mir meinen Satin Rock und ein Korsett-Langarmshirt überzog. An dessen Spitze ich mich kurzerhand mit meinen Nägeln verhing. Vorsichtig entknotend, piepte mein Handy erneut.

„Ich habe was für dich."

Mich weiter auf die Folter spannend, beeilte ich mich noch mehr. An meiner Kommode schnallte ich mir nach so langer Zeit zum ersten Mal wieder eine Schnalle um meinen Oberschenkel, in der ich dann kleine Messer, sowie eine kleine Haarnadel verstaute. Ich band mir einen weiteren Gurt ums andere Bein und steckte mein Revolver in die Schlaufe. Vorm Spiegel fasste ich mir nochmal in die Haare und gab meinem Ansatz etwas Volumen. In die Schuhe schlüpfend und den Schlüssel in meine Handtasche steckend, eilte ich zum Aufzug.

Dort stand Ryan mit seinem weichen, zurückgeworfenen Haar, die Hände in der Stoffhose, in die er sein Shirt locker fallen ließ. Er lehnte sich an das Motorrad hinter ihm, welches schon wieder anders aussah. Ich kam ihm näher, als sich mir bereits ein unbewusstes Lächeln auf die Lippen legte. Er begann zu grinsen und holte etwas aus seiner Tasche. Es war ein dicker Briefumschlag.

„Steig auf, ich führe dich aus“, mit einem auffordernden Nicken, stieg er selbst auf das Motorrad.

„Vom Auftrag?“, fragte ich und streckte meine Hand nach dem Umschlag.

Als er ihn mir überreichte, linste ich hinein und sah all die dünnen hundert Dollarscheine, so nah aneinandergereiht, dass ich die einzelnen kaum noch erkannte.

„Wie viel ist das?“

„Zehntausend“

„Was?“, verließ es mich fassungslos.

„Sieh es anders, nur so viel ist den ein Menschenleben wert. Jetzt steig auf.“

Meine Hände hatten sich erstarrt, fest an den Umschlag geklammert.

All die Zeit über hat Ryan so viel Geld damit gemacht? An einem Tag.

Ich schwang auf das Motorrad und hielt mich an Ryan fest, der den Umschlag gerade wieder verstaute.

„Guck nicht so, manche sind auch mehr wert“, schlug er mir auf den Oberschenkel, nachdem er sich zu mir umgedreht hatte und in mein in Gedanken versunkenes Gesicht sah. Daraufhin schmunzelte er und wir fuhren los. Über die große Brücke des East Rivers, an dem teuren Designer vorbei, weiter zu einem Riesenrad und in ein Parkhaus abbiegend. Wir fuhren mehrere Etagen runter, bis er hielt und mir mit seiner Hand eine Stütze bot, abzusteigen. Danach stieg er ab und nahm den Umschlag wieder hervor.

„Achttausend für dich“, hielt er mir den Umschlag hin und verstaute das entnommene Geld in seinem Portemonnaie.

„Warum nicht fifty-fifty?“, fragte ich und nahm es zögernd.

„Um deinen Schock zu entlasten“, grinste er.

Ich lachte und wollte es ihm wieder entgegendrücken: „Geht schon.“

Doch er schüttelte seinen Kopf: „Das machen wir nicht. Ich gebe dir Geld, du nimmst es an. Genauso wie die Kleider und andere Geschenke. Denkst du, bei den wöchentlichen Aufträgen bräuchte ich es?“

Überrascht zog ich den Umschlag zurück zu mir und hielt in fest in beiden Händen vor meiner Brust.

„Interessiert dich das Geld daran so wenig?“

„Doch schon, Dylan bekommt ja auch noch etwas. Nur was soll ich mit dem Geld, wenn ich jeden Tag sterben könnte? Mehrere Apartments kaufen, die leer stehen könnten? Ein schickes Auto, das beim nächsten Auftrag zerschossen wird? Teure Markenkleidung?“

Er sprach beinahe schon bescheiden. Doch dann verlor er seine Tiefgründigkeit und begann stattdessen zu grinsen: „Lebe jeden Tag als sei es dein letzter. Deshalb kaufen wir uns jetzt was, von dem wir im Hier und Jetzt profitieren!“

Er schien schon genaue Vorstellungen davon zu haben, was er kaufen wollte, als er meine Hand nahm und mich durch die Tiefgarage führte. Nach einiger Zeit, in der ich die Pfeile und Hinweisschilder zum Ausgang an uns vorbeiziehen sah, sprach ich es verwirrt an: „Gehen wir nicht in die falsche Richtung? Der Ausgang ist dort.“

Ich zeigte in die Richtung hinter uns. Er drehte sich zu mir und lächelte so sanft und vertrauensvoll, dass ich schon meine eben gestellte Aussage wieder infrage stellte und die Schilder überprüfen wollte.

„Wir wollen nicht zum Ausgang, warte einfach ab.“

Mit einem zustimmenden Nicken ließ ich ihn mich weiterführen. Bis zu einer grauen Stahltür, die uns in ein separates Treppenhaus brachte. Von dort aus gingen wir einige Stufen über das schwere Metall, das beim Auftreten unserer Schuhe einen klangvollen Ton erzeugte. An einer Tür, die so voll mit Postern und Zetteln beklebt war, blieb er stehen. Er klopfte zweimal und ein Mann mittleren Alters öffnete uns die Tür.

Wir begrüßten einander und traten in den unscheinbaren Laden ein. Da wir immer noch im Untergeschoss zu sein schienen, gab es keine Fenster, dennoch erhellten helle, gelbliche Lichter den Raum. Auf Tischen, in Vitrinen und an Tafeln entdeckte ich Elektronik und Waffen jeglicher Art.

„Was ist das hier?“

„Das, meine Liebe, ist Amerika“, lachte der Mann in einem vollen Klang, der aus dem Zwerchfell seines Bierbauches kommen musste.

„An was habt ihr denn Interesse? Bist du Ashford?“, fragte der Mann und wandte sich an Ryan, welcher nickte.

„Okay, vor einigen Stunden hatte schon jemand angekündigt, dass du kommen würdest. Der Auftrag ist fertiggestellt, du kannst sie gleichsehen, wenn du möchtest.“

Die beiden sprachen untereinander, worin ich nicht eingeweiht wurde. Erst als ich ihnen zur Kasse folgte. Unter dem großen Tresen holte er eine kleine Schachtel hervor. Sie glänzte in dem hochwertigen, schwarzen Material, als er sie sanft öffnete und zwei Kontaktlinsen zum Vorschein kamen.

War es das, was ich dachte? Mein Herz begann zu flattern.

„Wollt ihr sie gleich austesten? Zum Testen haben wir erst zwei in Auftrag gegeben, können aber auch gerne noch mehr produzieren.“

„Das geht schon“, meinte Ryan, nahm die Schachtel zwischen seine Hände und reichte sie mir.

Vorsichtig entnahm ich mir eine Linse und Ryan die andere.

Der Verkäufer begann zu erzählen: „Es ist das neuste Modell, das so noch gar nicht gefertigt wird. Wir sind uns mit dem Namen noch nicht ganz einig. Smart Lense, Magic Lense, Third Eye. Zu exotisch durfte es auch nicht werden.“

Er sprach und lachte mit sich selbst. Kaum hatten wir die Linsen eingesetzt, stellte er sich vor uns.

„So, die Linse reagiert auf eure Handbewegungen. Das heißt-“ Er wischte seine Hand vor unsere Gesichter und sofort stießen Ryan und ich zeitgleich ein überraschtes Geräusch aus.

Die Linse sprang an und in meinem Sichtfeld – wie in seinem vermutlich gerade auch – erschienen am Rand kleine Icons mit

Optionen. Sie waren in einem zarten bläulichen Farbton und ergänzten sich gut mit den Farben der Umgebung. Der Mann erkannte unsere vertieften Blicke und meinte: „Die Farbe wollten wir an den Himmel anpassen, um einen guten Übergang zu schaffen. Man kann sie in einem Menü aber auch ändern. Die Menüs könnt ihr entweder durch Bewegung eurer Finger auswählen oder durch Erschütterung und Tippen. Bei älteren Modellen ist das vielleicht bekannt, an die Schläfe zu tippen, um kleine Vibrationen an die Linse weiterzuleiten, die zwischen den Menüs wechseln. Mit der neuen Funktion gibt es jetzt aber einfach erlernbare Short-cuts, die ihr vor dem Auge ausführen könnt."

Er wischte mit zwei Fingern in der Luft von rechts nach links. Es aktivierte das Scannen und wie bei meiner alten Linse, offenbarte sie mir sofort alle gegebenen Informationen über den Mann vor mir.

„Alejandro Hanson", glitt es mir über die Lippen.

„Genau, das bin ich", lachte er laut.

„Was kann die noch?", fragte Ryan, während meine Augen schon jetzt zu strahlen begannen.

„Nicht nur Informationen über Personen mit Zugriff auf die weltweit größten Datenbanken, sondern auch Informationen über Produkte in Sichtweite, mit Möglichkeit zur Einstellung, auf welche Gegenstände geachtet wird. Im Falle von gesunder Ernährung könnte man zum Beispiel unmittelbar alle E-Nummern übersetzen."

„Der wichtige Teil", räusperte sich Ryan streng.

Alejandro grinste: „Oh, ja, also mit dieser Funktion-"

Er schwang seine Hand mit einem abrupten Stoppen vor unsere Linse und die Sicht meines Auges wurde farblich etwas entsättigt.

„Was soll das sein?", fragte ich.

Als er uns mit einer Geste dazu brachte, uns umzudrehen. Jede Waffe in den Vitrinen oder an der Wand wurde mit einer blauen Farbe markiert und stach im Sichtfeld heraus.

„Damit können Waffen auf große Entfernung und bereits durch Kleidung, die sie bedecken erkannt werden. Wir arbeiten noch an der genaueren Klassifizierung und einer verbesserten Unterscheidung von Waffen und gefährlichen Gegenständen zu harmlosen Objekten. Aber lieber übervorsichtig als zu grob, haben wir uns gedacht."

Ryan nickte verständnisvoll, während mich mein Staunen schon sprachlos gestimmt hatte.

„Was noch?"

„Natürlich ein GPS-System, das als Navi verwendet werden kann. Sowie eine Aufnahmefunktion. Fotos sowohl als auch Videos können jederzeit aufgenommen und im Smartphonespeicher untergebracht werden. Die Lise selbst hat nur einen Speicher für System und Software, weshalb die Verbindung zum Smartphone in dem Falle notwendig ist. Für Tonaufnahmen mit integriertem Speicher, kann ich euch gleich noch ein anderes Produkt zeigen. Aber erst zu der Linse. Natürlich sie auch alles sonst, was mit der Verbindung zum Smartphone kommt. Ein kleines Wettersymbol in der oberen Ecke, sowie eine Benachrichtigungsanzeige über Nachrichten und Status des verbundenen Geräts. Zu erledigende Aufgaben mit Erinnerungen, zusammen mit Schritt-für-Schritt Anleitungen für Gerätebedienung oder Rezepte. Im Gesamten also eine Menge Funktionen und Anwendungsmöglichkeiten in allen möglichen Bereichen."

Ryan sprach mit ihm über technische Aspekte, während ich genoss, die einzelnen Objekte im Raum zu analysieren.

„Eine Funktion, an der wir zurzeit noch arbeiten, ist die Erkennung von Giften oder anderen Verunreinigung an Lebensmitteln oder Objekten, die anhand von Farbe und anderen visuellen Merkmalen, die mit dem bloßen Auge nicht festgestellt werden können, identifiziert und mit einer Warnung gekennzeichnet werden können. Weitere Funktionen werden mit aktiven Updates folgen. Was haltet ihr davon?"

„Unglaublich", grinste ich vor mich her, während ich die Auswirkung von verschiedenen Handbewegungen vor meinem Auge austestete.

Ryan begann mich vertieft anzugrinsen. Doch ich war zu fixiert auf alles andere, sodass ich ihm in meiner Sicht gar keine Beachtung schenkte.

Daraufhin wandte er sich wieder dem Verkäufer zu: „Wir nehmen sie. Wie viel wäre das dann?“

Sie gingen zur Kasse und kümmerten sich um den Zahlungsprozess. Vorsichtig entnahm ich sie und legte sie zurück in die geschützte Schachtel.

„Können wir vielleicht noch so eine haben?“

Ryan zeigte auf die Schachtel, woraufhin Alejandro unter seinem Tresen wühlte.

„Geld spielt keine Rolle, huh“, flüsterte ich grinsend zu Ryan, nachdem ich zusah, wie er seine schwarze American-Express Karte an das Gerät hielt.

„Ganz recht. Wir sind auch noch nicht fertig, aber das wollte ich schon mal abschließen. Was gibt's denn noch?“, wandte sich Ryan dem Mann zu.

„Auch ganz neu auf dem Markt, was vielleicht etwas für die Dame ist, ist das hier.“

Wir folgten ihn an den Ausstellungsstücken vorbei, zu einer edlen Vitrine. Er steckte einen kleinen Schlüssel in das schmale Loch und holte ein elegantes Paar goldener Ohrringe hervor. Ein dickeres, goldenes Metall, geformt wie ein abgerundetes Rechteck. Jedoch sehr schlicht, schön und elegant.

„Ach, ich brauche keine Ohrringe, ich habe schon viel zu viele“, lachte ich abwinkend.

Doch das löste nur ein umso überzeugteres Grinsen bei dem Alten aus: „Oh doch, glaub mir, die brauchst du. Darf ich?“

Vorsichtig kam er mir näher, streifte mir sanft meine Haare hinters Ohr und befestigte den Ohrring vorsichtig in meinem Ohrloch. Er hielt die Rückseite des goldenen Materials gedrückt und es erklang ein leises Piepen in meinem Ohr. Überrascht machte ich einen kleinen Schritt zurück, als der Mann es mit seinem Smartphone koppelte und einen Song spielte. Ich begann mich sanft zu dem Lied zu bewegen und unbewusst schon zu lächeln, als Ryan mich mit Skepsis musterte: „Was ist das?"

„Hörst du es nicht?", fragte ich lachend.

Ryan hielt sein Ohr an meinen Ohrring und lauschte der Musik.

„Oh, nicht schlecht. Aber hört man das nicht, wenn man danebensteht?", blieb er misstrauisch.

Alejandro hingegen blieb standhaft und überzeugt: „Teste es."

Er ließ Ryan und mich Schulter an Schulter stehen: „Und?"

Ryan konzentrierte sich intensiv für einige Sekunden. Bis er überredet meinte: „Okay, das gefällt mir."

„Hört man was?", fragte ich.

„Nein, bloß, wenn ich mich direkt an dein Ohr lehne. Gut umgesetzt", staunte Ryan und lächelte den Verkäufer an, der mit einem stolzen Grinsen zurückblickte.

„Die wichtigste Funktion ist natürlich nicht das Musikhören."

Er öffnete eine App in seinem Handy und sprach in das Mikrofon: „Das wichtigste ist die Übertragung, sodass ihr euch miteinander verständigen könnt."

Er sah zu Ryan: „Für dich habe ich auch schlichte in-ear-buds, die wie kleine Plättchen im Ohr liegen, mit genau der gleichen Funktion. Ach so, zusätzlich bieten die eine Live-Wort-für-Wort Übersetzung und natürlich Tonaufnahmen. Anders als die Linsen, haben sie einen kleinen, eingebauten Speicher, der die Aufnahmen sichert. Die Übertragung zum Smartphone ist trotzdem möglich, um die Daten doppelt zu sichern oder direkt weiterzuleiten. Ach, und die Linse und diese Teile laden natürlich wireless, was ich euch zum Kauf noch dazu packen werde. Was sagt ihr?"

Ryan und ich tauschten für einen Moment Blicke miteinander aus. Als er mein Strahlen erkannte, eignete er es sich an und meinte sicher: „Wir nehmen alles, die in-ear-buds, die Ohrringe und die Ladefläche, zu den schon bezahlten Linsen."

Mit einem breiten Grinsen packte er uns alles zusammen.

„Was möchtest du jetzt machen?", fragte er mich, nachdem wir die Tüte nahmen und aus dem Laden, zurück ins Parkhaus gingen.

„Kannst du Motorrad fahren?", fragte er mich plötzlich.

„Kann doch nicht so schwer sein, oder?“, lachte ich und schlug ihm in die Seite, als ich bereits an ihm vorbei zum Motorrad ging.

Mit gewölbten Händen drehte ich mich im Gehen zu ihm um, woraufhin er mir die Schlüssel in die Handfläche warf.

„Ist das etwa deins?“, neckte ich ihn.

Zu meiner Überraschung grinste er stolz und bejahte es. Ich stieg auf das Bike und steckte den Schlüssel rein. Mich an den Griffen umsehend, fror ich unwissend ein. Als er sich plötzlich hinter mich setzte und zu mir vorlehnte. Seinen Körper an meinen Rücken lehnend und die Hände auf meinen an die Griffe legend. Mich lehrend, drehte er den Griff und trat schwungvoll auf ein Pedal. Nach einiger Zeit sprang der Motor an und er wies mich grob ein.

„Versuch, langsam anzufahren.

Ich tat, was er sagte, und wir kamen in Bewegung. Die Reifen rollten über den Betonboden, über den meine Zehenspitzen wackelten. Als ich an Geschwindigkeit aufnahm, kontrollierte er die Bremse und wir fuhren vorsichtig um die herumstehenden Autos. Mit der Zeit legte ich mich etwas tiefer und begann ein Gefühl fürs Fahren zu entwickeln.

Sanft legten wir uns in kleine Kurven, wobei die starke seitliche Neigung mich beim ersten Mal aus dem Rhythmus brachte, sodass Ryan kurzerhand übernahm.

Es dauerte jedoch nicht lange, da stieß ich seine Handflächen von meinen Händen und beschleunigte, mich an das Metall legend. Je länger ich raste, die Autos umfuhr und mich in Kreisen drehte, umso breiter wurde mein Grinsen, gefolgt von einem Adrenalinkick, der meinen Puls aufgeregt zum Rasen brachte – Beinahe im Takt meiner Geschwindigkeit, die ich aufnahm, die mir in der langen, nicht allzu befüllten Tiefgarage, möglich war.

„Macht Spaß, huh?“, lehnte er sich zu meinem Ohr, damit ich ihn verstünde.

Ich nahm für einen Moment die Hand vom Griff und zwickte Ryan hinter mir in den Oberschenkel. Daraufhin packte er seine Hände an meine Taille und drohte mit zuckenden Fingerspitzen, mich zu kitzeln. Ich schüttelte hastig den Kopf und lachte schon beim Gedanken an die zwanghafte, automatische Reaktion, die es auslösen würde. Vorsichtig wollte ich langsamer werden, doch da legte Ryan seine Hände ganz fest an meine Taille und meinte: „Wir können auch aus der Garage rausfahren. Du hast doch einen Führerschein, nicht?"

Ich nickte und folgte den Pfeilen zum Ausgang.

„Hast du keine Angst?", rief ich lachend zurück.

„Bei einem Autounfall zu sterben wäre für mich noch ein schöner Tod", sprach er laut an mein Ohr, sodass ich es durch den starken Windzug hören konnte.

Ich hatte das Bike unter Kontrolle und fuhr an allen Autos vorbei. Den Wind in den Haaren spürend, der stehenden Hitze entkommend. Ich fuhr so lange und vergaß dabei vollkommen die Zeit bei dem Gefühl der Kontrolle und Freiheit, die es mich fühlen ließ. Mit Ryan an meiner Seite und der Macht, die mir bei dem Gedanken an uns in die Adern schoss.

Bis abends verbrachten wir den Tag zusammen, ohne Ziel und ohne Pflichten. Derartig lebhaft, wie ich schon lange nicht mehr gelebt hatte. Zwischendurch setzte er mich zuhause ab, um die gekauften Sachen abzustellen und mich umzuziehen. Ich warf mich in ein knappes Outfit, da uns Dylan für einen Auftrag in eine Bar schickte und traf mich wie abgesprochen wieder mit Ryan.

„Schick", grinste er und musterte mein Outfit mit dem knappen Rock von oben bis unten.

„Darf ich heute übernehmen?", zog ich stolz meine Augenbraue hoch.

„Den Auftrag?", erwiderte Ryan überrascht, „Kannst du gerne. Ich kann mich zurückhalten."

Zufrieden grinste ich und schlug ihm zuversichtlich auf die Schulter. Daraufhin fuhren wir in die von Dylan angeordnete Bar. Beim Betreten des Gebäudes kam mir der ausgeprägte Zedergeruch unter dem Alkohol entgegen. Die Bar war passend und traditionell in dunklem Holz eingerichtet. Größer als es von außen aussah, ging der Raum in die Tiefe und wir mussten etwas gehen, bis wir an der Bartheke ankamen.

„Was willst du trinken?", fragte Ryan mich und lehnte sich mit dem Unterarm an die Zeile.

„Such mir was aus, das kannst du gut", schmunzelte ich und sah mich währenddessen hinter ihm um. Als ich Ryans Augen traf, bemerkte ich, dass er genau das gleiche hinter mir tat.

„Improvisieren", flüsterte Ryan, kurz bevor er absichtlich seinen Arm von der Zeile fallen ließ und zu mir nach vorne schwankte. Benommen wirkend, kam er mir so nah, dass er die ganze Zeit an mich stieß. Sehr auffällig und grob packte er mit seiner Hand an meinen Po und begann zu lallen. Vorerst perplex brauchte ich eine Sekunde länger, bis ich verstand, dass die Männer, die wir suchten, hinter uns sitzen mussten. Ich kreischte auf und sprang von Ryan weg: „Was glaubst du, wer du bist?!"

Sofort huschte ich hinter mich und stieß auf den Tisch, auf den Ryan seinen Blick geworfen haben musste. Mit meinem Po stieß ich sofort gegen den Holztisch und sorgte dafür, dass drei männliche Blicke auf mir landeten.

Mit einer Handbewegung, die ich aussehen ließ, als würde ich mir erschöpft die Stirn reiben, aktivierte ich die Linse. Mit Dylans technischer Ergänzung, markierte sie mir sofort mein Ziel mit einem kleinen roten Punkt. Das gefiel mir so sehr, dass ich mir für einen Augenblick das Schmunzeln nicht unterlassen konnte.

„Oh, wer bist du denn?"

„Hat der Kerl dich belästigt?"

„Du kannst dich zu uns setzen, wir passen auf."

Alle drei sprachen sofort mit mir. Die Linse verriet mir, dass sie alle in ihren 30ern waren und laut Angaben uninteressante Personen, ohne kriminelle Einträge oder einem gewissen Bekanntheitsgrad.

Verwundert wischte ich noch einmal unauffällig, um weitere Informationen zu erlangen. Meine unsichere und schwache Rolle spielend, verzog ich mein Gesicht beschämt und zog mir meinen tiefen Ausschnitt vergeblich höher. Sofort landeten alle sechs Augen auf meinen Ausschnitt, wo sich meine Hand bewegte.

„Wo kann ich mich denn hinsetzen?“, zog ich unschuldig verwirrt meine Augenbrauen aneinander und blinzelte wiederholt.

„Auf meinem Schoß“, wollte der eine Mann, der wohl schon mehr als einige Bierchen drin hatte, an sich ziehen.

Doch unverzüglich schlug der, der neben ihm saß, seine Hand runter. Dann stand er auf und trug mir einen Stuhl von dem anderen Tisch her. Dabei spannte er offensichtlich seine Arme noch stärker an, um mit seinen Muskeln zu imponieren. Ich schenkte ihm mein süßestes Lächeln und gewährte ihm einen Blick in meine großen, runden, braunen Augen. Kurz bevor ich mich, Po rausstreckend, auf den Stuhl setzte.

„Danke, ihr habt mich gerettet“, sprach ich in zarter Stimme und legte meine Handflächen auf meine nackten Beine. Mich angespannt und nervös wirken lassend.

„Eh, was macht ihr hier? Wie heißt ihr?“

Sie stellten sich mir mit ihren Namen vor, die ich schon auf dem Display desinteressiert überflogen hatte und versuchten mich mit seltsamen Sprüchen über sich zu beeindrucken. Auch diese, merkte ich mir nicht, als ich stattdessen überlegte, wie ich mein Opfer aus der Gruppe bekäme.

„Das wird wohl eine Zeit dauern“, flüsterte ich in meinen Ohrring zu Ryan.

„Hm?“, brummte einer der Männer neben mir.

„Ich habe etwas Durst…“, hauchte ich schüchtern.

„Du bist solch eine Schönheit, warum sprichst du so leise. Du musst keine Angst vor uns haben“, legte der eine plötzlich seine Hand auf meinen Oberschenkel.

Für einen Augenblick zuckte ich ehrlich und erschrak mich, als mich eine Erinnerung an Noah durchzog.

„Würdet ihr mir was zu trinken holen?“, fragte ich und tat, als würde ich nach meinem Geld greifen.

„Oh, wir zahlen“, legte er seine Hand von meinem Oberschenkel sofort auf meine Tasche auf meinem Schoß.

„Wirklich?", hauchte ich mit großen Augen.

„Ja, kein Problem."

Er grinste widerlich. Als einer der drei aufstand, um mir ein Getränk zu holen, aktivierte ich wieder die Daten über mein Ziel: „Eden Braxton, 30, unverheiratet, unverlobt."

„Was hat er getan?", hauchte ich zu Ryan, während die Männer sich unterhielten.

In einem Strecken drehte ich mich nach hinten und erkannte Ryan, der uns unauffällig von einem anderen Tisch aus beobachtete.

„Wir hinterfragen nicht, wir führen aus."

Daraufhin sagte Ryan nichts mehr und ich konnte nicht, weil der eine Kerl zurückkam und mir das Glas auf den Tisch stellte.

„Ich habe nicht gesehen, dass er was mit dem Getränk gemacht hat, kannst trinken", sprach Ryan, als er bemerkte, wie skeptisch ich in das Glas sah.

„Danke", sagte ich zu beiden, dem Mann und Ryan in mein Mikrofon.

Wir tranken zusammen, die Typen machten Sprüche und ich wartete nur auf den richtigen Moment. Als sich bei mir der Alkohol sehr dezent bemerkbar machte, da schlugen die Männer schon um sich und krachten mit den Gläsern in vollem Gelächter auf den Tisch. Für einen winzigen Moment nur brachen sie ihre Lautstärke und flüsterten etwas unter sich.

Erst dachte ich, das wäre schon ein guter Zeitpunkt, zu handeln, doch dann fragte mich Eden, ob er mir noch ein Glas holen dürfte. Natürlich willigte ich ein, gab ihm mein Glas und ließ ihn gehen. Kaum sprach ich meine Zustimmung aus, landeten zwei gierige Blicke auf mir. Zaghaft fragte ich: „Ist was?"

Sie jedoch wurden nur wieder lauter, lachten und hoben ihre gesamte Stimmung. Irritiert warf ich einen Blick nach hinten. Ryan war nicht mehr da und als wenn das nicht schon Schock genug war, kam Eden mit dem Glas in seiner Hand auf mich zu. Nicht gut. Ich wusste nicht nur nicht wo Ryan war, zusätzlich hatte Ryan nicht gesehen, ob Eden was mit dem Getränk gemacht hat. Planänderung.

Eden stellte mir das Glas auf den Tisch und setzte sich wieder auf seinen Platz neben mich. Sie lallten und unterhielten sich ganz normal, der einzige Unterschied war, dass sie ab und an erwartungsvoll zu mir linsten. Das gab mir genug Bestätigung meines Verdachts, dass er etwas in mein Glas gemischt hatte. Wie schön wäre jetzt die Funktion der Linse. Ich seufzte leise, setzte dann aber das Glas an meine Lippen. Unverzüglich wurden die Männer ruhiger. Dann nahm ich einen großen Schluck und verteilte ihn unauffällig in meinen Mund. Auf Edens Lippen erkannte ich ein kleines Grinsen, bevor er wegsah und weiter mit den anderen sprach. Nach einiger Zeit, die ich die Flüssigkeit die ganze Zeit in meinem Mund behielt, tippte ich an Edens leeres Glas. Ich nahm es hoch und deutete mit einer Handbewegung und einem Lächeln auf die Bar. Er verstand meine Frage und bedankte sich.

Kaum wandte ich den Männern den Rücken zu, wurde meine Gangart wieder aufrechter und sicherer, mein Lächeln verschwand sofort. Als ich den Glasrand direkt an meine Lippen hielt und im Gehen die Flüssigkeit aus meinem Mund in das Glas laufen ließ.

„Könnten Sie das bitte etwas auffüllen?"

Wie erhofft, nahm der Barkeeper das Glas nicht, sondern kippte einfach ein wenig Whiskey und Ginger Ale in mein Glas.

„Könnten Sie auch noch kurz darauf aufpassen?"

Kaum sagte ich das, verschwand ich ins Bad und spülte mir meinen Mund ordentlich aus, kehrte aber so schnell es ging zurück und brachte Eden sein Glas.

„Ich hoffe, ich habe das richtige gewählt", setzte ich wieder ein verunsichertes Lächeln auf und knickte bei der Übergabe des Glases mit meinen Knien leicht ein, um kleiner und schwächer zu wirken.

Bei all meiner Schwäche und Ungeschicklichkeit fiel mir dann mein Glas zu Boden. Klimpernd sprang es über den Tisch und kullerte laut krachend zu Boden. Auch, wenn es nicht zersprang, verteilte es die ganze Flüssigkeit auf dem Boden und ließ sie im Holz des Tisches einziehen.

Eden wollte aufspringen und jemandem Bescheid geben, doch ich blieb sitzen und packte seinen Arm. Von unten zu ihm rauf sehend, blickte ich wie ein Welpenjunges und flennte mit meinem Gesichtsausdruck. Fest klammerte ich mich an seinen Ärmel und bat ihn: „Gehst du mit mir an die frische Luft?"

Ich deutete auf meine Beine und die leicht bespritzte Hose. Er konnte nicht anders, nahm den letzten Schluck seines Getränks und begleitete mich hinaus. Die anderen zwei Männer verwirrt und neidisch zurücklassend.

„Wie heißt du nochmal?", fragte er mich, weil er nicht bemerkt hatte, dass ich es ihm überhaupt nicht gesagt hatte.

„Das ist ein Geheimnis", kicherte ich und griff seine Hand.

Ich zerrte ihn in eine Seitengasse und ließ meine Hand über seinen Oberschenkel wandern. Mich weit zu ihm vorlehnend, flüsterte ich Worte, die er unter seiner Benommenheit vermutlich gar nicht verstand. Dennoch war er hart, schon die ganze Zeit.

„Verrat es mir", zog er mich am Rücken an sich, als er sich gegen die Mauer lehnte. Auf einmal löste er seine Hände wieder von mir, um sich stattdessen die Schläfen zu reiben.

„Alles gut?", fragte ich.

„Mir ist schwindelig."

„Hast du das mit vielen gemacht?", veränderte sich mein Ton und ich streckte meinen Rücken wieder gerade.

„Was?", hauchte er und verzog sein Gesicht schmerzvoll.

„Andere Mädchen verführen und zu misshandeln."

Jeder Gedanke daran, erinnerte mich an Noah. Als meine Vorstellungen intensiver wurden, traf mich der Gedanke an Amber. Ich redete mir ein, Edens Opfer war nicht ich, sondern Amber. Sie hätte anders gehandelt, wäre bewusstlos geworden, er hätte sich an ihr vergnügt und sie unwissend irgendwo zurückgelassen. Ihrem eigenen Körper entfremdet.

Mein Puls pochte. Meine Brust bebte. Die Wut trieb sich mir durch mein Blut.

Wieso waren es immer die jungen Männer, die das Ausmaß ihrer Taten einfach nicht verstehen konnten?

„Was meinst du?", spielte er weiterhin ahnungslos.

Ich konnte mich nicht beherrschen. Ich stieß ihn von mir. Er hatte die Kontrolle über seinen Körper verloren und prallte hinter sich gegen Kisten. Sie fielen mit ihm zusammen um und er landete in einem Haufen von Gerümpel auf dem Boden. Bevor ich fortsetzen konnte, spürte ich die Feuchtigkeit in meinen Augen.

Rasch wischte ich sie von mir und stellte mich über Eden. Ich ließ ihn weit zu mir hinaufsehen, um ihm das Gefühl der Machtlosigkeit zu übermitteln.

„Was ist los mit dir?“, brummte er, konnte seine Augen aber kaum noch offenhalten.

Ein letztes Mal sah ich in sie und erkannte Schuld. Ich sah es in dem Schein seiner Augen. In dem schimmernden Leuchten, dass sich durch sie und ihre Nässe zog. Bevor er sie nicht länger geöffnet halten konnte. Für einen Moment kam ich ins Zögern.

„Kein Zögern“, ertönte Ryans Stimme in meinem Kopf, wobei ich nicht mehr unterschied, ob er es war oder bloß eine Einbildung seiner Worte.

Ich konnte es nicht. Nicht eigenständig mit bloßer Hand. Auch, wenn es mein Plan war, so kühl und abwesend wie Ryan zu handeln. Die Dinge nicht an mich ranzulassen und den Auftrag auszuführen

Ich griff nach meinem Revolver und drehte mich zur Seite. Mein Herz raste. Doch dieses Mal nicht getrieben von Hass oder Wut, getrieben vor Reue. Reue einer Tat, die ich noch nicht beging. Gefolgt von der Angst, falsch zu liegen. Das Falsche zu tun. Die falsche Person, das falsche Motiv, der falsche Auftrag.

Plötzlich hallte ein lauter, durchdringender Schuss in der schmalen Gasse.

Je weiter ich mich an den Revolver geklemmt hatte, umso tiefer zog ich den Abzug und hatte so, ohne hinzusehen, geschossen. Noch im Nachklang konnte ich das Geräusch in meinem Kopf hören.

Ich sank zu Boden. Die Arme neben mich auf den Asphalt fallend, den Kopf hängen lassend und die Haare die Tropfen meiner Tränen auffangend. Für einige Minuten saß ich stillschweigend dort.

Bis Ryan mich packte und von dem Ort zog. Er versenkte den schweren Körper in einer der großen Mülltonnen und warf seine glühende Zigarette in den Kanister. Sofort krallte er sich an meinen Arm und nahm mich mit sich.

„Gut gemacht“, lobte er mich.

…

Ich zündete mir draußen vor dem Gebäude eine Zigarette an. Als ich erkannte, wie ein Streifenwagen an den Bürgersteig fuhr, setzte ich mir die Sonnenbrille von meinem Kopf auf die Nase. Den Kopf gerade, linste ich mit den Augen zu ihnen. Meine Haltung elegant und entspannt, während sich im Inneren mein Puls beschleunigte.

Wo blieb er nur?

Plötzlich hörte ich einen Knall. Langsam drehte ich mich zurück zum Gebäude, den Rauch der Zigarette in der Luft verteilend. Die Bullen warfen die Autotüren laut zu und eilten zum Gebäude. Kaum liefen sie durch die große Eingangstür, kam Ryan durch eine kleine Hintertür raus. Ich schmunzelte.

„Musste das sein?“, runzelte ich die Stirn und sprach leise in die Kopfhörer.

„Den gefällt eine gute Show“, erklang durch sie zu mir zurück, während Ryan und ich auf großem Abstand parallel zueinander gingen, ohne uns anzusehen.

„Hast du noch eine?“, sprach er zu mir durch den Lautsprecher der Ohrringe.

Ich sog den Rauch tief ein, bevor ich mir die Zigarette aus dem Mund nahm und sie zu Boden warf: „Du warst zu spät. Ich hatte ja auf dich gewartet. Jetzt musst du bis zum nächsten erledigten Auftrag warten.“

Ich trat neckisch mit meinen Zehen in den High Heels auf den ausglühenden Stummel.

…

„Dein Job, Honey“, schickte mich Ryan zu dem Bullen, der Ryan bis eben verfolgt hatte. Ryan zog sich zurück und ich kam hervor. Der Körper zitternd, die Schultern hinab senkend und die Haltung gekrümmt. Ich hielt schützend meine Handflächen vor mich und begann ein Schluchzen loszulösen.

„Bitte... Bitte“, flennte ich unter Tränen.

Meine Augen erröteten sich verweint. Der Cop vergaß Ryan und legte seine aufmerksame Haltung ab: „Was ist passiert?“ Ich tupfte mir die Tränen von meinen unteren Wimpern, während ich unter bebender Brust schluchzte.

„Dieser Mann... Er verletzt mich.“

„Wer?“, fragte er sofort und blickte aufmerksam um sich.

Vorsichtig führte ich den Cop zu einem Auto in dem Parkhaus. Hinter dem schwarzen Van stand ein Mann mittleren Alters, groß, tätowiert und mit einem Messer in seinen Händen spielend.

„Der hat dich verletzt?“, blickte der Polizist voller Mitgefühl in meine Augen.

Unter meinem Tränen besetzten Gesicht nickend, gab ich dem Cop damit das Zeichen, sich um den Mann zu kümmern. Doch dabei zitterten seine Beine beim Anblick des starken Mannes so sehr, dass er sofort zu seiner Pistole griff. Noch bevor der Mann ihn bemerkte, schoss ihm der Cop in die Schulter.

„Du darfst die Frau nicht belästigen!“, warf er ihm an den Kopf, während der Mann schon zu Boden sank und sich schwerverletzt an die Schulter packte.

Noch bevor der Cop ihm die Handschellen anlegen konnte, stellte ich mich hinter ihn und zog meinen Revolver. Drei Schüsse fielen hintereinander.

Von mir, in den Rücken des Cops. Sein Kopf fiel durch den Druck in den Nacken, bevor seine Knie auf dem Asphalt aufprallten, die seinen Körper schlussendlich mit sich zogen. Kaum war er gefallen und befreite mir die Sicht zu dem tätowierten Mann, folgte ein vierter Schuss meinerseits.

Der Kerl, der mich eben noch hoffnungsvoll ansah, fiel mit einem entsetzten Gesichtsausdruck zu Boden.

„Beide Ziele ausgeschaltet“, gab ich weiter und entfernte mich.

Im Gehen schloss sich Ryan mir an und reichte mir die glühende Zigarette: „Diesmal rechtzeitig."

„So rechtzeitig, dass wir es sogar noch zum Kinofilm schaffen."

...

Ryans Gesicht vor mir geneigt und seine Stimme, die rau zu mir sprach. Konzentriert und aufmerksam blickte er an dem kalten Metallgeländer vorbei und wartete auf das Auftauchen des Ziels.

„Gewöhn dich nicht dran", raunte er mahnend und abweisend.

„Dass du mir Komplimente machst?", musterte ich die feine Haut an seiner Wange und begann unaufhaltsam zu schmunzeln.

Ein bescheidenes Nicken und ich konnte nicht anders, als ihn zu provozieren: „Du wirst es sowieso wieder tun."

In dem Augenblick wandte er sein Gesicht zu mir, seine Augen meine musternd. Die Intimität zwischen uns stieg, während alles um uns herum verstummte. Kein Auto, keine Schritte. Die vollkommene Stille einer Nacht in einem alten, leerstehenden Firmengebäude. Und wir. Wenige Zentimeter voneinander entfernt.

Ernst und unmissverständlich meinte er: „Dann muss ich wohl strenger mit dir sein."

Ohne zu zögern, sah ich tief und furchtlos in seine von Grün umhüllten Pupillen: „Dann werde ich noch besser sein."

In der puren Stille hörte ich nichts als unseren Atem und das Pochen unseres Herzschlags. Beinahe im Takt. Mächtig löste keiner von uns den Blickkontakt, weder noch rührte sich einer. Beherrscht von Stolz und Macht in unseren Worten, sodass sich keiner von uns zurückziehen würde. Bis er seine Finger an mein Kinn legte und mein Gesicht an sich zog. Er legte seine Lippen auf meine und wir bewegten sie im Takt unseres Herzschlags. Ich rutschte näher an ihn ran und vergrub meine Hände in seinen Haaren.

„Hier?", hauchte er fragend.

„Abhängig von deinen Multitasking Fähigkeiten", stieß ich neckisch aus und grinste in unseren darauffolgenden Kuss, in dem ich ihn leidenschaftlich dichter an mich ran zog. Meine andere Hand in sein Oberteil krallend.

Ohne unsere Lippen voneinander zu trennen, glitt meine Hand sein T-Shirt und runter zu seiner Hose. Ich drückte seinen Oberkörper zu Boden und stütze mich über ihn, um seinen Gürtel zu öffnen. Währenddessen fand sich seine Hand an meinem Hinterkopf wieder und zwang mich, dem Kuss nicht zu entfliehen. Unsere Lippen leidenschaftlich ineinander übergehend und die zarte Haut erfühlend. Mit einem Klacken sprang der Gürtel auf und ich stützte mich auf seinen Oberschenkeln ab. Seine graue Boxershorts kam zum Vorschein und ich legte mich über ihn. Meinen Unterkörper an ihn drückend.

„Du bist ganz schön gierig“, merkte er provokant grinsend an.

Bevor ich draufeingehen könnte, schaffte er Abstand zwischen unseren Lippen und legte mir stattdessen seinen Zeigefinger vor den Mund. Aufmerksam blickte er vom Boden aus um sich. In dem Augenblick hörte ich sie auch.

Die Schritte. Sie gingen von einer Person aus und wurden lauter. Er kam näher. Doch ich konnte nicht anders. Ich drückte mich erneut gegen Ryans Unterkörper und zog mit meinen Fingern sein Shirt hoch. Ihm die Möglichkeit zur Reaktion nehmend, verwickelte ich ihn wieder in einen Kuss, während meine eine Hand weiter seine Muskeln nachfuhr. Meine andere griff in Ryans Hosentasche. Provokant nah an seinem Schritt.

Unsere Lippen schmiegten sich aneinander und glitten sanft übereinander. Mit der Zunge umspielte ich ab und an seinen spitzen Eckzahn. Zeitgleich streckte ich meine andere Hand zur Seite und zückte Ryans Feuerzeug aus seiner Hosentasche. Mich in den Kuss und dem Druck meines Unterleibs vertiefend, fuhr ich über das Reibrad und brachte es mit dem vermehrten Zischen zum Brennen.

Ich blickte einmal kurz von Ryan hoch in die winzige Flamme und in den Schatten, der hinter einer Wand hervorkam. Unmittelbar schwang ich den Kopf wieder zu Ryan und beschloss mich wieder ausschließlich ihm hinzugeben.

Als ich mit einer kleinen Bewegung das brennende Feuerzeug in den, zuvor auf dem Boden verteilten, Brennstoff warf. Kaum prallte das Feuerzeug klackernd auf den Boden, entfachte es die Flüssigkeit und riesige Flammen stiegen nicht weit von uns auf.

Sofort spürte ich die plötzliche Hitzewelle von der Seite auf meinem Körper. Woraufhin ich mich schmunzelnd aufsetzte, um mir mein Oberteil über den Kopf zu streifen. Ich half Ryan, auch seins auszuziehen und rieb unsere Körper aneinander. Daraufhin küsste ich seinen Körper entlang, während er kurzzeitig in die Flammen sah.

Seine Augen spiegelten die, in die Höhe steigenden Flammen des unzähmbaren Feuers. Doch dann zog er mein Gesicht wieder zu sich und drehte uns. Als er sich auf mir abstützte, fiel ein Schweißtropfen von seinem Oberkörper auf mein Dekolleté. Mit einem begehrenden Ausdruck zog ich ihn wieder an mich und küsste ihm den Hals herab. Plötzlich ertönte ein Schrei.

Genau in dem Moment drang Ryan in mich und ich warf stöhnend den Kopf in den Nacken.

Die Flammen erreichten die Decke und verliefen tiefer in das Gebäude. Sie versetzten uns in eine Hitze, die seinen Körper glühen und vor Feuchtigkeit glänzen ließ. Sie betonte seine Muskeln und das Licht strahlte die schönste Seite seines Gesichts an. Völlig angetan und benommen, legte ich meine Hände an seinen unteren Rücken und beeinflusste die Intensität seiner Stöße. Beabsichtigt stöhnte ich lauter unter dem Wimmern unserer Zielperson, die in dem Feuer verbrannte.

Es turnte uns beinahe noch mehr an. Auf einmal ertönte ein lautes Geräusch bei dem Aufprall der abgebrannten Säule, die herunterkrachte. Ryan entzog sich mir rasch und schloss seine Hose. Mit einer ausstreckenden Hand bat er mir seine Hilfe an. Ich schnappte mir schnell das Stück Stoff meines Oberteils, verschloss meine Hose und huschte bloß im BH hinaus.

Kaum erwischte mich die reine und frische Luft, brach ich ins Lachen aus. Ryan konnte nicht anders, als sich mir anzuschließen. All die Aufregung und Anspannung fiel ab und äußerte sich in lockerem Gelächter. Unsere sinnliche Begierde blieb allerdings. Weshalb wir kurzerhand draußen übereinander herfielen. Er drückte mich an die Wand, massierte meine Brust und küsste mich intensiv.

Dabei beobachtete ich die Wohnung, die vor uns abbrannte. Kurz bevor ich meinen Kopf wieder genussvoll in den Nacken warf und den Sternenhimmel erblickte.

...

Laut erklangen ihre panischen Schritte auf dem Boden, wie sie in ihren Heels von mir lief. Ich folgte ihr langsam und drehte währenddessen gelangweilt meinen Revolver um meinen Finger.

„Wovor läufst du weg?", fragte ich schmunzelnd, als sie in ihre nächste Sackgasse geriet.

„Wie kommst du darauf, dass du fliehen könntest?"

Meine festen Schritte übertonten provokant ihre, während ich mir schon den Klang ihres Herzschlags im Kopf vorstellte.

Ihre Nase lief, ihr gesamtes Gesicht verheult und die Mascara auf ihren Wangen verteilt. Verzweifelt tapste sie in der Ecke umher und riss sich die Haare am Kopf raus.

„Du bist ein Sonderauftrag. Weißt du, dass mir jemand einen Aufpreis zahlt, weil er will, dass ich..."

Sie drehte sich zu mir. Vor Furcht drückte sie ihre Augen fest zusammen und ihre Zähne begannen zu klappern. Hilflos fiel sie in ihre Schritte zurück und stolperte gegen die Mauer, als ich ihr näherkam.

„Was denkst du, was er gewollt hatte?"

„Ich... Ich weiß es nicht", wimmerte sie, „verschone mich, bitte."

In dem Moment als sie sich klein machte und in die Hocke gehen wollte, packte ich sie an den Haaren. Ich zerrte sie herauf, riss ihren Kopf in den Nacken und sorgte dafür, dass sie von unten zu mir rauf sah: „Du weißt, was du getan hast."

Daraufhin brachte ich sie zum Aufstehen und drückte sie mit einer Hand an ihrer Schulter und dem Revolver an ihrer Schläfe an die Wand.

Ihr ganzer Körper zitterte unter mir und ihre Beine wollten ständig einknicken. Aus Angst, dass ich Abdrücken würde, tat sie alles, um nicht einzuknicken. Ihre Lider zuckten vor Ungewissheit, ob sie mich ansehen sollte oder nicht. Ob sie wollte, dass ich das letzte war, das sie sehen würde, bevor sie starb. Zwischen der Hoffnung stehend, dass sie mich mit ihren großen, verlogenen Augen noch umstimmen könnte. Ich entfernte den Abstand unserer Gesichter voneinander und spürte ihren unregelmäßigen Atem an meinen Lippen.

„Hast du etwa Angst vor deiner verdienten Strafe?", hauchte ich gegen ihre.

Doch noch bevor sie die Worte fand, küsste ich sie. Ich bewegte meine Lippen über ihre, drang mit meiner Zunge ein und leckte über ihre Mundwinkel. Ich umkreiste meine Zunge um ihre und gab ihr das Gefühl noch einmal an etwas anderes zu glauben. Noch ein letztes Mal ein berauschendes Gefühl zu spüren.

Ich gewann sie für mich und als ich meine Zunge entzog, streckte sie ihre nach meiner hinaus. In dem Augenblick packte ich mein Messer und schnitt sie ihr in einem Schwung ab.

Ihr Gesicht verzerrte sich vor Schmerz und ein Schrei entfloh ihr.

„Erinnerst du dich jetzt?", frischte ich ihr Gewissen auf. Sie hielt ihre Hände vor ihren Mund und wollte all das fließende Blut abfangen. Es tropfte ihr durch die Finger hindurch zu Boden und sie brachte unverständliche Töne hervor. Schwach sank sie auf die kalten Steine und beobachtete, wie sie ihr Blut verlor. Die Augen fixiert und das Herz laut schlagend. Noch.

„Ich beende den Schmerz jetzt."

Kaum sagte ich das, blickte sie flehend nochmals zu mir rauf. Wissend, dass mein Gesicht sowieso das Letzte wäre, das sie sehen würde – Weshalb sie sich es nun genau einprägen wollte.

„Du… bst… ken… God…“, stammelte sie durch ihren Rachen.

„Und wenn ich einer wäre?“

Ich hob meinen Fuß und drückte ihr den Haken meiner spitzen Schuhe in die Schulter. Kurz bevor ich den Revolver gegen ihre Stirn presste. Mit einem kalten Blick sah ich auf sie herab. Dann schoss ich zwischen ihre flehenden Augen. Mit dem Geräusch fiel ihr Körper zu Boden und alles verstummte.

„Erledigt“, flüsterte ich in das Mikrofon, indem ich den Ohrring antippte.

KAPITEL 21

Ich sank auf Ryans Couch: „Ganz schön viel in den letzten Wochen."

Er brachte mir ein Glas Wein und warf mir die Schachtel Zigaretten zu. Mit einem Kopfneigen deutete er auf den Balkon. Woraufhin ich mich schwer wieder aufraffte, ihm das Glas und eine Zigarette entnahm.

„Du hast gute Arbeit geleistet", schmunzelte er in den Sonnenuntergang, den wir durch die spiegelnden Fenster der großen Gebäude beobachten konnten.

„Wie war das mit dem Loben?", musterte ich ihn herausfordernd. Er schüttelte bloß den Kopf, wobei ich seine gehobenen Mundwinkel erkannte. Ich nippte an dem Glas und lehnte mich ans Geländer.

„Für Morgen habe ich noch einen Auftrag, den ich allein erledigen kann. Vielleicht kannst du das nutzen und mit deiner Schwester reden?"

„Ja, vielleicht", antwortete ich, doch blickte abgeneigt in die Ferne. Ich würde alles lieber tun als das…

„Was für ein Auftrag?"

„Ach, nichts Wichtiges. Ist uninteressant und in wenigen Minuten zu erledigen."

Ich merkte, wie er auswich, statt mir eine genaue Antwort zu geben. Es machte mich stutzig.

„Du erinnerst dich aber an unsere Abmachung?", ich strich sanft über seinen Rücken, „keine Geheimnisse."

„Natürlich", versicherte er mir mit einem ehrlichen Blick, bevor er unverzüglich wieder von mir absah. Er zog sein Feuerzeug und zündete meine Zigarette an.

„Spielen wir Gott?", warf ich plötzlich ein.

Ryan lachte: „So würde ich das nicht nennen. Sie könnten sowieso jederzeit sterben, inwiefern wir das jetzt beschleunigen oder eben nicht. Ich denke, das macht keinen Unterschied. Göttlich ist das noch nicht."

Ich schmunzelte auf seine Antwort, bevor ich den Rauch aufsog. Im Sprechen ließ ich ihn zwischen meine Zähne hinaus gleiten: „Manchmal fühle ich mich mächtiger als ein Gott, den es nun geben oder nicht geben soll."

Ryan drehte sich von der Aussicht zu mir und lehnte sich an das gegenüberliegende Geländer: „Dann machst du alles richtig."

Er lachte und trank von seinem Wein.

„Ich würde morgen früh weggehen, bleibst du dann noch hier?", wechselte er das Thema, „wollen wir dafür am Abend zusammen Ausgehen?"

„Gerne", erwiderte ich, „ja, ich würde morgen dann erstmal hier bleiben."

Von dem besten Schlaf seit Langem durch die Sonnenstrahlen im Wohnzimmer erwacht, raffte ich mich auf. Das dünne, leichte Hemd, das vom Schlaf leicht zerknittert war, fiel mir den Körper hinab, als ich mich ausgiebig in die Höhe streckte und mich gähnend dehnte. Wie unglaublich befriedigend dieser Morgen in diesem Raum doch war. Ich genoss den unglaublichen Ausblick, den mir die großen Fenster auf New York bewährten. Durch das Badezimmerfenster und die offene Tür konnte ich sogar das Zwitschern der Vögel eines Vogelnests hören.

Ich begab mich in die Küche und schaltete die Kaffeemaschine an. Ein knarrendes Geräusch begann und die Maschine säuberte sich, bevor sie den Kaffee, den ich hineingab, verarbeitete. Bei den Tönen und dem Geruch warf es mich in meine Erinnerungen zurück.

Und obwohl alle letzten Gedanken daran schlecht waren, fokussierte ich mich nur auf das gute Gefühl, wie ich all die Male zuvor ins Amber´s trat. Das wohlige Gefühl, das ich hatte, als ich die Wärme der Sonne durch das Fenster spürte, das süße Gebäck schmeckte und den Geruch der frischen Holzmöbel roch. Eine Zeit, zu der jeder Gedanke an meine Schwester genau dieses Gefühl auslöste.

Es spielte keine Rolle, wie viele Fehler sie machen würde, letzten Endes bliebe ich auf ihrer Seite. Immer und immer wieder. „Wenn ich das mit Kian verkraftet habe, werde ich auch wieder zu ihr zurückkehren", hauchte ich in die aufgewärmte Luft.

Als mir ein Klicken bestätigte, dass der Kaffee fertig war. Ich wählte meine Option durch das Drücken eines Knopfes, bevor ich mich nach einer Tasse streckte. Kaum berührte ich sie, erinnerte ich mich an Ryan.

All mein Misstrauen ihm gegenüber. Ein tropfender Klang ertönte. Die Flüssigkeit meines Kaffees tropfte durch die Rillen. Hastig stellte ich meine Tasse unter die Öffnung. Tropfen für Tropfen fielen in meine Tasse. Bei dem Geräusch musste ich an das tropfende Blut denken, das aus Edens Kopf auf den Boden fiel.

Als ich verstand, in welche Richtung meine Gedanken gingen, schnappte ich mir schnell die Tasse, schüttete Milch nach und kippte es in ein Glas um. Bevor ich im Tiefkühlfach nach Eiswürfeln suchte. Ich schaltete die Maschine noch in der gleichen Bewegung ab, in der ich mir die Eiswürfel aus dem Fach entnommen hatte. Schwungvoll drehte ich mich zur Insel und rührte den Eiskaffee um. Mit dem Glas ging ich zur Couch zurück.

Einmal nippend, wollte ich mich setzen, als ein Handy klingelte. Erschöpft stellte ich das Glas auf den Couchtisch, richtete mich wieder auf und drehte mich zur Theke. Doch als ich an mein Handy ging, stellte ich fest, dass der Klang nicht von diesem ausging. Irritiert begann ich dem Geräusch zu folgen. Es führte mich in Ryans Büro. Ich bückte mich unter den Schreibtisch, wo das Geräusch immer lauter wurde. In einem dunklen

Papiermülleimer hallte es vor sich hin. Zögerlich kramte ich es raus und blickte auf das Display. Es war kein Anruf, sondern ein Timer.

„Mal davon ab, dass das Handy im Müll lag, wofür stellte er sich den Timer?"

Plötzlich richtete ich mich so schnell auf, dass ich gegen die Schreibtischplatte über mir stieß. Erschrocken und schmerzverkrampft zog ich mich zurück und rieb mir den Hinterkopf. Doch zum gleichen Zeitpunkt erklang ein kurzes, metallisches Klimpern. Sofort blickte ich hinter mich und entdeckte einen kleinen grauen Schlüssel, der herunterfiel. Unverzüglich drehte sich mir mein Magen um und meine Brust zog sich unangenehm zusammen.

„Bitte lass mich falsch liegen…", versagte meine Stimme beinahe schon vor Schwäche.

Ich griff nach dem Schlüssel und hielt das fremde Handy in der anderen Hand, als ich aufstand. Beides in meinen Händen musternd, verstärkte sich mein mulmiges Gefühl.

Ich beschloss, keine Geheimnisse mehr zwischen uns zu haben und er hatte es mir versprochen.

Vermutlich sollte ich jetzt die Finger davonlassen und ihn stattdessen drauf ansprechen. Aber falls er wirklich Geheimnisse hatte, würde er sie mir auf diese Weise ganz sicher nicht verraten.

„Scheiße. Ryan, du Mistkerl", zischte ich, versank dabei aber mehr in meine eigene Hoffnung, alles nur misszuverstehen.

Ich drehte den Schlüssel zwischen meinen Fingern und trat aus dem Büro. Schon automatisch schritt ich die Treppe hinauf und musterte die, schon seit meiner Ankunft verschlossene Tür. Ich war bereits restlos entschlossen, dass der Schlüssel hinter diese Tür führte. Genauso sicher war ich aber in dem Gedanken, dass ich nicht verkraften würde, was sich hinter dieser verbarg. Dennoch setzte ich einen Schritt vor den anderen, hob zittrig meine Hand und hing den Ansatz des Schlüssels ins Loch.

In dem Moment kam ich ins Zögern. Nervös sah ich mich um. Aus Reflex achtete ich auf die oberen Ecken des Raumes und kontrollierte sie auf Kameras. Ich wollte ihm nicht wieder misstrauen müssen.

Dieses bedingungslose Vertrauen fühlte sich so gut an. Einmal in meinem Leben konnte ich mich zurücklehnen, genießen und durchatmen. Ich konnte nicht erneut alle Last auf mich allein nehmen. Ich hielt das nicht noch einmal aus. Mit einem Mal drehte ich den Schlüssel im Schloss und drückte zärtlich die Türklinke herab.

Kaum fiel die Tür in den Raum, entdeckte ich die großen Monitore an der Wand. Ich wandte meinen ganzen Körper ihnen zu und erkannte die Fotos an Kork gepinnt. Ich. Ich. Ich. Auf jedes Foto, auf das ich blickte, sah ich mich.

Wie ich mich erschöpft an die Wand vor meinem Gebäude lehnte. Wie ich in ein, an der Straße parkendes, Taxi stieg. Wie ich meine Waffe lud. Alle vor dem Gebäude, in dem sich mein Apartment befand. Mein Herz blieb stehen. Als ich eine kleine Leuchte an dem Monitor erkannte, drückte ich zögernd auf die Leertaste. Mit einem Mal sprangen alle Monitore zeitgleich an und zeigten unterschiedliche Zimmer. Es dauerte keine Sekunde, bis ich verstand, dass es die Räume meines Apartments waren, die mit Kameras gefilmt wurden.

Ryan war der Psycho, der mir damals anonym das Bild zukommen lassen hat, um mich zu verunsichern. Er hatte alles gesehen. Er hatte nicht nur gesehen, wie ich mich jeden Abend umzog, vorm Spiegel tanzte, mich mit meinem Equipment ausrüstete oder zusammenbrach, er hatte auch den Mord genau beobachten können.

Den Mord an Noah. Er hatte es alles auf Kamera.

Meine Füße traten perplex zurück. So weit bis ich unerwartet gegen etwas stieß und in den Schreibtischstuhl plumpste. Meine Lider zitterten und mein Herzschlag flatterte.

Warum hatte er das getan? Er kannte mich, bevor ich sein Verhalten überhaupt erahnen konnte. Seit wann tat er das schon? – Mich zu beobachten…

Das Handy, welches ich immer noch in meinen Händen hielt, vibrierte. Vor Schock fiel es aus meinen Händen in den Schoß. Ich wollte nicht noch mehr herausfinden. Noch mehr Lügen aufdecken. Doch bevor ich eine Sekunde länger darüber nachdenken konnte, überflog ich die Nachricht, die auf dem Display auftauchte: „Anson Adams hat das Gebäude verlassen."

Mein Körper erstarrte. Jede Zelle in mir schien für einen Augenblick aufzuhören, zu funktionieren. Mir blieb nicht nur die Luft weg, mein ganzer Körper wollte unter sich zusammenbrechen. Das war der Auftrag, von dem er mir nicht erzählen wollte.

Keine Sekunde später ließ ich das Handy zu Boden fallen und nahm nichts als den Schlüssel mit mir, als ich die Treppe stürmisch hinab stolperte. Ich zog mir die Kleidung von gestern über, schlüpfte in meine Schuhe und steckte mir sofort meine Waffe ein. Noch mehr als Ryans Motorradschlüssel und mein Handy nahm ich nicht mit, als ich schon aus dem Apartment eilte.

Unten angekommen, sprang ich auf das Bike und zündete den Motor. Meine Angst vor dem Fahren fiel ab, als ich daran dachte, dass Ryan genau in diesem Moment Mr. Adams etwas antun würde. Mit dem sicheren Wissen, wer Mr. Adams für mich war. Ich schlängelte mich in einem viel zu schnellen Tempo durch die Autos und flog bereits über die Straßen, sie kaum noch unter den Reifen spürend. Meine Augen wurden feucht, jede Sekunde, die ich länger brauchte und verstand, wie viele Abbiegungen mich noch von der Dienststelle entfernten.

Nach einiger Zeit kam ich vor dem Gebäude an. Ich sprang vom Motorrad, entriss den Schlüssel und ging umher. Ich blickte in jede Straße und auf jedes Gebäude, während ich zeitgleich noch nach Mr. Adams Auto suchte. Als mir bewusstwurde, dass Ryan nicht auf den richtigen Moment warten würde.

Auch wenn es in der Nachricht hieß, Mr. Adams hätte das Gebäude verlassen, wäre ein Mord dort für Ryan zu unspektakulär. Er würde genau dort, genau zwischen allen Feinden töten wollen. Meine Schritte erklangen auf den Treppenstufen, die ich immer höher hinauflief.

Bis ich plötzlich ein lautes Geräusch hörte. Ich hielt an. An den Personen vorbeigehend, begab ich mich zum Raum, aus dem es kam. Schwungvoll riss ich die Tür auf und entdeckte Mr. Adams zappelnd an einem Strick von der Decke hängend.

Keinerlei Zögerung hielt mich davon ab, nicht sofort zu ihm zu rennen und ihn an den Beinen hochzudrücken. Doch kaum hatte ich es so weit geschafft und hörte Mr. Adams einen großen Atemzug nehmen, wusste ich nicht weiter.

Meine Beine begannen unter dem Gewicht zu zittern. Panisch blickte ich mich nach Gegenständen um, die ich unter seine Füße stellen könnte. Doch alles war zu weit weg. Zeitgleich konnte ich den Strick nicht erreichen und seine Hände waren schon zu kalt und schwach, um sich selbst zu retten.

„Bleib wach. Du darfst nicht sterben", flehte ich und drückte ihn nochmals kraftvoll höher.

Doch meine Kraft ließ nach, während ich mein Bein nach dem Stuhl ausstreckte. Die Augen voller Tränen versperrten mir meine klare Sicht und nach Hilfe rufen konnte ich auch nicht.

„Es ist in Ordnung", hauchte Mr. Adams geschwächt, „Ich sehe meinen Fehler ein."

„Genau deshalb darfst du eben nicht sterben!", kreischte ich auf, wissend, wie dick die Wände hier waren.

„Warum willst du ihn retten? Er hat dir auch nicht gutgetan", tauchte Ryan hinter mir auf.

Er musste durch die offene Tür zum Balkon gekommen sein, die es in dem Raum kalt ziehen ließ.

„Oh mein Gott, Ryan", kurz nachdem ich vor Schreck zusammenzuckte, kam meine Erleichterung hoch.

„Bitte, es war ein Fehler. Hilf mir. Er ist anders", ich schluchzte und gab all meine Kraft, um Mr. Adams oben zu halten. Mein Gewicht immer weiter unter ihm eindrückend.

Er fasste sich an den Strick an seinem Hals und ich hörte jeden seiner verzweifelten Atemzüge, dessen Klang Ryan offensichtlich genoss.

„RYAN!“, brüllte ich mahnend, doch eigentlich ausschließlich flehend.

„Er hat es verdient, wie alle anderen. Warum sollte es ein Unterschied machen, dass du ihn kennst? Deine Opfer hatten auch Familie und Freunde. Spätestens jetzt wüsste er auch zu viel.“

Meine Kraft ließ immer mehr nach, den alten und schweren Mann hochzudrücken.

„Wenn du ihm nicht helfen willst, schieb mir wenigstens den Stuhl zu!“

„Tu es selbst“, meinte er emotionslos und kalt, „ich habe deine Schwäche schon bemerkt. Überzeug mich vom Gegenteil.“

„Verdammt, Ryan, es reicht! Er hat es doch verstanden! Er wird daraus lernen!“, meine Stimme begann unter dem Kraftaufwand zu zittern.

Plötzlich schrie ich voller Wut und Verzweiflung: „Wie kannst du nur so herzlos sein?!“

Ohne darauf einzugehen, ging er wieder zum Balkon. Ich sank auf die Knie und versuchte Mr. Adams Füße mit meinen Handflächen oben zu halten.

„Gib nicht auf. Du bist ein Arschloch, aber den Tod verdienst du nicht!“, forderte ich unter Tränen und Kraftverlust.

„Ich wünschte, du würdest meinen Tod auch mit einer solchen Kraft versuchen zu verhindern.“

Auf einmal hörte ich ein Klimpern des Geländers und Ryan war verschwunden. Im gleichen Moment stieß mir etwas gegen den Rücken. Sofort drehte ich mich um und entdeckte einen Hocker, der vorhin noch an die Balkontür lehnte, welche nun zu fiel.

Unverzüglich stellte ich ihn unter Mr. Adams Füße. Kaum stand er fest, eilte ich zum Strick, der an das Schreibtischbein gebunden wurde und entknotete ihn. Sobald sich der Druck löste, konnte Mr. Adams den Strick von seinem Hals nehmen und stolperte zu Boden.

Ich eilte ihm zur Stütze und setzte ihn auf dem Stuhl ab. Meine Erleichterung setzte ein und ich genoss das Gefühl, die Last von mir genommen zu haben. Das Richtige getan zu haben.

„Ava“, bekam er bloß raus und musterte mich mit einem entsetzen und sprachlosen Blick.

„Du hast mir wirklich nicht geholfen. Nie. Im Gegenteil, ich durfte die Drecksarbeit machen, du hast mir nie geglaubt und andere über mich gestellt. Aber letzten Endes war es nichts anderes, als das, was mein Vater wohl tat, bevor er ging, ohne jemals zurückzukehren. Ich halte nicht viel von dir, trotzdem kann ich nicht zulassen, dass du auf diese Art stirbst. Frag mich nicht, warum. Doch ich weiß, dass er immer wieder zurückkommen wird, um seinen Auftrag abzuschließen. Wenn du also willst, dass er aufhört, wirst du stillschweigen und deine Fehler bei denen, die du belastet hast, korrigieren. Falls dir das nicht gelingt, werde ich eigenständig kommen und dich mit meinen bloßen Händen zur Strecke bringen.“

Kalt blickte ich in sein leeres Gesicht.

„Ich habe meinen Job verloren, Ava. Ich wollte gerade gehen. Um ehrlich zu sein, kam mir das ganze sogar gelegen…“

Mein strenger Blick fiel von mir und ich musterte ihn leer, verdrängend, was ich gerade gehört haben sollte.

„Du brauchst dir keine Sorgen machen. Ich werde eure Namen niemals wieder erwähnen. Es spielt für mich keine Rolle mehr, was du machst, was richtig oder falsch ist. Ich stehe in deiner Schuld und werde das, was eben passiert ist für mich behalten.“

Schwächlich sank er weiter zurück: „Weißt du, ich glaube, ich werde alt, ohne jemals den Sinn des Lebens verstanden zu haben. All die Zeit habe ich alles auf diese Position gesetzt und meinen Sinn in dem gefunden, was richtig zu sein schien. Dabei habe ich meine Frau und meine Kinder jeden Abend nur als Sündenbock genutzt, um für das aufzukommen, was in einem meiner Fälle nicht so lief, wie ich es wollte. Ich habe vergessen, worin der Wert des Lebens liegt und die, die mir wichtig waren, nicht nur vernachlässigt, sondern auch verletzt. Auch wenn der Tod mir gerade keine Angst einjagte, habe ich in den Minuten, in denen du dich für mich eingesetzt hast, wohl verstanden, wie falsch ich lag.

Ab jetzt werde ich bei meiner Familie bleiben und alles wieder geradebiegen, auch wenn es dafür vielleicht schon zu spät ist."

Ich hörte ihm aufmerksam zu. Doch als er beendete und tief durchatmete, wusste ich nicht mehr, wie ich antworten könnte. Stattdessen zog er seinen schweren Körper hoch und lächelte mich an: „Danke, Ava."

Mit einem Winken verabschiedete er sich, nahm seinen Koffer und ließ mich im Raum zurück.

Ich ging zu mir nachhause und begann alles auf den Kopf zu stellen. Nach einiger Zeit entdeckte ich in den Zimmerecken kleine Kameras. Ich schmiss sie alle in einen Mülleimer neben mir und fiel gegen die Wand. Es dauerte nicht lange, bis ich hinab sank und meine Hände an meinen Kopf presste. Auf einmal klingelte es.

Mein Herz schlug wieder auf und ich wischte mir die schwachen Tränen aus den Augen. Kaum öffnete ich die Tür, erblickte ich Ryan. Mit seinem kühlen Blick, den er eigentlich als ein Lächeln meinte. Mit den Händen in den Taschen seines schicken Anzugs. Bevor er sprach, als wäre heute nichts passiert: „Wir waren doch für abends verabredet."

Kurz bevor es in mir hoch brodeln und mich zum Schreien bringen würde, reflektierte ich. Er wusste nicht, dass ich sein geheimes Zimmer betreten hatte, dass ich alle Kameras abgerissen und sein verstecktes Handy gefunden hatte. Und vielleicht…

Vielleicht musste ich einfach erwachsen werden und über die Probleme sprechen.

Mit einer Handbewegung deutete ich hinter mich und fiel mit meinem Körper leicht zurück: „Ich ziehe mich um, bin gleich da."

Dann ließ ich ihn vor der Tür stehen und ging mir das blaue Kleid anziehen. Ich überschminkte meine vertränten Augen und zog mit einem roten Lippenstift über meine Lippen, bevor ich schicke Heels anzog und die Geheimfächer des Kleides mit allerlei Waffen stopfte. Meine Linse einsetzend und die Ohrringe befestigend, griff ich noch nach meinem Revolver. Nach längerer Zeit, die es beansprucht hatte, ging ich wieder zur Tür.

Mich für einen Moment fragend, ob er überhaupt so lange dort gewartet hatte. Doch als ich ihn dann dort stehen sah, genauso wie vor beinahe einer Stunde, fragte ich mich viel eher, warum er noch hier wäre.

Plötzlich legte er seinen Arm an meine Taille und zog mich an sich. Daraufhin gab er mir einen zarten Kuss auf die Stirn und schloss die Tür hinter mir.

„Wo gehen wir hin?"

„Was hältst du von Opern?"

„Ernsthaft?", fragte ich sarkastisch.

Er schmunzelte und ging einige Schritte vor. Doch ich blieb stehen.

„Ist es für einen Auftrag?", meine Schultern sanken.

„Du hast doch sogar schon alles dabei, nicht?"

Auf einmal griff er gezielt in ein der Seitentaschen, von der ich nicht wusste, dass er sie kannte. Schockiert wich ich einen Schritt zurück. Er wurde immer unberechenbarer und ich wusste einfach nicht, was ich davon halten sollte.

„Ich dachte, wir machen etwas gemeinsam. Nur wir. Mal ohne Auftrag, ohne Dylan, der alles mitverfolgt und ohne blutiges Ende", seufzte ich leise.

„In der Oper findet heute Abend eine Ballettaufführung statt, keine ausschließliche Operngesangsshow. Und den Auftrag kann ich verschieben lassen. Besser?", schlug er plötzlich vor.

Ausblendend, was ich heute alles erfahren hatte, begann ich zufrieden zu lächeln: „Das klingt schon besser. Versprichst du es mir?"

Vorsichtig kam ich seinem Gesicht näher. Er nickte moderat und wich nicht zurück. Ich hob meine Hand und nahm ihm vorsichtig den In-Ear-Kopfhörer aus dem Ohr und verstaute ihn in seiner Hosentasche. „Ohne Dylan", flüsterte ich. Daraufhin machten wir uns in einem Taxi auf den Weg zur Oper.

Ein prachtvolles, verziertes Gebäude, das mir von innen noch stärker die Sprache verschlagen sollte. Verschnörkelte Säulen, Gold verzierte Details, ein roter Teppich auf den Treppen, die einen, je höher man ging, nur einen besseren Einblick in das ganze Gebäude gewährten. Im Barock-Stil waren die Wände und Decken mit hellblau, weißen Engeln bemalt. Aus dem Saal traten wir weiter hinein zu der Ticketvergabe.

„Sind die nicht normalerweise für eine derartige Show schnell ausgebucht?“, fragte ich etwas besorgt.

Doch er erwiderte bloß: „Nichts, was sich mit Geld nicht regeln lassen würde.“

An einem schönen Plakat, auf dem sich die Balletttänzer zeigten, entnahm ich, dass die Show bereits in einer Stunde beginnen würde. Während Ryan verhandelte, musterte ich die Personen, das Gebäude und fragte mich, wie Ryan denn auf die Idee kam, in eine Oper zu gehen. Schließlich war es nicht gerade der beste Ort, einen Auftrag abzuwarten.

Meine Skepsis musste ich aber kurzerhand wieder unterdrücken, als er meine Hand nahm und mich zu den Plätzen im Obergeschoss brachte. Ich würde von den weichen Stühlen und der guten Aussicht auf die Bühne unten überwältigt.

Wir saßen so weit vorne, dass ich mich direkt ans Geländer lehnen konnte und perfekte Sicht auf alles im unteren Geschoss hatte. Ich war noch nie in einer Oper. Geschweige denn habe ich mir Ballett live angesehen. Meine Mundwinkel zogen sich an und ich lehnte mich an Ryans Schulter.

„Gefällt es dir etwa jetzt schon? Es hat doch noch gar nicht angefangen“, lachte er.

Ich überspielte meine Aufregung und behauptete: „Es ist nicht schlecht.“

Woraufhin Ryan belustigt schmunzelte und mir zärtlich über den Oberschenkel streichelte. Leise begannen sie im Hintergrund klassische Musik zu spielen, wodurch ich beobachten konnte, wie sich unten die Menschen sammelten. Als ich mich dann mit meinem energischen, aufgeregten und glücklichen Blick zu Ryan umdrehte, bemerkte ich, dass er gar nicht zu mir oder runter sah. Ich verfolgte seinen Blick in eine Gruppe von Menschen etwas weiter weg von uns. Instinktiv fiel meine Freude sofort von mir und ich verdrehte die Augen. Mich vor ihn lehnend, nahm ich sein Gesicht zwischen meine Hände: „Hör auf. Du hast mir etwas versprochen. Kein Auftrag. Nur du und ich und diese Aufführung. Verstanden? Sonst muss ich dich wohl an den Stuhl fesseln und dich allen gefährlichen Gegenständen berauben."

Ich drohte ihm, während ich mich auf den Stuhllehnen über ihm abstützte und mit einem erotischen Blick zu ihm sah.

„Was, wenn mir das gefallen würde?", erwiderte er meine Art und versuchte mich zu küssen.

Ich wich jedoch mit meinem Gesicht leicht zurück. So weit waren wir nach dem heute noch nicht wieder, dachte ich mir und setzte mich zurück auf meinen Platz neben ihm.

Nun wurde die Musik lauter, das Licht im Raum gedimmt und die roten Vorhänge gingen auf. Ein Mann und eine Frau erschienen auf der Bühne. Sie bewegten sich zu Beginn erst sehr träge zum langsamen Rhythmus der Musik und waren sehr weit voneinander entfernt. Etwas später trafen sie durch Zufall aufeinander, wobei die Tänzer sich an die Rücken stießen und erschraken. Einander tief in die Augen schauend und musternd, doch sich dann wieder voneinander trennend.

Dieses ewige Spiel von nah und fern setzte fort, sodass sie jedes Mal, als sie zusammen waren, sich noch näherkamen und danach dann auch wieder noch weiter voneinander entfernt waren. Jede Bewegung der Tänzer erschien magisch und surrealistisch, wie animierte Figuren. Sie konnten sich mit einer Zärtlichkeit bewegen, die es wirken ließ, als würden sie bloß über den Boden gleiten und ihre Mimik unterstützt von ihrer theatralischen Gestik ließ sie jeden ihrer schmerzhaften Erfahrungen mit uns Zuschauern teilen. Nach einer Stunde, die wie im Flug verging, kam es zu einer Pause.

Diese Pause frustrierte mich schon beinahe, weil ich mich so in die Geschichte der Tänzer vertieft hatte, dass ich am liebsten weiter gucken wollte. Um zurück in die Realität zu kommen, streckte ich mich einmal und blickte dann zu Ryan. Ich wollte ihn gerade von meiner Faszination berichten, da stellte ich fest, dass seine Aufmerksamkeit schon wieder auf etwas anderem lag.

„Ryan Ashford“, räusperte ich mich deutlich.

„Was tue ich hier, wenn du mich nicht beachtest?“, sprach ich in einem ernsten und äußerst mahnenden Ton.

Unverzüglich riss er sich raus und blickte wieder zu mir.

„Tut mir leid, ich kam raus… Ab jetzt gehöre ich ganz dir. Ich will nur noch schnell zur Toilette, in Ordnung?“, fragte er rasch und stand schon auf.

Dabei linsten seine Augen immer wieder in die Menge, die sich zur Pause raus bewegte.

„Nein.“ Ich packte sein Handgelenk.

„Das ist nicht der Grund, warum du raus willst. Versuch nicht, mich zu hintergehen. Halt mich nicht für dumm. Wir haben noch etwas zu besprechen.“

„Aber“, Ryan stockte.

„Was soll denn passieren? Dein Ziel könnte sterben? Die Menschen, die sie bis hierhin ausgehalten haben, werden es auch noch einen Tag länger mit ihr lebendig aushalten“, behauptete ich kühl und ehrlich.

Daraufhin sank Ryan zurück in seinen Stuhl.

„Demnach war auch deine Entschuldigung nicht echt“, wies ich ihn ergänzend drauf hin. Er seufzte und sank schuldig sein Gesicht.

„Okay, ich habe etwas gesehen, das ich wahrscheinlich nicht sehen sollte. Aber wir sprachen darüber, dass wir keine Geheimnisse mehr voreinander haben wollten. Also was sollten die Kameras in meinem Apartment und die Paparazzi-Fotos?“

Ohne weiter drum herumzureden oder zu zögern, stellte ich ihn zur Rede.

„Oh, war das in dem Raum, der verschlossen war?“

Ich antworte bloß mit einem Nicken und forderte, dass er weitersprach.

„Weißt du, ich habe die Wohnung erst einen Tag zuvor gekauft, bevor du zu mir kamst. Dylan hat sich um alles gekümmert. Auch darum, dass es so aussah, als würde ich dort schon länger leben. Ich wollte dich beeindrucken. Aus meiner Wohnung zuvor habe ich nichts gemacht. Deshalb hatte auch Dylan die Sachen in den Raum gebracht, in dem ich selbst noch nicht war."

Für einen Augenblick musste ich schmunzeln und wiederholte, was er gerade behauptet haben sollte: „Du hast die Wohnung bloß zum Beeindrucken einen Tag vorher gekauft?"

Peinlich berührt grinste er: „Ja, Geld war schließlich nicht das Problem."

„Na gut, vergiss das. Warum hast du mich ausspioniert? Oder war das etwa auch Dylan?", fragte ich provokant und betonte, wie sehr er Dylan als seinen Sündenbock nutzte.

„Nein, dazu habe ich ihn schon angestiftet."

Ryan drehte sich zu mir und legte seine Hände auf meinen Oberschenkel: „Als du beim Geheimdienst warst und wir uns das erste Mal trafen, bekam ich Panik. Du warst die erste, die mir wirklich nahekam. Ich habe daran gedacht, dich aus dem Weg räumen zu müssen. Von daher musste ich jeden deiner Schritte kennen. Das kannst du vermutlich gut nachvollziehen. Deshalb hatte ich Dylan auch in deinen einen Auftrag geschmuggelt und er hat sich als Ermittler ausgegeben, um zu beobachten, wie viel du weißt..."

Meine Augenbrauen zuckten und ich nahm mir einen Moment, um über sein Gesagtes nachzudenken.

„Dann aber habe ich deine Fähigkeiten erkannt und mich mehr oder weniger in dich und das Uns verliebt. Den Teil und den Rest kennst du ja."

Er legte mir meine Haare zur Seite und streifte sanft über meinen Hals. Ich konnte mir das geschmeichelte Lächeln gar nicht länger verkneifen: „Okay, du bist gut darin, dich rauszureden. Aber warum hast du die Kameras nicht entfernt?"

Er begann zu lachen, als wäre es selbstverständlich: „Ich habe gesagt, dass du mir gefallen hast. Zudem bin ich auch nur ein Mann."

Ich verdrehte grinsend meine Augen und stieß ihm gegen den Arm: „Widerlicher Perversling."

Scherzend löste sich die Anspannung zwischen uns wieder und er hatte sich auch wieder mehr mir zugewandt statt allem anderen um uns herum. Sogar seinen Auftrag schien er auf einmal verdrängen zu können. Er musste verstanden haben, dass mich zurückzugewinnen in diesem Moment einen größeren Stellenwert hatte, was mich beruhigte.

Die zweite Hälfte der Aufführung begann, nach welcher sich Ryan meiner Faszination vollkommen hingab. Er teilte meine Ansichten und bewundert sprachen wir gemeinsam über die Fähigkeiten der Tänzer und dem indirekten Geschichtenerzählen.

„Dabei sind Tragödien, in denen am Ende beide sterben, normalerweise nicht mein Geschmack", sprach er an.

Ich ergänzte jedoch vor mich hinschmelzend: „Aber sie sind sehr romantisch."

„Du stehst auf so etwas?", hakte er überrascht nach, während seine Hand über meinen Rücken fuhr und wir langsam zurück in den Saal gingen.

„Manchmal schon", erwiderte ich lächelnd.

„Das werde ich mir merken."

Unser Abend schien immer ruhiger, angenehmer und schöner zu werden. Ich hatte zumindest das eine geklärt und beschloss alles andere vorerst zu verdrängen. So war es halt in unserem Job. Dinge zu tun, die dem anderen vielleicht nicht gefielen, käme vor. Und das nicht allzu selten.

Es war kaum zu umgehen. Doch mit einem Schlag sollte sich mein Abend wieder zum Schlechten wenden.

Hätte ich bloß gewusst, dass es nicht einmal an dem Auftrag lagen würde.

KAPITEL 22

Wir gingen lachend in den Saal, wo sich viele Menschen aufhielten. Als ich mit einem Blick die Menge überflog, erkannte ich jemanden, der mir sehr bekannt vorkam. Sie verschwand jedoch sofort wieder hinter anderen Personen, sodass ich nicht mehr wissen konnte, wer es war. Ryan schien sich auch für einen Augenblick in der Menge verhangen zu haben, bevor er amüsiert meinte: „Jetzt muss ich aber wirklich mal auf die Toilette."

Ich grinste und ließ ihn ausnahmsweise gehen. Zwischen den ganzen anderen Menschen orientierte ich mich am Geländer der Treppe, als Ryan ging. Ich musterte die Kunst der Architektur und beobachtete die Menschen, die langsam weniger worden. Eine ganze Zeit lang stand ich wartend dort, was mir auffiel, als ich meine Füße leicht zu spüren bekam. Irritiert begann ich mich etwas im Raum umzusehen.

Brauchte er so lange? Oder konnte er es nicht finden?

Ich beschloss, die Toiletten aufzusuchen. Die Schilder führten mich wieder ein Geschoss höher, welches sich bereits vollkommen geräumt hatte. In einem schmalen Gang angekommen, betrat ich die Männertoilette. Doch schon jetzt konnte ich nichts hören.

Noch hoffnungsvoll kontrollierte ich die Türen danach, ob sie verschlossen waren. Als ich an den Schlössern erkannte, dass jede offen sein müsste. Schlug ich eine nach der anderen auf. Immer skeptischer werdend. Mit lautem Prall erklangen die Türen an den Wänden der Kabinen. Als dann auch die letzte Tür aufprallte, erstarrte ich.

Für einen Moment versuchte ich zu überlegen, wo er sein könnte, welchen Auftrag er verfolgen würde und wer seine Zielperson wäre. Doch ich blieb ahnungslos. Dennoch rannte ich hinaus und die Gänge entlang. In meinem langen, blauen Kleid, das über den roten, ausgebreiteten Teppich schwebte. Auf einmal lief ich an einem Raum vorbei, in dem ich im Augenwinkel Bewegung wahrnahm.

Zögerlich machte ich Schritte zurück und dämpfte die Lautstärke in meinen Bewegungen. Vorsichtig warf ich einen Blick in den Raum, dessen Tür einen Spalt offenstand.

Was ich dort sah, schockierte mich so sehr, wie eine Kugel, die mich in genau diesem Moment in den Rücken getroffen hätte. Genau das gleiche Gefühl des engen Zusammenziehens meiner Brust und dem Abschneiden jeglichen Luftzugangs erwischte mich auch so.

Da lag Emilia, von Ryan auf den Tisch gedrückt, der seine Lippen fest auf ihre presste. Sich geschmeidig auf ihnen bewegte und ihr zeitgleich das enge, schwarze Kleid am Oberschenkel hochzog. In diesem Moment hätte ich ihn viel lieber dabei erwischt, jemanden umzubringen.

Die Art, wie er ihr Bein zu sich hochzog und an seinem rieb. Während er nicht nur ihre Lippen, sondern auch ihren Hals herunter küsste und ihre vollen blonden Haare von ihrer nackten Haut streifte. Allein der Anblick, wie er über sie herrschte und es nicht bloß sie war, die ihn manipulierte, trieb mich in den Wahnsinn. Seine großen, kräftigten Hände umfassten ihre schmalen Schultern und die Schnalle seines offenen Gürtels klimperte an dem Tisch. Ich sah seine Unterhose und wie er Emilias Kleid immer höher schob. Die Schlampe warf ihren Kopf in den Nacken und bog ihren Rücken zu ihm durch.

Ich wusste nicht, ob ich auf mich aufmerksam machen oder im Geheimen bleiben sollte. Doch eine andere Wahl als erstarrt dort zu stehen und jede Bewegung mitanzusehen blieb mir nicht. Jede Sekunde darauf hoffend, ich hätte mich in seinem verlogenen

Gesicht geirrt oder er hätte einen Doppelgänger. Und für einen Augenblick spürte ich das Zittern meiner Hand über dem Revolver.

Was für eine Beherrschung es doch war, ihn nicht hervorzuziehen und beide zusammen zu erschießen. Sodass sie zusammen in ihrer Liebestragödie sterben könnten. Der Ryan, der immer davon sprach, einem guten Menschen die schwere Last zu nehmen, dieser Ryan machte sich nun selbst zu einer. Um zu kriegen, was nun auch er verdiente.

Es brannte sich mir unter die Haut. Während sich die Wut durch meine Adern hinauf pumpte. Zeitgleich zu einem Verlust aller Gefühle für meinen ganzen Körper, der unter dem Druck zu versinken schien, als hätte mich die Kugel wirklich in den Rücken getroffen und saugte mir gerade jegliche Lebensenergie aus dem Körper. Kurz bevor ich qualvoll verbluten würde.

Was für ein Betrüger. Wie alle anderen.

Wie versuchte er sich daraus wohl herauszureden? Ich schwankte unbewusst so weit zurück, bis ich gegen das Geländer hinter mir stieß. Sofort umfassten meine Hände den Holzbalken. All meine Schwäche würde es mir leicht machen, einfach hinten rüber und hinabzufallen.

Aber ich wäre kein Teil dieser Tragödie.

Wenn ich so stürbe, würde keiner meine Geschichte erzählen. Wer wüsste schon, wer in der Geschichte der Tänzer eigentlich noch eine Rolle gespielt hatte, von dem niemand erzählen würde? Ich bin nicht so jemand.

Das ist meine Geschichte.

Und das ist, so sehr ich mich auch dagegen strebe, mein Ryan. Dafür werden beide büßen. Schließlich habe ich von meinem Meister gelernt, Ryan Ashford.

All mein Gewicht drückte mich zu Boden, sodass jeder meiner Schritte zitterte, als ich über den roten Teppich ging und mich von der Tür entfernte. Es war nur eine Frage der Zeit, dass ich in meinen High Heels einknickte. Mit einem lauten Knacken brach der Absatz. Perplex schwankte ich, bevor mein Körper abrupt zu Boden fiel. In dem Moment sackte alles in mich hinab.

Die Belastung entriss mir all meine Kraft und wirkte so schwer auf mich, dass es mir nicht gelang aufzustehen. Egal, wie hilflos ich mich an dem Geländer aufraffte, meine Beine bewegten sich nicht. Sie waren taub und wie gelähmt. Ich wusste nicht einmal, ob es noch meine waren, als ich jegliches Gefühl in ihren verlor. Meine Arme brachen unter der Muskelspannung mich hochzuziehen, zusammen und ich fiel zurück auf den Boden.

Eine Feuchtigkeit sammelte sich in meinen Augen. Mich packte die Angst des Kontrollverlusts über meinen Körper. Eine solche Paralyse hatte ich das letzte Mal in der Nacht im Club, als Noah über mich herfiel. Ich musste hier weg. Bevor sie mich fänden. Die Tränen schossen mir aus den Augen und strömten über mein Gesicht. Sie färbten mein Kleid dunkler. Voller Panik und Zorn schlug ich auf meine Beine ein.

Erst wenige Sekunden später realisierte ich, dass ich keinen Schmerz spürte. Ich riss meine Augen auf. Erneut schlug ich gezielt auf meinen Oberschenkel, nachdem ich den Stoff des Kleides beiseiteschob. Vor Schock liefen keine Tränen mehr nach, sodass bloß eine einzige sich einen Weg über meine Haut bahnte und an meinem Kinn herablief.

Mein Puls blieb stehen und ich regte mich nicht. Einige Sekunden später prasselte die Träne auf mein Bein. Ich fühlte nichts. Innerlich wurde ich immer unruhiger, während ich nach außen paralysiert auf meine Beine starrte. Mein Puls stieg exponentiell an, in einem Tempo, in dem ich mein Herzschlag nicht einmal mehr zählen könnte. Die Tränen schossen wieder nach, ohne dass ich mein Gesicht überhaupt verzog. Ich zog ein Messer aus dem Seitenfach des Rockes hervor.

Kaum hatte ich die Spannung genutzt, um meine Hand oben zu halten, begann sie sofort wieder zu zittern. Meiner Atmung gelang es nicht länger, mit meinem Puls mitzuhalten, sodass ich stoßweise aus meinem Mund ausatmete. Viel zu schnell, dann viel zu langsam. Ich spürte den Puls unter meiner Haut in meinen Fingerkuppen pochen, als ich das Messer in ihr drehte und auf mein Bein richtete.

Ganz langsam, zittrig und atemlos legte ich die Klinge an meine Haut. Mit all ihrer Schärfe brauchte ich sie bloß über meine Hautschuppen fahren lassen, damit sie einen Blutstreifen hinterließ. Ich erstickte mich beinahe an einem zu tiefen, abrupten Einatmen und ließ im gleichen Moment die Klinge auf den Boden fallen. Kein Gefühl.

Nicht einmal ein instinktives Zucken meiner Nerven. Ich war kurz davor auszubrechen. Immer rasender pumpte sich mir das Blut durch die Adern und in mein Bein. Meine Brust bebte auf und ab, während mir jeglicher Sauerstoff ausging. Mit flimmerndem Herzen und zitternden Händen griff ich hinter mich. An meinen Revolver. Ich legte beide Hände an die Waffe und richtete sie auf meine Beine.

Schaudernd schwankte die Waffe in meinen vibrierenden Händen unter meiner von Tränen verschwommener Sicht. Plötzlich erklangen Schritte, die ich aber keine Sekunde später wieder ausblendete.

„Was tust du??", schrie jemand und packte seine Hände auf einmal um meine an der Waffe.

In meinen großen, verheulten Augen, von jeglichen Emotionen entleert, starrte ich zu ihm auf.

In Ryans Gesicht.

Er entnahm mir vorsichtig den Revolver und hockte sich neben mich.

„Was ist los?"

Bei seinem Anblick durchdrang mich unverzüglich wieder das Gefühl, hintergangen zu werden. Es war kein Hass, nicht einmal eine Abneigung, da ich bei seinem Gesicht noch immer das Gefühl von Wohlsein verspürte. Genau dann stach mich umso tiefer, was er tat.

„Ich", begann ich, doch als ich das Zittern meiner Stimme hörte, verstummte ich vorerst.

Stattdessen packte ich ans Geländer und zog mich mit einem Mal hoch. Als wäre es all die Zeit so unglaublich einfach gewesen…

„Warte“, nahm er mein Kleid und hielt den Stoff hoch. „Woran hast du dich geschnitten?“

Während er mein Kleid hielt und sich umsah, landete sein Blick auf dem Messer, an dessen Spitze das Blut tropfte.

„Wer hat das getan?!“

Er streifte sich sein teures Hemd von den Armen und nutzte die Ärmel, um sie um mein Bein zu binden. Derartig verlogen.

Wo war sie? Seine Schlampe? Die uns immer wieder in den Weg kam.

„Ava“, forderte er meine Aufmerksamkeit an.

„Du willst es wissen?“

„Natürlich!“

Ich untersagte es mir, meine Augen zu verdrehen. Das war nicht mein Moment. Mit ihm hier zu diskutieren, würde nichts ändern. Plötzlich fiel ich ihm in die Arme. Ihn glauben lassend, wie „in Ordnung“ alles zwischen uns wäre.

Was er mir von Anfang an vorspielte. Seine Hände fuhren zart über meinen Rücken. Ich würde diese Schlampe nicht ruinieren lassen, was wir hätten.

Wir waren füreinander bestimmt.

Keiner würde das ändern. Niemand wird sich dazwischen stellen und mir Ryan ruinieren. Ich brächte ihn zu mir zurück, er hätte gar keine andere Wahl.

„Ich habe dich gesucht“, hauchte ich, den Ton schwächlich gestimmt.

...

Ryans Handy vibrierte auf dem Glastisch.

„Ryan, dein Handy“, rief ich zu ihm ins Bad, während ich von meinem Croissant abbiss. In der gleichen Bewegung nahm ich es vom Tisch und ging ran. Ich wollte Dylan gerade begrüßen, hatte den Mund aber noch zu voll, weshalb er mir zuvorkam: „Es war ein ganz schön harter Test, meinst du nicht? Du weißt schon, das mit Eden. Das wäre nicht nötig gewesen. Seine Eltern suchen ihn immer noch.“

„Eden war ein Test?“, erschloss sich mir.

„Oh, Ava?!?“, vor Schreck verstummte Dylan rasch.

„Du wirst mir jetzt erzählen, was das zu bedeuten hat.“

„Nein, Ava, das sollte Ryan wenn dann selbst tun“

„Denkst du wirklich, das würde er?“

„Ich sollte darüber wirklich nicht reden.“

„Du weißt, wozu ich fähig bin, richtig?“, drohte ich ihm.

„Okay, okay… Der Eden Braxton, den du damals töten solltest. Es war kein Auftrag. Es war nichts weiter als ein Test, um zu prüfen, wie viel du hinterfragst und ob du auch bereit bist, Unschuldige zu töten. Da die Arbeit das auch voraussetzt.“

„Ich wusste es.“

Ohne noch etwas zu sagen, legte ich auf. Ryan hatte mich dazu gebracht, jemand Unschuldiges zu töten. Gleich für einen meiner ersten selbständigen Aufträge. Ich hätte auf mein Gefühl hören sollen… Ich warf das Croissant auf einen Teller und lehnte mich an den Tresen.

Bereit, Ryan zu verhören. Als mir plötzlich eine bessere Idee kam… Sofort wechselte ich die Position, schnappte mir mein Croissant wieder und sank gelassen auf die Couch. Währenddessen löschte ich den Eintrag des Anrufes in Ryans Handy und schmiedete unschuldig meinen Plan.

…

„Gehst du heute aus?“, fragte mich Ryan, als er seine Uhr um sein Handgelenk schnallte. Zu mir linsend erkannte er, wie ich mir die Ohrringe einsetzte.

„So in der Art. Du kannst Dylan aber weiterleiten, dass das bis Morgen erledigt ist und ich dann wieder einen Auftrag annehme. Den sollten wir ruhig wieder gemeinsam machen.“

„Klingt gut, machen wir so“, nickte Ryan zustimmend und warf sich seine Jacke über. Ich reichte ihm seinen Colt. Dann stellte ich mich vor ihm und richtete die Kette, die ihm in dem Kragen hing. Noch einmal die Jacke auf seine Schultern ziehend, gab ich ihm einen Kuss auf den Mund: „Bis heute Abend.“

Er lächelte und strich mit seiner Hand über meine Taille. Kaum fiel die Tür hinter ihm zu, verschwand mein nettes, verabschiedendes Lächeln und ich drehte mich unverzüglich um. Ich holte das Panzertape, das ich in der Küchenzeile versteckt hatte, packte das dickes Seil, welches unter meinem Mantel lag und schnappte mir Kabelbinder aus einer Schublade. Beim Blick in Ryans Medizinschrank im Bad fand ich, was ich suchte, ohne es zu hinterfragen. Dann zog ich mir meinen Trenchcoat an und schlüpfte in meine schlichten Heels.

„Lass die Spiele beginnen", trat ich heraus. Über meine Smartwatch und die Linse ließ ich mich an den Ort führen, über den ich zuvor intensive Recherche betrieben hatte. Jeden Mittwoch um 12 Uhr trank sie im gleichen Café den gleichen Latte. Bevor sie ihre Gesangsstunden hat, zu denen sie nicht gefahren wird, sondern ganz einfach zu Fuß geht, allen Gefahren ausgesetzt. Ich lehnte mich an die Hauswand in der Nähe des Cafés und beobachtete dezent die Eingangstür. Zehn Minuten später, beinahe auf die Sekunde genau, öffnete sich die Tür und Emilia machte einen Schritt in ihren sicheren Tod.

Ich musterte sie und ihre blonden Locken, die auf ihren Schultern lagen. Sie trug ein beiges Satintop, das ihr locker in den Ausschnitt fiel und ein Rock mit Blumenmuster. Elegant, zart und verlogen. Ich holte eine Kappe aus meiner Tasche und setzte sie tief heruntergezogen auf. Ihre Schritte wurden lauter und kamen näher. Immer und immer näher. Mein Gefühl der Rache wurde immer stärker.

Sodass ich schon jetzt das Gefühl der Erleichterung in meiner Brust fühlen konnte, als wäre es längst erledigt. Eine leichte Beute. Sobald sie an mir vorbeiging, machte ich einen Schritt vor und stolperte in sie.

„Entschuldige!", stieß ich dumpf aus, während sie empört stöhnte und all ihre eben noch herausgeputzte Eleganz von ihr fiel.

Aus nächster Nähe drückte ich ihr ein Tuch vor die Nase und zog sie zeitgleich in die Seitenstraße, während sie mich von sich drücken wollte. Ich brachte sie durch eine ungenutzte Treppe ins

Untergeschoss eines alten Gebäudes, wo ich sie grob zu Boden fallen ließ.

Mit dem gestohlenen Schlüssel verriegelte ich die Tür nach oben und begann dann, die weggetretenen Emilia an einen Pfosten zu binden. Das Tape über den Mund und ihre nackten Beine auf dem kalten Boden weilend. In dem alten heruntergekommenen Raum, der weder gepflegt noch gestaltet war. Sie war zu weit gegangen, als dass mich ihr Wohlbefinden interessieren würde. Alles war aus alten Wänden und Betonboden. Einige Balken als Stützen und leerstehende Regale, die mal als Lagerung dienten. Unter einem Tisch entdeckte ich schwarze Mülltüten, wovon ich Emilia eine über den Kopf zog, bevor sie wieder aufwachen würde.

Bei dem Anblick, wie ihr Oberkörper schwächlich nach vorne fiel, aber ihre Hände am Rücken an dem Balken befestigt waren, erhaschte mich eine sadistische Freude.

Die hätte ich niemals gehabt, wenn sie sich anders verhalten hätte. Doch in diesem Fall war mein Verhalten in jeder Hinsicht mehr als akzeptabel.

Freund ausspannen, ihn zum Fremdgehen treiben, mich nicht beachtend. Und dass, obwohl ich eine Nacht lang sogar ihren Bodyguard spielen sollte.

Nichtsdestotrotz gehörten zu einem solchen Akt zwei Schuldige.

Ich griff mein Handy hervor und drehte es in meiner Hand in die richtige Position: „Komm dahin, wo wir unseren letzten gemeinsamen Auftrag hatten. Ich habe eine Überraschung für dich!“

Zur gleichen Zeit schwang ich in der anderen Hand eine kleine Klinge hin und her. Ich drehte sie im Kreis und malte mir befriedigende Situationen aus. Darauf wartend, dass Emilia erwachte und Ryan auftauchte. Nach einiger Zeit ging ich die Treppen hoch, um ihn oben abzufangen. Dort kam er. Die Hände in den Hosentaschen, die Haare locker über seinen Schläfen herabfallend. Mit einem vor Ungewissheit gelassenem Blick. Kaum entdeckte er mich in der Tür, zuckten seine Mundwinkel dezent an. Beinahe natürlich reagierte ich mit einem Lächeln, doch als ich mich dran erinnerte, wozu er mich heute genötigt hatte, trug mein Lächeln kein Hauch an Ehrlichkeit mehr. „Honey“, hauchte er, legte seine kräftige Hand sanft an meinen Hinterkopf und küsste mich zart auf die Stirn.

„Mach die Tür hinter dir zu. Warte noch einen Augenblick hier.“

Nachdem ich das gesagt hatte, ließ ich ihn oben an der Treppe stehen. Ich ging hinunter, riss Emilia die Tüte vom Gesicht und schlug ihr wiederholt an die Wange. Nach ungefähr fünf Schlägen öffnete sie zuckend und zitternd ihre Augen, den Kopf in den Nacken legend. Ich lehnte mich zu ihr herab, mein Gesicht unmittelbar vor ihrem und sagte, mit einem Blick durch meine Augenbrauen: „Du hast dich mit den Falschen angelegt. Ich würde gerne sagen, in Zukunft solltest du mehr Acht geben, aber eine Zukunft wird es für dich nicht mehr geben.“

Meine Finger glitten über ihr Kinn, quetschten es zwischen ihnen und zerkniffen es in einer drehenden Bewegung, bevor ich losließ: „Sieh zu und lerne, was mir gehört und sich nie ändern wird.“

KAPITEL 23

Daraufhin zerrte ich am Kabelbinder und festigte ihn, provokant ihre Haut einklemmend. Mit der Spitze meines Heels stieß ich sie an ihrer Brust gegen den Balken, bevor ich mich umdrehte. Weiterhin in ihre Richtung gedreht, zog ich mir mein Oberteil über den Kopf. Mein dunkelroter von Spitze besetzter BH, der mein Dekolleté schmeichelte und meine deutlich schöner geformten und größeren Brüste offenbarte.

„Ich hatte alles daraufgesetzt, dass du auf Frauen stehst. Wenn dem so wäre, hättest du weiterleben dürfen. Wie schade", theatralisch bemitleidend zog ich meine Unterlippe hervor.

Zeitgleich öffnete ich den Knopf meiner Hose und streifte sie mir erotisch langsam vom Körper: „Genieß den Anblick."

Sie nicht weiter beachtend, ging ich zur Treppe zurück. Mit meinem Oberteil in meinen Händen, das ich gleich noch zu nutzen wusste.

„Damit hatte ich nicht gerechnet", grinste Ryan, als ich zu ihm rauf kam und sinnlich posierte.

„Das brauchen wir jetzt."

Daraufhin näherte ich mich ihm und ließ meine Finger auf seinem Oberkörper sein Shirt hochziehen. Die Muskeln unter meinen Handflächen spürend, konnte ich seinen Puls hindurch fühlen.

„Bist du nervös?", hauchte ich an seinen Hals, sodass meine Lippen seine Haut berührten. Sein Herzschlag beschleunigte sich, als er seinen Kopf in den Nacken legte. Statt sich zu entspannen und es zu genießen, blickte er verspannt zu mir herab. Sich nicht trauend, den Blick von mir abzuwenden.

„Ryan?", machte ich einen Schritt zurück und spielte die Unschuldsnummer. Ich sah mit einem gesenkten Kinn und großen Augen zu ihm hoch, die Augenbrauen sanft gehoben: „Gefällt es dir nicht?"

„Nein, das ist es nicht!", stieß er aus und packte mich sofort an der Taille, um mich zu sich zu ziehen.

Körper an Körper presste sich meine füllige Brust an seine und bot ihm einen Blick in mein Dekolleté. Für kurze Zeit versuchte er die richtigen Worte zu finden, doch schien es dann aufzugeben. Weshalb ich ansprach: „Hast du Angst vor mir? Vertraust du mir nicht?"

„Oh, Honey", stieß er seinen Atem an meine Lippen, als er seinen Kopf zu mir runter lehnte. Unsere Nasenspitzen berührten sich, während er seine Augen schmälerte und mich seine Attraktivität erneut packte, sodass mein Puls anstieg. Ich hatte das Gefühl, es war das erste Mal seit Längerem, dass er mich so direkt mit seiner ganzen Aufmerksamkeit und Aufrichtigkeit ansah. Doch dieser Gedanke machte mich bloß unruhiger. Wenn es ihm so leichtfiel, mir nach alle dem so in die Augen sehen zu können…

„Ich weiß, wozu du fähig bist. Aber ich vertraue dir vollkommen in jeder deiner Entscheidung. Ich weiß, dass das, was du tust, immer das Richtige ist."

Du Manipulationskünstler, raunte ich in meinem Kopf und hätte es am liebsten laut ausgesprochen.

Doch nun würde sich das wenden. Wart´s nur ab, Ryan.

„Sicher?"

„Natürlich", flüsterte er und küsste mich auf die Lippen. Nach kürzester Zeit jedoch machte ich einen Schritt zurück und holte das Oberteil hervor.

„Ich möchte etwas Neues ausprobieren", zierte sich ein Grinsen auf meine Lippen.

Mehr aufgrund meines Sadismus und meiner Vorfreude auf die Erleichterung als aus erotischen und sexuellen Gründen. Er erwiderte mein Grinsen überrascht, willigte aber ein, als ich ihm den Stoff um die Schläfen band. Als seine Augen vollkommen bedeckt waren und er auch meine Handbewegungen vor seinem Gesicht nicht mehr sehen konnte, führte ich ihn an der Hand runter.

Gerade als wir von der letzten Stufe traten, packte er mich auf einmal an der Schulter. Er drehte mich zur Seite und gekonnt an die Wand. Seine Hand neben meinem Gesicht abstützend, behauptete er flüsternd: „Dir ist aber hoffentlich klar, dass auch wenn du glaubst, du seist jetzt an der Macht, besitze ich immer noch die vollkommene Kontrolle."

Genüsslich schlossen sich langsam meine Augen, als sich zeitgleich ein Schmunzeln auf meine Lippen zog: „Ganz in meinem Interesse."

Auch wenn mich seine blinde Orientierung beeindruckte, zeigte ich ihm das nicht. Stattdessen drehte ich mich durch seinen Arm hindurch und griff ihn, um ihn mit mir zu ziehen. Mein Schmunzeln traf auf Emilia, die uns beobachtete.

Über meine Smartwatch ließ ich eine Musikbox leise, ruhige Musik spielen, die in ihrer sinnlichen Melodie nicht nur Emilias Bewegungen übertönte, sondern auch zu unserer Leidenschaft beitrug. Ich drehte mich vor Ryan und ließ ihn einige Schritte rückwärtsgehen.

Als seine Kniekehlen, an den Tisch stießen, drückte ich ihn stolz an den Schultern nach hinten. Sein Vertrauen zu mir überraschte mich. Beinahe schon schmeichelte es mir, auch wenn ich es nicht empfehlen würde. Würdevoll stieg ich schonend auf den Tisch und über ihn. Als ich auf seinem Schoß saß, meinen Rücken ins Hohlkreuz drückend, fuhr ich mir durch meine geschmeidigen Haare. Ich brauchte einen Augenblick, den Moment zu genießen, wie Ryan unwissend unter mir lag und er seinen Kontrollverlust nicht einmal wahrgenommen hatte. Dann sank ich mit meinem Oberkörper langsam hinab auf seinen.

„Genieß es einfach", hauchte ich, schaute dabei aber zu Emilia.

„Gerne", schmunzelte Ryan.

Während mich Emilias verlogenen Augen voller Unschuld und Verzweiflung ansahen.

Ob sie ihn liebte?

Meine Fingerspitzen fuhren über Ryans Hals und sanken weiter hinab. Als ich meinen Oberkörper von seinem heben wollte, um seine Hose aufzumachen, packten mich seine kräftigen Hände am Rücken und pressten meine Brust wieder auf seine Haut. Währenddessen glitten seine Hände langsam tiefer zu meinem Po. Er massierte ihn und begann meinen Unterkörper auf seinem zu bewegen. Dabei blickte ich wieder zu Emilia.

Ohne Worte sprach mein Grinsen in ihre verheulten Augen für sich. Wie ich es genoss, dass sie noch versuchte zu leugnen, was ich gesagt hätte, weil sie den Gedanken an ihren Tod nicht verarbeiten könnte. Ich drückte mich von Ryan hoch und öffnete seine Hose. Kaum sank der Gürtel klimpernd zu Boden, zog ich quälend langsam den Reißverschluss herab. Meine Hand legte sich auf seine Unterhose, als ich seine Härte spürte. Neckisch meine Finger entlangführend, raunte ich: „Was willst du mit mir tun?"

Ryan legte seinen Kopf in den Nacken und drückte seinen Hinterkopf auf den Tisch: „Ich werde dich so hart durchnehmen, dass du an nichts anderes mehr denken wirst, dass du mich auch morgen noch in dir spürst."

Ich schmunzelte, den Kopf zu Emilia geneigt: „Wen?"

„Dich."

„Wen?"

„Dich!"

„Wen?"

„Dich, Ava!" Mit jedem Mal drückte ich meine Hand fester um seinen Schwanz.

„Was macht dich an mir am meisten an?"

Kaum sprach ich, küsste ich seinen Bauch runter. Dabei näherte ich mich seinem Unterleib, sodass er für einen Augenblick zuckte und erst nicht antwortete. Als meine Lippen seine Spitze antasteten, biss er sich auf die Unterlippe: „Deine großen Brüste, dein schöner

Arsch, deine klangvolle, zarte Stimme, deine weichen braunen Haare, deine Augen, die genau wissen, was sie wollen."

Während er sprach, fuhren seine Finger durch meine Haarsträhnen. Kaum gab ich ihm nur einen Geschmack dessen, was er haben könnte, kam ich wieder rauf. Es hatte ihn so sehr angemacht, dass er meinen Körper wieder an seinen drückte und uns mit einem Mal umdrehte. In all dem Schwung und der Gerissenheit wollte er sich die Augenbinde vom Kopf reißen, doch ich griff unverzüglich nach seiner Hand: „Ruiniere mein Spiel nicht."

Er grinste.

Kurzerhand darauf zog er mir blind die Dessous vom Leib und glitt in mich. Als ich so zu ihm rauf sah und bewegungslos musterte, schmunzelte ich wieder. Im Augenwinkel linste ich zu Emilia, bevor ich meinen Kopf sukzessiv zu ihr drehte, meine Augen starr an ihr hängen bleibend. Als ich ihren traumatisierten Blick erhaschte, indem sie ihr gesamtes Leben infrage zu stellen schien, fand ich meine Bestätigung.

Unverzüglich hing ich mich zurück an Ryan. Ich bewegte mich rhythmisch zu ihm und stöhnte im Takt der Musik. Dabei gab ich mich sinnlich all seiner Männlichkeit hin und küsste ihn verführerisch auf die Lippen. Unser Kuss verwandelte sich kurzerhand in einen noch feuchteren und erotischeren Zungenkuss, wobei Ryan voller Ungewissheit über unseren Zuschauer blieb. Die auch noch kein einziges Mal versuchte, ihren Blick von uns abzuwenden. Immer leidenschaftlicher werdend, seine Stöße immer tiefer und schneller und mein Stöhnen immer intensiver und lauter kamen wir erst nach ungefähr einer Dreiviertelstunde zum Ende. Eine komplette Show kostenlos geboten. Sie hätte es zu schätzen wissen sollen.

Kurzatmig blieb Ryan noch etwas über mir. Er wischte sich gerade den Schweiß von der Stirn, als ich beschloss, zu beginnen.

„Wen stellst du dir gerade vor?", hauchte ich.

„Woran dachtest du gerade? Mit verschlossenen Augen, den Körper in dieser Position, meine Hitze unter dir. An was musstest du denken? Ist es dir zufällig ein Déjà-vu? Mit dem Unterschied, dass es tatsächlich einer Erinnerung entspricht."

„Ava? Wovon sprichst du?"

Er legte seine Hand an seinen Kopf. Ich ließ zu, dass er den Stoff herab nahm. Zuerst wandte er mir all seine Aufmerksamkeit zu und musterte mein Gesicht unter ihm.

„Was meinst du?"

Ich warf meinen Kopf zur Seite und blickte zu Emilia. Er folgte meinem Blick und erstarrte. Unverzüglich sprang er vom Tisch und zog sich seine Hose wieder an.

Leer und kühl setzte ich mich auf: „Wofür? Nichts, dass sie nicht schon gesehen hätte."

„Ava?..."

Ryan war sprachlos und musterte mich mit einem perplexen, nein, eher schon entsetzten Blick. Als hätte er soeben all seine Würde mir gegenüber fallen gelassen. Dabei wusste er noch nicht einmal, was noch kommen würde.

„Sag du mir, was los ist", kam ich ihm mit schwingender Hüfte näher. Doch in diesem Moment schenkte er meiner nackten Haut keine Aufmerksamkeit mehr. Meine Finger glitten über den Tisch, auf dem er mich gerade noch zum Höhepunkt brachte.

Im Vorbeiziehen ergriff ich die Klinge, die er nicht einmal bemerkt zu haben schien. Unmittelbar vor ihm hob er seinen Kopf an.

„Was ist los? Warum die Anspannung?", neigte ich meinen Kopf, nachdem ein schmunzelndes Grinsen meine Lippen zierte. Ich streifte die Klinge über seinen Arm, seine Schulter hoch und zu seinem Hals.

„Ich würde dir doch niemals etwas tun", stellte ich mich hinter ihn, zog die Klinge über seine Haut und blickte von der Seite zu ihm, „oder?"

Die Klinge bewegte sich bei Ryans Atmung.

„Was für ein Spiel wird das?", sprach er mit verklemmter Stimme.

„Spiel? *Ich* spiele mit *dir*?", runzelte ich die Stirn und sog den Geruch seines Parfums in meine Nase. Ryans Körper blieb starr. Ich hob das Messer von seiner Haut. Und plötzlich warf ich es haarscharf an seinem Ohr vorbei in den Balken, an dem Emilia hockte.

Ihr ganzer Körper zitterte und sie hatte die Augen fest zugekniffen, bis sie erkannte, dass ich nur knapp ihren Haaransatz verfehlte.

„Welches Spiel hast du dann gespielt, als ich Eden Braxton töten sollte?" Ich zog mich wieder an.

„Was meinst du?", spielte Ryan unschuldig.

Ich prustete sarkastisch auf. Bevor ich meine Haltung versteifte, seinen Blick traf und mit ernstem Gesicht erklärte: „Ich weiß, dass es bloß ein Test war."

Ryan verzog seine Miene und begann vor Nervosität seine Augenbrauen skeptisch anzuziehen.

„Was für eine Rolle spielt das?" Als er mir damit die Bestätigung gab, verdrehte ich meine Augen.

Schlagartig wechselte ich mit scharfen Worten das Thema: „Warum gehst du mir fremd?"

Gerade als er seinen Mund öffnen und zum Sprechen ansetzen wollte, schüttelte ich langsam warnend den Kopf: „Leugne es nicht."

„Woher?", hauchte er.

Ich brummte drohend: „Falsche Antwort. Das wäre der Moment, in dem du versuchst, dich zu erklären. Mir Lügen zu erzählen, damit ich dir verzeihe."

Ich richtete meine Haare in dem spiegelnden Metall, seinen Behauptungen gegenüber vollkommen desinteressiert.

„Ich habe dir doch gesagt, dass da mal was lief."

Mein Blick traf ihn wie eine Kugel selbst. Doch es dauerte nur Sekunden bevor mein Schock zu Gelächter wurde.

„Meinst du das gerade ernst? Ja, dass da *mal* was lief. Nicht, dass es immer noch so wäre. Denkst du, ich genieße es, dass du deinen Schwanz in mich steckst, wenn ich weiß, dass du regelmäßig zu ihr gehst?! Es ist widerlich. Ihr seid widerlich."

„Ava, das zwischen uns..."

„Zwischen wem? Dir und mir? Willst du mir sagen, dass ich mir das eingebildet habe? Merkst du, was du gerade tust?", ich vergrößerte den Abstand zwischen uns und fauchte mit starker Gestik.

„Nein, das meine ich nicht! Ich mag dich. Ich mag uns."

„Warum tust du es dann? Vor allem dort, wo wir gemeinsam ein Date haben!"

Ryan verstummte.

Ich schüttelte meinen Kopf und kramte meine Waffe aus meiner Tasche. Mit ihr in meinen Händen an meinem Körper kam ich wieder auf Ryan zu. Meine Augen zielsicher und überzeugt: „Aber ich kämpfe für uns. Und ich erlange dich zurück. Denn du gehörst mir. Wir sind füreinander bestimmt. Niemand, wirklich niemand wird sich uns in den Weg stellen."

Je näher ich ihm kam, umso mehr musste er sich zwingen, nicht zurückzuweichen. „Ich kämpfe auch. Ich liebe dich", behauptete Ryan. Sanft berührten seine Finger meine Wange. Doch ich blieb kühl. Plötzlich meinte ich: „Beweis es mir."

„Beweisen?"

„Beweis mir, dass du mich liebst", gab ich ihm meine Schusswaffe.

„Töte sie. Töte sie, so wie ich Eden trotz seiner Unschuld töten musste. Töte sie für ein Uns. Töte sie für mich."

Meine Augen blickten in seine. Stechend grün, bis sich auf meine Worte ein Schatten über sie legte.

„Es ist Emilia."

„Und so war es Eden Braxton."

„Was liegt dir an diesem Eden?! Es war nötig!"

„Was liegt dir an dieser scheiß Emilia?! Ist sie dir mehr wert als ich?", schrie ich zurück.

Doch dann beruhigte sich meine Stimme wieder. Stattdessen packte mich die Theatralik: „Ich kann es auch anders formulieren.

Sie ist mir eine Last, die mir das Leben schwer macht. Wegen ihr habe ich das Gefühl gehabt zu ersticken. Als ich euch gesehen habe, verlor ich jegliches Gefühl an Leben in mir. Ich kann nicht länger weiterleben, solange sie lebt!"

Ryans Augenlider schienen schwerer zu werden.

„Ava", er beugte sich leicht zu mir runter, legte die Waffe hinter sich auf dem Tisch ab und nutzte beide seiner Hände, um die meinen zu halten.

„Manipulier mich nicht wieder. Du hast es immer getan. All die Zeit. Das ist überhaupt erst der Grund, weshalb ich hier bin. Weshalb ich jetzt zu solchen Maßnahmen greife!"

Er ging nicht auf mich ein, sondern setzte fort: „Ich liebe dich mit allem, was ich habe. Es gibt für mich nichts Wichtigeres auf dieser Welt als dich. Das, was wir tun, nenne ich nicht mehr unsere Arbeit. Es sind wir. Es ist unsere Leidenschaft, das, was uns ausmacht. Unsere Dunkelheit, die ich für nichts aufgeben würde. Ich habe alles dafür getan, dich für mich zu gewinnen. Dich dabei zu haben. Dich zu verstehen und dabei habe ich mich in dich verliebt. Eine Liebe, die sich durch mein ganzes Leben ziehen wird, bis wir gemeinsam sterben. Emilia hat mich ausgenutzt. Dennoch mindert das nicht meine Schuld, drauf rein gefallen zu sein. Ich werde mir das nie verzeihen können. Und genau deshalb werde ich jedem deiner Wünsche nachgehen. Denn deine Wünsche, sind auch die meinen."

Seine Augen trafen auf meine – voller Aufrichtigkeit. Er sprach ausschließlich zu mir und blendete alles andere um uns herum aus. Als wäre ich wirklich die einzige für ihn. Eine Erleichterung und Hoffnung entsprang aus meinem Herz und erwärmte mich. Ryan jedoch ließ meinen Revolver auf dem Tisch liegen, als er sich Emilia näherte. Sie schluchzte, schüttelte unter Tränen ihren Kopf und kreischte, sobald Ryan ihr das Panzertape von den Lippen riss.

„Ava, ich wollte dich vor ihm warnen! Er hat gelogen, ich habe ihn nicht verführt. Er ist ein Psychopath. Aber du bist scheinbar genauso…"

Ich brach in Gelächter aus und spielte mit meinen Fingernägeln an meinem Revolver: „Wenn du das so siehst."

Währenddessen hockte sich Ryan zu ihr herab: „Willst du sonst noch was loswerden?"

„Ich hätte mich nie auf dich einlassen dürfen. Niemals meinen Vater töten lassen sollen. Ich will mein Geld zurück!", kreischte sie, die Augen zusammenpressend.

Ryan warf seinen desinteressierten Blick zu mir nach hinten. Doch ich erwiderte nur mit einem Schulternzucken.

Daraufhin zog Ryan zwei Dinge aus seinen hinteren Hosentaschen: „Okay. Du hast die Wahl. Wir spielen ein Spiel. In einer Hand ist ein Umschlag mit 10.000 Dollar, in der anderen, die Waffe, die dich erschießt."

Emilias eben noch schluchzendes Gesicht neutralisierte sich. Ihre Augen wurden immer weiter, ihre Brust bebte stärker und ihr Körper zitterte auffälliger. Zeitgleich lief ihr aber der Schweiß über die Stirn und ihre gierigen Augen starrten auf Ryans Oberkörper.

„Sie sind alle gleich", hauchte ich und rollte meine Augen gelangweilt.

Als ich mich zu Ryans Sachen bückte und mir eine Zigarette stahl: „Was ein Anblick."

„Rate. Rechts oder links", lächelte Ryan sie an.

Emilias Atmung ließ ihren Körper seltsam zucken. Ihre innere Panik, die von der Begierde ausgelöst wurde, ließ sie beinahe an sich selbst ersticken. Die Lider zuckten, sie öffnete und schloss ihren Mund und traute sich nicht mehr als vereinzelte Laute rauszubringen.

„Entscheide dich verdammt nochmal!", fauchte ich brüllend, nachdem ich die Zigarette zum Glühen brachte.

Unmittelbar darauf schrie sie mit gekniffenen Augen: „Rechts!"

Ryans Kopf fiel neigend zur Seite, als sich sein Grinsen bildete. Mir kam das gleiche Grinsen, als ich die Waffe in Ryans rechter Hand sah.

Er stand auf und zog den Colt hervor. Ihr ganzer Körper erstarrte innerhalb von Sekunden. Ich lachte und stieß dabei den

Rauch aus: „Hättest du wirklich gedacht, er hätte dich nicht erschossen, wenn du links gewählt hättest?"

Ryan zielte mit der Waffe auf Emilias Stirn.

Doch mit einer gelassenen Handbewegung hielt ich ihn noch kurz davon ab. Dann hockte ich mich zu ihr runter und blickte in ihre Augen.

„Ich genieße den Anblick beinahe schon", hauchte ich.

Bis ich plötzlich in ihre Haare packte und ihren Kopf brutal in den Nacken riss. Schmerzhaft stieß ich ihr meine glühende Zigarette in die Mitte ihrer Stirn und drehte sie mit Druck aus.

„Dachtest du wirklich, du wärst sein Typ? Dachtest du wirklich, du könntest ihn mir wegnehmen?"

Mit einem selbstgefälligen Schmunzeln stand ich, ohne eine Antwort zu verlangen, auf. Ich drehte mich von ihr und wartete darauf, den Schuss zu hören.

Kaum erklang er – wie Musik in meinen Ohren – drehte ich mich wieder zu ihr und betrachtete das perfekte Loch, in meiner vormarkierten Stelle.

Ryan und ich sahen uns an.

Bei seiner Haltung, seinem Stolz und seiner Macht biss ich mir auf die Unterlippe.

„Du warst unglaublich heiß, was du heute hier gemacht hast", raunte Ryan und packte mich am Rücken.

„Ich weiß."

Wir verfielen in einen leidenschaftlichen Kuss. In dem ich flüsternd drohte: „Ich hoffe, du hast daraus gelernt."

Es war als hätte ich ihm in einem Moment zu sehr misstraut und im nächsten zu sehr vertraut. Als würde ich ihn nach der Sache mit Emilia voller Überzeugung und Stolz ansehen, unsere Beziehung als gesichert verstehen, während er manipulierend einen Plan der Rache schmiedete.

Es war kompliziert.

KAPITEL 24

„Dylan hat einen neuen Auftrag für uns“, wischte Ryan über sein Handy, während er an der Kücheninsel lehnte und an seinem Glas Wasser nippte. Ich stand auf und bediente mich an den Weintrauben auf dem Tisch: „Ich würde Dylan gerne mal treffen. Wir haben seit der Zusammenarbeit noch kaum persönlich miteinander gesprochen. Ich kenne ihn bloß von dem Fall, als er Ermittler gespielt hat, als ich ihm ins Bein geschossen habe und von einigen Telefonaten.“

Ich schmunzelte amüsiert. Ryan schaute von seinem Display zu mir auf. Auf seinen überraschten Blick folgte ein ernstes Räuspern: „Wir sind sehr diskret.“

Meine Augenbrauen zogen sich skeptisch zusammen, als ich unsere Vereinbarung erwähnte: „Keine Geheimnisse.“

Für einen Augenblick sah Ryan sich nachdenkend im Raum um. Bis seine Augen auf mir landeten und er nickte: „Okay, einverstanden.“

Trotzdem wirkte er nicht beeindruckt und wandte sich schon wieder von mir ab.

„Ist was?“, gab ich ihm nochmals eine Chance, es jetzt anzusprechen.

Doch er schüttelte bloß den Kopf.

„Ich schreibe ihm“, deutete er auf sein Handy.

Nach einiger Zeit blickte Ryan wieder zu mir auf: „Wir können uns nach dem Auftrag mit ihm treffen, am Freitag.“

Dabei klang er weder begeistert noch abgeneigt. In dem Fall war mir das aber egal, da ich Dylan sowieso neu kennenlernen wollte.

Auf Zehenspitzen schminkte ich mich vor dem Spiegel.

„Du schminkst dich für unser Ziel? Weißt du etwa schon, wer es wird“, neckte er mich, als er an mir vorbeiging und mit seiner flachen Hand auf meinen Po schlug. „Mache ich doch immer“, verdrehte ich meine Augen schmunzelnd.

Bevor ich mich wieder konzentrieren musste, die Mascara sorgfältig auf den Wimpern aufzutragen, ohne abzurutschen. Als er mir einen Kuss auf den Kopf gab, misslang es mir. Rasch verzog sich mein Gesicht und ich linste genervt zu ihm, bevor ich mit meinem Wattepad den schwarzen Fleck auf meinem Lid entfernte. Es wurde seltsam unruhig, wodurch ich kurz vom Spiegel absah und zu Ryan blickte. Er stand steif dort und starrte, ohne zu blinzeln, auf sein Handy. Ich wandte mich vom Spiegel ab: „Was ist los?“

Er blinzelte mehrmals und sah zu mir. Zeitgleich sank und verstaute er sein Smartphone: „Nichts.“

Etwas später zischte er: „Dylan hat einen Auftrag nur für dich.“

„Nur für mich?“, wiederholte ich verwirrt, während ich mir entknotend durch die Haare fuhr.

„Frag mich nicht“, drehte er sich sichtlich genervt vom Ausgang weg, streifte seine Schuhe von den Füßen und warf sich aufs Sofa.

„Du kannst doch trotzdem mit“, lehnte ich mich aus dem Bad.

„Ich vertraue Dylan. Wenn er das so sagt, wird es wohl einen Grund haben.“

Seufzend griff er nach einer der Zeitschriften, die uns jede Woche aus Werbezwecken in den Briefkasten gesteckt werden. Normalerweise schmissen wir sie immer gleich weg, aber aus Frust blätterte er nun laut die Seiten umher.

Trotz seiner Gereiztheit brachte mich sein Schmollen zum Schmunzeln, als ich zurück in meinen Spiegel blickte.

„Dann mache ich mich mal auf den Weg.“

Ich gab ihm einen Kuss auf den Hinterkopf und ging klackernd zur Tür.

„Vergiss den nicht“, rief er und warf mir etwas zu.

Hastig fing ich den gesicherten Colt. Als ich noch etwas sagen wollte, weil er mir seine Waffe anbot, hatte er sich schon wieder von mir abgewendet. Meine Mundwinkel zogen sich hoch und ich musterte den Colt: „Bis später."

Kaum verließ ich das Gebäude, wählte ich Dylans Nummer: „Dylan, was gibt es? Ein Auftrag nur für mich? Gibt es Probleme?"

„Ava, bist du allein? Ist Ryan weit genug weg? Mach das Mikrofon an deinem Ohr aus."

„Was ist denn los?"

Doch Dylan wiederholte nur streng: „Mach das Mikro aus."

Ich tat, was er sagte, unterbrach die Verbindung der Ohrringe mit meinem Handy und schaltete sie ab.

„Willst du damit sagen...?", in dem Augenblick verstand ich, dass mir wohl doch noch so Einiges verschwiegen wurde.

„Ja, klärt das unter euch. Aber wir haben ein größeres Problem. Der Auftrag… Das Ziel…"

Ich trat dichter an die Wand, um mich von den Leuten, die an mir vorbei gingen, zu entfernen und hielt das Smartphone noch näher an mein Ohr. Mit meiner gewölbten Hand ums Mikrofon des Handys sprach ich leise: „Was meinst du? Komm zum Punkt!"

Es kehrte eine kurze Stille ein, in der ich einen Punkt auf dem Asphalt anvisierte. Plötzlich sprach er unter schwerem Atem: „Ava, jemand will dich töten."

Ich verlor das Gefühl in meinem Körper und schwankte gegen die Mauer hinter mir.

Mich?

Meine Stimme stotterte: „Ich, Ich bin das Ziel?"

Dass er mir diese Frage nicht beantwortete, gab mir Antwort genug.

„Ava, ich weiß nicht, wer es war, aber wo er jetzt ist. Und ich muss ehrlich sein… Ich konnte Ryan nicht vertrauen."

„Was?" Auf einmal stachen mir Schmerzen in den Bauch und ich verlor die Kontrolle über meinen Atem. Er beschleunigte sich, während meine Sicht verschwamm.

„Ava ist alles gut?" „Ich, mir ist schwindelig…", hauchte ich.

„Hast du etwas gegessen?"

„Wie viel ist der Auftrag wert?", beachtete ich seine Frage nicht.

„Hast du genug Wasser getrunken?"

„Wie viel ist der Auftrag wert?!", schrie ich plötzlich auf, wofür einige Leute zu mir blickten. Verkrampft presste ich mir die Faust in meinen Bauch auf die Schmerzen und knickte ein.

„Fünf…", begann er und stockte.

„Fünf?", echote ich.

„Fünfzig…"

„Fünfzig?", fragte ich.

„Fünfzigtau-..."

„Fünfzigtausend?!"

Als ich das realisierte, zitterten meine Pupillen. Ich sah nicht mehr klar und klammerte mich an die Wand.

„Das ist mehr als die meisten unserer Aufträge. Warum? Wer könnte das sein?!"

Ich stolperte bei jedem Schritt und knickte weiter ein, während ich mich kraftlos an der Wand entlang zog.

„Ava, du musst da weg. Wo ist Ryan gerade?"

„Er ist oben, in der Wohnung."

„Sicher?", hakte Dylan mit Panik in seiner Stimme nach. Als ich mich umsehen wollte, zog sich ein verschwommener Film hinter das Bild und bei jeder Bewegung wurde das Bild unschärfer: „Ich weiß es nicht, verdammt! Ich kann nichts sehen."

„Was meinst du? Vergiss es. Ich…"

Mehr verstand ich nicht, als ich mich hinter das Gebäude gezogen hatte und zu Boden sank.

Schwächlich blinzelte ich in das grelle Licht. Als ich versuchte, mich dran zu gewöhnen, wollte ich mich aufsetzen, doch mein Arm brach bei der zu schnellen Anspannung wieder in sich ein. Ich lag in einem niedrigen Bett, beinahe einer bloßen Matratze, in einem typischen Studentenzimmer. Dunkle Wandfarbe, dicke dunkle Vorhänge, eine dünne Wäscheleine durchs kleine Zimmer gespannt, an der Sweatshirts und T-Shirts hingen. Einige der Klamotten mussten zu Boden gefallen sein und gesellten sich nun zu den umherfliegenden, beschriebenen Blättern, die aus dem Block fielen. Ein Ventilator in der Ecke brachte sie zum Flattern.

„Du bist wach“, kam ein junger Mann durch die Tür mit Erleichterung in seiner Stimme. Er hatte kurzes, braunes Haar, deutlich heller und auch gewellter als das von Ryan.

Seine Gesichtszüge wirkten liebevoll und seine Augen rundlicher und unschuldiger. Auch wenn sein Kinn spitzer und seine Wangenknochen markant waren, wirkte sein Gesicht wesentlich verspielter und sanfter. Seine Aura schien ähnlich zu der von Ryan, bloß viel harmloser. Er hockte sich zu mir nieder und half mir am Rücken dabei, mich aufzusetzen.

„Ich bin´s, Dylan“, stellte er sich vorbei, wodurch ich nicht nur seine Stimme, sondern ihn auch von dem Vorfall im Restaurant und dem Fall im Hotel wiedererkannte.

Zu der Zeit hatte ich seinem Äußeren jedoch noch keine Bedeutung geschenkt. Ich richtete mich sofort auf und musterte Dylan intensiv. Mit einem Hauch an Skepsis, als er mich berührte. Sobald er das bemerkte, zog er sich zurück.

„Hatte Ryan dir etwas zu essen oder zu trinken gegeben?“

„Ja, er hatte heute Morgen für uns gekocht.“

Dylan nahm es zur Kenntnis und nickte vertieft.

Doch ich blieb stur und verdrehte meine Augen ungläubig: „Denk nicht mal dran. Ryan würde mir nichts ins Essen mischen, um mich dann für 50.000 umzubringen. Bei einer Million würde er vielleicht ins Grübeln kommen, mir ginge es aber genauso, von daher.“

Kühl und Dylan in seiner Theorie abweisend, stand ich auf. „Hier wohnst du?“

„Das ist meine alte Wohnung, damit Ryan dich nicht findet.“

Ich prustete auf: „Bitte was?“

Dylans Augen wechselten im Sekundentakt zu mir hoch in mein Gesicht und auf meinen Körper, den ich schnell hochriss.

„Nein, nein“, schüttelte ich lachend den Kopf und verschränkte meine Arme vor der Brust, „das ist der ganz falsche Weg.“

„Wenn Ryan dich aber töten will?“

„Was habe ich eben gesagt?“, zog ich meine Augenbraue mahnend an.

Bevor ich zischte: „Wo bin ich?“

Ich warf einen Blick durchs Fenster, doch konnte nichts erkennen, als die Hauswand gegenüber.

„Versteh das nicht falsch“, zog Dylan sich an dem Stuhl hoch.

Ich ignorierte ihn, ging an ihm vorbei und durch die Tür. Es offenbarte sich mir ein Raum voller Monitore und Fotos, genau wie der hinter Ryans verschlossener Tür. Nur noch mehr, noch dunkler. Schnell trat ich wieder heraus und weigerte mich, mir irgendetwas davon genauer anzusehen.

„Erzähl mir von dem Auftrag“, forderte ich auf, während ich die andere Tür versuchte.

Sie führte mich in die Küche, hinter der sich auch die Tür zum Ausgang zeigte. Zeitgleich fasste ich mir an den Rücken. Ich hatte es irgendwie schon erwartet: „Dylan, wo ist meine Waffe?“

„Okay, okay“, trat Dylan an mir vorbei und durchwühlte einige Blätter auf der Kommode an der Wand.

„Wie geht es dir?“, stoppte er auf einmal.

Ich schüttelte den Kopf: „Gut, erzähl.“

„Du kannst den Auftragsgeber treffen.“

Zeitgleich zog er aus einem Fach der Kommode den Colt, behielt ihn aber überzeugt bei sich, statt ihn mir schon zu überreichen.

„Wo?“

Dann drehte er sich zu mir und meinte mir die Ohrringe selbst anstecken zu wollen. Ich blickte ihn perplex an, bevor ich seine Hände von meinem Ohr nahm und sie mir selbst ein hing.

„Ich verbinde sie mit meinen. Du bekommst deine Waffen und ich leite dich zum Ort. Aber du musst aufpassen. Jemand der so viel Geld ansetzt, muss es ernst meinen. Vielleicht hat er auch noch andere beauftragt.“

„Sonst noch was?“, fragte ich mit meiner Hand am Türrahmen.

Seine Lippen zitterten, bevor sie sich schlossen, als wollte er noch etwas sagen. Doch als er meinen genervten Blick bemerkte, schüttelte er seinen Kopf.

Stattdessen hauchte er: „Pass auf dich auf."

Ich riss meinen Mund auf, zwang mich dann aber zu schweigen. Wir haben uns vor wenigen Minuten kennengelernt und er war so umsorgt, als wäre es vor einer Ewigkeit gewesen.

„Du solltest wissen, dass auch ein solches Problem zu lösen, für mich keine Schwierigkeit ist."

Mit einem Augenrollen drehte ich mich von ihm und warf die Tür hinter mir zu. Ich seufzte tief, bevor ich dem Weg folgte, den mir die Linse mit kleinen Pfeilen am Rand vorgab. Ryan würde mir niemals etwas tun. Damals vielleicht, aber heute nicht mehr. Niemand könnte mir etwas anderes einreden. Als ich das Gebäude verließ, stellte ich fest, dass ich mehrere Stunden geschlafen haben musste, sodass es bereits dunkel war.

Hatte er mir doch etwas ins Essen gemischt? Aus einem anderen Grund? Oder war es Dylans Verdienst? Egal, wie ich es drehte, es fühlte sich nicht so an, als könnte ich einem von ihnen vertrauen.

Je weiter ich durch die Straßen an den Menschen vorbeiging, umso weiter trieb es mich an einen ruhigeren Ort. Die Straßen wurden leerer, die Autos weniger und der Lärm nahm ab. In einer Seitenstraße hörte ich das Geräusch eines gerade geöffneten Autos. Niemand anderes außer die Person am Auto, die gerade den Kofferraum öffnete, befand sich in der Straße, als ein kleines Symbol auf der Linse aufblinkte und sie mich nicht weiter navigierte.

Sollte er es sein? Der Auftragsgeber?

Plötzlich stieß mich jemand von hinten an. Ich stolperte nach vorne und über die Bürgersteigkante auf den Asphalt.

Sofort packte mich die Person am Arm und riss mich zu sich rauf. Dabei drehte er mich zu sich und unsere Körper stießen enganeinander.

Mein Herz pochte vor Schock und einem Hauch Angst, da meine schnelle Reaktion behindert wurde und ich für diesen

Augenblick wehrlos blieb. Als sich meine Augen an die Dunkelheit gewöhnten und mehr als nur die Umrisse der großen Person sahen, erkannte ich ihn.

„Chen Price?",

„Ava?", verließ es uns gleichzeitig.

„Was machst du hier? Um diese Uhrzeit? Wohnst du hier?", fragte er und trotz seiner noch immer tiefen Abneigung mir gegenüber, sorgte er nicht dafür, unseren Abstand voneinander zu ändern.

Als ich es versuchte, packte er mich erneut am Rücken. Erst dann stellte ich fest, dass ich bei meinem Schritt beinahe wieder die Kante herab gerutscht wäre, was seine Handlung rechtfertigte und mich wieder an ihn zwang.

„Was wird das?", zog ich mich zur anderen Seite zurück.

„Dich retten."

„Ich muss nicht gerettet werden", fauchte ich.

Als er knapp antwortete: „Ich weiß."

Überrascht musterte ich ihn, als er in diesen Worten von mehr zu sprechen schien, als eine Antwort auf meine Frage zu geben.

„Dann gehe ich, ich habe noch etwas zu erledigen", kaum glitt es von meinen Lippen, drehte ich mich um und stellte fest, dass der Mann an dem Auto weggefahren war.

„Was denn erledigen?" In dem Augenblick als mein Blick der langen Straße folgte, entdeckte ich den noch immer blinkenden Hinweis.

„Ava?" Ich rieb unauffällig an meinem Ohrring, bevor ich mich zu Chen Price drehte. Mit unschuldigem Blick und fragenden Augenbrauen blickte er zu mir. Ich verstand es nun.

„Du hast es erwartet, oder?"

Sobald ich sprach, fiel seine Unschuld und er schmunzelte schelmisch.

„Entweder ich würde morgen in den Nachrichten hören, dass es dich nicht mehr gibt oder du würdest vor mir auftauchen. Ein Verlust wäre es nicht, um an diese Information zu kommen."

Ich sah mich seufzend in der Gegend um, als ich unscheinbar an den Ohrringen einen Knopf betätigte, um das Gespräch aufzunehmen. Bevor ich meine Arme verschränkte und meinen Stand festigte. Mich auf eine lange Erklärung vorbereitend: „Das war von Anfang an der Plan, oder?“

„So ungefähr. Weißt du, wenn ich mich in etwas festbeiße, dann bringe ich es auch zu Ende. Ich kam an die Dienststelle, weil ich dich als leichtes Opfer angesehen habe. Ich dachte, wenn es jemanden gibt, der nacheinander die Leute tötete, ohne ein deutliches Muster zu hinterlassen, könntest du auch eines der Opfer sein. Alleinlebend, keine Verbindung zu Verwandten, keine Freunde. Zudem könntest du auch eine gewisse Gefahr für einen solchen Täter darstellen, einfach weil du nicht unbegabt bist und an den richtigen Quellen sitzt. Es gäbe also mehrere Gründe, dich aus dem Weg zu schaffen. Mal davon ab, dass mir niemand glauben wollte, dass es sich wirklich um einen Täter und nicht um emotionale Morde, Selbstmorde oder Unfällen handelte… Wenn sie wüssten… Doch auch ich lag falsch.

Für den Täter warst du kein Opfer, du warst seine Inspiration, seine Motivation und später auch schnell seine Obsession. Dennoch ist er zu gut für mich, an ihn ranzukommen. Bis ich verstand, dass er dich zu seinem Partner machte und weiter noch, euch nicht sinnlose Mordlust oder Rache antreibt, sondern Geld. Ihr praktiziert Auftragsmorde. Als ich das verstanden habe, musste ich meine ganze Perspektive wenden. Ich habe Nächte lang durchs Darknet und über Beziehungen geforscht, bis ich auf die wahrscheinlichste stieß. Dann setzte ich alles. Dich töten zu lassen würde mir beweisen, ob du wirklich Teil des Ganzen bist. Besser noch, wie weit der Täter wirklich gehen würde, um an sein Geld zu kommen. Würde er seine Liebe aufgeben? Scheinbar aber hat er das nicht. Was mich wirklich überrascht.

Er muss es ernst mit dir meinen. Nichtsdestotrotz weiß ich immer noch nicht, wer er ist. Er ist unglaublich clever. So clever, dass es sich beinahe nicht mehr lohnt, ihm nachzujagen. Es würde mich mein gesamtes Leben kosten. Ich will nicht sagen, dass du es nicht bist, aber bei dir ist das offensichtlich anders."

Er musterte mich, wie ich hier vor ihm stand, bevor er fortsetzte: „Durch seinen falschen Namen kann ich ihn nicht ausfindig machen. Meine Quellen sind auch begrenzt, weil mir kein Zugriff mehr gewährt wird. Mein Chef hält mich für verrückt – so gut ist dein verdammter Freund!"

Er begann zu lachen. Ein Lachen voller innerem Schmerz und Enttäuschung.

„Aber all die Jahre, die ich ihm hinterherjagte, habe ich so langsam keine Kraft mehr. Es scheint, als wäre es das erste Mal, dass ich etwas nicht zu Ende bringen werde. Denn selbst wenn ich dich als seine Schwäche entführen würde, um ihm aus dem Versteck zu locken, würde er mich mit seinen Tricks hinrichten und nichts würde sich ändern. Ich weiß wirklich nicht, wie ihr euer Handeln rechtfertigt oder wie er dich überzeugen konnte, aber selbst, wenn ich dir jetzt die Predigt darüber halte, würde sich auch nichts ändern. Ich kann das nicht mehr. Ich hatte alles bis hierhin geplant, nur um dann hier zu stehen und das erste Mal zu verstehen. Verstehen, wie sinnlos diese ewige Suche doch ist, die mich letzten Endes nur in einen bedeutungslosen Tod stürzte."

So langsam räusperte ich mich, um ihn auf seinen Monolog aufmerksam zu machen.

„Ich will, dass du mir einen Gefallen tust."

„Aha", gesellte sich mein Interesse wieder zum Gespräch.

„Ich habe mir andere Ziele gesetzt. Ich will aufsteigen. Ich will ganz oben stehen. Und ich will euch dafür nutzen."

„Du weißt, dass es kostet", wies ich ihn darauf hin.

„Ich dachte an eine Anzahlung, Zwangzigtausend und einen freien Gefallen."

„Ich war dir fünfzigtausend wert. Hattest du das Geld etwa nie?", fragte ich skeptisch und forderte einen höheren Einsatz.

„Fünfundzwangzigtausend. Dir muss klar sein, wie nützlich eine Freikarte bei mir für einen von euch wäre."

Ich lachte belustigt: „Du hast selbst gesagt, wie clever mein Freund doch ist."

Doch Chen blieb ernst und sah mich mit schmalen, überzeugenden Augen an: „Dann für dich. Was, wenn er dich im Stich lässt, sobald du erwischt wirst?"

Ich wandte meinen Blick von ihm ab und warf einen Blick auf die Straße neben uns. Für einen Moment dachte ich nach, doch dann streckte ich ihm meine Hand entgegen: „Fünfundzwangzigtausend."

Er schlug lächelnd ein: „Ein Rivale aus Kindheitstagen, wenn er weg ist, nehme ich seine Position ein. Ich leite dir die Daten über ihn weiter."

„Deal."

„Ryan, oh, Ryan, du hast mir so Einiges zu erklären…", hauchte ich auf dem Rückweg in den abgekühlten Wind.

Ryan

Ich nahm mir das Headset von meinen Ohren und ließ es auf meine Schultern sinken.

„So ist das also… Ava, mit was für Leuten treibst du dich nur rum?"

Meine Handgelenke um sich drehend, brachte ich sie laut zum Knacken, bevor ich mich am Schreibtisch hochzog. Das alte Handy, das Ava erfolgreich gefunden hatte, verstaute ich zurück in meinem Schrank. Den Schlüssel im Loch drehend, verschloss ich es wieder.

„Du gehörst mir. Immer. Daran wird sich nichts ändern. Niemand wird dir etwas anderes einreden können. Weder Dylan noch der Kerl, dem du anscheinend jederzeit gerne einen Gefallen tust."

Ava

Ich hatte mir eine blonde Perücke mit langen, glatten Haaren aufgesetzt, mir die Lippen rosa-rot geschminkt, die Wangen lieblich rosa getupft und einen braunen Eyeliner gezogen. Als ich im Park ankam, die Bücher aus meinem Stoffbeutel holte und vor meiner Brust trug. Den Beutel stopfte ich rasch in meine Hosentasche. Ungeschickt zog ich dann mit einer Hand eine runde Brille hervor und setzte sie auf meinen Nasenrücken. Meine Füße in den beigen Schuhen mit leichten Absätzen stolperten über den steinigen Weg, während ich mit rundlichen Augen dem Geräusch des Vogelzwitscherns in den Baumkronen lauschte.

In all meiner vorgespielten Unaufmerksamkeit stieß ich gegen den Mann, den Chen Price mir beschrieben hatte. Laut krachten meine Bücher zu Boden und die Blätter flogen auf die Grasfläche.

„Oh, das tut mir so leid!“, stieß er schockiert aus und hockte sich sofort hinab, um die Blätter einzeln aufzusammeln.

Ich schwieg schüchtern und hockte mich auf den Boden. Mit schwachen Fingern sammelte ich langsam die Bücher auf einem Stapel.

„Warte, ich trage es für dich.“

„D-Danke“, richtete ich meine Brille mit meinem Fingernagel.

„Wo soll es hingehen?“

„In die Bibliothek“, sprach ich zart und leise.

„Klar, kein Problem. Die Uni Bibliothek?“

Ein schwächliches Nicken bestätigte ihn. Woraufhin er sich wirklich dazu entschied, mich den ganzen Weg zu begleiten. Wenige Straßen weiter kamen wir an dem großen, altmodischen Gebäude an. Er hielt mir trotz Bücherstapel in einer Hand die Tür auf, wodurch ich beinahe schon skeptisch wurde. Mit meinem unschuldigen Lächeln trat ich ein. Weiterhin mied ich schüchtern Augenkontakt, bis wir uns an einen Tisch setzten. Ich ließ ihn die Bücher ablegen und warf einen kurzen Blick um mich.

Wenige Studenten, Bibliothekar und nur das Blättern der Seiten, das die Luft in Bewegung setzte und einen Laut von sich gab. Zudem erwischte ich die Kamera. Ich streifte mir nervös durch die Haare und legte sie gekonnt, so dass es mein Gesicht vor der Kamera verdeckte.

„Ich würde mich gerne bedanken", flüsterte ich ihm zu. Dabei wischte ich mir Dreck und Fusel vom weißen Tennisrock. Er brauchte nicht lange, um die Anspielung zu verstehen. Und tat dennoch ahnungslos, als er mich mit geneigtem Kopf musterte. Ich nickte mit meinem Kopf in eine Richtung, in die er mir daraufhin folgte.

Jeder Auftrag, in dem Frauen mein Ziel waren, war deutlich anspruchsvoller…

Ich strich meine Haarsträhne entlang, als wir vor den Toiletten ankamen.

„Ist alles in Ordnung?", fragte er und legte auf einmal seine Hand auf meine Schulter.

„Warum seid ihr alle gleich?", hauchte ich in die dünne Luft.

„Hm?", konnte er mich nicht verstehen.

Dann packte ich seine Hand und führte ihn von den Kabinen weg, durch die Tür zum Reinigungsraum.

„Das willst du?", runzelte er seine Stirn. Ich biss mir verspielt auf die Lippe und zog ihn in den dunklen Raum, sodass hinter ihm die Tür zu fiel.

Mit Blut verschmierten Händen, einer zerzausten Perücke und von Fingern zerkratzten Armen trat ich heraus. Bevor sein Körper mir entgegenfiel, schloss ich die Tür mit dem Haken meines Schuhs.

Ein Souvenir seines Zahns zwischen meinen Fingernägeln. Bevor jemand das Bad betrat, wusch ich mir das feuchte Blut von der Haut. Als ich Schritte hörte, huschte ich in die hinterste Kabine. Dort spiegelte ich mich in dem Display meines Handys, um meine Perücke von meiner Kopfhaut zu lösen und in dem Stoffbeutel zu verstauen. Ich zog mir den dort hängenden, langen Trenchcoat über und band ihn an meiner Taille fest zu. Ein letztes Mal fuhren meine Nägel durch meinen Ansatz und legten ihn zurecht. Zeitgleich wischte ich mir den verwischten Lippenstift vom Mund und tauschte ihn mit einem dunkelroten aus.

Kaum hörte ich, wie die Tür wieder zu fiel, spülte ich die Toilette, trat heraus, öffnete den Wasserhahn, entriss ein Tuch aus dem Spender und warf es in den Papierkorb. Ich verließ die Bibliothek, ohne meine Bücher mitzunehmen.

Nach Öffnen der großen Glastür erkannte ich Chen auf der anderen Straßenseite. Ich verdrehte meine Augen, bevor er mich erkannte. Daraufhin drehte ich gezielt zur Seite und ging parallel zu ihm auf der anderen Seite entlang. Nach einiger Zeit führte die Straße an einer Ampel zusammen, über die Chen unauffällig in meine Richtung kam. Ohne ihm einen Blick zu zuwerfen, bog ich in eine andere Straße ab. Er folgte mir weiterhin, sodass ich ihn in die Gasse trieb und dann hinter ihm auftauchte.

„So voreilig und gierig", sobald er meine Stimme hinter sich hörte, drehte er sich zu mir.

Seine Bewegungen waren unkontrolliert hastig, als trieb ihn eine innere Panik. Dann warf ich ihm die Tüte mit dem Zahn zu. Mit großen Augen musterte er es in seinen Händen.

„Ich hatte die leichte Ahnung, dass du mich hintergehst. Dass du versuchst, mich auszuliefern. Mich verwundert, dass du es nicht getan hast. Ich frage mich, wie wichtig dir dieser Job sein muss, dass du über Leichen gehst."

Noch bevor Chen auf meine Worte eingehen konnte, fiel ein lauter Schuss.

Ich erschrak und zuckte instinktiv zusammen. Chen schreckte zurück, wobei es ihn ruckartig zu Boden zwang.

Seine Knie prallten auf den Asphalt, als das Blut seine Hose am Oberschenkel dunkelrot färbte. Gerade als ich auf Chen zu rennen und zu ihm auf den Boden kommen wollte, packte mich jemand am Arm und riss mich zurück rauf.

Ryan drängte mich zurück und trat vor Chen. Mit einem kräftigen Tritt stieß er Chen an der Schulter zurück, sodass dieser sich schwer anstrengen musste, den Oberkörper aufrecht zu halten.

„Du warst das also", sprach Ryan in einem so kalten Ton, dass es mir den Rücken runter lief.

„Denkst du, ich merke nicht, wenn jemand meiner Spur folgt? Und vor allem, wenn sich jemand an meine Freundin ranmacht."

Ryan platzierte seinen Schuh auf Chens Wunde am Bein.

„Dir sollte klar sein, dass ich nicht unbeabsichtigt verfehle. Sieh es als eine Warnung. Komm uns nicht noch einmal zu nah und wag es ja nicht, deine Detektivspielchen fortzusetzen. Es sei denn natürlich, du willst sterben."

Provozierend übte Ryan Wort für Wort mehr Druck aus, was ich an Chens schrecklich entstelltem Ausdruck beobachten konnte. Ich hing mich an Ryans Ellenbogen: „Es reicht. Ich habe bereits alles geklärt."

Ryan beachtete mich nicht, nahm aber seinen Fuß von Chens Bein.

„Hier", drückte Ryan mir ein Handy in die Hand, ohne mich anzusehen.

Die Notrufnummer war bereits gewählt, als ich es in die Hand nahm und Ryan sich von uns drehte. Kaum hatte ich den grünen Knopf betätigt, legte ich das Gerät vor Chen auf dem Boden. Als ich mich so zu ihm beugte, trafen sich unsere Augen. Ich warf ihm einen bemitleidenden Blick zu und deutete auf den Anruf. Im gleichen Moment schnappte ich mir aber den Umschlag, den Chen fallen gelassen hatte und lief zu Ryan. Sofort legte sich Ryans Hand an meinem Rücken und ich begleitete ihn zu einem Auto. Dabei verdrängte ich Chen und redete mir ein, dass er es überleben würde.

„Ich frage gar nicht nach dem Besitzer, oder?", schmunzelte ich und lenkte damit von allem zuvor Geschehenem ab.

Doch Ryan schüttelte grinsend den Kopf: „Es war viel Geld übrig. Auch wenn wir damit nicht so schnell durch die Straßen kommen wie mit dem Bike, gefiel mir das Design."

Nach einiger Zeit, die wir durch die Straßen fuhren, unterbrach ich ihn. Ich bat ihn, in eine Ecke abzubiegen. Ich wollte Zeit gewinnen, mit ihm zu reden.

„Restaurant?"

„Club?", schlug er vor und fuhr an den Rand.

Kaum stand das Auto, lehnte er sich zwischen die Sitze nach hinten und holte eine Einkaufstasche von Saint Laurent hervor. Er stellte mir die schwarz-weiße Tasche wortlos auf den Schoß.

„Trotz Auto war noch mehr Geld übrig?", lachte ich scherzend.

„Sozusagen“, schmunzelte er bei meiner Reaktion, als ich das schwarze Minikleid hervorzog.

Es war ein schlichtes Neckholderkleid mit freiem Rücken und einem hochwertigem Seidenstoff.

„Ausnahmsweise trage ich das für dich. Dafür musst du mir im Gegenzug meine Fragen beantworten.“

„*Deal*“, sprach er in einem Unterton, den ich nicht ganz deuten konnte.

Kurz darauf zog ich mich im Auto um und wir stiegen aus, um den Club am Ende der Straße zu betreten. Kaum durchquerten wir den Flur und die eben noch gedämpfte Musik dröhnte laut durch die Boxen, traf mich eine innere Kälte und Abneigung. Ich ließ von Ryans Hand ab und folgte ihm nur auf Abstand zur Bar. Zum Reden war das nun wirklich nicht der beste Ort.

„Warum bist du wütend, Baby?“, wandte er mich zu sich, nachdem er mit dem Barkeeper gesprochen hatte.

„Können wir von der Tanzfläche weg? Es ist zu laut.“

„Wir können eine Etage hoch, von da es sollte es ruhiger sein“, sprach er, mir so nahekommend, dass ich ihn verstehen konnte.

Dabei spürte ich seinen Atem an meinem Dekolleté hauchen. Sobald wir die Getränke bekamen, gingen wir die Treppen hoch. Vereinzelnd standen hier Couches an der Wand oder Tische mit offenem Ausblick auf die Tanzfläche unten. Dennoch war es hier etwas ruhiger. Wir setzten uns ans Geländer und nippten an unseren Getränken.

„Also worüber wolltest du reden?“

Ich seufzte, nicht wissend, wo ich noch anfangen sollte.

„Du hörst mich ab“, warf ich in den Raum.

Ryan rührte mit dem Metallstrohhalm durch sein Getränk.

„Hast du mir die Ohrringe nur dafür gekauft?“ Ich war erschöpft. Und mit genau solch einem Blick sah ich ihm auch in die Augen. Die Lider träge, es satt seine Lügen zu hören.

„Das hat dir Dylan erzählt, richtig?“

„Darum geht es doch jetzt gar nicht!“, fauchte ich genervt.

„Immer wieder hintergeht er mich", hauchte Ryan leise und musste gedacht haben, ich hörte es nicht.

„Ava, ich wollte dir mit den Ohrringen wirklich ein Geschenk machen. Das Abhören war bloß zu deiner Sicherheit."

„Sicherheit?", skeptisch runzelte ich die Stirn.

Als er versuchte, seine Hände auf dem Tisch auf meine zu legen, zog ich rasch zurück und platzierte sie auf meinem Schoß.

„Was hast du mir gestern ins Essen gemischt?"

„Du solltest dich nicht mit Dylan unterhalten."

„Offensichtlich offenbart er mir mehr über dich, als du selbst von dir zeigst."

Ich verschränkte die Arme vor meiner Brust und lehnte mich in den Stuhl, um unseren Abstand zu vergrößern. Zeitgleich lehnte er sich weiter über den Tisch zu mir, während er sprach: „Als ich von dem Auftrag mitbekam-"

„Du wolltest mich töten", hauchte ich in die Luft zwischen uns, „Ich wollte es Dylan erst nicht glauben. Doch jetzt weiß ich nicht mehr, was ich noch glauben sollte. Fünfzigtausend bringen dich schon ins Zögern? Was wäre dann, wenn jemand eine halbe Million dafür bieten würde, mich umzubringen?"

Meine geflüsterten Worte schnitten messerscharf durch die dicke Luft. Niemand anderes achtete auf uns oder verstand uns bei der lauten Musik, sodass es sich anfühlte, als gäbe es in diesem Augenblick nur uns. Egal, wie viele Menschen an uns vorbeigingen. Wir wären ganz allein. Unantastbar. Ryan atmete tief ein, als er sich plötzlich vom Stuhl aufrichtete und so weit zu mir lehnte, dass er mich am Kragen meines Kleides zu sich raufziehen konnte. Der Abstand von uns derartig stark verringert, dass ich jeden seiner Atemzüge in Form von warmer Luft auf meiner Haut spürte. Ich kniff meine Beine aneinander.

Als Ryan um den Tisch herum ging und seine Hand an meinen Rücken legte. Unsere Körper berührten sich und ich legte meinen Kopf erzwungenermaßen in den Nacken, als er mich von oben ansah. Dabei zog er meinen unteren Rücken immer weiter zu sich, sodass ich bald keine andere Wahl mehr hatte, als von unten hochzuschauen.

„Niemals…“, raunte er, „für nichts auf dieser Welt würde ich dir etwas antun oder zulassen, dass es jemand anderes täte. Du hast mich verführt und kannst mir jetzt nicht mehr entkommen.“

Das Atmen, unter der Hitze und seiner Kontrolle über meinen Körper, fiel mehr schwerer. Dabei regte das Gefühl etwas in mir und erhitzte meinen Körper.

„Ich habe dir etwas ins Essen gemischt, damit ich dich bei mir beschützen kann, bis ich ihn gefunden und getötet hätte.“

„Wen?“, hauchte ich leise unter leichter Benommenheit meiner Sinne.

„Deinen Chen.“

„Er ist nicht meiner.“

Vorsichtig zog ich mich an ihm wieder hoch und festigte meinen Stand.

„Das waren genug Fragen. Ich bin dran.“

„Mit fragen?“, fragte ich überrascht.

„Dich dazu bringen, dass du mit mir trinkst.“

Ich kam ihm dazwischen: „Eins noch.“

„Es reicht“, schnaubte er und ließ mich im gleichen Moment derartig hastig fallen, dass es mir schwer fiel mich so schnell wieder selbst zu fangen.

Ich richtete mich auf und räusperte mich: „Dein Name.“

Ryan machte einen Schritt zurück und trank aus seinem Glas.

„Wie heißt du wirklich?“

Mein Körper verspannte sich und ich knackte mein Finger ungeduldig. Plötzlich wanderten seine Augen von mir und auf etwas hinter mir. Aufmerksam sah er hin, ohne mir jegliche Beachtung zu schenken. Als ich mich umdrehen wollte, packte er mich am Arm und riss mich auf einmal mit sich die Treppe herunter.

„Was ist los??“, zischte ich genervt und wollte meine Hand losreißen.

„Sei nicht so naiv", sprach er leise und bestimmt. Ich verdrehte meine Augen und weigerte mich einen Schritt weiterzugehen, als wir schon an der Tanzfläche ankamen.

„Wer war da? Noch eine, mit der du eine Affäre hattest?"

Mit Blick aufs Detail wollte ich seine Reaktion auf meine Aussage beobachten. Jedoch schien er mir gar nicht zugehört zu haben. Ich stampfte wütend mit dem Fuß auf: „Jetzt rede endlich mit mir!"

Auf einmal stieß er mich mit seinem Bein aus meinem Stand und fing mich zu seiner Seite an meinen Händen auf. Meine weit aufgerissenen Augen blickten wiederholt blinzelnd in seine bei dem Sprung, den mein Herz machte. Schwungvoll hob er mich zurück in den Stand und begann plötzlich seine Hüfte zu der langsamen Musik zu bewegen.

„Was wird das?", hauchte ich und sah mich nervös um. Seine Hände ließen nicht von mir ab und führten mich, als würde er mit mir tanzen wollen.

Ich wiederholte meine Frage: „Was soll das?"

Doch noch immer erhielt ich keine Antwort. Bis er seinen Kopf zur Seite neigte. Ich folgte seiner Deutung und erkannte die Männer in bläulich-schwarzer Uniform. Einer der Polizisten notierte in einem kleinen Notizbuch, während der andere das Pärchen am Tisch befragte. Kaum erspähte ich das, tanzte Ryan drehend mit mir tiefer in die Menschenmenge, sodass ich die Männer nicht länger erkennen konnte.

Ich lehnte meinen Körper dichter an Ryan und begann nun eigenständig die Hüfte zu schwingen. Meine Kette rutschte mir eng an den Hals und ließ mich mir nur wieder meiner schwachen Atmung bewusstwerden, den ich eben für einen Augenblick angehalten hatte. Ryans Lippen streiften mein Ohr, als er leise hauchte: „Keine Angst. Beachte nur mich."

Als hätte ich Angst, pah.

Frech steppte ich vor und trat ihm auf die Zehen. Ryans Hand verkrampfte sich und kniff fest in meine. Bevor ich einen Ton von mir geben würde, drehte er mich an der Taille mit seinem Arm in der Luft. Dann lehnte er sich wieder vorsichtig zu mir vor: „Ich weiß."

Bevor er fortsetzte, stieß er mich zur Seite von sich. Durch all den Schwung war ich gezwungen seine Hand ganz festzuhalten, damit ich nicht fiel. Als er mich am Arm an sich zog, bis wir uns wieder gegenüberstanden, sprach er: „Ich weiß, dass du mich gerade verabscheust."

Ich wandte meine Augen von ihm ab und drehte mein Gesicht zur Seite.

Es brachte ihn dazu, leise von sich zu geben: „Du bist unglaublich heiß, wenn du sauer bist."

Was mich meine Einstellung jedoch nicht ändern ließ. Er hob seine Hand und drehte mich um sein Handgelenk. Beim Ausdrehen legte er seine Hand an meinen Rücken und kam mir immer näher. Mein Rücken wölbte sich, während ich nicht anders konnte, als zu ihm zu sehen. Seine Lippen dicht vor meinen, seine Augen bereits auf meinen Lippen hängend, flüsterte er: „Welche Abneigung du gerade auch verspüren magst, ich werde dich nicht aufgeben. Ich werde dir alles erklären, bis du meine Antwort akzeptierst. Und wenn es Jahre beanspruchen würde, bis du mir wieder so in die Augen siehst, wie du es vor alle dem noch tatest… Nur für diesen einen Augenblick, ich bitte dich, bleib ganz dicht bei mir."

Seine Augen deuteten auf die Polizisten, die um uns von Person zu Person Befragungen durchführten.

Während wir hier ganz allein unter all den Leuten nur unter uns waren. Während mir jedes seiner Worte unter die Haut ging und mich ein Blick voller Vertrautheit, Hoffnung und Liebe traf.

Seine spiegelnden Augen unter den leicht erzitternden Pupillen offenbarten mir seine Unsicherheit, beinahe eine Angst. Die Angst davor, mich zu verlieren. Das erste Mal, dass er mir eine solche Schwäche gestand und sich damit verletzlich zeigte. Meine Finger verflochten sich mit seinen, während meine andere Hand seine Seite beruhigend entlangfuhr. Kurz darauf führte ich seine Hände an meinen Rücken und legte mich an ihn, während wir uns zur Musik langsam hin und her bewegten. Körper an Körper. Seinen Geruch in mich aufziehend. Seine Wärme an mir spürend. Unseren Herzschlag aneinander anpassend… Niemals.

Was auch immer käme, nichts könnte uns trennen. Dieses Gefühl durchfloss meine Adern, als hätte ich es schon viel zu lange nicht mehr gefühlt. Es war alles, was ich all die Zeit über brauchte.

Ein einfaches… „Ich liebe dich“, hauchte ich in seine Schulter. Seine kräftigen Hände drückten mich am oberen Rücken eng und beschützend an ihn. Mein Ohr auf seiner Brust hörte ich seinem Herzschlag zu, an welchen sich meine Atmung anpasste.

Wir drehten uns in langsamen Bewegungen um uns. Bevor er mein Gesicht von seiner Brust nahm und mit seinen Fingern an meinem Kinn zu sich hob. Gerade als ich die Anwesenheit der Polizisten in unserer Nähe spürte, küsste er mich. Einer der Männer, der bis eben seine Hand gehoben hatte, um uns zu berühren, sank sie wieder. Ich schloss meine Augen und hing mich an Ryans Nacken. Langsam zogen sich die Männer zurück.

Als wir uns eigentlich voneinander hätten lösen können, wurde der Kuss intensiver. Immer sinnlicher. Wie unsere Lippen übereinander glitten, vergaß ich nicht nur die Menschen um uns herum, sondern für einen Augenblick auch alle Probleme zwischen uns. Und es tat unbeschreiblich gut, die Sorgen abzulegen, den Kopf abzuschalten und mich ausschließlich meinen Gefühlen hinzugeben. Meine Gefühle für Ryan. Seine Zunge streifte meine, während meine Lider so schwer wurden, dass ich sie gar nicht mehr öffnen könnte, selbst wenn ich wollte. Mein Körper ließ es nicht zu, dass ich diesem Moment der Freiheit entkommen würde. Eine vollkommene, bedingungslose Hingabe meiner Gefühle und Ryan. Indem er nichts Weiteres tat, als mich verführerisch zu küssen…

Vor wenigen Minuten noch saßen wir stillschweigend im Taxi, einander nicht ansehend und die Haltung angespannt. Doch kaum betraten wir das Gebäude seiner Wohnung, drehte er mich an der Taille zu sich. Er drückte mich an die Tür und versuchte, während er in einen tiefen Kuss mit mir verfiel, sie aufzuschließen. Gerade als ich dachte, es gelang ihm nicht, wollte ich mich schmunzelnd lösen und ihm helfen. Doch er presste seine Lippen wieder auf meine und öffnete kurz darauf mit einem hörbaren Klicken die Tür. Unter dem plötzlichen Druck fiel ich nach hinten in den Raum.

Stolpernd versuchte ich mich zu retten, doch plumpste auf meinen Po. Ryan stellte sich überlegen vor mich, als ich mich bloß auf den Ellenbogen stützte. Dann kniete er zu mir herab und trat die Tür mit seinem Fuß zu. Daraufhin legte er seine Hände an den Saum seines Shirts und riss es sich kurzerhand vom Leib. Schwungvoll warf er seine Haare zurück und fuhr einmal mit seiner Hand hindurch. Von unten hinaufschauend, beobachtete ich den Prozess amüsiert. Meine Hände mit den spitzen Fingernägeln streckten sich gierig nach ihm aus.

Als er diese Andeutung jedoch kühl ignorierte, zog ich mich zu ihm rauf. Ich überkreuzte meine Arme hinter seinen Nacken und riss ihn zu mir hinab. Unverzüglich zierte seine Lippen ein Schmunzeln. Doch dann musste ich für eine Sekunde innehalten und seinen Anblick bewundern. Die weichen Haare, die mühelos perfekt saßen, seine verführerischen Augen, die unter den breiten Augenbrauen hervorstachen, der markanten Wangenknochen, sein kräftiger Kiefer, der eine scharfe Linie bildete und Ryans perfektes Profil formte. Ryan griff gerade zu seiner Seite und holte etwas hervor.

„Sollten wir aufs Bett?", warf ich belustigt ein.

„Ich bin für was anderes"

Seine Augen begannen unerzogen zu funkeln. Ich musterte seinen Ausdruck fragwürdig, woraufhin er bloß seinen Kopf schüttelte. Darauf deutend, dass ich nicht fragen sollte. Dann richtete er sich auf und bot mir seine Hand zur Hilfe an. Ich griff nach ihr und Ryan zog mich mit Schwung in seine Arme. Seine Hände fuhren meinen Rücken und somit mein Kleid runter. An meinen Oberschenkel griff er in den Stoff und ließ es beabsichtigt langsam immer höher rutschen. An meinem Po angekommen, kniff er hinein, bevor er fortsetzte, mir das Kleid auszuziehen.

„Wir müssen morgen dein Auto noch holen"

„Ja, ja", rollte er seine Augen, als ich mich wieder ablenken ließ.

Woraufhin er meine Hand nahm und ins Bad ging. Seine Lippen wanderten mein Schlüsselbein entlang. Indessen öffnete er geschickt die Schnalle meines BHs und streifte mir den Slip von den Beinen. Kaum sank er zu Boden, kniete ich mich herab und führte meine Nägel über seine Seiten. An der Hüfte angekommen, schnallte ich den Gürtel auf und öffnete den Knopf seiner Hose. Langsam zog ich sie zeitgleich zur Unterhose herab. Steif kam er mir entgegen, sodass ich meine Lippen ihn gerade streifen wollten, da half Ryan mir an meinen Armen hoch.

Er drückte meinen nackten Körper an seinen und machte eine Drehung nach hinten. Er drehte an der Halterung der Dusche und das Geräusch des Wassers durch das Rohr ertönte. Kurz darauf, Körper an Körper gepresst, prasselte das Wasser des Duschkopfes wie Regen auf uns herab.

Unsere klebrige Haut gewann an Geschmeidigkeit und rieb sich aneinander. Ich strich meine durchnässten Strähnen von meinem Gesicht, auf das sich ein breites Grinsen gepflastert hatte. Kaum erkannte er das, spiegelte er es beinahe unbewusst. Seine Hände fuhren über meinen Rücken und massierten meinen Po unter der leichten Reibung, die das Wasser ermöglichte. Viel länger zum Durchatmen gab er mir jedoch nicht, als er mich unter dem Po an den Oberschenkeln hochhob und vorsichtig langsam an die Wand drückte. Womit er mir Zeit geben wollte, mich an die Kälte zu gewöhnen.

Jedoch vergeblich, sodass ich nichtsdestotrotz auf keuchte. Als er dann auch noch mein Augenrollen erkannte, fiel seine Großzügigkeit. Unverzüglich wurde jede seiner Bewegungen rascher. Seine Art mich zu heben, zwang mich zum Spreizen meiner Beine, was er nutzte und in mich eindrang. Seine schnellen, kontrollierten und kräftigen Bewegungen wandelten sich in starke Stöße in mich. Ich konnte mich nicht beherrschen, laut zu stöhnen und meine Fingernägel in seine Schultern zu krallen. Für ihn musste das ein Zeichen von Bestätigung gewesen sein, da es ihn an Tempo und Kraft gewinnen ließ. Immer lauter stöhnte und fester krallte ich mich in ihn. Meine Fingernägel zerkratzten seinen oberen

Rücken jedes Mal, indem er nach dem Ausgleiten wieder tiefer in mich versank.

Ich spürte den Puls an meinem Hals und meinem Unterleib pochen. Indessen er seine Lippen wieder über meine führte, versank mein Stöhnen in seinem Mund. Kurz darauf ließ er mich runter. Jedoch nicht zum Aufhören. Bloß um mich gegen das beschlagene Glas zu drücken und mit seinem Schwanz von hinten einzudringen. Mich mit meinen Händen vom Glas stützend, packte er meine Haare und riss meinen Hinterkopf zurück. Seine Stimme hauchte und keuchte verführerisch an mein Ohr. Während seine Stöße immer mehr an Kraft gewannen und mir den Verstand raubten. Er traf immer und immer wieder eine Stelle in mir, in dessen Gefühl ich versinken wollte. Damit es niemals wieder aufhörte.

Seine kräftigen Hände kniffen in meine Haut, bis er meinen Hüftknochen spürte, an dem er mich in seine gewünschte Richtung bewegte. Noch immer prasselte das Wasser hinab, plätscherte zu Boden und kühlte mein errötetes Gesicht. Jeder Tropfen, der meinen Körper entlang kullerte, reizte mich weiter. Ryans Lippen küssten meine Wange entlang, seine Finger strichen mir die Haare aus dem Gesicht. Jede Berührung unserer Körper führte zur stärkeren Obsession des anderen. Ein Gefühl, das unendlich schien und uns in Ekstase versetzte. Eine Mischung aus einem bedingungslosen Vertrauen zu ihm, das mir Sicherheit verlieh und der ständigen sexuellen Anziehung, gepaart mit der perfekten sinnlichen Abstimmung unserer Körper.

Außer Atem stellte ich das Wasser ab. Ich richtete mich auf und streckte mich nach den Handtüchern, von denen ich ihm eins reichte. Er band es sich gerade um die Hüfte, als ich mir mit dem Handtuch einen Turban auf dem Kopf wickelte. Ein größeres Handtuch legte ich mir um den Körper, bevor ich mein Gesicht mit verschiedenen Cremes behandelte.

Dabei lehnte er sich auf einmal zu mir vor. Ich blinzelte wiederholt, während er nur wenige Zentimeter von mir entfernt auf meine Stirn blickte. Dann hob er seine Hand und steckte mir vorsichtig eine aus dem Handtuch gefallene Strähne zurück. Als ich mich dankend wieder von ihm und zum Spiegel wenden wollte, drehte er mein Gesicht am Kinn wieder zu sich. Mit seiner anderen Hand und zwei ausgestreckten Fingern nahm er mir etwas von der Creme der Gesichtsmaske ab und hinterließ einen lieblosen Strich auf seiner Wange.

„Kriegsbemalung?", lachte ich albern, bevor ich mich auf Zehenspitzen stellte, um an ihn ranzukommen. Noch bevor ich beginnen konnte, packte er mich an den Oberschenkeln und hob mich auf den Schrank, sodass ich neben dem Waschbecken saß. Ich lehnte mich zu ihm vor, streifte noch einiges der Maske aus der Packung und trug es auf seinem Gesicht auf. Den Inhalt sorgfältig auf seiner Haut auftragend, gab ich die Reste auf mein Gesicht. Als ich meine Hände zum Verteilen hochhob, drückte er sie herab. Als ich es verstand, stützte ich mich am Rand der Platte und lehnte ich zu ihm vor. Mit vorsichtigen und sanften Bewegungen trug er es auf meinem Gesicht auf. Sobald wir damit fertig waren, gingen wir auf den Balkon. Frische Luft schnappen und rauchen.

Ryan ergriff zwei Zigaretten und bückte sich nach dem Feuerzeug, das auf dem Boden am Geländer lehnte. Er reichte mir die Zigarette und zündete sie an.

„Was meinst du, wie lange wir das noch machen können?", stützte ich mich an die Wand.

Ryan blickte kurz zu mir nach hinten, dann aber wieder auf die Stadt.

„Am liebsten für immer", hauchte er, wobei er den Rauch von seinen Lippen stieß.

In einem Nicken seufzte ich: „Darüber willst du gar nicht nachdenken?"

Ich lehnte mich zu ihm vor und ließ unsere Ellenbogen einander berühren.

Unbekümmert stemmte er seine Schultern zurück und streckte sich etwas: „Ich wüsste keinen Grund, warum es enden sollte."

„Naja" Bevor ich weitersprechen könnte, schüttelte Ryan seinen Kopf.

„Ich weiß", war alles, was er von sich gab.

Dabei konnte ich beobachten, dass noch deutlich mehr als das zeitgleich in seinem Kopf vor sich ging. Ich verbat mir, weiter zu fragen.

KAPITEL 25

Ryan

„Du“, dachte ich und wagte es nicht, mich zu Ava zu drehen, „du wärst der einzige Grund. Mein größtes Risiko.“

Bei diesen Gedanken verlor ich meine Kraft, sodass meine Schultern sanken. Ich hatte ein derartig starkes Vertrauen und viel zu große Hoffnung. Beinahe schon so, als war mir in diesem Moment genau klar, dass sie der Grund sein würde, weshalb alles enden würde. Ich wollte es mir bloß nicht eingestehen, weil es mein Fehler war. Der schönste Fehler meines Lebens, den ich immer und immer wieder begehen würde – Und wenn er mir das Leben kosten sollte.

Ich linste zu ihr. Wie sie in die Lichter der Fenster blickte und ihren Kopf auf ihrem Handballen stützte. So unfassbar hinreißend, elegant, verführend und willensstark, wie könnte man da widerstehen?

„Du wolltest meinen Namen wissen?“

Ihre strahlenden, golden-schimmernden Augen wandten sich zu mir. Mit den Lippen leicht voneinander getrennt, ihre Fülle und Weichheit präsentierend und den sanft angehobenen Augenbrauen, sah sich mich voller Unschuld an. Als hätte ich sie gerade erst aus ihren tiefen Gedanken gerissen. In dem Augenblick, in dem sie im Kopf scheinbar wiederholte, was ich gefragt hatte, veränderte sich ihr Ausdruck. Er gewann an Seriosität und einem Hauch von Abneigung. Eine Abneigung, als sähe sie in die Augen eines Fremden.

Was genau der Grund meiner Verschwiegenheit war…

Doch dann schwankte ich um. Ich drehte meinen Körper in ihre Richtung und hob mein Kinn an.

„Sieh mich nicht so an", befahl ich.

Ihre Augenbrauen zuckten aneinander.

„Ich verrate dir gerne meinen echten Namen, wenn du mir deinen sagst."

Auf ihr überraschtes Gesicht hielt ich mir mein Schmunzeln nicht mehr zurück. Sie schüttelte grinsend den Kopf: „Hast gewonnen. Aber ich will nicht, dass du mich so nennst. Meine Mutter hat mich Anabelle genannt. Den Namen konnte ich aber nicht behalten, nachdem Noah mich durch ihn überall hin verfolgt hat…"

Verständnisvoll nickte ich, während ich ihr über den Rücken strich. Mit einer Kopfbewegung deutete sie auf mich, woraufhin ich erwiderte: „Ryan habe ich mir als Tarnung zugelegt, als ich mit dem Job angefangen habe. Davor hieß ich Aiden."

Auf Avas einfaches Lächeln folgte ein skeptischer Blick. Leise wiederholte sie: „Aiden?"

Bevor sie nochmal zu mir rauf sah.

„Ist was?", nickte ich irritiert.

„Das kommt mir bekannt vor… Irgendwo hatte ich das schon mal gelesen."

„Ich denke, es gibt mehrere Aidens in New York", scherzte ich. Doch sie blieb überzeugt und ernst.

„Aiden Four… war also Aiden Ashford!", stieß sie aus, was mich noch immer im Leeren tappen ließ.

„Du warst es." Ihre großen Augen musterten mein Gesicht. Leicht neigte ich meinen Kopf.

„Ich habe damals deine Strafakte gesehen. Du sagst, du hast deinen Namen geändert, *bevor* du mit dem Job angefangen hast?"

Ihre Augenbrauen zeigten mir, dass sie noch immer angestrengt grübelte.

„Ja, noch zuvor."

Ava

Ich erinnerte mich zurück an seine Akte. Autodiebstahl und Hausfriedensbuch hatte er wohl schon immer begangen. Aber dort hieß es auch, er stünde unter Mordverdacht. Wie könnte er unter Mordverdacht stehen, wenn er erst als Ryan angefangen hat, zu morden.

Oder hing das mit dem Tod seines Vaters zusammen? Hätten sie ein Kind des Mordes beschuldigt und es in der Akte aufbewahrt?

Verwirrt und skeptisch traute ich meinen Erinnerungen nicht mehr richtig und wünschte, ich hätte sie damals mitgenommen. Als ich bemerkte, wie lange ich schweigend dort stand und entsetzt zu ihm blickte, riss ich mich zurück in die Realität. Lächelnd schüttelte ich den Kopf und versuchte es zu verdrängen.

„Was denn?", fragte er mich.

Ich lehnte mich wieder übers Geländer und zog an der Zigarette: „Du warst bloß schon immer kriminell, nichts Neues."

Scherzend lachten wir zusammen. Dadurch, dass er seine Zigarette schon zerdrückt und „aus Versehen" hinab geworfen hatte, stibitzte er meine.

„Ja, das sollte dich nicht überraschen."

Dennoch erkannte ich bei seinem Gesichtsausdruck, dass nur seine Mundwinkel lächelten. Seine Augen hingegen trugen einen Schein von Unsicherheit in sich. Ich beschloss jedoch, nicht weiter zu fragen.

Am nächsten Tag holten wir sein Auto und fuhren zu Dylan, mit dem ich ja bereits Bekanntschaft machen durfte. Ich trug einen engen Minirock, in den ich meine Seidenbluse gesteckt hatte. In meinem weiten Ausschnitt hing eine goldene Kette mit einem kleinen Anhänger und mein Spitze besetzter BH linste hervor. An dem Band an meinem Oberschenkel unter dem Rock lag ein kleines Messer eng an meiner Haut.

Ryans Hand legte sich beim Fahren auf meinen Oberschenkel und kniff hinein. Kaum bogen wir in die nächste Straße ein, stand Dylan am Straßenrand. Er stieg bei uns ein und wir fuhren weiter in ein Restaurant. Ryan und Dylan begannen auf dem Weg zum Eingang Smalltalk zu halten, in den ich mich irgendwie nicht einklinken konnte. Wir begaben uns an den reservierten Tisch, wo Ryan mir den Stuhl anbot und mich vorsichtig an den Tisch schob.

„Das ist ja sozusagen schon ein Businessmeeting, so zu dritt", scherzte Dylan, um die Stille zu brechen.

Ich lächelte bloß und warf einen Blick in die Menükarte.

„Woher kennt ihr euch eigentlich?", sah ich hervor und zu den beiden Männern.

Dylans Blick wandte sich sofort zu Ryan, der diesen aber nicht erwiderte. Für eine Zeit antwortete mir keiner, weshalb ich die Karte auf den Tisch legte und nochmals nachhakte: „Ist das etwa auch ein Geheimnis?"

Dylan begann auf einmal zu husten und sein Glas Wasser innerhalb von Sekunden leer zu trinken. Beinahe als täte er es ausschließlich, um der Situation zu entkommen.

Ryan räusperte sich und sprach laut, um Dylan zu übertönen: „Wir sind Brüder."

„Oh", stieß ich aus und zog den Ton länger, während ich es realisierte.

Hatte Ryan ihn nicht immer „einen Freund" genannt?

„Ach so, ähm", wurde ich etwas herausgerissen und versuchte schnell unser Gespräch aufrecht zu erhalten, damit es nicht in einer peinlichen Stille endete, „welchen Altersunterschied habt ihr?"

„Zwei Jahre. Bei dir und Amber sind es sogar nur eineinhalb, oder?"

Sobald er Amber ansprach, fiel mein Lächeln.

Beinahe als wäre das seine Absicht gewesen, wie er mich mit seinem breiten, aufgesetzten Lächeln ansah. Dylan saß schweigsam zwischen uns.

„Na dann, wie geht's denn *eurer* Mutter?", betonte ich und wollte provokant die Familiengespräche beibehalten.

Doch plötzlich schien ich einen wunden Punkt getroffen zu haben. Beide waren auf einmal mucksmäuschenstill.

Dylan sah Ryan mit aufgerissenen Augen und offenem Mund an. Seine vor Schock hochgezogenen Augenbrauen sanken unverzüglich und zogen sich böse aneinander. Ryan blickte gekonnt nicht in Dylans Richtung und nahm gelassen einen Schluck aus seinem Glas.

„Was hast du ihr erzählt…“, sprach Dylan fassungslos, die Schultern kraftlos gesunken und die Körperhaltung von Ryan distanzierend.

Ich lehnte mich etwas auf dem Tisch vor und hauchte: „Genau, was hast du mir erzählt?“

Mit einem Blick voller Misstrauen musterte ich Ryans Auftreten. Das Pochen der Ader an seinem Hals, die Bewegung seines Adamsapfels als er schluckte, bevor er sich den Kragen seines Hemdes lockerte und sein Jackett auf seinen Schultern richtete.

„Aid-“

Kaum verließ mich der Klang seines Namens, schlug er laut auf den Tisch und unterbrach mich sofort. Trotzdem brachte es mich nicht zum Schweigen. Stattdessen beschloss ich, seinem Gedächtnis auf die Sprünge zu helfen: „Du hast mir erzählt, dass deine Mutter seit dem Tod deines Stiefvaters glücklich in ihrer Heimatstadt lebt, sich mit ihren Freundinnen trifft und ihre Liebe zum Backen zurückgewonnen hat.“

Wort für Wort, das ich sprach, wurden Dylans Augen größer. Kurz bevor seine Hände über den Tisch in die Richtung meiner kamen. Er wollte sie gerade auf meine Hände legen, als Ryan Dylan auf die Hand schlug: „Versuch es gar nicht erst.“

Ryans Blick traf Dylan voller Macht und Kontrolle, mit der dieser nicht standhalten konnte. Doch bloß, weil er nicht Ryans Macht und Überzeugung hatte, war er noch immer nicht machtlos. Im Gegenteil, er besaß all das Wissen und alle von Ryans Geheimnissen. Dylan wandte sich von Ryan ab und sah zu mir – mit Augen voller Vertrauen.

Es gab mir das Gefühl, dass ich allem, was Dylan sagte, Glauben schenken konnte. Es bat mir eine Sicherheit, wenn ich wusste, dass jedes von Ryans Worten eine Lüge sein könnte.

„Sie lebt nicht glücklich zuhause, sie hat keine Freunde und sie backt auch nicht mehr. Das Haus steht leer."

Ich lehnte mich weiter zu ihnen vor. Während Dylan schluckte. Ich konnte es seinen Hals herabgleiten sehen. Und noch bevor er Ryan eine Chance gäbe, ihn zu unterbrechen, sagte er: „Ryan hat sie umgebracht."

Sobald Dylan es aussprach, fasste Ryan hinter sich an seinen Bund.

„Ryan...", hauchte ich enttäuscht, während ich seinen Colt vorzeigte, den ich ihm am Eingang abgenommen hatte.

Ich hätte niemals gedacht, dass es nötig gewesen wäre – bis vor wenigen Sekunden.

„Was wolltest du gerade tun?"

Die Art, wie ich ihn ansah, enthielt schon keine Überraschung und auch kein Entsetzen mehr. Einzig und allein Enttäuschung.

Ich steckte den Colt zurück in meine Handtasche und stand mit dieser auf.

„Gebt mir einen Moment", entschuldigte ich mich und flüchtete unter weich werdenden Knien zum Badezimmer.

Kaum angekommen, stützte ich mich am Waschbecken, um nicht hinabzusinken. Ryan hat seine Mutter getötet. Die, von der er mir erzählt hat, dass sie endlich wieder zu sich selbst gefunden hätte und ein schönes Leben führen könnte, nachdem Ryan ihren gewalttätigen Freund getötet hatte. Ich atmete schwer, den Kopf zur Brust gesunken, ins Waschbecken blickend.

Deshalb hatte mich Dylan vor ihm gewarnt...

Wenn er sogar bereit war, seine eigene Mutter zu töten, wie sollte ich dann...

Eine Träne rollte meine Wange hinab und fiel ins Becken.

War all das, was ich mit Ryan hatte, doch nichts weiter als eine Lüge? War ich doch nur Teil eines Plans, den er vor mir geheim hielt? Lag ich von Anfang an richtig und habe mich dann vollkommen von ihm manipulieren lassen? Wenn er jeden Menschen um sich herum umgebracht hatte, wer war ich dann, dass er das nicht auch täte?

Meine Brust bebte und meine Atmung bestand nur noch aus panischen Stößen, über die ich die Kontrolle verlor.

Die Akte… Aidens Mordverdacht, Aiden hatte seine Mutter getötet, noch bevor er zu Ryan wurde.

Verdammt… Wo war ich da bloß rein geraten?

Und wie sollte ich da wieder raus, wenn meine Gefühle für ihn so unfassbar stark waren? Noch einen Namenswechsel? Noch einen Umzug? Noch eine Niederlage? Das könnte ich nicht.

Wo auch immer ich hin gehen würde, mein Verlangen nach ihm würde mich übernehmen und zurückbringen. War das alles bloß ein Trick von ihm? War seine Liebe echt oder bloß vorgespielt – wie all die aufgetischten Lügen?

Es reichte mir. Ich packte mir in die Haare und kratzte mir wild an meiner Kopfhaut.

„Verdammt", stieß ich meine Faust gegen das Waschbecken.

In dem Moment trat jemand durch die Tür. Panisch richtete ich mich auf und linste Luft anhaltend zur Tür. Sobald ich ein Mädchen erkannte, atmete ich erleichtert aus. Ich verharrte noch einige Zeit dort, bis das Mädchen die Toilettentür wieder öffnete und sich neben mir ans Waschbecken stellte. Um freizumachen, ging ich. Meine Füße waren schwach und kraftlos, sodass jeder Schritt meinen Körper leicht in sich sinken ließ, während meine Finger zu zittern begannen.

„Lass uns reden", richtete sich Ryan sofort auf.

Als ich ihn so sah, wollte ich am liebsten vor Scharm versinken. Sein Auftreten, sein Anblick und seine Ausstrahlung lösten in mir ausschließlich berauschende Gefühle aus, was es mir beinahe unmöglich machte, weiterhin auf meinen Verstand zu hören. Verdammt, was hatte der mir nur gegeben? Ryan stand auf und wollte mit mir nach draußen gehen.

Doch als ich an Dylan vorbeiging, griff er nach meiner Hand. Er sah von unten zu mir rauf und meinte leise: „Du musst das nicht."

Ryans eben noch weicher und schuldiger Gesichtsausdruck wurde unverzüglich ernster und füllte sich mit Rage. Er zwang sich, nicht wieder näher zu uns zu kommen und ballte Fäuste. Ich schob Dylans Hand vorsichtig von mir und warf ihm ein sicheres Lächeln zu. Dann standen wir in der schwülen Wärme draußen, die Straßen leicht vom Nebel bedeckt und der Himmel durch die Wolken keinen Sonnenschein durchlassend.

„Ich kenne deine Gefühle nicht. Aber ich bin kein Psychopath. Ich verstehe, was du jetzt vielleicht fühlst. Es tut mir leid. Ich hatte dir versprochen, dir immer die Wahrheit zu sagen, aber... Nein, ich werde mich jetzt nicht rechtfertigen. Ich weiß nicht, ob du jetzt Angst vor mir hast oder mich einfach nur verabscheust, aber beides will ich um alles in der Welt wieder geradebiegen. Ich brauche dich. Du bist das einzige für mich, für das ich noch töten würde. Ich würde alles für dich aufgeben. Das mit Emilia ist genauso unverzeihlich wie die Lüge über meine Mutter, das weiß ich. Ich dachte in diesen Momenten, ich täte das Beste, um dich nicht zu verlieren. Ich habe mich wirklich verändert. Rache treibt mich nicht mehr, solange ich dich habe und keiner dir etwas antun kann. Aiden habe ich hinter mir gelassen und mit ihm meine schlechten Eigenschaften. Ich will es wirklich versuchen, keine Fehler mehr zu machen. Denn du bist das erste in meinem Leben, das mir das Gefühl gibt, der Tod wäre eine Qual, weil ich dort ohne dich verbringen müsste. Seither erledige ich jeden Auftrag mit Bedacht und bin riskanten Aufträgen sogar ausgewichen. Ich brauche dich. Wenn du mich nicht verstehst, wird es keiner und nie wieder irgendjemand. Du bist die Einzige, die ich mir für den Rest meines Lebens vorstellen kann. Hätte ich gewusst, welche Gefühle du in mir entfachen würdest, hätte ich dich seit Anbeginn meines Lebens aufgesucht, um nur für dich zu leben."

Er nahm meine beiden Hände in seine. Doch ich blieb sprachlos.

„Ava, sag etwas, bitte. Ich will mir kein Leben ohne dich vorstellen. Sag mir, was ich tun kann, und ich werde es tun. Genauso wie mit Emilia. Alles für dich. Alles für uns."

Meine Augen wurden feucht und mein Hals schnürte sich zu. Er würde immer wieder das gleiche sagen. Woher wüsste ich, ob er es diesmal wirklich so meinte.

„Ava, gib uns nicht auf. Du und ich. Das ist etwas, das füreinander bestimmt war, meinst du nicht? Jeden Tag, den wir miteinander verbracht haben, machte es mir deutlicher. Alles, was passiert war, sollte in uns enden. Ich werde dir alles bieten können und ein besserer Mensch für dich werden. Ich weiß, du spürst es auch. Das, was wir haben, dem kann man nicht entkommen."

Ich kaute auf meiner Lippe herum, während sich mein Körper verspannte. Als versuchte ich mir Zeit zum Nachdenken zu schaffen, obwohl ich meine Entscheidung schon längst getroffen hatte.

„Wann weiß man, was richtig oder falsch ist?", hauchte ich mit meinen vor Kraftlosigkeit schwachen Lippen zu ihm. Mit großen Augen zu ihm hochsehend. Augen voller Hoffnung, wissend enttäuscht zu werden.

„Nach dem man es versucht hat."

„Das habe ich. All die Zeit, jedes verdammte Mal", wollte ich erst lauter werden, doch meine Schwäche dämpfte mich. Ich atmete tief ein und aus, bloß um die Kraft meiner nächsten Worte zu gewinnen: „Woher weiß ich, ob es diesmal anders ist?"

Ein betrübtes Gefühl der Enttäuschung in meiner Brust drückte mich immer weiter herab. Ryan beugte sich zu mir vor und legte seine Hand auf mein Dekolleté, das Schlagen meines Herzens fühlend. Dann blickte er von dort auf in meine Augen, als wäre das die Antwort, die er mir geben wollte.

„Wenn du jedoch nichts mehr für mich empfindest, lässt sich nichts machen."

Daraufhin richtete er sich wieder auf und machte einen Schritt zurück. Unsere Augen hingen fest aneinander, bis er sich von mir wegdrehte und zurück zum Eingang gehen wollte. Damit gab er mir nur wenige Sekunden zum Reagieren, in denen mein Verstand natürlich aussetzte und ich zum impulsiven Handeln gezwungen wurde. Unverzüglich ergriff ich seinen Arm, riss ihn zu mir herab und küsste ihn. Lange, intensiv und sinnlich. Sobald wir uns voneinander lösten, stieß ich mit einem Grinsen auf den Lippen ein provokantes „Ich hasse dich" aus. Ryans Gesicht zierte ein hoffnungsvolles Lächeln, dass seine Augen Falten bildeten: „Wenn das so ist, dann werde ich dich nicht aufgeben."

Hand in Hand kehrten wir zurück zu Dylan, dessen Blick sofort auf unsere Hände fiel.

„Wieder vertragen?", drehte er sich seinem Teller zu. Sein Unterton klang gereizt. Doch er schien das Ganze damit nicht abschließen zu wollen, sodass er die Gabel, mit der er, bis eben herumstocherte, beiseitelegte. Er stemmte sich auf den Tisch und sah ausschließlich zu mir, Ryan verdrängend.

„Jetzt wo du das weißt, weißt du auch, warum ich mit ihm zusammenarbeite?"

Ich reagierte überrascht, schenkte ihm dann aber meine Aufmerksamkeit. Ryan lehnte sich zurück, an seinen dezenten Zuckungen konnte ich aber seine Anspannung und sein Interesse bemerken.

„Mir blieb niemand mehr. Nachdem Ryan Vater und Mutter beseitigte, war ich allein. Entweder ich käme ins Heim oder mit ihm mit, da ich noch unter 18 war. Wenn du dir dein eigenes Bild von Ryan machst, solltest du das im Kopf behalten."

Ryan räusperte sich und schlug seine Beine übereinander: „Ich bin genau hier."

Ich nickte verständnisvoll, ging aber nicht weiter drauf ein und widmete mich dem Essen, das Dylan für uns bestellt hatte.

„Du weißt echt alles über mich, oder?", deutete ich auf den Rotwein, den Dylan mir ausgesucht hatte.

„Ich habe genug Informationen, um zu wissen, was du gerne isst oder trinkst", zuckte er mit den Schultern, weil er über noch deutlich mehr Dinge Bescheid zu wissen schien.

Die Stimmung lockerte sich nach einer längeren Zeit, woraufhin die Männer begannen sich über Technik zu unterhalten. Vermutlich war es auch dem Alkoholeinfluss verschuldet, dass sie offen miteinander reden konnten. Ich genoss mein Essen und den Moment, in dem es für eine Zeit nicht all meine Gefühle aufwühlte. Währenddessen scrollte ich etwas über mein Handydisplay. Dabei stieß ich auf den Social-Media-Account vom Ambers. Es wurde schon länger nichts Neues gepostet und die Followeranzahl ist stark zurückgegangen. Irritiert wollte ich gerade nach Artikeln online suchen, ob etwas vorgefallen war, doch da schenkte mir Ryan noch etwas in mein Glas. Ich legte mein Handy beiseite und trank mit ihnen. Vergessend, wonach ich nochmal suchen wollte.

Einige Tage vergingen. Ich hatte die Sachen aus meiner Wohnung mittlerweile alle zu Ryan gebracht und spielte mit dem Gedanken, die Wohnung zu kündigen. Andererseits war das Geld keine fehlende Ressource und es könnte mir ein guter Rückzugsort bleiben. Ich schwang das Gemüse in der Pfanne und begann es zu würzen.

„Hast du das Geld schon aufs Konto gebracht?“, fragte Ryan und nippte an dem Kaffee, den er sich gerade aus der Kaffeemaschine nahm.

„Noch nicht, kann ich heute Nachmittag machen.“

„Denk dran, keine großen Summen“, sagte er und legte mir den Umschlag mit Zwangzigtausend auf die Kücheninsel. Ich nickte und winkte ihn mit meinem Finger zu mir. Mit der Gabel fischte ich etwas von der Gemüse-Ei-Mischung auf, pustete und hielt es ihm zum Probieren entgegen. Er kaute etwas, bevor er meinte: „Sehr gut, etwas mehr hiervon vielleicht noch.“

Er holte mir noch ein Gewürz aus dem Regal. „Gibt es für heute einen Auftrag oder gehen wir heute irgendwohin?“, fragte ich ihn, während er ins Wohnzimmer ging und auf das Sofa fiel.

„Es gibt da etwas, ja“, sprach er, die Stimme angespannt und die Haltung bloß locker vorspielend. Ich tat das Essen auf einen Teller, bevor ich mich zu ihm drehte.

„Und was?“ „Da sollten wir später drüber reden… Möchtest du ausgehen?“

„Können wir machen.“

Meine Skepsis stieg, doch ich wollte ihm Zeit geben und darauf warten, bis er es mir ausführlich erklären würde.

„Hast du dir etwas vorgestellt?“, fragte ich ihn.

Ryan schien relativ abwesend und vertiefte sich in sein Handy, statt mir zu antworten. Ich atmete tief durch und beschloss vorerst in Ruhe zu essen.

...

Ryan gab mir einen Standort und eine Uhrzeit, bevor er mit der Behauptung, er müsste noch etwas besorgen, verschwand. So saß ich nun in der vereinbarten Bar, an einem Tisch an der Wand und blickte ständig zur Tür. Mein Magen drückte. Ich hatte kein gutes Gefühl, warum auch immer…

Ich bestellte mir einen Cocktail und wartete weiter. Eine halbe Stunde war seit der vereinbarten Zeit vergangen. Meine Augen wechselten ausschließlich zwischen der Tür und der Uhrzeit auf meinem Display. Nervös kaute ich auf meiner Lippe und fuhr mir andauernd durch die Haare. Was sollte schon passieren? Ich versuchte mir einzureden, doch es besänftigte mich kaum. Mein Vertrauen zu Ryan war zu stark gesunken, um jetzt etwas Gutes zu erwarten.

Ich nippte an meinem Getränk. Und was sollte das mit Dylan, weshalb kam er mir so nah? Hoffentlich machte der sich keine Hoffnungen. War mein Verhalten nicht offensichtlich?

Ich trank mehr und mehr, bis mein Glas leer war. Völlig in Gedanken vertieft, wandte ich mich wieder zur Uhr. Eine Stunde seit dem Termin war vergangen. Meine Zehen tippten wiederholt auf den Boden. Was sollte das? War ihm etwas passiert? Ich entsperrte mein Handy und ging durch meine Nachrichten. Nichts.

Wollte er, dass ich nach ihm suchte?

Gerade stand ich vom Tisch auf, da kam er durch die Tür. Mein Herz fiel vor Erleichterung, zusammen mit meinem Körper, der zurück in den Stuhl sank. Ryan warf einen Blick durch den Raum, bis er mich erkannte und auf mich zu kam.

„Ich lasse dir ein neues Getränk holen“, meinte er, sobald sein Blick auf mein Glas fiel.

Noch bevor er sich setzen würde, ging er zur Bar. Ich musterte ihn. Wie er sofort versuchte, wenigstens eins wieder gut zu machen.

Als hätte er wirklich keine gute Nachricht für mich. Die Kleidung war verrutscht, die Haare etwas zerzaust.

War er gerannt?

In seinen Händen hielt er etwas, das wie eine Akte aussah. Dann drehte er sich wieder zu mir.

„Danke", sagte ich, während er sich setzte.

„Wir sollten auf jeden Fall noch etwas trinken", lächelte er und hob sein Glas deutend an.

Das Schlucken zog sich seinen Rachen herab, seine Stirn war feucht und der Kragen seines Oberteils schief. Ich seufzte, lehnte mich dann aber über den Tisch zu ihm. Mit der Serviette tupfe ich ihm die Stirn trocken, durchwuschelte ich seine Haare und richtete sie seinem Ansatz gemäß. In der gleichen Bewegung zog ich ihm den Kragen hoch und richtig, bevor ich mich zurücklehnte.

„Ich war bei Dylan", erklärte er, als fühlte er sich zu einer Erklärung gezwungen.

Womit er ganz richtig lag.

„Das dauerte schon viel zu lange, dann stand ich im Stau, habe das Auto abgestellt und bin hergelaufen."

Ich nickte verständnisvoll: „Ist in Ordnung. Was hast du bei Dylan gemacht?"

Ryan schob mir sein Gemisch zu: „Probier mal."

Ich verdrehte meine Augen, nippte aber an dem Getränk.

„Sehr stark", schluckte ich die Schärfe des Alkohols hinab.

Ryan lehnte sich zu mir vor: „Du wolltest eingeweiht werden und keine Lügen mehr hören, also…"

„Ja", stimmte ich zu und wartete darauf, dass er endlich fortsetzte.

„Ich habe einen Auftrag für dich."

„Wieder nur für mich?", fragte ich überrascht und wollte nach den Papieren greifen, doch Ryan zog sie zu sich zurück. Verwirrt blickte ich zu ihm.

„Von mir für dich." Dabei trafen mich seine Augen mit einer furchteinflößenden Selbstüberzeugung. Ich zog meine Augenbrauen aneinander und wollte erneut nach dem Stapel greifen.

„Wenn du es nicht erledigst, dann tue ich es.“

Seine Worte fielen mit einer solchen Kälte, dass sich meine Gänsehaut ausbreitete. Er löste seine Finger von den Papieren, wodurch ich sie an mich reißen konnte. Sofort blätterte ich auf die erste Seite. Keine Sekunde später war ich sprachlos. Den Namen, den ich dort las, ließ das Blut in meinen Adern gefrieren. Mein Atem wurde so panisch, wie meine Augen über das Papier flogen. Ständig blinzelte ich und rieb mir mit meinen zitternden Fingern die Augen.

„Wenn du es nicht kannst, erledige ich es. Keine Sorge“, wiederholte er mit einem Schmunzeln im Gesicht. Als hätte er all die Zeit auf diese Rache gewartet. Es fühlte sich an, als stünde mein Herz für einen Augenblick still.

„Ich kann es verstehen, wenn du das deiner Schwester nicht antun kannst“, redete er in einem Ton der Überlegenheit, während er sich gelassen in seinem Stuhl zurücklehnte und die Beine überschlug.

Ich war fassungslos.

„Amber Quinn“,

„Amber Quinn“,

„Amber Quinn“, auf jedem Blatt, das ich unter den anderen hervorzog. Es tauchten viele Bilder auf, die Dylan geschossen haben musste, wie Amber in ihre Bäckerei ging, wie sie im Bus saß oder den Briefkasten vor ihrer Haustür kontrollierte.

„Was-…“

Meine Hände ballten Fäuste, während ich den Ton meiner Sprache erstickte. Ich wagte es nicht, zu Ryan aufzusehen. Mein Blick galt nur den Fotos, dem Steckbrief, der Aufzeichnung ihrer Routen und den Daten über mich als ihre Schwester. Meine Brust stach. Es schmerzte höllisch und schnitt mir die Luft ab. Der Gedanke daran, machte mich mundtot.

Es zeigte mir erneut, welchen Platz Amber in meinem Herzen einnahm, egal, wie sehr ich versuchte, daran etwas zu ändern oder mich von ihr zu distanzieren.

Während ich den Druck auf dem Papier musterte, beschloss ich voll und ganz, dass ich niemals zulassen würde, dass jemand Amber etwas antut. Weder Ryan noch ich. Ich schluckte. Wut und Hass schoss mir durch den Körper und drängte sich immer weiter rauf.

Vielleicht war es meine zeitgleiche Starre, die dafür sorgte, dass es mir gelang, zu Ryan aufzuschauen. Mit einem Lächeln. Während meine Fäuste unter dem Tisch erzitterten und mein Verstand benebelt wurde, sprach ich: „Ich übernehme das. Aber…"

„Aber?", hakte Ryan unverzüglich nach.

„Du musst mir helfen."

„Klar, kein Problem", grinste er und neigte seinen Kopf.

Mit diesem provokanten Blick hob er seine Hand und streichelte mir über den Kopf, hinab meine Wange entlang: „Wir brauchen nur einander, nur uns."

Ich lächelte nickend, während eine Träne mein Auge verließ.

Als ich an dem Abend heimkehrte, schloss ich mich in Ryans Gästezimmer ein. Dort brach alles aus mir.

Amber!

Es war Amber, verdammt!

Wer könnte einem so liebevollen Menschen etwas so Böses antun wollen?! Sie hat ein Kind! Und Ryans Visage erst. Argh.

Ich schlug mir gegens Bein, während ich im Raum auf und ab ging.

Er grinste. Er wagte es, zu grinsen. Mich mit einem solchen Blick anzusehen. Voller Überzeugung, als stünde er im Recht. So provokant und selbstgefällig. Hatte ihn die Sache mit Emilia so getroffen? Hat er nicht verstanden, dass er nicht im Recht war?!

Ich sank zu Boden.

Wie konnte das sein… Amber…

Wer hätte etwas gegen Amber, dass er sie tot sehen wollte?

Eine Träne nach der anderen lief mein entleertes Gesicht hinab. Meine Gefühle waren so intensiv, dass ich nicht mehr mit ihnen umgehen konnte und stillschweigend auf dem Boden hockte.

Ich müsste Amber rausbringen. Aber wohin? So weit weg wie möglich von Ryan. Wenn ich zu lange wartete, würde Ryan den Auftrag allein erledigen.

Ryan, Ryan, Ryan, er machte mich verrückt.

Er ließ mir keinen Augenblick zum Nachdenken. Wenn ich Amber wegbringen wollte, dann müsste ich auch Kian und ihr Kind wegbringen. Wie sollte ich das anstellen? Oder ich brächte Ryan weg? Aber wie sollte das funktionieren?

Verdammt.

„Ich hasse dich, Mistkerl!", schrie ich so leise wie möglich.

Ich schlug die Blätter um mich und suchte nach Informationen, die nicht da waren. Diese Schweine haben schon länger jeden Ambers Schritte verfolgt. Dabei haben sie scheinbar auch herausgefunden, dass das Amber´s kurz vor der Schließung stand. Ambers Traum. Ich rieb mir die Schläfen. Sie könnten Amber jederzeit töten. Amber war zudem solch ein leichtes Ziel.

Verdammt...

Ich fluchte vor mich her.

„Avaa", klopfte Ryan an der Tür. Mein ganzer Körper zuckte zusammen, bevor er erstarrte.

Ohne reinzukommen, meinte er: „Von dem Betrag allein können wir uns ein Haus kaufen."

Ich warf meinen Kopf in den Nacken, auf das Bett und starrte an die Decke. Ich musste mir etwas einfallen lassen... Den ganzen nächsten Tag verließ ich das Zimmer nur für den Toilettengang.

„Ava, was machst du denn? Iss doch wenigstens mit mir."

„Ich brauche Zeit für mich", begründete ich.

Sobald ich das Gästezimmer wieder betrat und mich zwischen meine ausgebreiteten Zettel und beschriebenen Notizen auf den Boden setzte, zerbrach ich mir weiter den Kopf. Am Abend klopfte Ryan wieder: „Ich verstehe, dass das schwer ist. Lass es uns zusammen tun. Morgen Abend. Okay?"

Ich kritzelte ein „Okay" auf einen kleinen Zettel und schob es ihm unter der Tür durch.

Daraufhin verschwand ich zurück in meine Starre. Ich trauerte, als wenn Amber schon längst tot wäre, da ich einfach keinen Ausweg fand, Ryan zu entkommen.

Dabei erinnerte ich mich an unsere Kindheit zurück.

Wie wir uns am Putztag vor Mama im Schrank versteckten. Eng aneinander hockten und ich sie festhielt, als bedeute ein Loslassen ihr Tod. Oder wie ich beim Nachbarn Mehl stahl, damit sie Mamas Puddingschnecken backen konnten. Genau die gleichen, die sie heute voller Leidenschaft im Amber´s verkaufte. Oder die Tage, an denen Mama so wütend auf Amber war, die Küche einzusauen, dass sie voller Schwung auf sie schlagen wollte, ich Amber aber mit all meiner Kraft davor schützte. Mama hatte es nie leicht mit dem Job, der Nachbarschaft, ohne Ehemann und mit uns.

Das war es wohl, was Amber und mich noch näher aneinander brachte. Sodass wir wenigstens wussten, dass wir immer einander hätten.

Ich hatte all das aufgegeben, nachdem Noah in unser Leben trat. Wie er sie anfasste, wegtragen wollte und aufs Bett warf. Derartig lieblos, sie behandelnd als wäre sie kein Mensch mehr. Ich hätte mich immer wieder von diesem Wichser für sie vergewaltigen lassen.

Der einzige Unterschied wäre, dass ich ihn mit meinem Gewissen heute schon an Ort und Stelle umgelegt hätte. Doch um nichts in der Welt hätte ich zugelassen, dass sie das über sich ergehen lassen und damit leben müsste.

Es hatte mich schon genug Überwindung gekostet, darüber hinwegzukommen. Jemand wie Amber wäre vermutlich nie drüber hinweggekommen.

Die Art von Person, die dir mit dem zauberhaftesten Lächeln deinen Milchkaffee mit gezeichneten Bildchen auf dem Milchschaum servierte.

Immer wieder, wenn ich an sie dachte, erkannte ich keine Makel und manchmal wünschte ich, ich wäre etwas mehr wie sie geworden. Ich hätte etwas mehr Kontrolle über meine Gefühle, etwas mehr

Femininität und Eleganz, etwas mehr Hoffnung in mir, etwas mehr Leidenschaft, etwas mehr Mut zu träumen.

Was für ein wundervoller Mensch sie doch war.

Es war alles meine Schuld. Ich hatte ihr Leid durch Noah bewahrt, aber ließ sie stattdessen durch mich leiden.

Ich bereute es. Ich bereute meine Abwendung, ich bereute, sie gemieden zu haben.

Und das blöde Geld, das ich ihr regelmäßig überwiesen hatte, diente bloß meinem Gewissen. Ich seufzte tief und packte mir in die Haare. Ich bereute keinen einzigen Mord der letzten Monate, aber ich bereute, unsere Beziehung aufgegeben zu haben.

Wie könnte ich das wieder gut machen? Sie wollte doch auch nichts mehr von mir wissen. Ich hatte versagt. Jetzt sollte sie mit diesen Erinnerungen sterben…

Und mit ihr ein Teil von mir.

Was auch immer ich mir einredete, mit diesem Gedanken konnte ich nicht zulassen, dass ihr etwas passierte. Doch was sollte ich tun? Ich war am Verzweifeln. Welche Wahl hätte ich noch? Hatte ich überhaupt eine? Ich könnte sie kein zweites Mal aufgeben. Wirklich nicht.

Die Zeit verging wie im Flug und doch unglaublich qualvoll bis der besagte „Morgen Abend“ eintrat.

Den ganzen Tag über hatte ich das Gefühl einfach zu ersticken oder einen Herzstillstand zu erleiden. Doch ich nahm jeden weiteren Atemzug und mein Puls beschleunigte sich bloß stärker als sonst. Selbst das Versagen meines Körpers würde Amber nicht am Leben lassen. Nachdem ich den ganzen Nachmittag über Vereinbarungen getroffen hatte, schrieb ich Ryan.

Meine Fingerspitzen zitterten über dem Display, während ich in den Sonnenuntergang blickte, der sich in den Fenstern der Hochhäuser spiegelte. Langsam tippten meine Finger, ohne hinzusehen: „Ich treffe Amber in einer Stunde, um 21:00 Uhr, auf dem Dach des Gebäudes, ich schicke dir den Standort.“

Kaum drückte mein Daumen auf Senden, sammelte sich die Feuchtigkeit in meinen Augen wieder.

„Ich liebe dich", antwortete Ryan.

Unverzüglich musste ich mich an die Sitzbank vor mir klammern, um nicht zu Boden zu sinken.

„Und ich liebe Amber", hauchte ich leise in den angenehmen Windzug, der mein Gesicht abkühlte.

Ich machte mich auf den Weg.

Um diese Uhrzeit stand das Firmengebäude leer, doch wie vereinbart kam ich mit dem Schlüssel problemlos rein und musste all die Treppen hinauflaufen, da der Aufzug abgeschaltet war. Hier drin war alles dunkel und ich folgte nur den Treppenstufen, nichts anderes beachtend. Ganz oben öffnete ich die Tür und spürte sofort den starken Druck des Windes. Ein niedriges Geländer am Rand und vereinzelt zwei Bänke, mehr war hier nicht zu finden. Die Sonne war bereits untergegangen und hatte den Himmel in ein dunkles Blau gefärbt.

20:43.

Hier stand ich nun. In einem schwarzen Kleid, das mir um die Beine wehte. Mir jede Träne vom Gesicht gewischt, blickte ich abwartend zur Tür. Die Hände hinter meinem Rücken verflochten.

Nach etwas längerer Zeit hörte ich Schritte aus dem Treppenhaus. Doch ich stand still und sicher, mich nicht einen Schritt regend. Selbst das Zittern meiner Hände hatte sich gelegt.

Die Türklinke wurde hinab gedrückt. Quälend langsam.

Bevor sie dem Druck des Windes entgegenwirkend, kraftvoll aufgestoßen wurde.

„Ganz ehrlich, ich hätte nicht gedacht, dass du es wirklich tust", trat Ryan Ashford mit einem schmunzelnden Grinsen hervor. Die Haare zurückwerfend, die Augen durch das Grinsen schmal verschlossen.

Kaum öffnete er sie und sah sich um, verschwand sein Grinsen: „Wo ist sie?"

Ich zuckte mit den Schultern und machte zwei Schritte zu ihm vor: „Wer?"

Ein Schatten fiel auf Ryans Augen, während er sein Kinn senkte: „Deine Schwester."

Mein Ausdruck hingegen blieb offen und unschuldig: „Bin ich dir etwa nicht genug?"

Dabei neigte ich meinen Kopf lächelnd und drückte meine Schultern weiter zurück.

„Ava", stieß er drohend aus.

„Was ist?", provozierte ich ihn weiter.

„Wir hatten eine Abmachung. Wenn du dich nicht an sie hältst, muss ich es", mahnte er und fasste sich hinter den Rücken.

Ich schmunzelte: „Das verstehe ich."

Dann fasste ich unter den Rock meines Kleides und zog seinen Colt hervor. Unverzüglich zuckte Ryan zurück und wollte seine Beretta ziehen, dessen Griff und Schlitten ich schon erkennen konnte.

Doch noch bevor er das tat, warf ich ihm auf einmal den Colt zu. Seine Hände lösten sich sofort von der Beretta, um die Waffe aufzufangen.

„Derjenige, der Amber töten will, muss zuerst mich töten", behauptete ich und kam ihm noch einen Schritt näher.

„Ava, das ist nicht…", weiter kam er nicht.

„Was? Nicht so, wie es sein sollte?", setzte ich fort.

„Es gibt keinen Grund, dich zu töten", hauchte er in die kühle Luft.

„Und wenn es einen Grund gäbe, dann würdest du es tun?" Ich runzelte die Stirn.

Wenn der Wind mein Gehör nicht so dämpfen würde, könnte ich vermutlich Ryans Herzschlag lauschen.

„Wovor hast du Angst?", visierte ich seine Augen an, „du konntest doch auch deine Mutter töten. Mich nicht?"

Ryan hob seinen Arm, in der er den Colt hielt. Zögerlich streckte er ihn in meine Richtung und fixierte seinen Arm.

Ich lächelte: „Dummerchen."

Daraufhin ging ich furchtlos auf ihn zu, auch wenn die Waffe auf mich gerichtet war. Ich stellte mich neben seinen Arm und klickte an dem Hahn, um die Waffe zu entsichern: „Besser."

Dann ging ich, ihm den Rücken zukehrend, zurück auf meine vorherige Stelle, auf die er den Colt richtete.

„Was soll das, Ava?“ Ich erkannte ein dezentes Zittern seiner ausgestreckten Hand.

„Ich glaube, du hast so Einiges falsch verstanden“, begann ich und spielte mit einer Haarsträhne, die ich in meinen Fingern zwirbelte.

„Was willst du damit sagen?“ Seine Stimme verlor an Sicherheit.

„Hättest du diesen Auftrag nicht angenommen, wäre es vielleicht gar nicht dazu gekommen.“

„Ava!“, rief er aufgebracht, doch ich nahm mir meine Pausen, bevor ich fortsetzte: „Was wäre, wenn…“

„Wenn was? Ava, sprich!“

Seine Nervosität betonte seine Unsicherheit.

„Was wäre, wenn ich meinen Job nie aufgegeben habe.“

„Was soll das heißen?“, blieb er ungeduldig.

„Wenn ich all das, das Uns, nicht für mich tat.“

„Ava!“, forderte er.

„Wenn es für mich nur ein Spiel war, zu zusehen, wie du mich immer wieder verletzt und dich tiefer und tiefer in die Kriminalität stürzt.“

Ich streckte meine Hand vor mir aus und bewunderte meine langen, roten Nägel.

„Wenn ich es bloß tat, um Informationen über dich zu erlangen. Bloß um deine Schwächen zu kennen. Bloß um dich… auszuliefern.“

Auf einmal verschwand der Knick in seinem Arm und er streckte ihn steif zu mir aus. Auch sein Zittern fand ein Ende und seine Augen bissen sich in meinen fest.

Doch noch bevor er etwas sagen könnte, hob ich grinsend meinen Arm. Ich imitierte eine Schusswaffe mit meinen Fingern und drückte sie langsam von meiner Brust weg, um sie auf ihn zu richten.

Seine Augen fielen auf meine Hände, als wäre es eine echte Waffe, die ich auf ihn richtete. Nur, dass der Schuss schon längst gefallen war.

Meine Worte brachten ihn zum Erstarren.

Erst nach einiger Zeit versuchte er es mit Verleumdung: „Was redest du da? Das meinst du nicht ernst?"

Er wollte auch seine Waffe senken, doch so steif wie meine geformten Finger noch auf ihn zeigten, gelang es ihm nicht.

„Nenn es „Gerechtigkeit", der Begriff gefällt dir doch so gut", grinste ich siegreich.

Kaum fiel dieser Begriff, erklangen laute Schritte vieler Personen.

Ryan begann in langsamen Bewegungen seinen Kopf zu schütteln, bekam jedoch kein Wort mehr heraus.

Plötzlich wurde die Tür aufgerissen und Truppen in dicken Schutzwesten stürmten rauf.

„Einmal Agent, immer Agent", sprach ich, in Ryans fassungslosen Augen sehend.

Sie entwaffneten Ryan und drückten ihn brutal zu Boden. Dabei stieß seine Stirn wiederholt auf den unebenen Beton und schürfte auf. Für einen Moment fiel meine Schale und ich schluckte schmerzvoll.

„Wenn wir es nicht tun, dann wird er jemand anderes beauftragen!", rief Ryan.

All die Zeit, die Ryan von ihnen gedrückt, gezerrt oder mitgerissen wurde, suchte er meinen Augenkontakt. Einige Male warf ich ihm kühle Blicke zu, doch die meisten Male, wagte ich es nicht, hinzusehen. Meine Brust schnürte sich zu und schnitt mir die Luft ab. Meine schwere Atmung hielt noch an, als sie Ryan die Treppen hinabzerrten.

In dem Augenblick kam Chen Price auf mich zu: „Erledigt. Ich halte mich an die Vereinbarung."

Er verabschiedete sich mit einer kurzen Verbeugung und ließ mich zurück. Ich musste mich an das Geländer stemmen und mich aktiv auf meine Atmung fokussieren, um nicht umzukippen.

Doch ich hatte es geschafft.

Es war mir gelungen.
„Von nun an bringen wir es zu Ende und alles wird gut."

KAPITEL 26

Unten angekommen wurde ich von Dylan empfangen. Er versuchte schützend einen Arm um mich zu legen, während wir durch das blau-rote Leuchten der Sirenen den Bürgersteig entlang gingen. Doch ich stieß seinen Arm von mir und beschleunigte mein Tempo, den Autos auszuweichen, in denen Ryan sitzen und mich beobachten könnte.

Konnte ich Chen vertrauen?

Dylan seufzte neben mir, wagte es dann aber zu sagen: „Du hast das Richtige getan."

Ich schüttelte meinen Kopf: „Was weißt du schon, um das behaupten zu können?"

Dabei sprach die Wut aus mir, die ich stark versuchte, zu unterdrücken. Ich fauchte bedrohlich: „Dir sollte klar sein, dass du für deine Beihilfe genauso in den Knast gehörst wie Ryan."

Genauso wie ich, ergänzte ich innerlich. Daraufhin schwieg Dylan und brachte mich zu Ryans Auto. Die Streifenwagen fuhren an uns vorbei und ich wagte es nicht, nochmal zu ihnen zu sehen. Stattdessen setzte ich mich schnell auf den Beifahrersitz. Als die Autos vorbeigefahren waren, stieg Dylan ein und fuhr mich zu Ryan nachhause.

„Was ist dein Plan?", blickte er zu mir, während er in die Straße einfuhr. Ich warf meinen Kopf in den Nacken und seufzte mit geschlossenen Augen: „Ich habe keinen."

„Und Ryan?", fragte Dylan panisch und hielt relativ abrupt an.

„Ist er dir etwa wichtig? Ich dachte eben noch, ich hätte das Richtige getan? Außerdem hattest du dich doch darüber beschwert, für ihn zu arbeiten, nicht? Dann wärst du jetzt frei."

Meine Worte waren kalt und emotionslos, ausschließlich um Ryan abzuweisen. Als ich ihn damit zum Schweigen brachte, stieg ich aus.

Mein Plan…

Das Erste, was ich tat, war auf der Couch unter Weineinfluss einzuschlafen. Am nächsten Morgen wachte ich mit zerzaustem Haar in Ryans großem Hemd auf. Ich schnitt mir einige Zitronenscheiben in mein Glas Wasser und trug es mit mir umher, als ich das Badezimmer betrat. Unverzüglich traf mich die Erinnerung an den unglaublich guten Sex. Wie er mich an sich riss, seine kräftigen Hände an meinem Körper lagen und er mich erbarmungslos verführte.

Ich verdrängte die Gedanken, ergriff eine kleine Packung, riss sie auf und holte die zwei feuchten Pads der Augenmaske hervor. Mich über den Tresen lehnend, der noch mehr Erinnerungen hervorrief, legte ich sie mir unter die Augen, bevor ich wieder von meinem Glas trank. Daraufhin suchte ich mir ein Outfit heraus, wartete bis ich die Pads wieder abnehmen könnte und begann mich zu schminken. Um heute das zu erledigen, was längst überfällig war. In meinem Midi-Faltenrock, einem schlichten, hellen Oberteil mit etwas Ausschnitt und einer kleinen Handtasche stand ich im Flur. Ich steckte die zwanzigtausend, die in dem Briefumschlag waren und aufs Konto sollten, zusammen mit den Fünfundzwangzigtausend von Chen Price in meine Tasche, bevor ich mich auf den Weg machte.

Die Sonne schien prall und stand genau über uns, als keine andere Wolke am Himmel zu sehen war. Mit dem Taxi ließ ich mich zum Amber´s fahren. Auf dem Weg durch die Seitenstraße wollten meine Füße vor Nervosität öfter stocken und umdrehen, doch ich zwang mich bei jedem Schritt, weiterzugehen. An der Tür hing ein kleiner Zettel über dem schönen Holzschild des Amber´s: „Zurzeit geschlossen."

Ich schluckte meine Schuld hinab und trat durch die angelehnte Tür. Jolie, die blonde Frau, die das Amber's in Ambers Abwesenheit managte, kam auf mich zu, nachdem sie das Klingeln gehört hatte. Kaum erkannte sie mich, zögerte ihre Bewegung und sie blieb stehen: „Du bist es, Ava. Wir verkaufen nicht mehr."

„Ist Amber da?"

„Sie ist wahrscheinlich zuhause. Hier war lange niemand mehr. Sie hatte mir nur für heute angeordnet, alles auszuräumen."

Mein Herz wurde schwer bei dem Gedanken.

„Warum? Es war immer Ambers Traum", sah ich mich im Raum um.

„Die Einnahmen sind zu gering für die hohen Mietkosten. Zudem war Amber in letzter Zeit etwas durch den Wind. Das Kind macht ihr vielleicht zu schaffen."

Alles in mir schmerzte, als ich realisierte, dass sie ihren Traum aufgab. Wegen mir. Für ihr Kind. Für Kian. Alles, was sie sich damals aufgebaut hatte.

„Wie kann ich sie erreichen?"

„Hast du ihre Nummer nicht? Du bist doch ihre Schwester, oder?", fragte Jolie überrascht.

Woraufhin ich seufzte und bloß wiederholte: „Wie kann ich sie erreichen?"

„Ähm, ich kann dir ihre Nummer geben."

„Adresse?", fragte ich stattdessen.

Jolie rieb sich am Hinterkopf: „Klar, geht auch."

Dann verschwand sie nach hinten und holte Zettel und Stift.

„Jolie?" Ich sank auf einen der roten Samtsessel.

„Ja?", blickte sie von der Theke, auf der sie schrieb, zu mir auf.

„Kannst du mir noch einen Kaffee machen?", wechselte mein Blick nach draußen zu ihr.

„Kaffee ist noch da, aber keine Milch mehr, die war abgelaufen. Trinkst du schwarz?"

„Ja, danke."

Mein Körper wurde schwach und meine Augen feucht – Ryan trank ausschließlich dunklen Kaffee.

Dann schaltete sie die Kaffeemaschine an. Sofort erklang das vertraute, klackernde Geräusch, wie sie sich reinigte. Gefolgt von dem Tropfen des Zapfens auf das Metall. Mein Herz ging bei dem viel zu lauten Geräusch auf und brach zur selben Zeit. Jolie wirkte ebenfalls sehr bedrückt und ihre Bewegungen waren träge.

„Wo wirst du arbeiten, wenn das Amber´s schließt?“, fragte ich sie, nachdem ich meine Tasche abgestellt hatte und aufstand, um mich an den Tresen zu stellen.

Noch immer roch es leicht nach Vanille und den altbekannten Puddingschnecken, die normalerweise hinter der Scheibe liegen sollten. Jolie verließ ein schweres Schlucken. Bevor sie leise sprach: „Ich weiß es noch nicht. Amber gab uns zwar früh genug Bescheid, damit wir uns etwas anderes suchen könnten, aber ich habe mich geweigert. Ich konnte es noch nicht glauben. Wahrscheinlich erkundige ich mich bei Restaurants in der Nähe. Aber keines wird mich so willkommen heißen wie das Amber´s es tat, das weiß ich von meinen vorherigen Jobs.“

Ich legte meine Hand auf ihre, als sie mir den Zettel reichte.

„Es wird sich schon etwas finden. Und ich werde mit Amber reden. Vielleicht erreiche ich etwas.“

„Das Einzige, das etwas ändern würde, wäre wohl Geld, aber woher sollte das kommen? Ich frage mich sowieso, wie sich das Amber´s vorher so lange über Wasser halten konnte. Schließlich haben sich unsere Einnahmen seit Anbeginn bis jetzt nie verändert.“

Ich nickte und nahm den Kaffee dankend entgegen, bevor ich diesen ein letztes Mal im Amber´s genoss, mit einem Blick in die Seitenstraße New Yorks.

Ich klingelte an der Wohnung, dessen Adresse Jolie mir übergab. Das Kreischen eines Babys erklang, bevor Kian die Tür öffnete: „Ava?“

Perplex ließ er mich an sich vorbei, wobei ich nicht anders konnte, als ihm einen bösen Blick zu zuwerfen. Der Gedanke von ihm als der Vater Ambers Kinder gefiel mir noch immer nicht, was ich ihm auch deutlich machen wollte. Dort saß sie, auf dem Sofa mit ihrem Baby auf dem Arm. Kian kam sofort und nahm es ihr ab, während sie noch gar nicht zu realisieren schien, dass ich hier stand.

Ihre Augen fuhren an mir rauf und runter, bevor sie aufstand. Bei ihrem Anblick, ihrem gewellten Haar, dem gesunden Körper ihrer zierlichen Statur und ihren sanften Bewegungen, wurde ich weich.

„Lass uns raus gehen", meinte sie und brachte mich in den Hinterhof ihrer Wohnung. Mein Herz raste vor Freude ihrer Unversehrtheit je länger ich sie ansah. Noch bevor sie sich auf die Bank setzen würde, tippte ich ihr auf die Schulter. Sie drehte sich zu mir und sah, wie ich meine Arme ausbreitete. Unserer Distanz all die Jahre über verschuldet, zögerte sie. Doch dann, wie damals, kam sie in meine Arme. Ich drückte sie fest an mich, während sie ihr Kinn auf meine Schulter legte.

„Es tut mir leid", hauchte ich.

Ihr Körper begann unter der unregelmäßigen Atmung plötzlich zu zucken. Als sie mit einem Lächeln auf den Lippen sprach, hörte ich ihr Schluchzen raus: „Wann hast du gelernt, dich zu entschuldigen?"

Auch in meinen Augen sammelten sich Tränen, wodurch ich lächelnd meinen Kopf anhob und in den Himmel sah.

„Ich glaube, ich bin viel später als du erwachsen geworden", scherzte ich.

Als sie ihren Kopf exzessiv auf und ab nickte. Sie wischte sich ihre Tränen aus den Augen und löste sich von mir.

„All die Zeit wollte ich doch einfach nur, dass du genau das tust…", blickte sie mit ihren großen, rundlichen Augen in meine.

Ich zog schuldig meine Augenbrauen zusammen: „Das weiß ich jetzt. Und das war auch genau das, was ich brauchte."

„Was war nur mit uns passiert?", sprach sie, wobei ich das Leid in ihrer Stimme hörte.

„Ich konnte dir nicht unter die Augen treten, nach dem, was mit Noah passiert war. Ich fühlte mich so schlecht, dich überhaupt mit in den Club genommen zu haben."

Ihre Hände legten sich auf meine, während wir uns auf die Bank setzten: „Ich will mir gar nicht vorstellen, was du für mich ertragen hast…“

Wir begannen uns über all das und unsere Vergangenheit auszutauschen. Bis sie lachend fragte, was wohl aus Noah geworden wäre. Ich entging dieser Frage und überspielte es mit einem genauso ahnungslosen Lachen.

Doch auch, wenn unser Gespräch dann noch für eine Stunde fortsetzte, hatte ich all die Zeit im Hinterkopf, dass ich aus einem ganz bestimmten Grund hier war. Nach den Kindheitsgesprächen und weiterem Gerede über New York und das Familienleben, sprach ich das Amber´s an: „Ich war vorhin im Amber´s.“

„Ach ja? Da ist doch niemand mehr“, meinte sie überrascht.

„Jolie war dort und hat alles ausgeräumt.“

Amber begann zu seufzen und sah von mir ab. Sie fummelte an ihren Fingern in ihrem Schoß.

„Du hast deinen Traum aufgegeben?“

Daraufhin kratzte sie sich an der Schläfe.

„Das Familienleben bringt Opfer. Außerdem hat unser Spender aufgehört. Ich wollte mich eh nie darauf verlassen, jeden Monat habe ich mir gesagt, etwas zu ändern, aber ich habe mich nie getraut. Unsere Einnahmen waren nie genug, nur die Spenden konnten die Kosten decken.“

„Das war nicht meine Absicht“, hauchte ich leise.

Plötzlich riss sie ihren Kopf hoch und sah zu mir: „Ich wusste es. Du warst es, oder?“

Ein bemitleidendes und leicht beschämtes Lächeln zog sich auf mein Gesicht. Auf einmal drehte sie sich in meine Richtung und nahm beide meiner Hände in ihre.

„Danke! Vielen Dank! Durch dich konnte ich mein Traum leben!“

Sie beugte ihren Oberkörper dankend und sah mich mit ihren so vollen und strahlenden Augen an. Sofort überkamen mich wieder meine Schuldgefühle.

„Was sagst du da denn?“, stammelte ich leise, war aber auch etwas verlegen. Doch sie behielt ihren Blick unmittelbar auf mir, egal wie oft ich den Augenkontakt unterbrechen wollte: „Ich habe mir irgendwann eingeredet, dass es von dir wäre. Es gab mir das Gefühl, dass ich dir noch immer etwas bedeuten würde und du mich nicht vergessen hättest. Doch das waren alles nur Wunschvorstellungen. Bis jetzt…“

Sie konnte sich nicht zurückhalten und zog mich in ihre Arme: „Danke, danke, danke!“

Als ich verstand, welchen emotionalen Wert dieses Geld für sie hatte, fühlte ich mich sogar noch schlechter, die Spenden eingestellt zu haben…

„Amber“, hauchte ich und drückte sie leicht von mir, damit sie mich wieder ansehen könnte.

„Ja?“ Voller Freude und Aufregung schenkte sie mir all ihre Aufmerksamkeit.

„Ich will nicht, dass du deinen Traum aufgibst. Ich habe es nicht umsonst finanziert. Bitte. Auch Lana und Jolie brauchen die Stellen.“

Amber zog sich und ihre Aufregung wieder zurück: „Ich weiß…“

„Ich will, dass du etwas änderst. Ich gebe dir das Geld und du nutzt es, um das Ambers zu vergrößern, mehr Werbetafeln in der Stadt zu verteilen und das Sortiment zu erweitern, was sagst du?“

„Ava, das ist so nett, aber das echte Leben ist nicht so einfach. Zum einen kann ich das Geld nicht annehmen und zum anderen habe ich durch die Familie gar keine Zeit mehr.“

„Aber es ist dein Traum!“

Meine Worte brachten sie nur wieder zum Seufzen.

„Okay, dann nimm mein Geld und entscheide selbst, was du damit machst. Nutz es für das College für dein Kind oder so.“

Daraufhin holte ich den dicken Umschlag aus der Tasche und gab ihn ihr. Ihre Hände wollten ihn die ganze Zeit wieder von sich drücken, doch ich blieb stur.

„Ava, das ist wirklich nett, aber das kann ich einfach nicht annehmen."

Ich schüttelte meinen Kopf: „Ich bin deine Familie, du kannst es annehmen. Meins ist auch deins."

Zögerlich nahm sie den Umschlag. Vorsichtig linste sie hinein, was sie unverzüglich ihren Atem scharf einziehen ließ: „Woher hast du das Geld?!"

„Nicht fragen, annehmen. Es ist echt."

„Muss ich mir Sorgen machen?", hauchte sie leise.

Ich schüttelte meinen Kopf.

Gestern noch sollte sie sterben, aber ich hatte ja alles im Griff, also keine Sorgen machen, dachte ich mir.

„Ich habe gelernt, mich selbst zu versorgen, sagen wir es so", behauptete ich grinsend.

Sie kratzte sich verunsichert am Hinterkopf: „Ich vertraue dir, aber pass wirklich auf dich auf."

Mit einem Lächeln im Gesicht nickte ich zustimmend. Dann wechselte ich das Thema: „Das klingt jetzt vielleicht komisch, aber hast du irgendwelche Personen, die dich nicht mögen? Konkurrenten? Alte Klassenkameraden? Jemanden, der etwas gegen dich haben könnte?"

Überrascht zuckte Amber zurück: „Ich werde jetzt nicht fragen warum."

Ich blickte dankend zu ihr, während sie begann zu überlegen.

„Mir fällt keiner ein… Aus der Schule wäre, glaube ich, keiner in New York, aber ich glaube auch nicht, dass dort jemand etwas gegen mich hatte. Hm… Also auf der Arbeit offensichtlich auch nicht. Angelina, Jolie und Lana sind meine einzigen Angestellten, aber du kennst ja unsere Atmosphäre. Ich könnte mir nicht vorstellen, dass mir jemand dort etwas vorspielt."

„Würde einer von denen profitieren, wenn du weg wärst?"

Ambers Augen weiteten sich schockiert, doch nach einiger Zeit antwortete sie mir trotzdem: „Um die Bäckerei steht es eh nicht gut und ich habe auch niemandem eine Übernahme versprochen. Sie sind bloß Angestellte."

„Hätte Kian einen Vorteil?“

Jetzt machte Amber den Mund auf: „Sag sowas nicht! Dass du ihn nicht magst, ist mir nicht entgangen. Aber er würde mir nichts antun. Wir haben auch keinen Ehevertrag, über den er irgendeinen Besitz bekäme.“

Ich seufzte, doch nickte dann verständnisvoll: „Okay, danke. Mach dir keine Gedanken, ich kümmere mich darum. So lange wie ich lebe, wird dir nichts passieren.“

„Ava, du machst mir Angst“, flüsterte sie und sah verwirrt um sich.

„Und auch mein Tod würde nichts daran ändern.“

„Ava!“, rief sie verunsichert auf, mich mahnend, fortzusetzen.

„Du wirst es noch verstehen.“

Daraufhin stand ich auf: „Es war schön, dich wiederzusehen. Pass auf dich und deine Familie auf.“

Wir verabschiedeten uns in einer Umarmung: „Tu bitte nichts Unüberlegtes, Anabelle.“

Ich nahm ihre Hände in meine und übergab ihr dabei etwas. Amber öffnete überrascht ihre Hände und fand das Armband, das ich ihr damals geflochten hatte.

„Ich dachte, ich hätte es verloren!“

Ich schmunzelte und kratzte mir verlegen am Hinterkopf: „Ich habe es damals mitgenommen, weil es mich an dich erinnerte, als ich nach New York ging.“

Ihr liebevolles und verträumtes Lächeln, nachdem ich ihr half, es um ihr Handgelenk zu binden, würde ich nie vergessen.

Ich kramte in Ryans Laptop in den Dateien und suchte nach Akten von verdächtigen Personen oder nach irgendwelchen Kommentaren auf den Social-Media-Konten des Amber´s, als es klingelte. Ich raffte mich vom Boden im Wohnzimmer auf und ging zur Tür.

„Hi“, begrüßte mich Dylan mit einem Lächeln und einer Tüte duftendem Essen.

„Was machst du hier?“

„Ich habe mir gedacht, dass du in deiner Recherche das Essen vergisst, also wollte ich dir etwas bringen“, hob er die Tüte hoch.

„Es wird gruselig“, meinte ich etwas abgeneigt, konnte mir das Schmunzeln aber nicht unterdrücken, „ich weiß nichts über dich, aber du alles über mich. Bitte halt dich etwas zurück.“

Plötzlich verzog er sein Gesicht: „Sollte ich dir jetzt etwa Essen bringen, dass dir nicht schmeckt anstatt eines guten, indischen Currys mit frischem Naan-Brot?“

Sofort erkannte ich den Geruch und mir lief das Wasser im Mund zusammen, als er es erwähnte.

„Verdammt“, zischte ich in meiner Niederlage und ließ ihn rein.

„Was weißt du noch über mich? Dann kommt es wenigstens weniger überraschend“, blickte ich zu ihm nach hinten.

„Offensichtlich bevorzugst du es auf dem Boden zu arbeiten, statt auf dem Wohnzimmertisch oder dem Sofa“, scherzte er.

Doch ich blieb stehen und drehte ich zu ihm: „Ich meine es ernst.“

„Dein Lieblingsessen zurzeit ist rotes, indisches Curry, es muss relativ scharf und stark gewürzt sein, sonst isst du es nicht. Du verträgst Alkohol eigentlich ganz gut, provozierst die Benommenheit aber meist, indem du vorher wenig isst oder so schnell trinkst, dass du dich danach schon sehr unwohl fühlst. Die wichtigste Person in deinem Leben ist deine Schwester, du hast das Gefühl, dass du sie mit deinem Leben beschützen musst und hattest damals ständig Albträume, in denen ihr etwas zugestoßen ist. Deine Distanz zu ihr hat dir unfassbar zugesetzt, aber du bist zu stolz, um etwas daran zu ändern.“

Ich war auch jetzt zu stolz, um einzugestehen, wie wahr jedes seiner Worte war, weshalb ich auf seinen letzten Punkt zischte: „Falsch.“

„Ach ja?“, blickte er an mir herab.

„Ich habe mich mit ihr getroffen.“

Er lächelte mit seinen runden Welpenaugen und machte eine Geste neben seinen Kopf, wie er seine Hand bewegte, als würde er an einem Rad drehen. Dann sprach er in abgehakter Roboterartiger Stimme: „Information ergänzt."

Ich lachte auf, sagte dann aber überlegen auf ihn hinabschauend: „Sehr gut."

In dem Augenblick erkannte ich wie seine Augen an meinen hingen. Er war ganz anders als Ryan. Er schien kein Problem damit zu haben, mir unterlegen zu sein. Vielleicht war das so ein kleine-Brüder-Ding.

„Was noch?", hakte ich nach.

„Du hattest bei deinem alten Job ständig Panickattacken, für die du dich unglaublich geschämt hast. Mit der Zeit hast du gut gelernt, damit umzugehen. Aber du hast einen Vater-Komplex, weil du ausschließlich mit deiner Mutter aufgewachsen bist. Wahrscheinlich ist das auch das, was dich an Ryan zieht."

Meine Stimmung wurde negativer, je schlimmer er mich bloßstellte. Dabei musste ich mir jedoch wieder eingestehen, dass es kein Bloßstellen, sondern die bloße Wahrheit war, die mich traf.

„Andererseits ist es bei Ryan und mir nicht anders. Das könnte es auch sein, was dich und mich zusammengeführt hat. Synergieeffekte", musterte er mich, weil ich ihm drohend nahekam.

Dennoch setzte er fort: „Noahs Mord hat dich etwas fühlen lassen, zu dem du dir noch heute nicht eingestehen kannst, wie gut es tat. Noch tausend Mal besser als die Morde an fremden Personen. Etwas anderes ist, wie euer Kaputtsein den anderen anzieht. Ihr lehnt es strikt ab, euch zu heilen und von euren Traumata zu erholen, stattdessen genießt ihr das Gefühl, euch weiter in den Abgrund zu stürzen."

Ich wollte ihn jede Sekunde unterbrechen, aber je weiter er es mir bewusst machte, umso schwerer fiel es mir. Ich wollte seine Meinung anhören. Doch er schien es bemerkt zu haben, als er meinte: „Beim Geschlechtsverkehr-"

Ich stöhnte gefährlich auf: „Ah, wag es nicht."

Dabei sprach ich jedoch so leise und dicht an ihm stehend, dass er mit seinem Bewusstsein ganz woanders zu sein schien, als er einfach fortsetzte: „Du stehst drauf, hart ran genommen zu werden. Weiche Berührungen erregen dich nicht."

Weiter kam er nicht, als sein Blick auf meine Lippen fiel.

„Ach Dylan", schmunzelte ich und strich ihm amüsiert über die Wange, „Ich bin dran."

Überrascht sah er in meine machtvollen Augen. „Ich habe zwar keine Informationen über dich gesammelt, geschweige denn bekommen, aber ich bin relativ gut darin, Menschen zu lesen. Lass es mich versuchen."

„Wenn du willst", grinste er und ließ mich ihn mustern.

„Ryans Bruder. 22 Jahre alt."

Ich begann um ihn herum zu gehen.

„Du warst immer der Jüngere, was dich so sehr beeinflusst hat, dass du es auch heute noch genießt, gar nötig hast, dich anderen unterzuordnen. Du kannst nicht führen, du musst geführt werden. Die Augen, mit denen du mich ansiehst, haben derartig schreckliche Dinge gesehen, dass es ein Wunder wäre, wenn sie dich nicht erreicht hätten. Demnach bist du nicht nur masochistisch veranlagt, sondern zeitgleich entweder unfassbar emotional oder ein Soziopath. Ganz oder gar nicht. Dadurch, dass du dauerhaft unter deinem Bruder stehst und das Gefühl hast, dass er dich in allem übertrifft, glaubst du, dass all das, was du verdienst, nicht bei dir ankommt. Dein Bruder fängt es ab und bekommt alles, wonach du dich sehnst. Deine Treue zu ihm, obwohl ich dich damit jetzt von ihm gelöst hätte, zeigt mir, wie abhängig du von ihm bist. Und Abhängigkeit kann tödlich sein, mein Süßer."

Ich spürte das starke und schnelle Schlagen seines Herzens, als meine Fingernägel durch sein T-Shirt über seine Haut streiften. Als er sich plötzlich aus seiner Starre löste und Schritte zurück machte, verstand ich, welchen der Typen er entsprach.

„Das Essen wird kalt", lenkte er ab. „Ich habe mein Urteil auch akzeptiert", rieb ich ihm lachend über den Kopf, bevor wir uns aufs Sofa setzten.

Ich streckte mich nach unten und legte die Blätter vom Boden auf den Tisch. Dann aßen wir aus den Plastikschalen mit dem Plastikbesteck.

Nach einiger Zeit sprach er an: „Dein Geburtstag ist in drei Tagen, dann bist du älter als ich."

Ich schmunzelte: „Ich bin auch so schon älter als du. Aber ja, das heißt bloß, dass ich mich beeilen muss."

„Beeilen?", fragte er unwissend.

„Damit, die Person zu finden, die sich den Tod meiner Schwester wünscht."

Dylan nickte langsam: „Aha. Und wie hängt das mit deinem Geburtstag zusammen?"

Ich schüttelte meinen Kopf und stellte die Schale ab.

„Ich habe nicht vor, dich einzuweihen."

„Das heißt, du hast einen Plan?", schaute er mir nach, wie ich aufstand und Weingläser aus dem Schrank holen wollte.

„Brauchst du Hilfe?", sprang er sofort auf und kam zu mir. Perplex stieß ich ein deutliches „Nein" aus und trotzdem streckte er sich neben mir nach dem Glas. Da er wenige Zentimeter größer als ich war, gelang es ihm vor mir. Sofort brachte mich sein Verhalten zum Stutzen.

„Dylan?", musterte ich ihn von oben bis unten. „Ich habe dir bloß geholfen. Los, gib mir den Wein."

Er machte eine verlangende Geste mit seiner Hand, indem er seine Finger wiederholt auf seine Handfläche stieß. Er hatte mich herausgerissen, sodass ich nichts weiter tat, als ihm den Wein zu überreichen. Also kehrte ich schon zum Sofa zurück und er kam mit den Gläsern nach.

„Eins hast du aber all die Zeit gut vor mir geheim gehalten", setzte er sich.

„Dass du all das nur tatest, um Ryan festzunehmen, mich aber nicht mit ihm verhaftest." Dabei erkannte ich sofort, dass er meine Tat infrage stellte. „Habe ich Beweise gegen dich?"

Dylan schüttelte den Kopf, jedoch nicht als würde er meine Frage verneinen, sondern eher seine Theorie: „Nein, das ist nicht der Grund."

Und plötzlich, als mich schon die Sorge trieb, er hätte mich enttarnt, meinte er: „Ich gefalle dir. Selbst wenn nicht auf die romantische Art, dann siehst du mich wie Amber und könntest dir nicht verzeihen, mich auch wegzusperren."

Als ich das hörte, konnte ich mir mein belustigtes Grinsen nicht mehr unterdrücken. Beinahe schon brachte mich seine Theorie zum Prusten, aber ich wollte ihn auch nicht auslachen. Im Gegenteil, wenn er das dachte, käme es mir zugute.

„Da hast du mich wohl erwischt", behauptete ich mit einem Hauch Ironie, welche er vermutlich aber ausblendete.

Nachdem wir aufaßen, machte ich mich wieder an die Arbeit. Ich versuchte alle Personen zu sammeln, die Amber kannten und in irgendeiner Verbindung zu ihr standen. Dann arbeitete ich diese Liste ab, wobei Dylan mir auch Zugriff auf die digitalen Akten verschaffte. Einen Großteil der Zeit verbrachte ich jedoch immer noch damit, über Situationen nachzudenken, die etwas losgelöst haben könnten. Gegen Mitternacht verabschiedete ich Dylan an der Tür: „Vielen Dank nochmal für die Akten, das war bestimmt nicht leicht."

Dylan lächelte abwinkend: „Deren Sicherheitssysteme waren auch mal besser. Schließlich mache ich das durch Ryan schon eine Ewigkeit und man lernt Tag für Tag dazu. Gut, also…"

Er trat nach draußen und ich hielt die Tür schon in meinen Händen.

„Melde dich, falls du noch etwas brauchst. Bis dann."

Bei seinem Abschied drehte er sich noch einige Male öfter nach hinten als nötig, bis ich die Tür schloss. Sofort hockte ich mich wieder in meinen Papierstapel auf dem Sofa und durchforstete meinen Laptop.

Dylan

Am Vormittag machte ich mich auf den Weg ins Gefängnis. Ich folgte einem Beamten, der mich an den Zellen vorbei zum Gesprächsraum brachte. Hinter einer dicken Stahltür kam ich in einen schmalen Raum, der eine Wand mit Fenstern von der anderen Seite trennte. Der Mann brachte mich zu einen der Stühle, wo ich hinter der Scheibe auf Ryan warten sollte.

Er ließ mich gute zehn Minuten warten, bevor er in seiner orangefarbenen Tracht auf den Stuhl mir gegenüber fiel. Ich nahm das Telefon, das an der Wand hing und deutete darauf, dass er an die andere Leitung gehen sollte. Erst nach einiger Zeit lehnte er sich aus seiner viel zu lässigen Position zu mir vor.

„Hier nach lasse ich mir ein Tattoo stechen", behauptete er, noch bevor ich zu Wort kam.

„Warum?"

„Um die Erinnerung zu wahren", lachte er etwas lauter als nötig. Jetzt war er verrückt geworden, dachte ich.

„Wenn die wüssten, wie viele ich auf dem Gewissen hatte, träfe mich die Todesstrafe", flüsterte er, doch prustete danach wieder auf.

Ich hielt meine Hand schützend um den Hörer, als ich leise sprach: „Soll ich dich da rausholen?"

Plötzlich begann er zu grinsen und lehnte sich zurück: „Nein."

Unter all seiner Arroganz und Selbstsicherheit hatte er scheinbar gar nicht die Zeit, sich Sorgen zu machen, als er meinte: „Wenn sie mich loswerden wollte, hätte sie mich getötet."

Dabei blickte ich in seine tiefen Augen, die bei dieser Aussage keinen Hauch an Angst verspürten, während ich bei dem Gedanken erzittern würde.

Er sprach mit einer solchen Leichtigkeit, die ich niemals nachvollziehen können würde: „Sie wird wiederkommen."

„Vermisst du sie?", fragte ich ihn daraufhin im Affekt.

Plötzlich lehnte er sich zu mir vor. Die Haare fielen ihm ins Gesicht und die Augen standen im Schatten seiner gesenkten

Augenbrauen. Seine Art verängstigte mich. Beinahe, als hätte ihm dieses Erlebnis seine letzte Menschlichkeit genommen. Seine letzte Hoffnung in Menschen verdorben.

„Was hast du mich gerade gefragt?"

Ich schluckte, bevor ich mich wiederholte: „Vermisst du Ava?"

Er schüttelte seinen Kopf: „Das war deine Chance, so zu tun, als hättest du diese Frage nie gestellt."

Die Haare stellten sich mir auf, während ich es bei seinem furchteinflößenden Anblick nicht wagte, weiterzusprechen.

„Du bist ein Kind und du wirst es immer sein. Genau deshalb wirst du niemals verstehen, was ich für sie empfinde, und das muss ich dir auch nicht ausführen."

Kaum sprach er es aus, beschleunigte sich meine Atmung und vor Wut bildeten meine Hände Fäuste, die ich ihm am liebsten spüren lassen wollte.

„Dass du das zu mir sagst, heißt, dass du nicht weißt, dass sie dich vergessen hat. Sie lebt ihr perfektes Leben, wie sie es immer wollte und nutzt dafür in vollen Zügen deine Wohnung, ohne einmal an dich denken zu müssen. Gestern Abend kam ich sie besuchen und du kannst dir wohl vorstellen, was sie unter Alkoholeinfluss so für Dinge tut…"

Noch bevor ich meine Provokation fortsetzen könnte, sprang er auf und schlug gegen die Scheibe: „Du Dreckskerl! Du verdammtes Arschloch! Wenn ich hier rauskomme, bringe ich dich um! Du lässt deine Finger von ihr!"

Bei jedem seiner Worte schlug er doller auf die Scheibe ein, bevor ihn die Wärter an den Armen packten und sie auf seinen Rücken pressten. Das Telefon stieß dabei erneut gegen die Scheibe und baumelte dann an dem kurzen Kabel.

„Lasst mich los! Mein Gespräch ist nicht beendet!", brüllte er, während ich das Telefon klackend zurücksteckte und aufstand.

„Wag es ja nicht!", rief er mir hinterher.

Doch ich ging, ohne mich noch einmal umzudrehen. Ganz genau wissend, was ich heute Abend tun müsste, um ernst genommen zu werden.

Ava

Irgendwann musste ich in dem Chaos eingeschlafen sein, zumindest erwachte ich durch die Sonne, die durch die nicht geschlossenen Gardinen strahlte und hatte einen Zettel an meiner Wange kleben. Im Aufwachen wischte ich ihn mir vom Gesicht und spürte, was für einen unruhigen Tiefschlaf ich gehabt haben musste. Mein Nacken brannte und zog unangenehm, als ich meinen Kopf bewegte. Zugleich waren Druckstellen auf meinem ganzen Körper zu finden, nicht zuletzt durch die Papierkanten, auf denen ich einschlief.

Und als ich so dort aufstand und mich um mich streckte, den Geruch von Ryans Parfum nicht riechend, seine Schritte am Morgen, wenn er aus dem Büro käme, nicht hörend und seine Arme, die sich, während ich mich streckte, umschlängen, nicht spürend, wurde mir kalt. Trotz all der Wärme, die die Sonne in diese Wohnung zwang, fühlte ich mich leer und kalt.

Doch ich verstand schnell, dass dieses Gefühl bedeutete, dass ich noch nicht ausführlich und intensiv genug suchte. Ich musste mich mehr anstrengen. Nach diesem Antrieb richtete ich einen weiteren Tag aus. Mit nichts als einer Tasse Kaffee verbrachte ich meine Stunden.

Wie gestern auch benötigte es erst ein Klingeln an der Tür, um zu realisieren, wie dunkel es bereits war. Sodass ich im Zuge, in dem ich die Tür öffnete, auch das Licht anschaltete. Als hätte ich es bereits erwartet, ließ ich Dylan rein.

Er ging direkt zum Wohnzimmertisch und stellte das Essen ab, während ich die Weingläser aus dem Schrank holte.

Beinahe schon, als wäre er mein Zeichen der Entspannung. Er ließe mich wissen, wann ich von der Arbeit wieder durchatmen könnte, auch wenn ich das eigentlich nicht sollte. Nichtsdestotrotz machte ich Pause, aß und trank mit ihm.

„Und? bist du weitergekommen?“, biss er um den Knochen des Hähnchenflügels.

„Naja…“, ich hob den Papierhaufen neben mir hoch und seufzte, „eigentlich nicht.“

Ich fuhr mir verzweifelt durch die Haare.

„Versteh mich nicht falsch, du warst mir wirklich eine Hilfe. Aber woher soll ich wissen, wer von all diesen Personen etwas gegen Amber hatte, wenn sie es nicht einmal wusste.“

Dylans Blick überflog die Blätter, der Steckbriefe und Akten der verschiedenen Mitschüler von Amber.

„Weißt du, vielleicht war es gar nicht so ernst. Vielleicht ging es nie wirklich um Amber“, meinte er plötzlich und legte seine Hand auf meinen Oberschenkel.

Ich zuckte zurück: „Was meinst du damit? Jemand setzt Auftragsmörder auf jemanden, ohne diese Person töten zu wollen?“

Mein Ton klang ein wenig sarkastisch, während ich ihn skeptisch ansah.

„Naja, ich denke einfach, du solltest dich ausruhen. Wenn jemand deine Schwester unbedingt tot sehen wollte, hätte er es längst getan, nicht?“

Mein Körper verspannte sich und ich knackte meinen Rücken: „Sag das nicht so. Ryan hatte recht. Die Person könnte jeden Augenblick, in dem ich mit dir hier spreche, jemand anderes beauftragen.“

„Aber ich glaube nicht, dass er das Geld dazu hätte.“

„Warum? Uns hat er doch noch nicht bezahlt“, stutzig sanken meine Augenbrauen wachsam.

Dylan räusperte sich, bevor er mir mein Weinglas wieder auffüllte.

„Hat er doch nicht, oder?“, wiederholte ich lauter und strenger, während ich ihm näherkam.

Auf einmal begann Dylan zu murmeln: „R..at..es.“

Sofort griff ich sein Kinn und zog es zwischen meinen Fingern zu mir hoch.

„Ich verstehe dich nicht, sprich deutlich!“, befahl ich ihm gereizt.

„Ryan hat es.“

„Ryan?!", schrie ich entsetzt auf, „warum hat er das Geld bekommen, bevor der Auftrag überhaupt ausgeführt wurde?!"

Dylan zuckte mit den Schultern.

„Hast du mir etwas zu sagen, Dylan?"

Meine Finger ließen nicht von ihm ab, während meine Augen drohend in seine herabsahen. Ein Schlucken sank seinen Hals hinab, bevor er den Kopf schüttelte.

„Aha", stieß ich ihn von mir, ohne dass sich mein Misstrauen gelöst hätte. Ich war umgeben von Verrätern, wie sollte ich da an mein Ziel gelangen?

„Zumindest heißt das, dass der Auftragsgeber jetzt wahrscheinlich nicht mehr das Geld hat, um jemand Neues anzuheuern."

„Wenn er das wirklich will, dann wird er es schaffen", sah ich ernst in Dylans Augen.

Doch statt weiter drauf einzugehen, hielt er mir mein Glas hin: „Du bist erschöpft, du solltest abschalten. Morgen ist noch ein Tag, an dem du die Person sicherlich finden wirst."

Ich seufzte und wollte mich eigentlich sträuben, mir eine Pause zu erlauben. Doch in Wahrheit hatte ich auch keine Energie mehr.

Also nahm ich das Glas und sammelte die verteilten Blätter auf.

„Einige Stunden Ruhe werde ich hoffentlich nicht bereuen", betete ich, als ich mich mit ihm aufs Trinken einließ.

Da wir uns nicht allzu viel zu erzählen hatten, machte ich irgendwann den Fernseher an und ließ ihn im Hintergrund laufen. Bis Dylan erkannte, dass der Wein leer war und vorschlug: „Wollen wir etwas Stärkeres trinken?"

„Ich brauche mein volles Bewusstsein für nachher", lehnte ich jedoch ab. Dylan ging nickend an Ryans Alkoholvorrat. Es dauerte etwas, bis er von dort aus zu mir rief: „Es gibt keinen Wein mehr."

Daraufhin kam er mit einer Cola Flasche und Vodka wieder.

„Vodka?", runzelte ich die Stirn, „hat Ryan nichts anderes mehr?"

Gerade als ich aufstehen wollte, packte er meinen Arm. Irritiert sah ich zu ihm.

„Nein. Alles leer. Nur noch das."

Dabei sprach er mit solch einer Sicherheit, dass ich ihm Glauben schenkte und mich setzte. Er schüttete mir etwas ins Glas und präsentierte mir dann auch noch ein Würfel-Trinkspiel an seinem Handy.

„Nur, weil ich gut darin bin", willigte ich ein, „ich darf wirklich nicht zu viel trinken."

Dylan nickte verständnisvoll, bevor wir begannen um die Zahlen zu wetten.

Wie bereits vorhergesagt, gehörten die meisten Siege mir. Dabei durfte ich aber feststellen, dass Dylan für sein unschuldiges Gesicht unfassbar viel Alkohol zu vertragen schien.

Nach den ersten paar Runden, in denen ich mir eine Niederlage eingestehen musste, nahm meine Benommenheit zu, was meine Siege beeinflusste. Ich dachte weniger klar und vorausschauend, sodass das Glück nicht mehr auf meiner Seite war.

Zwischendurch stellte ich das Glas ab und meinte: „Wir sollten aufhören, es wird schon spät."

Doch Dylan schaffte es mich, mit seinen Welpenaugen noch einige Runden mit ihm zu spielen.

Das war fatal, als sich mein Verstand bereits etwas benebelt anfühlte und mein Sichtfeld bei hastigen Bewegungen schon verschwommen schien.

„Dylan, du bist echt süß", streichelte ich schmunzelnd seine Wange, nachdem er sich neben mir aufs Sofa gesetzt hatte, „wie schade, was Ryan aus dir gemacht hat. Was eine schreckliche Kindheit, die du nie richtig ausleben konntest."

Dylan stützte sich auf der Sofalehne ab und lehnte sich zu mir vor. Überrascht wich ich nach hinten und gezwungen etwas runter.

„Dylan, was soll das?"

Unsere Augen trafen einander und ich erkannte das Leuchten in seinen. Seine Stimme hauchte leise und dicht an mir: „Ich hatte dich all die Zeit für Ryan beobachtet. Als er sich in dich verliebt hatte, war ich es schon lange."

Dabei blickte ich ununterbrochen in seine Augen und antwortete leise, aber deutlich, während ich ihn von mir wegdrückte, um mich aufzusetzen: „Ich lag mit meiner Theorie also richtig."

Mein Schmunzeln verschwand aber genauso schnell wieder: „Du bist ein guter junger Mann, du wirst deine Frau noch finden, aber ich bin es nicht."

Dylan schluckte und verkrampfte sich, als er steif neben mir saß.

„Was findest du nur an Ryan?"

„Das verstehst du nicht...", meinte ich vorsichtig.

Doch das war es, was ihm plötzlich zum Ausbrechen brachte: „Hör auf! Hört auf, das ständig zu sagen! Ich bin kein Kind und natürlich verstehe ich etwas von Liebe! Ich bin 22, ihr könnt mich nicht behandeln, als wäre ich noch 12. Die einzigen, die nichts verstehen, das seid ihr! Ihr könnt eure Gefühle füreinander nicht eingestehen oder aussprechen. Ihr seid Feiglinge, die ihre Gefühle nicht verstehen und deshalb nie ehrlich zueinander seid. Du hast recht, euch werde ich nie verstehen. Aber ich verstehe, was es heißt zu lieben. Und deshalb weiß ich auch, dass ich dich liebe und dir alles geben könnte, was Ryan dir nicht geben kann – Ehrlichkeit."

Während er sprach, setzte mir der Alkohol weiter zu und, auch wenn ich noch bei gutem Bewusstsein war, zögerte meine Antwort, da ich länger zum Verarbeiten brauchte. Vor allem aber bei seinem letzten Satz fehlten mir die Worte.

Dann atmete ich schwer aus und lehnte mich ins Sofa.

„Vielleicht hast du recht", ich drehte mich zu ihm, „wahrscheinlich hast du recht. Ryan und ich haben Probleme, das kann ich nicht leugnen. Und, dass du ehrlicher zu mir wärst, glaube ich dir auch. Ich glaube sogar wirklich, dass du mir besser tun würdest, nicht gut, aber besser. Aber genauso wie du dich in mich verliebt hast, fühle ich mich nur zu Ryan hingezogen, ohne einen Einfluss darauf zu haben. So hart es vielleicht klingen mag, bist du so oder so nicht der Mann für mich. Nicht in diesem Leben, nicht in diesem Universum. Für mich gibt es nur Ryan oder Aiden oder diesen verdammten Lügner, dessen echten Namen ich vielleicht immer noch nicht kenne. Aber ich liebe ihn. Und wenn er mich noch tausende Male belügen würde, würden ich ihn immer noch lieben und nach der Hoffnung suchen. Um ehrlich zu sein, nenn mich einen Träumer, nenn es eine Illusion, aber ich glaube an uns. Ich glaube, dass Ryan und ich in dieser Welt eine Chance haben werden. Und wenn diese Chance nur hieße, dass wir zusammen sterben würden. Ich will seine Hand halten, während ich untergehe. Denn mit ihm ist nicht nur alles weniger qualvoll, sondern jede Sekunde ein Geschenk."

Ich strich ihm in Gedanken vertieft durch die wuscheligen Haare. Meine Worte schienen ihn zum Schweigen gebracht zu haben. Zu meiner Überraschung sah er mich jedoch nicht voller Hass an, sondern eigentlich wie zuvor, mit seinen verliebten, großen Welpenaugen.

„Wenn das so ist, dann…", begann er, „gebe ich auf."

Dennoch ließen seine Augen nicht von mir ab und sein Puls schlug überraschend ruhig.

„Doch eine Frage bleibt mir dabei offen."

Ich nahm nickend einen weiteren Schluck von dem Getränk, um ihn zu ermutigen, zu fragen.

„Warum hast du ihn dann hintergangen?"

„Das hatte seine Gründe."

„Gründe, die du mir nicht verraten willst?", hob er seine Augenbraue.

Ich schüttelte zustimmend meinen Kopf. Leise begann er zu murmeln: „Ryan hatte recht. Sie wird kommen."

Meine mentale Abwesenheit ließ es mich kurz darauf wieder verdrängen, wodurch ich aufstand und ins Bad ging. Ich spürte in jeder Bewegung wie schwächlich mein Körper war und wie sehr ich mich bemühen musste, klar zu sehen.

Wann war ich das letzte Mal so betrunken?

Mit Ryan?

Ryan, Ryan…

Mein Verstand lenkte sich selbst ab und vertiefte sich in den Gedanken an ihn.

Wo war Ryan jetzt?

Meine Hände baumelten unter dem Wasserhahn im Waschbecken, während ich mir träge die Hände wusch.

Ryan, Ryan, Ryan.

Ich vermisste ihn.

Warum war er gegangen? Hatte er mich verlassen?

Ich brummte vor mich hin, bevor ich mich auf den Rand des Waschbeckens stützte, um mich in meinem Spiegelbild zu mustern.

„Er könnte es nicht. Niemand könnte das. Mich verlassen? Pah. Sieh mich an", lallte ich und taumelte, während ich meinen Zeigefinger bestimmend auf mich zeigte.

Noch eine Zeit lang betrachtete ich mich, fuhr mir durch die Haare, warf sie vor und zurück und fuhr mit meinen Fingern über meine Lippen.

„Wer könnte mir schon widerstehen?"

Kurz darauf verließ ich, mein nie gekränktes Ego gestärkt, das Badezimmer.

Dort saß er.

Auf dem Sofa und strich sich durch sein volles Haar. Sein Anblick machte mich an, obwohl er gar nichts dafür tun müsste. Bloß sitzen und mit seinen heißen, bestimmenden Augen zu mir sehen.

Ich biss mir auf die Unterlippe.

„Ava?", rief seine tiefe Stimme nach mir, nein, sie orderte mich. Natürlich hörte ich und kam zu ihm, mir auf dem Weg die graue Sweatshirtjacke von den Schultern streifend.

Sofort stand er auf: „Ist dir etwa warm?"

Er wollte zum Fenster gehen, wodurch ich ihn komisch ansah: „Komm her."

Seine Hände glitten den Fenstergriff wieder herab und er machte Schritte zurück, zu mir.

„Brauchst du etwas?"

„Wieso fragst du so blöd?", lachte ich augenrollend. Bevor meine Hände an mein Oberteil fassten.

„Ava!?"

Ryan hielt seine flachen Hände vor Schock schützend vor seinen Körper und zuckte zurück.

Warum verhielt er sich so komisch?

Ich schüttelte meinen Kopf und lallte: „Seit wann bist du verlegen?“

Kurz bevor ich mein Oberteil über den Kopf riss. Ryan drehte unverzüglich sein Gesicht von mir.

„Willst du mich nicht ansehen?“, musterte ich ihn irritiert, während ich etwas unbeholfen aufs Sofa kletterte, „sieh mich an.“

Auf meinen Befehl wandte er sich wieder zu mir. Er hörte sogar auf mich?

Belustigt setzte ich mich auf und öffnete meine Hose. In dem Moment ging Ryan zum Fernseher und lehnte sein Handy an die Wand, mit der Rückseite aufs Sofa gerichtet.

„Was willst du damit?“, fragte ich, bevor ich mir vor Schwindel meiner hastigen Bewegung an den Kopf fasste.

„Ach nichts“, dann kam er wieder auf mich zu, wie ich Ryan kannte. Ich packte ihn am Kragen und riss ihn über mich aufs Sofa.

„Der BH schmeichelt deinen Brüsten“, lehnte er sich zwar ein wenig zu mir runter, hielt sich aber zurück.

„Findest du?“, blickte ich an mir runter und auf den dunkelroten von Spitze besetzten BH. Doch daraufhin fasste ich mir an den Rücken und mit dem Klacken öffnete er sich. Ryans Hand presste sich sofort auf meinen BH, wodurch ich perplex zu ihm rauf starrte.

„Behalt ihn doch erstmal an. Sonst verliere ich meine restliche Kontrolle.“

„Kontrol-le“, ich hickste, woraufhin ich mir die Hand überrascht vor den Mund hielt.

Kurz bevor ich ihn verführerisch zu mir herabriss und in sein Ohr flüsterte: „Weshalb solltest du dich kontrollieren müssen? Ich will es. Ich will, dass du mich so hart nimmst, wie Dylan meinte, dass es mir gefällt.“

Bis zu meinem letzten Part näherte er sich mir und küsste meinen Hals entlang. Doch kaum hatte ich Dylan erwähnt, zuckte er hoch.

„Dylan?", echote er.

„Ist was mit deinem Bruder? War das abturnend? Ich bin etwas neben der Spur, vielleicht sollte ich lieber schweigen", sprach ich in unbeherrscht schnellem Tempo.

Ryan starrte mich für eine kurze Zeit seltsam an, bevor er sich wieder zu mir hinab lehnte: „Ryan… Ja, ich bin Ryan."

„Was redest du da?", prustete ich auf, „bist du betrunken?"

Sein Adamsapfel bewegte sich bei seinem kräftigen Schlucken.

„Willst du mich küssen?", verließ es ihn plötzlich.

„Du solltest definitiv weniger trinken", behauptete ich, bevor ich meine Hände um seinen Nacken schlang, ihn zu mir herabdrückte und unsere Lippen aneinander brachte. Ich bewegte meine Lippen über seine, während er keine Reaktion zeigte. Irritiert linste ich aus meinen verschlossenen Augen und blickte in seine geöffneten. In unseren Kuss mit dem Kopf schüttelnd, schloss ich meine Augen wieder und fuhr mit meiner flachen Hand über sein Gesicht, um sie zu schließen. Als seine Lippen meinen regenden Kuss noch immer nicht akzeptierten, zog ich meine Zähne hervor. Zart aber drohend biss ich in seine Unterlippe. Kaum keuchte er auf, zwang ich meine Lippen wieder auf seine. Meine Zunge über seine Lippen leckend, hielt er seinen Mund verkrampft verschlossen.

Daraufhin löste ich mich. Auf einmal hatte ich das Gefühl in fremde, braune Augen zu sehen. Sofort rieb ich mir die meinen und massierte, bevor ich sie wieder öffnete, meine Schläfe.

Kaum linste ich auf, erschrak ich.

Ich drückte mich tiefer in den Stoff des Sofas, als Dylan plötzlich voller Kraft zu mir herabkam und unsere Lippen aufeinanderpresste. Feucht glitten sie über meine, während ich unter ihnen erstarrte. Mein Herz raste und meine Finger zitterten, doch trauten sich nicht, sich zu regen. Indessen starrte ich mit weit aufgerissenen Augen auf seine Lider, wie er seinen Kopf hin und her neigte, um meine regungslosen Lippen zu verführen. Als er begann seine Zunge durch meine Lippen zu drängen, drückte ich mich panisch noch tiefer ins Sofa, ich brauchte all meine Kraft, um mit dem Widerstand des Stoffes mitzuhalten und dennoch kam er immer tiefer.

Seine Finger glitten über meine Haut, meine Taille rauf an meinen bereits geöffnetem BH, der meine Brüste bloß noch bedeckte. Mein Puls stieg an und färbte mir meine Haut fleckig rot ums Dekolleté. Worauf er nur mit einem Grinsen in den Kuss reagierte, nachdem er einmal hinabgeblickt hatte, brachte es mich zum Ersticken.

Je länger seine Lippen nicht von mir ließen, umso schnappender atmete ich ihm entgegen. Plötzlich sah ich ihn wieder.

Noah.

Wie er sich in mich rammte, während ich unter ihm schrie. Wie er meine Schreie mit seinen Lippen dämpfte und mich an meinen Handgelenken tief in das Bett drückte. Auf einmal löste sich Dylan für einen Augenblick, den ich sofort zum Aufschreien und meiner Kontrollübernahme nutzen wollte.

Aber es kam nicht.

Ich schrie, ohne Ton. Ich brüllte alles aus mir, setzte meine Stimmbänder in Bewegung und alles, was kam, war ein kratziges Keuchen. Die Kraft verließ mich. Ich konnte mich dem Widerstand des Stoffes unter mir nicht länger stellen und kam unfreiwillig Dylan näher. All seinen fremden Geruch an meinem Körper aufnehmend.

„Du bist verdammt heiß, Ava“, stöhnte er in seiner Trance, in der er mir die Brüste entlang küsste und seine Hände zeitgleich am Knopf meiner Hose fummelten. Noah riss mir die Hose vom Leib, hielt meinen Slip beiseite und stieß mit brutalen Stößen in mich.

In meinem Geschrei presste er seine Hand auf mein Gesicht und beraubte mich dabei auch meiner Fähigkeit durch die Nase zu atmen. Immer stärker benebelte es meinen Kopf und mein Hecheln verstummte, gefolgt von meinem Lebenswillen. Auf einmal traf es mich wie ein Blitz.

Meine Augen weiteten sich und ich kehrte zurück in die Realität, an die Hohe Raumdecke starrend.

Plötzlich wurde wir alles klar.

Es machte alles Sinn.

Ich wusste, wer es war.

All das Leid meines Körpers und die Tränen, die mir an den Seiten hinabliefen und meine Haare befeuchteten, wandelte sich in Serotonin und Freudentränen.

Eine nach der anderen rollte sie aus meinem überschwemmten, feuchten Auge hinab. Mein Herz wurde unglaublich leicht und all meine Last fiel mir von den Schultern. All das Leid hatte ein Ende.

Ich faltete die Hände vor meinem Mund und starrte voller Hoffnung an die Decke, es noch nicht glauben könnend. Dann jedoch steckte ich meine Emotionalität zurück, legte meine Hände beiseite und blickte auf meinen Bauch zu Dylan, der mir dort einen Knutschfleck verpasst hatte.

„Dylan, was wird das?", sprach ich drohend. Als hätte er einen Geist gesehen, sprang er auf.

Ich richtete mich langsam auf, während er bloß noch seine Unterhose trug und beschämt die Hände vor seinen Körper hielt.

„Äh, du, ähm, also…", stotterte er.

Indessen drehte ich mich zur Seite und stand vom Sofa auf, meinen BH am Rücken befestigend.

„Hält der Alkohol nur so kurz an?", murmelte er und musterte mich entsetzt.

„Was soll das heißen?", richtete ich mich, Kopf reibend auf.

„Etwa, dass du mir beabsichtigt viel zu trinken gegeben hast? Doch nicht etwa, mich abgefüllt hast?", meine kognitiven Fähigkeiten befanden sich gerade wirklich nicht auf dem Niveau, so etwas leicht auszusprechen, weshalb ich mich zutiefst zum Bewusstsein zwang.

„Ähm, Ava, das…"

Ich schlug meine flache Hand in die Luft und brachte ihn damit, ohne hinzusehen, zum Stoppen. Zeitgleich schnappte ich mir das Oberteil und zog es mir über. Bei jeder Bewegung taumelte ich.

„Was ist das?", ging ich zum Fernseher und griff sein Handy. Es hatte uns all die Zeit gefilmt und lief bereits auf siebzig Minuten zu. Ich warf es ihm desinteressiert zu.

„Was willst du damit machen? Es Ryan zeigen?"

Meiner Überlegenheit bewusst, schmunzelte ich, bevor ich seine Kleidung aufsammelte und ihm ebenfalls zuwarf. Sobald er alles hatte, drehte ich ihn und schob ihn am Rücken zur Tür: „Das, was du getan hast, war falsch. Aber das solltest du ja wissen, da du ja kein Kind mehr bist, nicht wahr? Nichtsdestotrotz habe ich durch dich verstanden, wer es war. Von daher sollte ich mich bei dir bedanken, doch ich weigere mich. Geh jetzt und komm morgen nicht wieder. Verstanden?"

Für eine kurze Zeit beobachtete ich ihn noch, wie ich ihn dort halbnackt im Gang abstellte. Dennoch schloss ich die Tür, noch bevor er zu Wort kam. Sofort danach krallte ich mich an der Wand fest. Doch je länger ich dort stand und mich weiter in meine Gedanken trieb, umso intensiver wurde das unglaublich starke Glücksgefühl. So stark, dass ich am liebsten aufspringen und den Rest des Abends vor mir her tanzen wollte. Stattdessen sprang ich voller Elan von einem Fuß auf den anderen und kreischte schrill vor Glück.

„Verdammt, ich hätte es all die Zeit wissen müssen!"

Daraufhin schnappte ich mir den Laptop und warf mich zurück aufs Sofa. Nach all meiner Recherche unter Benommenheit schlief ich relativ früh auf dem Touchpad ein.

Erst am Morgen bei vollem Bewusstsein erinnerte ich mich an gestern zurück und mir klebte ein Zettel mit riesiger Schrift am Laptopbildschirm: „NOAH."

Sofort erinnerte ich mich an alles und mich erwischte erneut eine Welle der Glücksgefühle.

All die Zeit über, ging es nicht um Amber.

Niemand wollte ihren Tod, zumindest nicht einzig und allein ihren.

Es ging um mich.

Niemals um etwas anderes.

Jemand wollte mich mit Ambers Tod töten.

Verdammt, wie konnte ich das nicht sofort sehen.

Der Auftragsmörder wollte mich leiden lassen. Auf dieselbe Art, wie ich es mit ihm tat.

Wie ich ihm seinen Bruder nahm und damit auch sein Leben auflöste. Es war doch so einfach.

Noahs Bruder, an dessen Namen ich mich bis gestern nicht einmal erinnern konnte.

„Ian", als mir der Name über die Lippen ging, erinnerte ich an Noahs Stimme, wie er ihn im Club ansprach.

Es ergab sich meine letzte Aufgabe, ihn zu seinem Bruder zu schicken. Ein Schmunzeln zierte meine Lippen durch meinen Erfolg, Amber zu retten und endlich damit abzuschließen. Bis in den Nachmittag machte ich seinen Standort ausfindig. Am Abend putzte ich mich dann heraus, sammelte meine Waffen und setzte mir die Linse ein, bevor ich an der Tür stand und noch einen kontrollierenden Blick durch den Raum warf.

Die Tür fiel hinter mir ins Schloss und ich ging mit Ryans klimpernden Motorradschlüsseln in meiner Hand nach draußen. Sobald ich mich auf das Motorrad schwang und mir den Helm aufsetzte, folgte ich den Pfeilen, die mir meine Linse anzeigte. Seltsamerweise wies sie mich aus New York, was allein schon ewig zu dauern schien. In die Richtung eines Nebenorts fahrend, befand ich mich auf einer dunklen Landstraße.

Wo war er denn?

Ich beschleunigte und wollte der Dunkelheit entkommen, die so schnell eingekehrt war. Plötzlich bekam ich eine Nachricht, die mir von der Linse eingeblendet wurde. Es war Dylan. Ich verlangsamte und warf einen Blick hinter mich, an meine Hosentasche zum Handy. Ohne die Absicht, es greifen zu wollen, wollte ich bloß das aufleuchtende Display ausschalten, als ich mich wieder nach vorne drehte und in ein unfassbar grelles Licht blickte, dass immer näherkam.

Aus Reflex riss ich das Bike zur Seite, doch es war schon zu spät. Das Auto raste auf mich zu und stieß mich, samt Motorrad von der Straße. Mein Kopf in dem Helm prallte auf das Gras, bevor ich mein Bewusstsein verlor.

KAPITEL 27

Das wiederholte Aufblinken meines Handys vor mir brachte mich dazu, nach einiger Zeit, die Augen zu öffnen. Blinzelnd, größtenteils mit zugekniffenen Augen sah ich um mich. Meine Handflächen fühlten sich von der Erde feucht an. Ich drückte mir den Helm vom Kopf und atmete schnappartig die Luft ein. Mein Herz schlug derartig stark, dass ich kaum noch etwas anderes an meinem Körper spürte.

Erst bei meinen ersten Bewegungen, stachen die Schmerzen überall. So, dass ich nicht einmal beschreiben konnte, wo.

Ich sah auf das Handy – Dylan: „Das mit gestern tut mir leid. Mein Verhalten war daneben. Sorry."

Dylan: „Happy Birthday!"

Amber: „Alles Gute zum Geburtstag <3"

Chen: „Herzlichen Glückwunsch. Ich führe unseren Plan heute wie besprochen aus."

Mama: „Ich habe mich lange nicht gemeldet. Alles Gute, mein Schatz. Ich lasse dir etwas zukommen, wenn du mir deine Adresse gibst."

Plötzlich hörte ich Schritte.

Ich raffte mich trotz Schmerzen auf und verdrängte mein Handy. Mit einem Tippen an der Linse, wollte ich den Notruf rufen, bis ich die Umrisse der Person erkannte.

Seine schmale Figur und seine abgesenkten Schultern. Sofort zog ich mich hoch und riss den Revolver aus meiner Hosentasche.

Bis ich feststellte, dass meine Beine unter dem Motorrad klemmten und ich es von allein niemals heben könnte.

Ian schien mich jedoch noch nicht gesehen zu haben und genauso wie ich verletzt zu sein, da er über die Straße humpelte. Ich beobachtete jede seiner Bewegungen und sah im Licht der Scheinwerfer des Autos, dass sein Kopf stark blutete.

Plötzlich sank er hinab.

Die Knie so stark auf dem Asphalt aufkommend, dass es knirschte und ich den Schmerz in meinen eigenen Nerven spüren konnte. Auf einmal schlug er seine Fäuste auf den Boden. Eine nach der anderen und schluchzte fürchterlich.

Ich versuchte indessen mich durch die feuchte Erde hinauszuziehen. Seine Knöchel stießen wiederholt auf den unebenen, harten Boden, bis es seine Haut durchdrang und sie bluteten. Langsam zog ich mich unter dem Bike hervor und streckte meine Beine testend aus. So lange, wie ich so noch bewegen könnte, könnte ich auch stehen.

Mit diesen Gedanken zog ich mich, an meinem Motorrad stützend, hoch. Als Ian die Geräusche hörte, blickte er zu mir.

Es brauchte kein Licht, damit er mich erkannte, so lange, wie er mir hinterher spioniert haben musste, um Noah auf mich zu setzen. Er riss die Augen auf und seine Bewegungen froren ein.

„Dachtest du, das würde mich töten?"

Ich stützte mich an sein Auto, das gegen den Baum gefahren war und musterte Ian.

„Ich… Ich wusste nicht, dass du es warst."

Auf seine Unsicherheit des Schocks, folgte die Realisation und seine Wut mir gegenüber staute sich, indem sich seine Haltung verkrampfte.

„Was sollte das dann? Eine Selbstmordaktion?"

Während ich in meinen Schmerz schmunzelte, blieb er steif und ernst. Wodurch ich verstand, dass es wirklich eine war.

Dann krabbelte er in meine Richtung. Ich ging von der Haube zu den Autotüren weiter auf die Straße zu ihm, die Waffe fest in meinen Händen hinterm Rücken.

„Wie geht es deiner Schwester?", stieß er aus.

Seine Knie waren kaum noch beweglich, doch genauso zitterten meine Beine je länger ich auf ihnen stand. Ich antwortete nicht, da packte er meinen Schuh und riss mich zu ihm auf den Boden.

„Verstehst du jetzt, wie es sich anfühlt?!"

Ians Gesicht war verheult, seine Stimme schrill, aber viel zu angeschlagen, um jeden Ton herauszubekommen.

„Den wichtigsten Menschen in seinem Leben zu verlieren!"

Wir beide waren angeschlagen und trugen unser Handicap der Schmerzen mit uns, als er mir in die Haare packte und an ihnen zerrte.

Doch ich ließ es zu.

Ich wusste nicht, was mich dazu trieb, doch ich hatte das Gefühl, dass von ihm keine weitere Gefahr ausginge. Also ließ ich es zu, wie er mir schluchzend in den Arm kniff und kraftlos auf meinen Bauch einschlug.

„Du hast mich ausspioniert", begann ich, „und dennoch ist dir dabei entgangen, dass…"

Dass ich diejenige war, die er für Ambers Tod beauftragte. Doch ich unterbrach mich selbst.

In seinem Zustand sollte ich ihn nicht wissen lassen, dass Amber nicht gestorben war.

„Was?", hauchte er, seine Hände zitterten wie seine Stimme unter all dem Kraftaufwand, den er brauchte, um sich oben zu halten.

Ich schüttelte den Kopf: „Ich bin hier, weil ich mich für deine Rache rächen wollte." Seine Augen verloren den Funken, den sie vorhin noch trugen, als er in die Luft hauchte: „Das habe ich mir schon gedacht. Aber…"

Ich drückte ihn vorsichtig von mir. Plötzlich packte er mich am Stoff und zog mich zurück an sich.

„Deine Taten waren genauso schlimm wie meine", setzte er fort, als er auf einmal ein Messer hervor riss.

Sofort stach er erbarmungslos in meine Richtung. Innerhalb von Sekunden wehrte ich das Messer mit meiner Handfläche ab und schoss mit der anderen die Kugel ab.

Alles in mir verkrampfte sich, als ich den Schmerz spürte und erkannte, wie das Messer in meiner Hand steckte. Bei dem Anblick verlor ich für einen Augenblick meine Sicht und alles drohte schwarz zu werden. Mein Blut tropfte auf die Steine. Mein Kopf schwankte, während Ians Kopf vor mir auf den Asphalt sank.

Ich fing ihn auf und meine Sicht kehrte zurück. Vorsichtig hob ihn auf meinen Schoß. Sein Puls raste und er schnappte nach Luft.

Die Kugel hatte seine Brust getroffen. Das dunkle Blut färbte den Stoff seines Oberteils und verteilte sich auf seiner ganzen Brust. Es lief an der Seite seines Körpers herab, sodass ich es feucht an meinem Oberschenkel spürte.

Für einen Augenblick schwiegen wir beide. Wir schienen beide das gleiche zu verstehen. Der Kampf hätte ein Ende.

Alles fände hier ein Ende.

In einer unbefahrenen Landstraße, in dieser dunklen, feuchten Nacht, einzig und allein im Licht der Scheinwerfer des kaputten Autos. In seiner schwächer werdenden Atmung hauchte er: „Werde ich Noah sehen?"

Ich streichelte über seinen Kopf.

Es hätte ganz anders ausgehen können…

„Ja, ja, das wirst du…", hauchte ich zärtlich und folgte seinem Blick in die finstere Nacht. Einen Blick in die, hinter den Wolken versteckten, Sterne werfend. Bevor ich wieder zu ihm sah. In sein Gesicht, das auf meinem Schoß lag und gezwungen war, in meins zu sehen. Das letzte, das er sehen müsste, bevor er nie wieder etwas sähe.

„Ich hasse dich, Ava", verließ es kraftlos seine trocken werdenden Lippen.

„Ich weiß."

Daraufhin blieb sein Puls stehen.

Bevor mein Blut auf ihn tropfen würde, riss ich mir ein Stück Stoff von meinem Ärmel und band es um meine Handfläche. Als ich es mit meinen Zähnen ineinander verknotete, fielen meine Augen auf ihn und meine Bewegungen verloren an Kraft. Nach dem, was er und sein Bruder mir und Amber angetan hat, sollte ich kein

Mitleid haben. Trotzdem spürte ich das Ziehen in meiner Brust, das auf etwas anderes deutete.

Was war nur alles geschehen...

Eine Leiche nach der anderen, eine Lüge nach der anderen. Ryan wegzusperren war wohl das zugleich Befreiendste und Erdrückendste.

Jetzt sollte unser beides Leiden ein Ende haben.

Unser aller Leiden.

...

Die Dienstmarke baumelte mir über dem weit aufgeknöpften Hemdausschnitt, der Chen für eine Sekunde ablenkte. Chen sortierte gerade den Haufen Papiere, die wir in den letzten Stunden ausgefüllt hatten, als wir uns zu Ryans Zelle begaben. Ich blieb auf Abstand, sodass er mich nicht unmittelbar sähe, als Chen ihm einen Stapel Kleidung hineinwarf. Obwohl Chen nicht der Typ für Späße wäre, verließ ihn in eiskaltem Ton: „Wir wissen von den Morden."

Selbst mir lief es für eine Sekunde kalt den Rücken runter, als er mich glauben ließ, er hätte sich gegen uns gestellt und des Weiteren Ryan soeben die Todesstrafe ausgesprochen.

Mich überzeugte es so sehr, dass meine Hand schon über der leeren Stelle meiner Waffe zitterte, welche mir an der Sicherheitskontrolle entnommen wurde. Erst nach einiger Zeit, die Ryan vermutlich ebenso erstarrt war wie ich, schmunzelte Chen: „Eure Angst war mir Strafe genug für euch."

Offensichtlich amüsiert grinste er dezent vor sich hin, während ich Ryan mit einem Kopfnicken hinausdeutete.

„Ich wusste, du kommst", flüsterte er, sodass es mir beinahe entging.

Mit einem, zum Haken gekrümmten Finger, forderte Chen ihn auf, die Arme mit den Handschellen zu heben. Er nahm den kleinen Schüssel und knipste sie auf. Dieses Geräusch schien nicht nur mir, sondern auch Ryan in einen angenehmen Rausch zu versetzen. Trotzdem mied Ryan meinen Blick indirekt. Zumindest kam es mir so vor.

„Ihr hattet Glück. Hätte die Presse in den letzten Tagen von dem geschnappten Auftragsmörder erfahren, hätte ich ihn nicht mehr rausbringen können. Vielleicht ein Tag später und es wäre zu spät gewesen."

Chen verließ uns, um noch weitere Papiere zu unterschreiben. Indessen begab ich mich zu den Toiletten. Dort wusch ich mir meine feuchten Hände, überprüfte nochmals mein Make-up und richtete meine Haare. Auf das Öffnen der Tür reagierte ich gar nicht, bis man mir an die Taille fasste.

Sofort drehte er mich zu sich und drückte mich nach hinten. Immer tiefer beugte sich mein Rücken über das Waschbecken hinter mir. Ryans Hand ergriff meine Dienstmarke und hielt sie neben sein Gesicht, um sie mir vorzuzeigen.

„Einmal Agent, immer Agent?", wiederholte er in einem hinterfragenden Ton.

Ich räusperte mich und wandte mein Gesicht flüchtend von ihm weg. Er riss mich am Band, an dem die Marke hing, zu sich zurück.

„Wie kannst du dich trauen, mich zu befreien, nachdem du mich hintergangen hast?"

Kraftvoll und grob stieß er die Dienstmarke von sich.

„Habe ich das?" Für einen Moment schien ich ihm zum Schweigen gebracht zu haben. Doch nachdem er kurz von mir absah, wandte er sich rasch wieder zu mir. Derartig schnell, dass meine Reaktion nicht mithalten konnte. Er riss mir die Dienstmarke voller Zorn vom Hals und beugte sich zu mir, bevor er seine Lippen auf meine drückte.

Zögerlich zuckte ich, ohne dass ich schnell genug verstand, was gerade vor sich ging. Nichtsdestotrotz ließ meine Natur mich den Kuss erwidern. Mehr als nur erwidern, ich gab mich ihm nicht nur hin, ich begann zu versuchen, zu übernehmen. Unverzüglich artete unser Rendezvous aus und statt mich weiter in Nähe des Waschbeckens zu drücken, stieß er mich gegen die Toilettentür. Sofort fiel diese klappernd auf und wir hinein.

„Hast du es nicht?", raunte er mahnend an meine empfindlichen Lippen. Während ich mich in den nächsten Kuss warf, schüttelte ich meinen Kopf.

Ryan war mit meiner Antwort jedoch nicht zufrieden: „Du hast an mir gezweifelt."

„Zweifel?", löste ich mich aus dem Kuss und musterte ihn entsetzt, „ich wünschte, es wären bloß Zweifel gewesen."

Er packte mich, bevor es mir gelang, Distanz zu schaffen.

„Du hattest Angst."

Kaum sagte er das, begann das Licht im Raum auf einmal zu flackern. Seine Gesichtszüge veränderten sich bei jedem Aufblinken des Lichts, sodass ich in sein Grinsen blickte, bevor es ganz aus ging. Sobald ich einen Schritt zurück machte, stieß ich gegen die Wand. Mein Puls stieg an. Dann riss er mein Handgelenk zu sich und legte seinen Daumen auf meine Pulsader: „Denkst du, du kannst es verspielen?"

Er spürte, wie sich mein Puls weiter verstärkte und schmunzelte wieder auf.

„Warum lässt du mich raus, nachdem es dir gelang, mich einzusperren?"

Ich schüttelte meinen Kopf: „Angst ist ein zu schwaches Gefühl, um mich in den Selbstmord zu treiben. Ich hielt keine Sekunde ohne dich aus. Ein Gefühl, das meinen Puls rasen lässt, das mich zugleich erfrieren und verbrennen lässt, das mir den Verstand raubt."

Meine Lippen näherten sich seinem Gesicht. Er beugte sich zu mir und verführte meinen Blick mit seinen tiefen Augen unmittelbar vor mir. Mit jedem Atemzug seine Luft einatmend. Lippen an Lippen hauchten wir unsere Worte in einer Sehnsucht, die mir zu beschreiben die Worte fehlten.

„Es zerreißt mich. Jede Stunde, die vergeht, erfriere ich in dem Feuer dieser verdammten Welt, jede Sekunde werde ich verrückter", ergänzte er.

Meine Augen blickten hoch in seine. Voller Emotionen, die uns wortlos stimmten. Leise hauchte ich fortsetzend: „Ohne dich."

Auf sein dezentes Nicken verfiel er in einen sinnlichen Kuss. Seine Lippen über meine gleitend, mit einer Sehnsucht und Verführung, die ein ganz anderes Gefühl hinterließ als unsere üblichen lustvollen Küsse. Seine Hände legten sich mit einer solchen Behutsamkeit und Vorsicht um mich, dass mich eine angenehme Sicherheit überkam.

Gefolgt von dem Bewusstsein an unser Uns. Unsere Macht, alles zu überstehen, solange, wie wir nur zusammen waren. Seine Zunge fuhr über meine weiche Haut. Wodurch meine Lippen sich geschmeidig und sanft über seinen bewegten. Indessen vergrub sich meine Hand in seinen Haaren, an denen ich ihn bestimmend weiter zu mir herabdrückte. Ihn davon abhaltend, mir zu entkommen. Unseren Moment zu zerstören, der uns unser Uns das erste Mal wieder bewusst zu machen schien. Mein Körper beugte sich mit jeder Faser ihm zu und verlangte mit jedem Atemzug mehr, so viel mehr von dem, das ich nicht in Worte fassen konnte.

Alles in mir sprach zeitgleich von einem Wiedersehen wie einem Abschied. Im Kuss und seiner Verführung entgingen mir die Sinne, die zwischen den beiden unterscheiden könnten. Stattdessen gab ich mich all dieser Hoffnung und Macht hin. Die unkontrollierte Kontrolle unserer Gefühle. Der Liebe, die noch stärker schmerzte als der Hass. Die die Tränen aus mir zwang, in denen ich weder Trauer noch Freude erkannte.

„Wir sollten an einen schöneren Ort“, lachte er und rieb dabei sanft über meinen Handrücken. Ich wischte mir die Feuchtigkeit aus den Augen und nickte selbstverständlich. Daraufhin gingen wir zurück zu Chen, der uns aus dem Gebäude begleitete.

„Ich habe mich drangehalten, jetzt bist du dran, Ava“, sah Chen mit einem erwartungsvollen Blick zu mir.

„Danke“, lehnte ich mich zu ihm vor und umarmte ihn, „auf Wiedersehen.“

„In der Hölle“, schmunzelte Chen.

„Bis dahin nie wieder“, lachte ich, bevor ich mich wieder zum ahnungslosen Ryan wandte.

Mit dem Klacken im Schloss öffnete er die Tür. Sofort überkam ihm bei dem Geräusch eine Erleichterung, die ich ihm ansehen konnte.

„Wir müssen packen“, hauchte ich leise.

„Packen?“, drehte er sich überrascht zu mir. Dann gewann sein Blick an düsterer Skepsis: „Was hast du ihm versprochen?“

Seine Augen drohten mir, woraufhin ich abschwächend den Kopf schüttelte und meine Augen mit sicherem Blick auf seine trafen: „Ich habe ihm versprochen, dass wir verschwinden.“

Ryans Augen verloren ihr Licht und eine Kälte legte sich auf seinen Ausdruck.

„Das kann man auch anders regeln.“

Kurz darauf fasste er in das geheime Fach der Küchenzeile und ergriff die Waffe. Mit meiner Hand auf seiner weigerte ich mich: „Ich habe es versprochen. Wir werden Chen nicht töten, um das Versprechen aufzulösen. Wir werden gehen.“

Ryan schob das Fach zu: „Aber du wolltest schon immer in New York leben.“

Mein Blick sank, dennoch blieb ich standhaft: „Ich glaube, nach alle dem habe ich genug von New York. Um ehrlich zu sein, kann ich es schon nicht mehr sehen.“

„Hör auf, es zu leugnen“, mahnte er.

Kopfschüttelnd meinte ich: „Es ist bloß ein Ort, wenn ich bei dir sein kann, kann ich mich überall wohl fühlen.“

Daraufhin schloss er mich in die Arme.

„Dann werden wir jetzt wohl eine andere Stadt einnehmen“, zierte ein Schmunzeln sein eiskaltes Gesicht mit den leeren Augen.

„Schon Wünsche?“, steckte mich seine Ausstrahlung an.

„Wo die Leute am besten bezahlen, und genug Platz ist, um dir eine vernünftige Villa zu kaufen.“

„Genehmigt“, schmunzelte ich und goss ihm Wein in ein Glas. Seine Finger legten sich um den Hals, während er sich an die Küchenzeile lehnte.

„Aber einfach verschwinden?", grübelte er, während seine Zunge an seinem Eckzahn tastete. Schultern zuckend nippte ich an meinem Glas: „An was dachtest du?"

Er stellte sein Glas ab und kam zu mir. Seine Hände stützten sich an beiden Seiten neben mir an der Kücheninsel, sodass er mich durch seine Nähe dazu brachte, das Glas vorsichtig abzustellen. Unsere Augen trafen aufeinander. Tief und hypnotisierend.

„Stirb mit mir."

Ich beugte mich weiter zur Insel hinter mir, als sich sein Gesicht weiter über mich neigte.

Deutlich wiederholte er: „Stirb mit mir. Lass uns sterben."

Mein Hals wurde trocken, was sich weiter hoch zu meiner Zunge und meinen Lippen zog.

„Sterben?"

„Geben wir ihnen das Drama, das sie wollen und verschwinden."

„Ryan?", hauchte ich leise.

Seine Augen gewannen ihr Licht zurück, während seine Bewegungen vor Enthusiasmus rascher wurden. Er packte meine Hände und legte sie in seine, als er voller Zuversicht in mein Gesicht unmittelbar vor ihm sah: „Wir sterben zusammen."

Ich räusperte mich gedämpfte: „Ryan, ich weiß, wir haben beide gewisse soziopathische Züge, aber…"

„Wir sind Sadisten", korrigierte er.

Woraufhin ich vor mich her murmelte: „Wenn wir uns umbringen, ist das nicht sonderlich sadistisch."

„Das meine ich nicht", unterbrach er mich und riss meinen Blick wieder an sich.

„Wir täuschen ihn vor. Unseren Tod. Keine Leute aus unserer Vergangenheit, kein Geheimdienst, keine Erinnerungen mehr an all das. Wir schließen ab und haben nur uns. Niemand anderen in unserem Leben."

Er stimmte mich sprachlos. Auch wenn diese Idee ein Gefühl in mir loslöste, das mich vor innerer Freude kaum noch kontrollieren ließ. Doch dabei überkam mich auch eine Bedrücktheit.

„Aber...“

„Ja“, antwortete er.

Daraufhin neigte ich meinen Kopf fragend.

„Ich weiß, du willst Amber nicht verlieren, das meine ich damit nicht. Vielleicht kein direkter Kontakt, aber du musst ihn auch nicht abbrechen.“

Ich hatte schon abgeschaltet, sobald er Amber erwähnte und blickte stutzig zu ihm. Erst etwas nachdem er aussprach, bemerkte er das und begann zu grinsen.

„Denkst du wirklich, ich würde dir zutrauen, deine Schwester zu töten?“

Ich blieb verschwiegen, während ich versuchte das Unerwartete zu verarbeiten.

„Ich wollte sehen, wie weit du gehen würdest. Wie viel du von uns aufgibst.“ Ich rührte mich nicht und hauchte nur Unverständliches über meine Lippen.

„Aber mit dem Auftrag selbst hatte ich nichts zu tun. Die Idee kam mir erst, als er reinkam. Aber ganz ehrlich, als ich mich auf die Ebene deiner Schwester stellte und dich zur Wahl zwang, wusste ich bereits wie gering meine Chance zu gewinnen war. Ich setzte so viel aufs Spiel, dass ich dachte, du würdest mich umbringen. Es ist mir bis jetzt ein Wunder, dass du es nicht getan hast, und das beweist mir genug. Nicht, dass du schwach wärst, wie ich es zu provozieren vermochte, viel eher hat es mir gezeigt, wie unglaublich taff, gerissen und mächtig du bist. Jemand wie ich hätte und hat auch keine Chance gegen dich. Wenn ich es nicht habe, hat es keiner. Du hast dich nicht für mich entschieden, aber auch nicht gegen mich. Du hast mir gezeigt, wo ich hin noch hinkommen muss, um für dich den gleichen Wert wie deine Schwester zu gewinnen. Obwohl ich dachte, das hätte ich schon längst. Ich war egoistisch und hatte dich unterschätzt. Aber das macht mich noch tausendmal verrückter nach dir.“

Nachdem ich seiner Aufrichtigkeit aufmerksam zuhörte, drückte ich seine Hand in meiner: „Lass uns sterben.“

„Du willst deinen Geburtstag also zu deinem Todestag machen?", sprach er, obwohl wir es eben noch entschieden hatten.

Dann verschwand er in sein Büro und kam mit einer Schachtel wieder. „Herzlichen Glückwunsch, Ava."

„Liebend gerne, wenn es unseren Neuanfang bedeutete", beantwortete ich seine Frage und nahm es mit feuchten Augen entgegen.

Während ich es abstellte und vorsichtig öffnete, dimmte Ryan das Licht. Ich zog einen kleinen, runden Kuchen hervor.

Mit Sahnehäubchen und roter Schrift verziert, stand in großen Buchstaben: „Heirate mich."

Vorsichtig zündete Ryan die Kerzen an, bevor er auf ein Knie sank: „Das war keine Frage, das war ein Befehl."

Noch bevor ich alles realisieren und verarbeiten konnte, tropften mir die Tränen aus den Augen. Schmunzelnd, in einem innerlichen Schluchzen, in dem mein Körper zuckte, fragte ich: „Ist das nicht etwas viel für einen Tag?"

„Ich will sichergehen, dass es der unvergesslichste Tag in unserem Leben wird. Jeder Moment mit dir könnte mein letzter sein, unser letzter. Ich will nichts bereuen. Das war es wohl, was ich daraus mitnahm."

Dann hob er seine Hand, in der er die Schatulle hielt und richtete sich vorsichtig wieder auf. Er öffnete sie und mir sprang der wunderschöne Diamant entgegen, der den goldenen Ring zierte.

„Aber…", hauchte ich.

Er schüttelte seinen Kopf: „Wir haben so viel überstanden. Wir werden auch das überstehen. Ein Ring bedeutet nicht gleich, sich in die nächste Phase begeben zu müssen. Wir können uns so viel Zeit lassen, wie wir brauchen. Und wenn ich dir in fünf Jahren einen weiteren Antrag mache und wir dann erst den nächsten Schritt wagen. Ich will nichts weiter, als es zu versiegeln. Das uns. Ohne weitere Verpflichtungen. Ich habe einfach verstanden, dass es für mich ohne uns nicht weitergehen kann. Deshalb will ich dich fragen, ob du das gleiche fühlst… Ava, willst du mich heiraten?"

Mein Körper zitterte in jeder Faser und mein Puls pochte in meinen Fingerspitzen, während mir mein schweigendes Schluchzen die Kraft zum Antworten raubte. Bis ich ein schwaches „Ja“ herausbekam.

Seine Augen lächelten, als er mir vorsichtig den Ring an den Finger steckte. Daraufhin nahm er mich in die Arme und wir küssten uns sinnlich.

KAPITEL 28

Ryan und ich standen auf dem Dach eines Gebäudes und blickten auf das, uns gegenüber. Der Wind wehte durch meine Haare und umschloss meine Beine mit einer Kälte, die mich Ryans Hand fester drücken ließ. Gerade als ich die ersten Tropfen Regen auf meinen Schultern spürte, nickte Ryan in meine Richtung. Die Uhr schlug Mitternacht, als wir herabgestoßen wurden.

Wir konnten ins Detail beobachten, wie wir uns an die Hand des anderen klammerten, während wir sanken. Mein Kopf schlug unter dem Druck in den Nacken und mein Rücken verkrümmte sich. Ich sah zu, wie sich mein Körper in dem Fall entstellte und mit Ryans neben mir auf ins Verderben gerissen wurde.

Allein beim Zuschauen, wie die uns ähnelnden Körper herabgerissen wurden und sich in der Luft umeinanderdrehten. Als wären sie echt und würden nichts in der Welt dafür geben, den anderen loszulassen. Wir.

Als wären es wir.

Wir waren es.

Meine Brust schnürte sich zu, als ich meinen Tod von außen beobachten schien.

„Beim Aufprall wird nichts mehr von dir zu erkennen sein, bis auf dein genetisches Material an den Fingernägeln, den Haaren und Hautschuppen, die du auf seiner Tasche mit deinem Pass verstreutest. Dylan hat sich um alles gekümmert."

Als ich auf dem Boden aufprallte, warf ich mich in Ryans Schulter und wandte mein Gesicht von der Blutlache neben unseren Leichen ab.

Zeitgleich prasselte der Regen auf uns herab. Seine Hand streichelte meinen Rücken. Leise hauchte er: „Du brauchst einen neuen Namen."

Aus ihm sprach mehr die Hoffnung als der Verlust, was ich mir von ihm wohl noch aneignen musste. Sachte stützte ich mich von ihm und sah wieder herab zu unseren Körpern. Währenddessen stand ich hier, mit einer solchen Leere, die mir selbst die Tränen wieder einziehen ließ.

„Aurelia."

Den Blick nicht von meinem falschen Körper am Boden wieder lösend.

„Warum Aurelia?"

Ich wandte mich zu ihm.

Mit einer Hoffnung in meiner Trauer erklärte ich: „Amber wollte schon immer, dass ich so heiße. Auf diese Weise finden wir vielleicht zueinander zurück."

„Das ist schön, Aurelia", gab er mir einen Kuss auf die Stirn. Als die Sirenen zu dröhnen begannen und die dunklen Straßen in ein rot-blau gefärbt wurden, das die Scheiben reflektierten. Vollkommen durchnässt standen wir in dem letzten Sommerregen, der unserem Tag ein Ende brachte.

„Suchst du dir auch einen Namen für mich aus?", lächelte er liebevoll zu mir. Wobei er eher versuchte, mich abzulenken und wieder ihm zu zuwenden.

„Aiden Quinn."

Ich blickte in den Regen, der die Sicht der dunklen, düsteren Nacht noch erschwerte.

In dem Moment verstand ich es.

„Das Einzige, was die Guten von den Bösen unterscheidet, ist, wer die Geschichte erzählt. Vielleicht bin ich dann eine Art Antiheld, an dem man sich kein Vorbild nehmen sollte. Doch weshalb bereue ich trotzdem keine einzige meiner Taten?"

Chen Price

Laut ertönten die Krankenwagen um mich, während ich danebenstand und auf die zwei Leichen blickte. Meine Ohren dämpften abwesend das Kreischen der Sirenen. Vertieft in ihre Körper und dem hohen Gebäude, von dem sie sprangen. Die Agenten und Sanitäter huschten an mir vorbei, wobei ich nur ihre verschwommenen Bewegungen um mich wahrnahm.

Ich war der einzige, dem klar zu sein schien, dass sie das nicht sein konnten.

Doch so clever wie sie waren, gelang es ihnen, alle Spuren zu verwischen und sie auf einzig und allein auf die falschen Leichen vor uns zu lenken.

Ein Beweis des Gegenteils wäre mir unmöglich, jedoch hatte ich das auch nicht mehr vor. Die eigenen Identitäten auszulöschen, müsste hart genug sein. Es war meine Zeit, abzuschließen.

„Um sie zu töten, bräuchte es mehr als einen Wolkenkratzer", murmelte ich und konnte mir ein dezentes Schmunzeln nicht verkneifen, als ich auf ein altes Kinderfoto von mir und meinem Klassenkameraden und Konkurrenten blickte. „Lass dich ja nie wieder blicken, Ava Quinn."

Printed in Poland
by Amazon Fulfillment
Poland Sp. z o.o., Wrocław

11648610R00235